馬鞍山六

焦启超 著

中国文史出版社
CHINA CULTURAL AND HISTORICAL PRESS

图书在版编目（C I P）数据

马鞍山下 / 焦启超著 . -- 北京 : 中国文史出版社 ,
2024.7.
ISBN 978-7-5205-5081-9
Ⅰ . I267
中国国家版本馆 CIP 数据核字第 2025DK6657 号

责任编辑：徐玉霞
策　　划：北京金利红通文化传媒有限公司

出版发行：中国文史出版社
社　　址：北京市海淀区西八里庄 69 号院
邮　　编：100142
电　　话：010-81136606 81136602 81136603（发行部）
传　　真：010-81136655
印　　装：廊坊市海涛印刷有限公司
经　　销：全国新华书店
开　　本：1/16
印　　张：21.5
字　　数：300 千字
版　　次：2025 年 9 月第 1 版
印　　次：2025 年 9 月第 1 次印刷
定　　价：68.00 元

目录

序

故乡的风情，纸上的乡愁

我与焦启超既是同窗又是好友，他要出文集，我是高兴的，甚至怂恿他，既然已经写了，就不要停笔，一卷一卷地写下去，完全顺应着自己的意绪。

焦启超从事公文写作近20年，把自己写成了区委、区政府研究室的副主任、区政协研究室的主任。政策理论水平自然不在话下，关键是，职业的担当转化成了他自己的修养与操守，他说话必有依据，论事必论究竟，严谨认真，一丝不苟。他不想让别人糊弄，他也从不糊弄人。久而久之，他智慧超群，言说超众，有诸葛孔明之风。

无论如何，经年的文字工作，使他有了文字思维，敬惜字纸、敬重书写。所以，退休之后，他放不下手中的笔。只不过，以前是履职的写作，现在他转入生活。

这个年纪，生活是他的富矿。儿时记忆、自然山水、工作经历、社会观察、四海游踪、人生感悟等，充盈于腹，像河水已满，不用挤压，自己就往外流溢。他不用苦思苦写，面对巨量的库存，只需顺势而为，就能洋洋洒洒、漫漫汤汤，写得满纸满帙，成大气象。

他的“顺势”，是以故乡的地标马鞍山为纲，统揽南白岱村的山水风光、大地风物、人间风情和生活风习，顺其自然地达到了“纲举目张”的叙述效果。

他的写作，系建立在儿时记忆的基础上，均选取印象最深刻的部分。因而有“胎记”的特征。老家（故乡）的山，从马鞍山，到蝎子山、白带山，以至横岭子、大北坡，均是生命的孕育之地，一如子宫上的皱褶，每一描述，就温暖、就动情，一丝一缕、一起一伏都纤毫毕至。老家（故乡）的水，三河珠联、七湾回环、四滩衔合，均是滋润之地，一如羊水，把生命涵养得风流有自、喜乐有态。所以，每一下笔，就欢悦，既感动自己，又感染他人。至于老家（故乡）的林田，那是生命的“落草”，便瘦树也高拔，瘠田也膏腴。在作者心中，那是圣地、是贵地，因而笔下的词汇，多是妩媚的、明亮的，而殊少冷调和暗色。他一路欢歌，犹如青春复回。

或许因为他公文写作的来路，一到文学性的叙事，焦启超也不任性夸张、譬喻、象征、铺排，而是走客观、严正、据实和平白的路子，一山一水、一草一木、一虫一鸟、一情一景，都写得细细致致、绵绵密密，便保留了大量的原始风情、原始风貌、原始风习。而且，故乡人的生活，也是原生态的样子。便寡而不陋，土而不俗，静而不寂，真而不揣。一切都是可信的，是心曲回环、大美存焉的文字。

但，焦启超并不是“匍匐于乡土，醉倒于村俗”，在低层面上书写，而是他有赤子之心，在污浊中澄澈，在复杂中简单。因为他在市井和政界生活得太久，已人情练达，满目沧桑，胸臆里已有了通透之思。于是，他自觉地逃离世故的惯性，写本色和简单的东西。正如哲学家蒙田和散文家梁遇春所说的那样，儿童的天真未必可贵，因为他出于本能；而成人的天真才弥足珍贵，因为是他经历过红尘洗礼之后的自主选择。

因为我们常在一起交流，所以深知焦启超的写作用意。

另，清人马平泉在《朴丽子》中就说过，好的文字，无不是以学人的底蕴，普通人的观察角度，入世者的论说方式，在“人情物理”的基本层面上，不蔓不枝、不饰不藻地朴素书写。那么，焦启超的《马鞍山下》就是接续了文章大家的写作传统，不自视高明、不主观评判，而是让客观的“人情物理”自己站出来说话，让其自己呈现出意义。

英国著名学者斯达尔夫人也提出了“文学地理学”的概念，认为，自然地理环境和村落的人文风尚，与文学存在着巨大的内在关联，对文学的发生与发展，起着决定性和关键性的作用。也就是说，有什么样的地理风貌和自然环境，就有什么样的文学。无论作者怎么显弄自己的聪明，也敌不过万物根植于地面的自然诉说，因为土地道德、乡村伦理有着自己的节律和定义，容不得作者主观指点、意气用事地胡乱飞翔。这一点，在焦启超的文章中得到了有力的验证。他言之凿凿地写出了马鞍山下南白岱本身所具有的老家（故乡）乡愁和地域文化所蕴含的种种元素，类似乡邦文献、情感化石、精神图谱、生态档案，因而不仅是文学的，也是文化的。其丰富、繁盛的内容呈现，为研究马鞍山一带，甚至整个张坊和拒马河流域历史、人文、生态、风俗提供了坚实的文本依据，也为故乡的生态旅游注入了底蕴与灵魂。如此一来，他虽然写得平易，但却丰厚，是一座纸上乡愁博物馆，堪可流连，堪可品味。

我真心地祝贺他。

是为序。

凸 凹

2023 年 10 月 18 日于京西昊天塔下石板宅

（凸凹，中国作家协会会员，北京作家协会散文委员会主任，著名散文家、小说家、评论家。）

自 序

在写还是不写的纠缠中，还是写占据了上风。最后的决定是，动动笔吧，写点东西，应该会有乐趣和收获的。

写有写的说辞，不写有不写的理由。

不写的理由主要是感觉写是一件劳神费力的事情，也必然引出不少的牵挂。因为写对我来说，曾经感到很疲惫、很厌倦，甚至是伤神。这种感觉很强的时候，就没想过再动笔。

在近 40 年的工作中，从事中规中矩的公文写作绝对占据了一大半的时间，而且最黄金的时段就在其中。工作头 8 年，在乡镇工作，下乡跑腿多，动笔写的少。几次不多的给领导写的报告或讲话文稿，自感带着青涩与生疏，却能得到领导的赞许，稍有意外和自得，这可能就是日后与公文写作结下不解之缘的伏笔。工作的第二个 8 年，从乡镇调到区直机关，写的活儿开始加码，逐步超过了工作量一半的时间。写作的内容都是公文，政策性强、时间要求紧，大部分还带有首开性，而且基本没有参考借鉴的东西，只能自己摸索着来。这样干下来，就开始有了累的感觉。这 8 年，发梢白了，换来的是自己学习力和思维力的提升。任务自然是如期完成，而对写作的畏惧之感也与日俱增。更没料到的是，由于这 8 年应对工作式的写作，还真的弄出点儿响动来，居然引起了区里决策研究部门的关注。那时候，似乎存在一个普遍现象，就是各机关单位急缺动笔之人。于是乎，一波三折后，一纸调令，我就去了区委、区政府研究室，专职化的写作开始了。在接下来的6年里，我与大体量、高密度的公文写作深深结缘，变身成了纯纯粹粹的耍笔杆子的人。这与我参加工作的最初设想大相径庭，而我的命运交响曲才刚刚开始。到区委、区政府研究室那年，年龄已近40岁，按一般规律，这样的年龄应该是从研究室向其他单位流出的年龄。而我却逆向入位，与年轻力壮而又练达老到的同人共事，工作上不可能没有压力。

不夸张地说，那段时间，甭提写了一些什么、贡献有多大，只说工作量就够邪乎的。常态化的工作时间是8小时，而我们这些耍笔杆子的基本是翻倍。每周一至周五每天加班三四个小时是家常饭，周六周日的概念也几乎没有。这样算下来，日历纪年的6年实则说已经是12年，算得并不夸张。这几年我们那批人，活儿干得不少、任务完成得不错、自我成就感也有，但仿佛就像20世纪60年代吃白薯一样，天天见、常常吃、顿顿嚼，终有吃淤的那一天。对大强度、长时间、枯燥式的写作，也就有了厌战情绪。掉头发、白头发、光头顶，几乎是我们这类人的标志性特征。

接下来6年半，我去了区政协研究室，职业写作的任务依然不轻，继续码字作文章。比较区委、区政府研究室，在工作要求和强度上肯定轻松了不少。但区政协研究室只有两个人，“无腿又缺兵”，而工作要求具备全能性：从一般办事员到室主任的一揽子活儿要“一兜了”，打字、排版、校对、打印等都得自己来，“大头兵”的称号名副其实。这段经历，无疑还是以写为主，算下来完成的总文字量也没比在区委、区政府研究室时少多少。

一个 6 年加一个 6 年半下来，年龄已是半百出头，要说没有写作上的疲态和心态上的腻烦，就是没说实话。

感谢组织上和领导的关怀，我工作的后 10 年，任职于区工商联，不再专职写作，确有如释重负之感，但心有余悸还是有的。

写的说辞也是颇多的，给个说法就可以动笔写写。最重要的说辞是，自己退休以后，赋闲在家，尽管吃住游购娱丰富多彩，占去了不少时间，但还是有一定的空闲，特别是新冠疫情的到来限制了大量的户外活动。挺神奇的是，退休以后翻篇了的新生活，使我的脑袋似乎更灵光了一些。而自己爱想事、爱忆事、爱琢磨事的习惯需要一种形式或介质加以宣泄和表达。想来想去可能还是文字最直接最合适。其次的说辞是脱离专职公文写作时间已经 10 年有余，原来厌写惧写的情绪似乎在减退，多年积累的点滴写作基础，正好可以在这个时候发挥一点作用。再者，也算回应一些真心实意劝我写点东西的朋友。他们大都认为，我在写作上还是有底子的，退休以后不应就此挂笔，否则，我原有的写作经历就湮没了。而且，我们平时相聚时，我在胡言乱语中讲的一些带有八卦色彩的故事以及对社会现象的一些见解，他们认为是具有文字价值的。开始时，我是不以为然的，不就是随心所欲、应景而言吗。后来，由于我有这样一个习惯，就是心静的时候，小忆一下朋友在一起交流时的场景，梳理一下他们对我的评价和劝诫。回头看过去，我的这个习惯对我的做人和成长是很受用的。我开始感觉到，朋友们说得不无道理，他们是从“他我”的角度给我照相，而本人“自我”角度的照相似乎看得不准。时下都爱讲分享，不妨写点东西与朋友们分享，拿不出手也没关系吧。

于是，想好了，要开写了。这回不是在职时中规中矩的公文写作，而是退休以后随心所欲 “私品”的放笔。

那么，要写什么呢？真没完全想好。

我想，至少这些是可以写的：其一是养我、育我的老家；其二是工作生活中印记较深的过往。

养我、育我的老家自然要写。1980年出门求学，是我真正意义上的离乡，到今年已有42个年头。每每说到老家、忆到老家，总是激动不已。老家的山水林田、花草虫鸟、农事农谚、杂粮五谷、风土人情、乡音俚语、自烧饭菜等，早已深深地印在脑子里，化作了自己精神力量的一部分。时间越长，这种情结越强。

月是故乡明，饭是老家香，写写味更长！

自己的人生过往也想写一写。五六岁的时候，就有了点滴记忆，到60岁退休的过往经历中，虽然忘掉的不少，但记下的也不少。快乐懵懂中生长；玩乐无忧中步入成年；奠定基础工作技能并端上非农的饭碗；在北京大学脱产再读书的两年，系统思维和独立思考能力大幅提升并成为工作生活的重要动力源；侍政三五段，弹指耳顺年；退休后搭上了颐养“绿皮”车。

万字长文，始于笔下，开始吧！

先从《山水林田篇》开始，接下去是《花草虫鸟篇》，再往下是《乡土人情篇》……

就当作序。

焦启超

2022年1月11日

写于鹦鹉螺工作室

上篇　山水林田

我思恋故乡的小河，
还有河边吱吱歌唱的水磨；
我思恋故乡的炊烟，
还有小路上赶集的牛车；
我思恋故乡的明月，
还有青山映在水中的倒影。
……
噢，妈妈
如果你听到远方飘来的山歌，
那就是我，那就是我！
那就是我！

每当我听到这首歌的时候，思乡之情随曲而生、难以言表，在闭目哼唱中，心已游离身外，飞往故乡——

在诸多思恋故乡的新老歌曲中，我认为，这当是最美的那一首！

这歌太有带入感了，伴着它的旋律，脑海中仿佛看见了幼年的我盯着老家的那盘水磨吱吱转动时发蒙的表情；看见了童年的我在老家小山坡上大把大把摘酸枣时满脸的兴奋；看见了少年的我吃着妈妈摇出的玉米面汆汆时香甜的笑脸——

在我们那里，离乡在外的人大都称自己的故乡为“老家”，好像北方的人也都是这样讲，对此，我很认同。“老家”虽然是故乡的俗称，但听起来非常亲切，亦无俗气之感。所以，我将用“老家”二字对故乡进行情感表达，以“老家”之称来赞美我深爱的老家。

我的老家地处房山西南张坊镇的南白岱村。这是一个三面环山、一面临水、半平原、半山区的村子。我在这里生长到 20 岁时，也就在那年——1980 年我考进北京农校后，开始了走出老家的“游子”之旅。此后到参加工作，再到退休，已经“出游”了 40 多年。

这么多年，不论走出老家多远，我对老家的深爱之情始终没变。而且，随着年龄的增长和自身阅历的增加，这种情结有增无减。当别人说自己的老家好时，我说我的老家也好；当别人说自己的老家不好时，我说我的老家没有不好；当我游山玩水去了别人绝美的老家时，也是赞叹不已。但是，我依然觉得我的老家也美，就是美！

其实，这可能就是乡愁。可以说，如果没有老家对我的滋养、没有老家给我的动力、没有老家给我的土腥子味，在外闯荡几十年，我可能就会迷失，甚或一事无成。因此，牵挂老家，赞美老家，是很自然的事。

老家的日月星辰、云雾雨雪，总感觉更显迷幻；老家的山水林田、花草虫鸟，总感觉更为钟爱；老家的风俗礼节、乡音俚语，总感觉更加亲切；老家的农事民谚、粗茶淡饭，总感觉更具风味，还有、还有……

我想把老家的记忆写成一个系列，山水林田就是第一篇章。

从现在的认知看，山水林田是自然环境的基本要素，更是人类赖以生存的支撑。地理位置的差异，构成了山水林田的不同地域特色。“一方水土养一方人”，是人类与大自然长期相处共生而形成的认知与感怀。我的老家作为山区半山区的村庄，是大地域中的小地域，她的山水林田自然有它的小特色。这一特色在周边十里八村还真不多见，用这里的故事和我的感知来描画应该能够说清楚。

与老家的山水林田结下深厚情缘，最直接的原因应该是小时候就无忧快乐地成长在这山水林田之中，或者说这一方的山水林田得以使我无忧而快乐地成长，那是生我养我的地方。雨露滋润禾苗壮，雨露滋润人亦长，建立感情自然而然。每每回到老家，见到那熟悉又在变化之中的山水林田，心随景动，血流奔涌，落地回归之感油然而生。

老家的山水林田，最大的特点是原生态，现代人向往的返璞归真大概就是这样。现在建设美丽中国、乡村振兴，强调“山水林田湖草沙冰一体化保护和系统治理”，这是前所未有的高度。其实，从字面上作一对照，按照我的标准和理解，山水林田湖草沙冰这八种形态，在我的老家每样都有，都能找得到，特别是在20世纪六七十年代之前更为明显。我们这个只有2700多人、2000余亩耕地的小村子，自然生态元素如此丰富，谁能说她不美呢！

我将一一细说老家的“山水林田”。正可谓：

五山相连抱村边，一水滔滔过庄南。
林果茂繁生秀景，耕地多样好种田。

第一节 五山相连抱村边

老家南白岱村，三面环山，由大小不一的五座中低山抱拥。五座山分别是马鞍山、横岭子、大北坡、蝎子山和白带山。其中，马鞍山在老家人心中位置最高，它就坐落在村东南。南白岱和马鞍山被看成一个整体，互为指代。老家五座山的朝向、高矮、植被以及栖息在那里的大小动物各有不同，形成了我们这个半山村天然的骨架、屏障和诸多传说。

一、马鞍山

海拔 202 米（另一说 189 米），西南—东北走向，长约 1 公里。山顶有两个一高一低的山包形似马鞍，这是山名的由来。其阳面东南向是广禄庄村，其阴面西北侧就是南白岱，也就是我的老家。

马鞍山西南山麓延伸至北拒马河，构成了河道北岸数处包括石崖、石坡、林带、农田、公路等大约 2 公里山水林田相连相依的河岸景观，虽然没有十渡、六渡一带的峡谷高深壮阔，但它的弯曲低矮却独有意境，山青、树绿、水碧、鸟翔，画面自然天成，是拒马河[1]涌出张坊深峡出口河道逐渐变宽、水流随之变缓之后，河岸景观最美最好的一段，站在马鞍山上可以一览这一美景。马鞍山另一侧的山麓向东北延伸，逐步趋缓，渐与南北走向的低山横岭子相接，在这一带形成了丘陵地貌，构成我村的东南闭环屏障。

马鞍山属于中低山中的小个子，看上去跟这一带的中低山也都差不离儿，也没什么特别之处。匆匆而过的人，也可能留不下什么更深的印象，但它在这一带确是颇有名气。在老家的五座山中，我们习惯于把马鞍山和白带山排在前两位。白带山因有佛教圣地云居寺而出名，而马鞍山则因是红色革命之山而扬名。

马鞍山与拒马河在南白岱村交会，在山的南侧与河道北岸形成了一截儿大约 500 米的狭长路段。此路段离水流奔涌、弯多浪急的拒马河 20 米至 50 米，距乱石满坡、草灌丛生的马鞍山坡脚最近点不足 50 米，最远点也不过 300 米。这是古房易路由东向西在即将进入深山区之前最后的一处要塞，也是兵家必争之地。正因如此，抗日战争和解放战争时期，这里也就有了革命故事。

（一）留有抗日战争红色印记的马鞍山

借着说山、写山、赞山的兴头，根据当地传说和部分史料记载，讲讲马鞍山的红色革命故事。

在我翻阅的文字记载中，有关马鞍山的红色革命故事大都起

[1] 原来的拒马河，水流颇大，狭窄之处涡多浪急，拒马渡之。到 20 世纪 70 年代前，水势依然壮观，此后逐年变小，我将在后文“老家的水”中详述。——作者注

始于解放战争时期的 1947 年，因为相关历史资料较为完整，熟知的人也不少。其实，早在抗日战争时期这里就已经有了党组织和党领导的抗日武装，在这一带组织开展革命活动。

抗日战争时期，这一带属于三区。有据可查的记载是，1940 年之前，日军对这一带的侵扰主要是扫荡，还没有实际占领。1937 年卢沟桥事变以后，全民抗日情绪日渐高涨。1938 年和 1939 年，在三区区委书记杨流萤领导的地方组织和邓华领导的八路军 32 大队、33 大队的组织领导下，位于马鞍山之下的南白岱村，就开展了丰富活跃的抗日活动。1940 年秋，日军对这一带发动了秋收扫荡，使这里的抗日组织和队伍遭受惨重损失。1940 年冬，日军在南白岱和广禄庄的东南邻村塔照村设下了据点，并在位于南白岱村北的邻村北白岱村和位于南白岱村南的邻村王家磨村隔拒马河设立了岗楼，在马鞍山上还设有此区域最高点的流动哨；1941 年日军又在距南白岱西侧 5 华里的张坊村设立了据点。这样，南白岱村就处在了日军的四面包围和封锁之下，抗日活动被迫转为地下。这一带被日军占领以后，附近的青壮劳力被抓去修炮楼、挖壕沟、干杂活，日军经常袭扰百姓，烧杀奸淫、无恶不作。日军还对封锁线上的住民采取拆房并户的恶行，让多家住户挤在一起，使很多百姓失去了自己的院落和房屋。我上小学的时候，曾听过我们村里一个叫吕士兰的老八路唱过这样一首歌："鬼子们修据点儿呀，四外里铁丝圈，七家子、八家子，住在了一个屋，住也是住不下哟，天黑也不点灯，谁要是一点灯呀，拉出去就枪崩啊。"那时，在我幼小的心灵里就深深打上了日本鬼子极端可恶的烙印。这个老八路，会唱不少战争年代的革命歌曲，我跟他学了几首，至今还能哼唱一些——这也是红色传承！

抗战期间，这里的军民在党的领导下，与日本侵略者开展了不屈不挠、艰苦卓绝的斗争。马鞍山是日军的封锁线，也是我们的抗日交通线，灵活机动、针锋相对的对敌斗争一直在坚持。那时，我军和敌后武工人员出入十渡根据地，护送伤员，传送情报，输送物资，到敌占区破路拆桥等，常常要在与日军的周旋下，涉险穿过马鞍山、横岭子、蝎子山。我曾多次听过当年的老八路、老民兵和村里的老人讲过当时的故事，他们都说过这样的话：那些经常进山出山的人，对山上的哪一块石头哪一棵树，哪有洼哪有坑，心里都是有数的，要不然甭想完成任务。就是这样，也指不定什么时候把命搭进去，能活下来就是命大。

在这些人中，有男也有女，牺牲的是烈士，活着的是勇士，他们为这里的山山水水注入了红色之魂。

相关链接

关于南白岱抗日战争情况的回忆[1]

郭晓亭 口述 焦黎英 笔录

南白岱是位于京西的一个小山村，三面环山，一面环水，山清水秀，人杰地灵，方圆几十里。

抗日战争期间这里是三区，抗日活动非常活跃，抗日军民勇敢顽强，为这一带抗日活动做出了贡献。

早在1938年、1939年，我区就开展了抗日活动，宣传抗日、

[1] 这是我母亲的一篇回忆文章。—— 作者注

组织群众，唤起民众，进行抗日教育活动。1939 年，区委书记杨流萤在南白岱村召开了相当规模的群众大会，公布了《抗日救国十大纲领》，其基本精神是：抗日高于一切，不分党派、地主富农、民族信仰，团结一切可以团结的力量，搞好抗日统一战线，坚持进步，反对倒退，坚持抗战，反对妥协、反对投降，誓死不当亡国奴。

与此同时，邓华领导的八路军 32 大队、33 大队，有一个团的兵力，在我村开展了抗日活动。大队长张奇他们在吕益之（李铁林）家连续召开了两次青年积极分子座谈会。我村到会者有：高凤岐、邱少明、焦鼎章、吕炎、吕志祥、宋玉文、吕伯雄等十几个人。第二次座谈会有 20 多人参加。从此，抗日活动在我村开展起来。

支部书记邱少明、村长佟伯文主持工作。区委晋耀臣、付兴远常驻我村，指导我村开展抗日活动。村里地下党组织活动十分活跃，当时有多少党员、谁是党员，谁也不知，党的组织是秘密的。他们发动群众、组织群众，成立了青年组织、妇女组织、武装组织，开展抗日活动。青年组织宣传抗日主张；妇女组织宣传妇女解放，发动妇女放足剪发，支援前线，做军衣、军鞋、军被，慰劳前线的战士；武装组织搞破交工作，夜晚跑上七八十里路到周口店一带，破坏敌人的交通，拆敌人的铁路，割敌人的电话线，配合前线打击敌人。

1940 年，我村开展了声势浩大的群众抗日活动，组织了男自卫队、女自卫队。每天坚持操练，大唱抗日歌曲。当时下乡干部白岩、王新、苏时珍三位同志教我村妇女唱歌、操练。特别是妇女每天担负支援前线工作，还要坚持练操走步，正步走、齐步走、原地踏步。刚刚放开足的两只小脚走路都不得力，为了追求解放，妇女们不怕困难，坚持操练，受到了区里的表扬。区里秋前检阅时，南白岱村妇女自卫队荣获第二名（镇江营村是第一名，早期孙中山在村里组织了学堂）。训练好的男女自卫队到各村去游行，宣传抗日、鼓动群众、发动群众，组织儿童团，站岗放哨，向往来行人查路条。工作做得十分出色，抗日热情在本区蓬勃兴起。

1940 年秋，日本兵把罪恶的魔爪伸到了我们这一带，先后两次对我区进行了疯狂的秋收大扫荡，奸淫烧杀，摧垮了我村的各个抗日组织，革命工作转入了地下，南白岱村笼罩在一片恐怖之中。

冬季，日本兵占领了塔照村安下据点，不断到各村骚扰，搜索八路军、共产党员，在北白岱、王家磨设下岗楼。1941 年，又在张坊设了据点。

在革命形势极为恶劣的环境下，上级指示：坚持斗争，区不离区、县不离县，不论是上级还是下级，都要按党的指示，把抗日工作做下去。

1940 年，我才 15 岁，就参加了抗日活动，在村妇救会当助手。姐姐郭旭光（郭琦清）和焦翠枫同志担任妇救会正副主任。抗战进入高潮时，我们组织妇女开展各种抗日活动。在革命危急关头，村干部有的被调走，有的自行退缩逃脱。我和姐姐一直坚持到底，开展对敌斗争。

县妇救会领导白岩、李林、于彬三位女同志，曾多次冒着生命危险越过敌人的封锁沟，来找我们秘密指导工作，传达上级指示，给我们布置任务。当时，我们在焦怀中他奶奶（侯玉芬）家的大南屋偷偷组织活动，这里是抗日的活动中心。白岩同志把我们几个进步的同志组织起来，成立了“抗日文救小组”，人员有：

郭旭光、焦翠枫、郭晓亭、侯玉芬、焦月森等人，她教我们唱歌，布置抗战任务，让我们搜集敌情，散发抗日传单。母亲董桂珍也非常支持我们的革命工作。

战争给人民带来了极大的灾难。经过几年的战争浩劫，百姓生活饥寒交迫，除几户不缺吃、不少穿外，百分之八九十以上的百姓吃不饱、穿不暖。全村百姓把树叶都吃光了，还有人生吃树叶中了毒，脸上起了许多疙瘩。日本帝国主义不顾人们的死活，他们在塔照纠集了各种伪组织，如大编乡、维持会、维持佃、新民会等特务组织，向老百姓摊派粮食和钱财，到处抓壮丁，抓不着壮丁就抢百姓的东西，抢不着东西就 ×××[1]。老百姓吃不上一顿饱饭，苦不堪言。

终于盼来了 1945 年 8 月 15 日，日本无条件投降，老百姓的生活 ×××。

我们胜利了，××× 我们彻夜难眠，无限感慨、无限喜悦。

（二）留有解放战争红色印记的马鞍山

抗日战争胜利后，进入解放战争，马鞍山再次发挥了扼守咽喉要地的重要作用，对张坊以里包括六渡、十渡在内解放区根据地形成了坚固的保护屏障。

[1]　此文原是手写稿，稍显遗憾的是，手稿最后一页右下角残缺，五行文字都只有少半行，也无从知晓成稿时间。但从内容上看，是我母亲口述，二姐做的文字整理。成稿时间应是母亲 70 岁之后，那时，经常听母亲回忆过去。—— 作者注

在人民解放战争的隆隆炮声中，摇摇欲坠的蒋家王朝还在作垂死挣扎，国民党战区部队和房山县、新城县保安团曾几次企图进犯张坊以里的解放区，都被我方在马鞍山一带设防阻击而败退。在这里，曾发生大小战役数次。其中，规模较大的战役有两次，也是当年的参与者、亲历者最有兴致谈论的话题。根据这些人的讲述和零散史料的记载，我对两次战役的基本情况做了整理，但只是梗概性的，尚需进一步挖掘。

马鞍山第一次阻击战

时间：1947 年秋，8 月 28 日。战役背景：战役之前，房山县委、县公安局、县武装部和独立团团部都设在张坊村，张坊以里的解放区正在进行政权建设和土地改革。而张坊村距马鞍山仅 5 华里，国民党的进犯意图昭然若揭。作战主阵地：马鞍山南坡及相关区域。敌方兵力：三个团，由国统区的房山县张德祥保安团和新城县王凤岗保安团拼凑而成。我方兵力：两个团，房山军分区独立一团在山南迎战，独立二团在山北预备，或增援我军或打击敌援。我方作战要求：凭险阻击来犯之敌，不让敌人一兵一卒越过马鞍山，坚决保卫解放区胜利成果。战役主要过程：独立一团团长做出战役部署，一营控制山南制高点，二营把守山南侧翼最低点，三营主守马鞍中间凹陷部位的主阵地。战斗打响后，三营五连在前沿阵地与敌率先交火，枪炮声震耳欲聋，半面山硝烟弥漫。敌方用优于我方的装备，密集攻击我方主阵地，我方则居高临下灵活运用交叉火力压制敌人。从早晨 8 时交火到下午 4 时敌军败退，我军连续打退敌人三次疯狂进攻，敌军伤亡 100 多人，而我军伤亡也很大，五连伤亡近半，连长壮烈牺牲。战役最胶着时，五连副连长擅自撤出火线，被当场处决。所幸一营、二营及时从两侧驰援五连阵地，再次击退了敌人的进攻。敌军仓皇逃跑时，恼羞成怒、气急败坏，再次显露了他们作恶多端的本性，他们点火烧毁了马鞍山南侧陈家洼（广禄庄）村的民房400多间，留下了累累血债。

马鞍山第二次阻击战

时间：1947年冬，11月8—10日。战役背景：1947年11月5—12日，我人民解放军晋察冀野战军杨得志、罗瑞卿兵团，运用攻坚战术对石家庄国民党守军发起攻城大战。此战获胜，晋察冀和晋冀鲁豫解放区将连成一片，并将为人民解放军之后的城市作战积累经验，而国民党以傅作义为首的华北集团与华中集团的联系也将就此被切断。按照石家庄战役的总体部署，察哈尔（今分属内蒙古、河北）军区独立四旅出击北平至保定铁路沿线配合主力作战，晋察冀解放区政府调集10万民兵、民工支援作战。北平守敌傅作义深知，一旦石家庄失守，环北平的保定、张家口、天津等诸城必将被解放军逐个突破，北平将沦为一座孤城。为牵制我军，减少石家庄的压力，趁我军主力南下，傅作义调集几部敌军，向我十渡解放区发动进攻。敌方兵力：九十四军、十六军和暂三军各一部。我方兵力：独立一团、独立二团和独立四旅十二团，还有房山县大队以及张坊一带的民兵。独立一团、独立二团在马鞍山一带设立第一道防线，独立四旅十二团在史各庄一带构筑第二道防线。在获取敌情后，两道防线于11月7日前布防完毕。

战役主要过程：第一天（11 月 8 日），天降小雪，大地泛白，我军反穿棉衣，隐蔽待敌。国民党军从驻扎地王庄、洛庄、南尚乐村、北尚乐村向塔照村集结后，气势汹汹向我方袭来。先期占领马鞍山东南侧塔山及火石坡附近山头的独立一团二连，率先从几处制高点与敌军交火，其目的是迷惑敌军、延迟敌军向马鞍山主阵地进攻的时间。敌军误以为遇到我军主力，于是重炮重枪砸向我军阵地，并进行试探性进攻，攻至半山腰时才发现我方非主力部队。于是，敌军大部队开始向马鞍山进发，并吸取上次张德祥部主攻中间山坳失败的教训，派出一个团的兵力，采取分兵两股、左右两侧合击的打法，扑向我军阵地。独立一团一个营的守军，分守阵地，顽强阻击。整整一个上午，炮声隆隆、硝烟弥漫，羊群似的敌军一片片倒下，3 次疯狂进攻均被打退。独立一团一营 3 个排的勇士仅剩下半个排。临近中午，一股敌军偷摸上来，刚刚完成换防的我独立二团五连战士，如猛虎下山，扑向敌军，与敌肉搏，持续约一小时，多数敌军被消灭，少数窜逃山下，我军阵地坚如磐石。第二天（11 月 9 日），独立二团四连与五连换防，继续坚守阵地、阻击敌人。天亮后工夫不大，就有小股敌军在山南侧向山上开火，但攻击速度并不快。大约 11 时前后，北侧山后突然枪声大作，而此时，山南侧的敌军也开始快速进攻。原来，狡猾的敌军连夜从距马鞍山北侧不足两公里的蝎子山绕道马鞍山山后，并打着我军军旗、身穿我军军服，从山后袭来，他们高喊“你们被包围了，赶快缴枪吧”。这时，我军方知被敌军兜了后路，腹背受敌，情势危急。我守军第四连毫无惧色，前后分兵，奋勇杀敌。在胶着的混战中，敌军后续人马越来越多，离山顶越来越近。危急时刻，冲锋号声、喊杀声响成一片，我镇守在第二道防线的独立四旅十二团获知敌情变化后，急调预备部队驰援马鞍山，迅速投入战斗，经过近两个小时的激战，大部分敌军被围歼，一小部分敌军败退逃窜，我方阵地失守危机解除。这一天的战斗，敌军的如意算盘落空，损失更大，士气低迷。第三天（11月10日）为掌握战役主动权，趁敌方士气低迷，我独立四旅十二团“以其人之道，还治其人之身”，他们渡过拒马河，绕道下滩村，沿河而下，去抄敌军后路。敌军阵脚大乱，眼见大势已去，于当天下午仓皇撤军败退。

这次阻击战持续3天，以我军胜利和敌军失败而告结束，国民党反动派进攻十渡解放区的企图被粉碎，有力支持策应了石家庄攻坚战。马鞍山第二次阻击战共歼灭敌人300多人，我军伤亡100余人。

抗日战争和解放战争中，在马鞍山战斗过的我方参战人员，特别是血洒战场、把生命留在这里的人，是你们铸就了马鞍山的红色之魂、革命之魂，革命之山、英雄之山的后人们会永远铭记你们。

我还是八九十来岁的时候，经常到马鞍山上玩儿。上小学时，有几年的清明节，由老师带着我们到山上为革命先烈扫墓。那时，老师和大人经常讲起当年的战斗故事，有些细节现在还依稀记得。我们还在长辈的指引下，看到了当年打仗时炮弹炸碎的石头、子弹留下的痕迹，偶尔还能挖到子弹壳，山上被炮火烧过的石头还呈乌黑色。当年，看着这些，听着故事，津津有味，也有那么一股子崇拜英雄、学习英雄的劲头儿。但是，当时的认知仅此而已。长大了，懂事了，方知“苦难辉煌”的来之不易，方知“血的代价”之沉重。上中学时，我在语文课上曾学过毛泽东主席的一首词《菩萨蛮·大柏地》，赞的是当年红军在“红色瑞金北大门”——大柏地，与国民党军队英勇激战的场面。词的下半阕有这样的句子，“当年鏖战急，弹洞前村壁。装点此关山，今朝更好看”。如今，站在马鞍山上，咏诵着这首词，感慨万千，中国革命的胜利航船，有多少个大柏地、马鞍山的装点啊！

初心莫忘，使命传承，新时代的长征路就在脚下，让我们携手勇进、永进！

（三）我的作文启蒙情缘与马鞍山

一座说小不大的山，与山脚下一个小学生的作文启蒙结下不解情缘，并与他成人后从事的工作产生了宿命般的牵连……听来像故事，实际是真的。这座山就是马鞍山，这个小学生就是我。

这山在我们老家这一带的诸山中属于低山，在深山区更是小弟弟，在自然属性上极为平常。但马鞍山的名字倒是有点儿意思。此山西南—东北走向，主峰的两个山包一高一低中间凹陷，形如马鞍，山的末端，也就是马尾部分向东北延伸后，隐没在丘陵与低山之中，看起来就像一座半孤山。山的前端，也就是马头部分向西南延伸，自然低垂后与这一带名气更大的拒马河相接，像低头饮水之状。

据传说，那河与这山似曾有过这样的对话：

河曰：吾河之名拒马，饮水尚可，请勿渡河，此乃“河马”司职使然。

山云：吾山之名马鞍，座此无心渡河，常饮河之清水，滋润山间万物，也乃“山马”司职使然。

河曰：一方水土，滋养一方，妙哉妙哉！

山云：此言极是，如此佳状，山马安矣，安矣！

拒马河、马鞍山“双马”之交会，确是天作之神奇，它们给这里带来了山与水的特质和灵气，如此山水之脉象，乃山民之福分。这里的人，就是山河之子，他们世代敬山敬河。而河、山“二马”对白之神语，实际就是人们发自心底的善美祈语，他们眼里的光景——就是年年向好！

老家南白岱村的南白岱小学，就坐落在这富有神奇之韵的马鞍山脚下，位处西北一隅。我就在这里念完了小学。在五年的小学阶段，所学课业上跟作文有所接触始于四年级。这一年，老师开始让我们写日记，一个星期至少写 2 ～ 3 篇。当时，我很发怵，不会写，也不知怎么写。而老师的讲解也很简单，她跟我们说：每天发生、看见的事，你认为可以写的就写出来，长短都行。老师还说，意思是让你们开始练笔，这关早晚得过，上了中学写作文对你们来说就是长篇大论，现在打点基础，为你们好。于是，开始写日记，应是作文的萌芽。

现在还记得不少当时写的那些三言两语的袖珍小文。例如：某月某日，晴，天热。今天，在六队场院跟邱井文摔跤，滚了一身土，这是不对的，今后要改正。起初，我们大都是这类的写法，也有挺逗乐的。记得老师有一次点评时，笑得前仰后合，这个同学大致是这样写的：今天是五月单五，早晨我手里拿着一个粽子，在家门口站着，直掉眼泪。我二婶见我哭，就问：大片儿，干吗哭哇？我说：我吃不了了。二婶说：嗐，吃不了就别吃了。我说：我们家还有一大锅呢！哈哈，老师一边念一边乐，我们也跟着乐。此后，我们经常对着大片儿喊：“我们家还有一大锅呢。”偶有写得好的，老师肯定要表扬一番的，例如：一同学写了周日到五保户家扫院子、担水。写得还不少，挺细致。让老师夸了半天，说已经有点儿作文的意思了，让我们用心学。老师还跟我们说，要写有意义的，不是让你们找错误写检查，你们摔跤、爬墙头儿、下河逮鱼，没什么错的，注意别磕着碰着就行了，但我说的这些你们不要跟大人说。当时，我们听了心里特高兴，家长都不让玩的，老师说没错。现在回想老师这些话，当时是有点儿鼓励我们淘气吧，按现代教育的说法，就是保护和挖掘孩子的天性和潜能啊！

到了五年级，写日记升级，改为写作文，每两周一篇。我们有了写日记的基础，写个三五十字甚至百八十字还行，但是写长了，特别是写好了就不灵了，生憋也憋不出来呀。原来其他作业在课堂上完成，时间还有富余，这回倒好，回家去写也难完成。有一次，老师出了一道自命题作文，要我们写写家乡。这也是第一次自命题作文，我们一时都有些蒙，不知怎么下手，嘟囔着都说难。老师说，其实不是很难，你们要好好想，两个星期就能写完的。可以问老师和其他人，但必须自己写，要是让别人替写，我发现了，小心让你在全班做检查。

回到家，我开始犯愁，晚饭喝粥时，也不像平常那样边喝边说了。大姐看出点什么，问我：“么儿嘞？”我说：“作文，不会写。”“写什么呀？”我把要写什么和时间要求说给大姐。大姐说按照老师的要求我只能给你说说，你到什么时候都不能说不会写，那是向困难低头，毛主席“下定决心”的语录白背了。我一听，有门儿，姐姐的作文在南白岱中学那可是数一数二的。我撂下碗筷，赶紧听大姐说。大姐说可以写的很多，比如，生产队麦收秋收的情况、村里学大寨的事迹、马鞍山的景色等。说了一大堆，让我挑。我说，山有什么好写的，可其他的也不好写呀。大姐听了直乐，想了一会儿说，其实，山最好写，也有的写，要不你试试，就写家门口的马鞍山。我勉强答应了，好像还是迷糊。大姐说，先别急着写，你先到山上好好看看，山的四周围和山沟山坡都有什么，景物、动物，还有干活的等，要看细致，看了之后你能想到什么，你得有点儿小大人儿的劲头儿，才能写得出来。

到了星期天，早晨的天还是青白色，我背上背筐，颠蹦儿颠蹦儿地就上了山。一气儿爬到山顶，抹了一把汗，开始东张西望。这山我上来多次，也看了多次，这回上来，开始时，也跟每次来感觉差不多，没觉得对我的作文有帮助。我把大姐的话又想了一遍，往山的西侧望去，我每次上山首先要往西看，因为不远处就是拒马河，我太喜欢这河了。这次我半眯着眼端详，随着睫毛的抖动，像一条银白带子的拒马河居然发出了彩虹一样的光芒，大小光点还在游动，比我自己做的玻璃万花筒美多了，特别是河道几处拐弯的地方，半空中也时有彩虹出现。我的天呀，我每次上来都要看这条河，从来就没发现过。这么好看呢！我立马还想到了冬天，封冻以后的河汊汊出现在我眼前，曲里拐弯，白光闪闪，怎么也这样美呀。这时我还想到了拒马河里的小鱼虾，常在河边逮鱼的一群群水鸟。这些都连在一块了，起码能写一大段儿。我又仔细看了山北面成片成片的麦田，在暖风的吹动下，一波一波地翻滚。我还看了地里那些忙着干活的村民，他们的身影在大田里显得很小，老长老长的地垄哪儿就干到头了，没他们这么干，我们吃什么呢？我还看了山东北面大队的石子厂，上空冒着不是太多的白烟，那是白云石被压碎以后飘起来的。听说石子厂生产的各种石子儿可用在城里盖楼的墙面和地面上，打磨以后特别好看。那时，我没到过几次县城，也没见过这东西是啥样，真想瞧瞧去。我还看了山坡上绿油油的小松柏树，这些树都是新中国成立以后慢慢栽的，都在一天天地长大。听大人讲过，马鞍山过去打过仗，山上的树木原来很多的，都让炮弹给炸着烧死了。那次打仗还牺牲了不少解放军战士，每到清明节，学校都要组织我们上山为革命烈士扫墓。这回上山，还真看到了不少东西，主要是看了以后，脑袋瓜子里想的东西多了。我很高兴，我觉得回去能写了。这时，也晌午了，于是，打了多半筐棵棵，乐着回了家。

晚上，我拿起笔开写，一气儿有半个多小时。大姐见我停下了，走了过来："回来也没说什么，就写上了，么儿样了？"我赶紧用手捂上，不好意思让看。大姐看我乐不得儿的，猜着我有准了，就说，写完了我看看。第一个晚上，也就写了少一半，怕人看见，我就把它"抬"了（老家藏东西叫抬）。本来还想写，但可能是白天爬山累了，也可能是太高兴了，有点儿困。第二天晚上接着干，经过一会儿快一会儿慢，又晃身又点头的一通儿招呼，终于写完了，我认为非常不错。

作文的题目是《我的家乡真好》。其实也改了好几次，真没想到自己命题还挺难。内容大概是这样写的，今天我登上了马鞍山，四面看去，家乡好美呀。下面我就开始写怎么美，我把语文书上一篇写上海港课文里的排比句试着用了一下，这篇文章连续用了两个"你看那……"来描述上海港的高大壮阔和雄伟，歌颂了社会主义建设的伟大成就。而我一下用了五个"看……"的排比句：看西边，拒马河像白带，也像彩虹，弯弯曲曲从村边流过……看北边，大片的麦田在风中滚动，有的黄色，有的绿色；看东边，石子厂机器轰轰响……看南边下地的人，手拿农具在辛勤劳动……看脚下，小松柏树，油绿油绿，我还看见了当年解放军战士英勇杀敌的场面……这五看的排比句，把我在山上见的、想的差不多都写进去了。最后，我还说了几句要好好学习，长大以后建设家乡的话。写完了，我读了一遍，有近 700 字，感觉还不错，似乎是写得最好的一次，特别是用了五个排比句，心里有点儿得意，书上才俩嘛。但我觉着还是有拧巴的地方，又不知怎么改。先就这么着吧，让大姐看去吧。

其实，大姐也等着看，姐姐就是姐姐，比我还上心。我像小猫儿似的，轻手轻脚地去找大姐，把草稿给了她，她一瞧有三页多，还没往下看就说，挺认真啊，写得不少，我以为连两页都写不了呢。说完就开始看，不一会儿，脸上有了笑意，我也有点儿放心了。看完了，大姐笑着对我说，嘿，写得还不错，感觉是最好的一次，要长出息了。我很高兴，开始把我看的想的怎么写的像拉鞭似的说给姐姐听。她也挺兴奋，跟我说，会看会想，就会写，这回你进步不小，看来要找着窍门了。看我有点儿得意的劲头，大姐说，你要虚心，不能骄傲。写得是不赖，但要再改改，肯定会更好。我说，我是想改，老半天也没想出来。姐姐说，还是老办法，我提示一下后你自己去改。写作文改几遍是常有的事儿，上了中学你就知道了。大姐说：从头儿开始说，先说题目，现在已经不错了，但你们班五十来人，可能会有一样的和差不多的。这我还真没想过。大姐说，你去了山上，又站在山上，题目就有了。我想了一会儿，“我站在马鞍山上”这个比现在的要好。在马鞍山上怎样？ 去了两个字，我觉得更好。是呀，我上去了，也没光站着呀。题目定了。大姐接着说，“五看”的排比句是最好的，但还是感觉有不对劲的地方。我说，是这样的。大姐说主要是写得有点儿全，重点不突出，有些句子缺精神头儿。大姐详细分析后，我把五看的排比句去掉了一个，改成了往西看、往北看、往东看、再往脚下看，每个看分别写了一个重点事物，显得利索多了。开头和结尾也在大姐的启发下，做了修改，改完了就抄在本上交给了老师。

这天是星期五，老师拿着一小摞儿作业本来上课了。老师说：孩子们，今天讲评作文。教室内立刻安静下来。老师点了两个同学的名字，一男一女，男生是我。老师说，都是你们自己写的吧，我俩说是。老师说，上来给大家读读，你们一读，我就知道是不是自己写的，女孩先来。她站在讲台上，念了起来：《我的家乡真好》……我的天呀，跟我开始的一样，真让大姐说着了，幸亏改了题目。只听下面几个同学小声说，我也是这个题目，但比我写的好多了，我听了也觉着写得好，我算计着有400来字。念完后，老师说，你们感觉怎么样啊，同学们齐声说，好！老师说，你们好几个人都是这个题目，但她写得最好，回去后你们传着看看，也可以相互比比哪儿好哪儿不好。这个女同学笑着回到座位上。该我了，我觉着我写得比她要好，不用心慌的，但这心还真跳。我小声说：“老师，我能不念吗？”老师说：“不行，你们俩都得念。是怕人吗？”我赶紧说：“不是，我是说背一下的。”老师瞪圆了眼，看了我有5秒钟：“可以呀，这样更好。”于是，我开始背《在马鞍山上》，虽然中间两处稍微有点儿磕巴，也算是一气呵成。“哇，写得真好呀，还能背下来，那么老长！”刚刚背完，同学们就开喊。这时才想起来，大姐跟我说要是能背就背下来，最好带着感情，可能大姐知道要让我上去。老师对我的作文点评了 10 分钟，特别夸赞了作文题目想得好，而且全班就一个。老师还跟我们俩说：“用作文纸认真抄写一份，学校要留下来作纪念，也用作范文讲评。”我又高兴了一番，并且还刺激了我练习写字，揉搓了几回纸才抄写完。以后每天三行的钢笔小楷写得也认真起来。过了两天，又传来了好消息，我的作文中的一段儿上了村里在大队门口边上的黑板报，我心里这美呀。当时在我们五年级的两个毕业班中，就有两个同学的作文上过大队的黑板报。宋大国同学的作文上得比我早，老师帮着他改了几个地方，而我是自己独立完成，能不高兴吗！

打这以后，我有点来劲儿，又爬了好几回马鞍山，也没等老师留作业，先后写了与马鞍山有关系的两篇作文。一篇是《马鞍山上铁巨龙》，写的是我们村“战天斗地学大寨，引水上山灌农田”（工程口号）修建扬水站的事儿。200 多米长 1 尺多顸的黑铁管子架到了半山腰，又平着修了近 3000 米的水渠。真稀罕，一推电闸，水泵一转，这水就能往高处流，1000 多亩的耕地全都能灌溉。还写了一篇我村《马鞍山上高产田》，写的是村里“学大寨往前跑，修梯田丰收保”（会战口号）的事儿，我村在马鞍山山脚闸沟垫地修梯田，几百号人马搞会战，一层层弯月形的梯田修得那叫好，粮食产量也高上去了。

这两篇作文，都得到了老师的好评，从此以后，老师经常教我写作知识，我写作文也不再挨憋了。到了中学、高中，我的作文写作基本保持了这种状态，在班里甚至年级还是有些名气的。现在回想这些往事儿，还挺兴奋的。小学时只是作文的启蒙阶段，但过程很顺当。老师、大姐的指导使我终身受益，还有那激发我写作灵感、给予我写作素材的马鞍山。我更不能忘怀，马鞍山是我作文启蒙的福地！

对我来说，上学时对每门课程的兴趣是基本均衡的，但稍爱理科，语文中的作文虽然不错，但喜爱程度不如“数理化史地政”。参加工作后也想干技术性的事儿，但最终也没能按着这个设想走。临近中年以后，没想过我坐办公室做文秘搞文字居然搞了超过12年的专职公文写作。在区委区政府研究室、区政协研究室爬格子、码文字，干了我不情愿干但还能干的事儿，因为这行当真的是缺人，缺有更强耐性的人。既然赶上了，就没别的可说，最后干得还算不错吧。其实，这也是缘分注定，当年与马鞍山结下的写作之缘，有了延续，更为巧合的是，当年我的启蒙作文题目是《在马鞍山上》，而50年后我的第一部长篇散文集书名是《马鞍山下》，真是事有定数呀！

二、横岭子

这是我要说的老家五座山的第二座，南北向坐落于我村村东。既是村界山，也是乡界山。其东侧是大石窝镇，西侧是张坊镇，总长约有1000米，总宽不足400米，它的南侧与马鞍山东北侧余脉形成的小丘陵相接，北侧与我村最高的山——大北坡相连，呈趴卧之状，故名横岭子。严格地说，横岭子应算作丘陵，但是它又高于其西南侧那几大片能长庄稼的小丘陵，并且基本上不长庄稼，只长小树棵子和坡地杂草，地表下面也多乱石，所以村里的人还是把它叫山。此山是村里小半桩子[1]们成群结伙玩耍的天堂，也是村民们难得的打草禾、割柴火的必选之地。

说到这里，这山就似乎没什么可说的，但我觉得还是有点儿能写的地方，就看一篇我早期写的忆文。

耪草坯子

在我童年的记忆里，老家有一项颇有意思的活茬儿，说它是耪地，而又不同于给农田松土除草的耪地，而是给山坡荒地剃光头，这就是——耪草坯子。

先从草坯子说起：我的老家处在拒马河北岸山区和半山区交会的地界儿，山坡嶙岗、田边地头、滩地河床、场院宅地遍布着一种伏地而生、生命力极强的野草。这种草茎如牛筋，根系发达，与生俱来的耐旱耐涝、经踩经轧、不易拔除。每到春夏时节，雨水过后，它的种子就会破土而出，扁平的茎杈贴着地面放射生长，单棵大的能长到方圆半米，小的也有二十厘米。雨水好的年景，起劲地蹿长，很快就会连成一片一片的绿毯，把黄色的大地覆盖淹没，显露出盎然的生机。这种草的学名叫“牛筋草”，俗名“蟋蟀草”，当地人则叫它“草坯子”。“牛筋”俩字应该源于它的韧性。也由于它的韧性，马牛等动物不喜欢食用，使它得以放任生长。老家的人大都不知其学名，而一说到“草坯子”几乎人人皆知。

到了秋季，草坯子由深绿色变成枯黄色，逐日干萎，失去生

---

[1]　十五六岁的男孩儿。

机。其种子也脱落于地面，等待来年的重生。从这时起，直到整个冬季“耪草坯子”的活茬儿就开始了。

干草坯子主要有两个用途：第一是当柴烧。干草坯子很容易起火，它的火力低于干树枝和玉米秸，而高于狗尾巴草和细茅草，可谓是以柔为主、稍带刚性。这种火的寸头对当年以烧火做饭为主的百姓来说，用途可就多了，最合适的就是用灶台铁锅烙饼。用此火烙出的白面饼、玉米面饼、白薯干面饼，火候适中、外焦里嫩，上眼一看就有食欲，而不像支炉饼夹带着煤性或柴性味儿。另外一个用途是给猪过冬取暖和积肥。那时，几乎每家每户都要养猪。到了冬天猪也怕冷，用干草坯子垫上猪窝，问题就解决了。猪窝里的干草坯子要经常添续的，因为一段时间以后，猪就把草拱出来了。拱出来的草也不浪费，可以做沤粪的材料。在草坯子上面压上土，与猪的粪尿混合发酵，就会变成上等的农家肥。给庄稼用上根肥苗壮，长出的粮食和蔬菜，用最简单的方法做出饭菜，口味就很地道。现在很多人都在追寻这种老味道。

对农家来说，草坯子就是个宝。耪草坯子也自然成了当地农家秋冬季节的小小零活儿了。

耪草坯子主要是在冬季，一来草已干枯不用晾晒，二来正是农闲时节，人们有足够的时间。耪草坯子的人主要是家里的小半桩子。干活之前，要做准备。约上三五好友，准备薅锄、背筐、笣子等工具。一般一次是早出晚归，所以还要带上干粮和水。

记得那是我十三岁时的一个冬日，我和三个小伙伴去耪草坯子。地点是离村子大约三公里的横岭子。这道山岭南北走向，北面顶在比这道山岭高出近百米的大北坡上，东南西三面都是小丘陵或小块儿的坡地农田，形成了坡缓、背风、向阳的小气候，特别适合草坯子生长，也自然地成了周边地界草坯子生长最多最密的地方。

太阳一竿子高的时候，我们几个小伙伴连跑带颠、嬉笑打闹着到了干活儿的地方。放眼望去，方圆几百米的山坡上大片大片的草坯子十分壮观，酷似一张张巨大的土黄色地毯。山坡上早有三五成群的人开始劳作。我们几个都是第一次来到这里，看到这般光景，高兴得大喊大叫，在草地上撒欢儿、打滚儿、翻跟头。不一会儿就满头流汗，身上也沾满了草叶，个个成了草人，开心极了。可惜当时没有照相机，美妙的画面只能记在脑海里了。折腾了半天，宣泄够了，该开始干活儿了。我们拿起薅锄，每人选择一片草多的地方，塌下腰去，可劲地开耪，铁锄飞舞，草坯子离地，卷起一股股烟尘。稍许，直起腰来环视四周，干活儿的人，撅着屁股，朝向不一，挥动薅锄，咔咔咔、咔咔咔，真带劲儿、真得劲儿……在边干边玩、边说边笑中，不知不觉已经到了晌午，耪掉的草坯子也足够了，该开始吃饭了。

我们拿出自带的干粮，围拢在一起，大口吞咽。我带了两个棒子面菜团子，馅是小干白菜的。我们当中还有带烙饼的、贴饼子的，外加上两片腌咸菜。我们互相交换，吃起来格外香甜，再喝上几口水，那叫一个美。由于干粮和水都是凉的，吃了一会儿，我们都开始咯喽咯喽地打嗝，此起彼伏，很有意思。

说起这次耪草坯，我们本来应该是五个人。之前，还整出点儿小故事来：插把[1]，先约好了四个人，然后一起到一个外号叫绛蓬的小伙伴家去约他，我们七嘴八舌地说着明天干活儿去哪里、

---

[1]　方言，指最初、开始的意思。

拿什么干粮，他很想跟我们去，赶紧问他妈：“妈、妈，明天我拿什么呀？”“拿你奶奶个干巴球儿！”显然，他妈碰上不高兴的事儿了。我们几个一吐舌头，赶紧离开了他家。“拿你奶奶个干巴球儿！”也成了日后我们调侃他的口头禅。

干粮吃完了，水喝光了，我们把耪下来的草坯子用筢子搂到一起，开始装筐。把散碎的草坯子装上背筐是要一点儿技术的。筐头里面填满按实就可以了，筐头以上部分则要打“厦”[1]分装：两脚分开一尺开外，把散草用手扒过来，往两腿前聚拢压实，反复几次，一个“厦”就打成了。然后用两手前后稳稳地掐住抄起，放在筐头上面适中的位置。这样重复几次，筐就装满了。一般情况一满筐需要五六厦，就像盖楼房，一层一层的。装满筐后，用筐头外侧中间已经拴好的绳子勒住，系在筐插棍的正中央，大功告成。装好后，筐头以上部分就是一个长方体的草坨子，由于打好的厦压得很紧实，左右超出筐头的部分也不会散落。现在看来，我们的手和脚就相当于打捆机，先人的发明不简单呀。一整筐的草坯子，少则二十几斤，多则几十斤，技术好的能装上近百斤。背起来一走，就像个移动的草垛子。我们年岁尚小，背上二三十斤就感觉有点儿吃力了。

收拾停当，背筐上肩，返程回家。“地道战，嘿，地道战，埋伏下神兵千百万……”“哈，绛蓬，拿你奶奶个干巴球儿……”一路歌声，一路欢笑，收获的喜悦溢于言表，一天的劳顿烟消云散。

---

[1] 当地农村专用语，就是把散碎的草、树叶等，拢在一起，压紧压实，整成小长方体的坨子。厦，当地人发音 shà，把碎草等由松压紧即为厦。

三、大北坡

这是老家五座山中的第三座，也是其中第二高的一座，海拔288米，比马鞍山要高出大半个山头。由于它高且陡，离村子也最远，平时去的人也就不怎么多。村民们总觉得这山很神秘，加之有些传说，因此，奉此山为神山。

大北坡坐北朝南，由五六个山峰组成，主峰形似窝头，站在山脚下得可劲儿抬头才能看到山尖儿。未到过深山区的人，已经觉得它又高又陡了，登顶需要卖把子力气的，所以称其为大北坡。这是老家人对此山的习惯叫法，其实只说出了山的阳面特征，而翻过峰顶再往下去，就是大、小乱石窖，再往东北去就是臭椿堂儿，那里的山场更深更大。

大北坡是我村与下庄村的界山，我村占阳，下庄居阴，它也是张坊镇与大石窝镇的界山。山脊南北划分出两村、两镇，也造就了两边水脉和土脉的较大差异，使两村村民的口音也产生了明显的区别。我村口音听起来音重饱满，多有带弯儿的长音，显得更哏一些，在城里儿一开口就知道你是山里儿的，比如：不局性啊？不认怎么儿；下庄村的口音听着音色轻润，也无过多长音，还不带哏味儿，到了城里不易辨听出其来自哪里，他们的口音更接近普通话。都是山村，这也奇了怪了！不是自抬，我更喜欢我们村的口音，这才是地方特色呢。

小的时候，我感觉最有意思的就是大北坡和乱石窖、臭椿堂儿的动植物以及相关的一些传说。

听老人说，早年间，那一带有四多，也就是灌木多、杂草多、怪石多，生活在此间的小动物也多。尤其是中心区叫乱石窑和臭椿堂儿的那疙瘩，一般无人踏入。那个地方由数道沟谷组成，谷底还有一片小盆地和小水塘，很像石家庄的著名景区抱犊寨。由于这里灌丛遮日、山草没人、怪石嶙峋，走进深处极易迷路，如赶上雨天湿滑阴凉，长时间走不出来，那麻烦可就大了，因为这里还有土豹子、野狸子、野狼等动物出没，老鹰、野鸡、石鸡、杜鹃等鸟类就更多了。要是一两个人一般不敢往深处去，只是在外围转转，找点野货，三五人搭伙也得好天进去，尽早返回。但有几位身强胆大、熟悉山性自称“山人”的，却与众不同，他们在这里垦荒、耕作、捕猎、野居，优哉、悠然，自给自足没有问题。我曾见过一名20世纪70年代还健在的“山人”，浑身黝黑透红，胡须垂胸过尺，显得颇为健壮，要是参加现在的秀肌肉比赛，当是冠军级别的。此处这种古野的样态到了20世纪六七十年代，发生了巨变。垦荒、砍树、采矿、捕猎，大规模的人为扰动，使山间的杂灌木大幅度减少，也吓跑了这里的食肉动物，而进来的人却逐渐地多了起来。

我八九岁的时候，时常听大人们讲大北坡，因为我已经数次爬过马鞍山，又觉得大北坡里面的东西比马鞍山的多，有的还是第一次听到。所以，感觉此山非常神秘，也非常向往。13岁那年已经上初一了，大人不再约束，夏秋之交的一天，二哥和三哥带着我，终于踏入我心心念念的大北坡。记得那天爬到山顶后，已是汗流成河，两眼被汗水淹得都睁不开，擦干之后，急切地左顾右盼。站在我村的制高点上，山下及远处的风景一览无余。我看到我村以及更远处的山，看到山下的谷子地、棒子地、白薯地等。看到了远处田里干活的人和路上的马车，他们显得很小很小，嗬，心里这痛快呀。二哥指着阴面的最深处说：那片就是乱石窖的窖底，你觉着下去再回来顶得住吗？我光顾着高兴还没觉出累来，赶紧说：没事儿，我们去吧！接着就往下走，看着没多远，结果走了差不多有两个钟头，这一路上还出溜了俩屁股蹲儿。快到窖底时，就听到呼呼、呼呼的叫声，在寂静的山谷中，粗犷瘆人，胆小的人听到这声音吓得就不敢进来了。三哥说：这是一种迁徙鸟。后来知道是布谷鸟，一种“鸠占鹊巢”的鸟，偷偷在别的鸟窝下蛋，靠别的鸟孵化养育后代，寄生本领独一无二。其实，山外也有这种鸟，只是在空旷的地方鸣叫，声音没那么大。到了窖底一看，觉着挺新鲜，因为在别处还从来没见过。那里有两处还能住人的老石头房外加几处旧房壳子，这就是当年“山人”的家。不远处有一个水塘，据说是人畜共用，水塘的下沿有杂乱的脚印，人和牛的居多，也有其他动物的。早些时候这里已经有放牛的，是从北部的缓坡进来的，牛倌儿和牛都喝这儿的水。绕到水塘上端，靠着山脊的地方，有几处渗出的微弱细流注入水塘，这应该是不下雨时的水源了（降雨是主要水源）。在水塘有石头的地方，凿挖了一个石头壁石头底、约有一米深的水井，实际上更像一个水坑子，水很清澈，照得见人，捧着喝了几口，先有草味后有甜味，凉凉的挺解渴，半天的劳累也不显了。如果绕不到水塘的上沿儿，这个隐藏在水中的所谓水井是不容易被发现的。我们哥儿几个喝够了水，接着玩儿。下面稍微平坦的地方，开了不少的地，主要种的是棒子、谷子、黍子、高粱、芝麻，长得黑绿黑绿的，比山外的庄稼还壮实。房子的前面是几小片菜地，有茄子、豆角、倭瓜、苏子等，还有干枯的秧子，看来“山人”也不在这儿常住。水塘是乱石窖的窖底，往上看去每道沟谷除了大石头就是杂灌木和野草，起起伏伏的还都不一样，乱石窖的名字大概就是这么来的吧。离窖底不是太远、长着很多臭椿树的那条深沟就是臭椿堂儿。二哥指着一条能回山顶又有不少杂树的山梁说，就从这儿爬回去，里面有好东西。

爬了有两三百米，在两个人工垒砌的地坎上，长着三棵梨树，我是认得的，因为树上有不少的果子，已经有些发白了，我想这应该是人们常说的乱石窖的疙瘩梨了。二哥说：这儿叫三树脊，这疙瘩梨可以吃几个，但不能糟蹋或带走，这是早就有的规矩，不听话的人回去就闹肚子。我迫不及待地踮起脚摘了一个大点儿的，开啃，挺甜，嚼完了满口的渣子，当时绝对是美味。我们村北边三队也有几棵疙瘩梨树，但口味比这个差点儿。我一连吃了三个，解渴解馋，终于吃上这果子了。再往上爬了几十米，又见到了几棵酸枣树，果子结得滴里嘟噜的，个头大的跟小山楂似的，也已由青变白，摘几个扔在嘴里又甜又脆，毫无酸感，这哪是酸枣呀。三哥说等果子半红的时候更好吃，你可以带回一些，这个是谁赶上就算谁的，但也得给别人留一些的。我还是有够的，摘了一些扔在背筐里。三哥还说，这山沟里最多的就是酸枣和桑葚，这桑葚有紫色、红色、白色三种，每年割麦子的时候差不多就熟了，时间很短，不采摘就掉地下了，一层一层的。有几种山鸟，特别爱吃桑葚，哪个熟了就吃哪个，人只能吃鸟的剩儿。三哥接着说，这边的枣儿，还有更好吃的呢，出了乱石窖往北去就有了，这种枣儿叫凌枣儿，比大枣儿小点，两头尖中间大，脆甜脆甜的，那叫一个好吃，咱们村河滩和山上那么多大枣儿，都没凌枣儿好吃。我在支建队干活时在三岔村吃过，他们说水头村的最好吃，以后你会吃上的。我馋得快流口水了。20世纪90年代，大北坡北面的三岔、水头、下庄等村子都大量栽种凌枣儿，观光、采摘、外卖，成了致富产业，这就是靠山吃山嘛。20世纪80年代初期，我在大石窝镇任林业站副站长时，曾与站里的人员一道，对三岔、水头、下庄的凌枣儿资源做过调查，并通过异地嫁接的形式对凌枣儿的种质资源做了小规模的保护。后来，还真派上用场了。由于那一带的大批枣树在20世纪八九十年代感染了枣疯病，十来年的光景几近绝种。后来靠本地大量的抗枣疯病的野生酸枣儿，通过嫁接的形式，引回凌枣儿资源，恢复了生长，并且成了远近闻名的名优特产品。当然，现在那里的尖枣儿已经不单是凌枣儿了，还有别的品种，单果的个头要稍大一些，品质不如凌枣儿好。你要是到那里采摘，就要注意了。

我们接着往前走，二哥说，看着点儿脚底下，黄米草烂根和有人割过的草茬子，特别是地皮潮湿发黑的地方就该有蘑菇了。乱石窖和野鸡口的蘑菇那可是太好吃了，我已经吃过几次。这里有两种蘑菇最牛，一种是大伞盖儿的，外白里红，一个得有三四两。如果运气好，要是找到蘑菇圈，能采到半背筐甚至一满筐。我村有一个比我还小的男孩儿，曾经采到过一个9斤多的大蘑菇，村里80多岁的老人从来没见过，也没听说过，这要是制成标本也不得了。20世纪80年代中期，我学会了种植平菇，我判断，当年的那个超级大蘑菇应是一个大菌团吧。还有一种是马粪菇，形如马粪球，大小跟大人的拳头差不多，嫩时外白里红，老了就像马粪球，深褐色，内藏粉末，轻度创伤敷上后很快治愈，我们这里称其为刀筋药。这两种蘑菇嫩的时候都能吃，熬炒咕嘟炖都行，配上鸡肉、猪肉更香。这东西还是挺稀有的，每年村里能吃上的人也不是太多，谁运气好谁就能采到。比较现在我们餐桌上常吃的十来种食用菌的口味，没有能顶得上这两种野山菌的！我们哥仨找了半天只采到三五个，稍有遗憾，其实已经很不错了，真正见到过蘑菇圈的人并不是太多。

那天，我还看到了极为鲜艳夺目的闪电花（山丹丹）、水嫩淡黄的野黄花（萱草）等许多非常好看的山间野花。因为妈妈喜欢种花，我经常帮着干点小活儿，七八岁时就是小小花匠了。见了这些花我格外高兴，也特亲切，下次有时间了我得挖几棵种在自家院里。

我还在三哥的指认下，找到了躲在阴面石头缝儿里生长的野韭菜，有的已经打花苞了，要不然，真不一定找得到。野韭菜是村民腌菜的上好食材，到了秋季，野韭菜打了花苞似开不开的样子，就到了采收的时节．那时，到这里拔野韭菜的人就多了，在阴面长得密集的地方，可以一小把一小把地薅，一般一次可采一筐头儿。采回来的野韭菜，把叶子切碎，花秆儿和花苞上碾子碾烂，再放上一两个能提味儿的烂酸梨，混在一起腌上，差不多半个月就能吃了，味道鲜厚浓烈。吃过腌制的野韭菜（花），再吃人工种植的，就觉得没什么味道。我上高中时有一次打篮球，不知是谁放了个屁，一个同学说：这屁一准是山哥们放的，一股子野韭菜花儿味。我们听了，都觉得好笑，但山哥们不爱听。

有了第一次进山的经验，以后再去，就容易多了。之后，我和小伙伴在不同的季节又爬过几次大北坡，深入乱石窖，吃野果、采山珍、挖野花、掏鸟窝，玩得不亦乐乎。

到了 20 世纪 70 年代末 80 年代初，这里的山场被人承包了，开始封山，后来还下了线枪（在火枪的扳机处拉上线，隐藏在草丛中，人和动物蹬上后，就可能中枪）。我村有一女的，就蹬上了线枪，两粒铁沙子打进了大腿，还好伤得不是太重。据说后来那线枪被强制拆除了。再后来的几十年中，大北坡曾经历过工业项目、旅游项目开发的数次论证和谈判，但是终究也没上马。对此，山南山北的当地人大多都感到欣慰，他们并不希望这里的自然状态被改变，这也应该是他们内心深处对这座山的依恋和挚爱吧。这些年来，大北坡不论经历了什么，但封山育林、绿化造林、生态修复的脚步都未停息，它昔日的风貌正在逐步恢复。

近几年，听说在大北坡的南路，包括横岭子一带，搞了市级绿化美化工程，建立了“首都‘互联网 +’全民义务植树基地”。基地北可远眺云居寺，东邻京昆高速路，南抵张坊镇红酒庄园，西接南白岱新村，总占地 960 亩，三面环山，抱阳负阴的小气候浑然天成。用不了几年，这里将形成一处新的生态文明建设的示范地。

走出老家后，我再没去过大北坡，阴面的乱石窖更是没去，这一别都有 40 多年了，我一定再去看看它。

愿它越来越美！

四、蝎子山

蝎子山是我老家五座山中的第四座，它不是因为山形似蝎而得名，而是因为山上生存的蝎子多而得名。

蝎子山位于我们老家村庄的东北侧，坐北朝南，东西走向。从地域上说，它全部在我村的地界内，为我村专有，不像我村其他四座山都是村或镇的界山。山的西端接壤着我村 800 多亩的小平原，村里的好地块基本都在这儿。山的南侧是平原丘陵过渡带，山的北侧有一些较大地块的山地，跟北白岱和蔡家口村相连。西南北这三个方位的耕地有 1000 多亩，是村里人世世代代的命根子。山的东端是一个低洼凹口，向东延伸后汇入大北坡。这一带叫野鸡口，是野鸡、石鸡等鸟类的天堂，种群规模相当可观。

蝎子山就是一座普通平常的小山，但它却有特别之处，就是生存着大量的蝎子，也不知已经繁衍了多少年。蝎子最多的时候，是在 20 世纪 60 年代之前，听老人们讲，随意翻开山上一块百八十斤松动的石头，下面就有 10 只、20 只的蝎子乱爬，挺吓人的。我十来岁的时候，山上的蝎子依然很多。记得有一次打稞稞到了山上，在这里干活的一个大人说，别往石头上坐，小心蜇屁股。说完他摘下草帽子扔在了山坡上，也就是一袋烟的工夫，他拿起草帽，下面居然爬进去三只蝎子，一大两小，给我镇住了，我还是第一次一下子看到三只蝎子，还真的有点怕。因为，在我还穿开裆裤的时候，坐在家里的炕沿上，让一个小火蝎子给蜇了屁股，蹦着跳着喊痛，其实，那个小蝎子不足两厘米长，这毒性却恁大，可让我记住了。看着那只超过 10 厘米长的大青蝎子，我心里一紧，直咽口水。其实周边别的山上也有蝎子，就是没有这里多。

蝎子，又名八爪虫，是节肢动物门蛛形纲蝎目种类的统称。喜潮怕干，昼伏夜出，主要捕食无脊椎类的小动物。蝎子全身都是宝，药用价值很高，据说全蝎入药的中西药超过了 150 种。此外，蝎子还是滋补食品，“油炸全蝎”早就出现在了宴席上。正因如此，野生蝎子也是难逃厄运。我上小学和初中时，我们张坊公社的收购站是收购干蝎子的，但价格不高，算起来没有刨小鸡根（远志）、挖药圪丹（半夏）、捋酸枣（核儿）晒干了去卖更划算（这三种都是中药，我们这里很多，收购站也收购），而且逮蝎子还怕给蜇着。因此，我们这里逮蝎子卖的人很少，老人们也反对。到了 20 世纪 70 年代末和 80 年代初，干蝎子的收购价居然飙升到了 50 块钱一斤，高得逆天了。于是掀起了逮蝎子的高潮，大量的蝎子被活捉后晒成了干儿。山上的石头自然也被翻了个个儿，使蝎子失去了赖以生存的家园。我们村这一带还稍好些，十渡往里河北涞水县、易县那边闹得更厉害，类似现在青海、西藏挖冬虫夏草一般，那些生存在山坡嶛岗的蝎子们，简直就要被灭族了。

逮蝎子高峰期，还出了人命。不是蝎子蜇死的，而是被谋财害命。记得死去的是一名涞水县的中年男子。这天这名男子在张坊收购站卖了六七斤干蝎子，300 多元钱进了腰包。这在当时是什么概念，两三代人在庄稼地里得干数年，也干不出来的，说白了，当时可以称作是一座小钱山。这名男子出山时是独身，回山时还是独身。横祸来了，走到十渡上段某地的老山背后，被人打了杠子，人财两空。当时信息是多么闭塞，但这个消息还是传播得很快，十里八乡差不多都知道了。后来案子怎么破的，我也没获得消息。

说到这里，心情有些沉重，这人，就这么没了。再进一步想，对于那些成千上万的小生命蝎子们来说，不也一样吗？

我们这一带，包括蝎子山的蝎子，到 20 世纪七八十年代锐减，有自然因素，也有人为因素。自然因素是起始于 70 年代的持续干旱，山上的潮湿区域日渐缩小，压缩了蝎子的生存空间。人为因素也是显而易见的，农药化肥使用量的增加、运动式的灭蝗灭虫（蝎子的食物减少），特别是大量大规模地逮杀，造成了蝎子数量断崖式地减少。

如今的蝎子山还是我小时候记忆中的那座山，模样也没有大的变化。但翻开山上的石头，几乎看不到蝎子的踪影。

其实，在这类似“山是蝎非”的变化中，人类也正在觉醒，顺应自然、敬畏自然已被广泛认知。人与自然共生共容、和谐相处，人无疑是主动的一方，那么人就应该做一些积极有益的事情。

蝎子山，再有几个或更多的过往，还会见到蝎子的。

五、白带山

白带山是我老家五座山中的第五座，也是最高最长的一座，海拔 557 米，主脉、分脉总长不少于 12 公里。由于驰名海内外的佛教圣地云居寺和建成时间更早些的中山寺都坐落于白带山上，使白带山因有两处千年禅寺的坐落而声名远播。此外，白带山还有一个醒目的标签，那就是，在房山众多的山峰中，白带山是仅有的两座有《志书》记述的山峰之一。《白带山志》是爱新觉罗·溥儒先生的山志之一。《白带山志》记载：“白带山系太行山系，接上方而俯拒马，黄陂万顷，翠崿千重，峰峦秀峙，林木蔚跂，奇峰危壑，怪石珍草。”

关于这些方面的记载与描述，在各种史料书籍中可谓林林总总，作者也多是名家和行家，书友们和爱好者大都耳熟能详。而我写老家是茶余饭后的业余随笔，尽可能地来写亲闻亲见亲历的过程与感受，尽量减少查阅史料和翻读文献，以使我对老家的记忆和感悟得以挖掘并自然地转化成文字。那么在我记忆中的白带山与我老家相关联的一些内容，自然要做记述。

白带山的西端起始于大峪沟村的大梁山沟（北拒马河季节性支流），向东绵延后到蔡家口村周张公路开始下坡时的这段山体，约为 3 公里，坐北朝南、东西走向。再往西北至东北弯曲环转，形成了一处半环状的山弯，主山梁酷似大象，耳、鼻、眼清晰传神，得名象山。佛教圣地云居寺就坐落在这天赐宝地象鼻的右侧与大象右耳的下方。

东西走向平行于周张公路大约 3 公里的这段山，山腰间有一条横贯山体由白色岩石形成的条带，嵌入发青发灰的山体，反差明显、清晰易辨。这也正是白带山名字由来最集中最认可的说法。另有山间常有白云缠绕形似白带而得山名的说法。我倒是倾向于前一种说法，因为山间时常缠绕白云的山还是不少的。据传说南白岱、北白岱、西白岱三村的村名是因背靠白带山而得名，最早就是白带二字，而后变称白岱，一直沿用到现在。追根溯源，尚无查到称谓为什么变化的史料记载。

听老人们说：东西走向正对着我们村村北这段 3 公里的山，就是我们南白岱村的后“靠”（也包括北白岱和蔡家口村），前“照”就是曲折蜿蜒的拒马河。老人们还说过村子左右两侧的风水标志物，并讲了这方面流传的一些说法。这样，小的时候，我就知道了我村周边山水的大致情况以及跟我村的关系。村民对先祖们在这里定居繁衍表示敬畏和认同，确信这里就是一块风水宝地。

这种面朝大河、背倚大山而中间空间较大的构造在我们这一带非常少有。当年我们的祖辈在此建村是很有眼力的。现在，已经繁衍了上千年的村民们，每每说到村里的风水，依然是乐此不疲、滔滔不绝。按照现在行政村的位置，虽然我村北侧的北白岱村，已经把我村与白带山隔开，而南白岱村也把拒马河与北白岱村隔开。但历史上北白岱和南白岱就是一个村子，为元朝时怀玉乡管辖的抱玉里（那时一乡辖十里）。之后又因紧依白带山，而改名白带村，后又阴差阳错地改称白岱村。由于人口的繁衍和村庄范围的扩大，才形成北白岱（老白岱）、南白岱（大白岱）和再之后的西白岱（小白岱）三个村。现在同处一条南北轴线的南白岱村、西白岱村、北白岱村，在地理位置特别是在风水学的表述上，还是按照一个整村的概念，把拒马河作为前“照”、把白带山作为后“靠”，三村村民共同期盼这份浑然天成的宝贵资源给这里带来福荫。

我们老家人修建房屋或祖坟，大多以白带山为参照，定向（线）、定点（位）、定四至（边界）。这是祖辈传下来的，而且有一整套的规矩。当地深谙此道的人并不多，也主要是传承而来。到了现代社会，科技手段日臻完善，这些人也就与时俱进，很好地把传统与现代结合起来，并赋予了新的内容。这个行当受人尊敬，必然也有一定的市场。

我上小学、中学时，多把这些当作笑话来听，其实到了高中也还是这样，甚或认为这是封建迷信。参加工作以后，阅历增长，眼界扩大，认识上有了较大的转变。有时看见文圈里或三五人就风水二字，进行正反两个方面面红耳赤地唇枪舌剑时，觉得有些好笑，但从中似乎也能悟到一些什么。

后来感觉到，我对所谓风水或曰风水学的认知确实发生了变化。突出的标志是，辩证唯物主义和历史唯物主义世界观、方法论的确立，使我看清了风水学的两面性。风水学之所以有一层神秘的面纱，从科学的角度看，是因为这是一门科学性很深很强的学问或学科。而且在不断地发展、升华，研究探寻也必然使人们产生猎奇之心。从迷信的角度看，多是统治阶级或欲得利者使用的维护权位、迷惑黎民、牟取利益的障眼法而已。同时，也有迷信落后、缺乏科学知识等方面因素的影响。

建设美丽中国，山水林田湖草沙冰一体化治理，乡村振兴的规划、建设水平必将不断提升。为老家的发展建设和村庄环境整治带来了难得的历史机遇。确信我们老家一定会越来越好。

村南的拒马河绿水荡漾；村北的白带山青黛交织；村中民房幢幢、树影婆娑；村民安居乐业、幸福安康。这也应是我心中的乡村理想国。

第二节 一水滔滔过庄南

在老家南白岱的山水林田中，我最喜爱的莫过于水，确切地说是老家的河水，北拒马河之水。经年累月从老家村南流淌而过的北拒马河，是我们的母亲河，滋养了世世代代傍河而居的人，孕育出这里特有的文化与文明。五六岁起就在河里泡、河里耍的我，躯体的长成、人格的形成，离不开它的哺养。我对这河挚爱至深、无以言表。

先从拒马河说起：拒马河发源于河北省涞源县，为海河流域大清河水系支流，古称涞水，也称巨马河。在十渡镇平峪村的自然村套港（房山区和十渡镇的最西南角，因是拒马河河套，故得其名）入境房山，流经十渡、六渡、片上、张坊等村，从张坊村西向南，流抵传奇山峰铁锁崖后，急速左转 90 度向东出山，始分南北两支。其中一支称南拒马河，直入河北省涞水县；另一支称北拒马河，流经张坊镇、大石窝镇（原南尚乐乡）的数村后，从南河村出房山境，入境涿州在码头镇小柳村与大石河、小清河汇流，下称白沟河。南北拒马河最后汇入大清河后入海河。

拒马河在房山境内干流长 61 公里，流域面积 433.8 平方公里。片上村（一渡）以上山区河段为上游，长 41.5 公里，流域面积 395.4 平方公里。片上村以下平原河段为下游，长 19.5 公里，流域面积 38.4 平方公里。

拒马河沿途风光秀丽，上下游两段各具特色。特别是上游一段，河道蜿蜒曲折、峡谷幽深峻秀、山峦陡峭壁绝，被冠以北方小桂林之誉。对此，古今文人墨客，不畏途险、不惜笔墨，竞抒情怀。其中本土当代著名诗人赵日升先生的名作《拒马河 靠山坡》是最受沿岸居民青睐的一首。2000 年我首次读到这首诗的时候，旋即入境。啊，就是这个样子，就是这种样态。这里的自然、这里的原生、这里的古野、这里的美妙，都映射到诗人的字里行间。

我要说的是，拒马河下游也就是北拒马河，其实也很美，真的很美。只是很少有人踏足并用笔墨渲染，而当地人身处“庐山”之中，也不太在意。关键是面朝黄土背朝天的时代，人们的关注点不是这个。离乡在外 40 余年，有了不同的经历和认知，我才真正感觉到了它的美。北拒马河最美的一段就在我的老家南白岱。这段河流的美，是多彩的、丰富的、立体的。我不是诗人，写不出那诗情画意般的词句来形容。但我是岸边的原住民，是大河之子，我可以用带有老家味道的通俗语句，表达我对这河、这水的深切情感。

北拒马河是拒马河在铁锁崖一分为二后方位在北的一支，在张坊村南向东穿过涞宝公路后，一路奔流而下，流经王家磨、蔡庄、史各庄、下滩、西白岱、南白岱、广禄庄、塔照、镇江营、南尚乐和南河村后，入涿州境。

北拒马河及相关故事就从这里开始。

一、唯美的复合型珠链状河道景观

这段河长约 16 公里，由于没有了山区峡谷的限制，河道开始变宽，从几十米到超过百米不等。河的流速也随河道宽窄起伏不定，但总体变缓。由于夏季丰水期水量大而集中，再加上近百年来发生过几次较大的洪水，使河道出现数次大幅度的左右摆动。这种周期性、季节性的变化，一方面给这里带来了数次较大灾情，另一方面造就了这里独特的河道景观。

在 20 世纪六七十年代之前，北拒马河在我老家大约 6 公里的这一段。最原始的景观是以“三河七湾四滩”为骨架，由大大小小几十处支流、湾渟及滩涂组成的复合型珠链状水系，并在春夏秋冬的更替中，呈现出丰富多彩、差异明显的季节性样态。可谓自然天成，美不胜收。

（一）三河——珠链状水系的柔性链带

北拒马河在经年累月流量变化的冲刷下，在这一带形成了一分为三的河道景观，由一个主流、两个支流组成。其主流（老家称二道河）方位在最南侧，水量最大，东南流向，全长约 4.5 公里，在塔照村汇入第一支流与第二支流的合流段，再次变成单一河流，流抵南河村后出房山境。

第二支流（老家称二道河）方位居中，起点是杨麻子磨湾东南角。这个点位正北是西白岱村，正南是下滩村。向东流至南白岱下磨坊处汇入第一支流（老家称一道河），这条支流最短，约 2 公里，水量也是最小的。

第一支流方位在最北，离南白岱村最近，起点在王家磨湾下方，全长约 5 公里（其中一支流、二支流汇流段长约 1 公里），向东流至丁家湾后，遇到近百米长南北向石崖阻挡后 90 度右拐向南，流向塔照村西南，完成三流汇合。

这三道河构成了珠链状水系的美丽链带，更是这个水系的灵魂。

（二）七湾——珠链状水系的七星宝石

北拒马河出山后，在河面较宽河床较软的地方，形成了大小不一、深浅不同的几十个水湾，其中最大的有 7 个，水深 3 米上下、长 200 米至 300 米、宽 30 米至 80 米。

从上游往下游数，分别是：王家磨湾，在三道河上段，是一道河的源头。杨麻子磨湾，在三道河中段，是二道河的源头，距王家磨湾 1.5 公里。化家庄子湾，在三道河中段，距离杨麻子磨湾 0.6 公里。下湖坑湾，在三道河下段，距离化家庄子湾 1 公里。下五十湾，在一道河中上段，位于南白岱村正南，距离村庄不足 200 米。丁家湾，在一道河、二道河汇流后河道由东向南拐弯处。塔照湾，在丁家湾南向 400 米，是三河汇流的标志点，往下是镇江营村、南河村，再往下出房山境。以上七湾在落位上，形如七星，散布于河道的上中下游，错落有致、点睛传神，就像是珠链状水系中 7 颗璀璨的绿宝石。

（三）四滩——珠链状水系的黄金配饰

四滩是北拒马河岸边四处较大的淤积沙丘，最大的要大过两个足球场，最小的也不小于一个篮球场，最高点高出河道三五米。

一般一处沙滩可分为顶部、岸边和水中三个部分。顶部最为松软，在上面长距离走动有点儿吃力，夏天光照强烈时光脚踩上去会烫得受不了；岸边的部分稍向河面倾斜，但总体平坦，光脚踩踏舒服省力；伸入水中的部分多是河床平坦之处，没有砾石与杂草，纯净的沙粒踩起来细滑凉爽。

这四处沙滩分别是：第一滩，杨麻子磨两岸双滩。在我们老家的河段，两岸同是沙滩的仅此一处，也是最好玩的。

第二滩，化家庄子滩。在化家庄子湾南岸，地势较高，还有河道护坡的作用。

第三滩，小黄嵲滩。在一道河中游小黄嵲回水湾的西南侧，在四滩中面积最小、离村最近、人气最旺。确切地说，这是一处集沙滩、水湾、石崖于一体的绝佳玩水之地。这里离村子很近，一般走上十来分钟就到了。而这里的水湾和沙滩虽然不是很大，但是水却有深有浅、有急有缓，水性好和不识水性的人都能玩儿个痛快；同时，沙滩的沙子细腻、新鲜、干净，每到雨季，经常性地、大小不一地涨水，会冲走旧沙带来新沙。而这里最吸引人的地方是有一排泛黄色的石崖，呈辘轳把形，实际是马鞍山的脉基，小黄嵲因石色而得名。这里是北拒马河一道河与北拒马河支流大梁山沟汇流之处，直立的崖壁正好挡住了西向来水的去路，形成了两个 90 度的拐弯后，转向正南流出。小黄嵲嵲长有 30 米，北部、中部高 3 米左右，南部变缓，并伸入河中，而石嶂下面的河水有两三米深，是非常难得的天然跳水台。小黄嶂的天然赏赐，使这里可游泳、可跳水、可玩沙，还可钓鱼摸虾，令人玩起来不亦乐乎。因此，夏秋时节，到这里玩儿的人从不间断。这里还是传说中马鞍山马头的部位，是“山马”低头饮水的地方，“山马”与“河马”对话的神话就源于此。

第四滩，塔照滩。在三河汇流处塔照湾的西南岸，路途远一些，平时去的人不多，但自然古野，原生味道更浓，甚或令人带有一丝丝的恐惧。这四滩以及一些更小的沙滩，散布于河道两岸，星状点缀、泛黄耀眼，就像珠链状水系上的金色配饰。

北拒马河唯美奇幻的三河、七湾、四滩水系，是上天恩赐的大礼和福分，生活在这里的人们自然要接受这份大礼，乐享其福。

二、老家人玩水的多种花样

靠山吃山靠水吃水，一方水土养一方人，是先人的经验性感悟与总结，非常具有哲理性。而靠河耍河、靠水玩水，则是我们老家人在乐享拒马河的福恩。一旦耍玩起来，舒坦惬意、上瘾着迷、永远记怀。

老家人的耍河玩水花样繁多，而经常玩耍的人有一个通用的说法，那就是下河。见了面，第一句话就是：下河去啦，下河没有，又下河了，这些交流都带着得意或羡慕。这里的大人、小孩都喜欢下河，谁下河了自然被羡慕，没有下河的心里犯痒痒，肯定想着下河。

下河不单单是下河入水，只要到河边玩耍，甚至干活儿什么的，都可以叫下河。下面就来看看这下河的花样和名堂。

（一）夏秋玩水——乐趣无穷

夏秋丰水期，下河的人最多，主要是下水游玩，那其中的乐趣无以言表。

要到深湾去耍必须会浮水（游泳），那些水性好的人光着身子，到了深湾里忽上忽下、时隐时现，乐趣无限。我在七八岁时就学会了游泳，10 岁出头就可以下深湾了，因为我父亲和几个哥哥都鼓励我到“中流击水”。

记得我 16 岁那年，1976 年 7 月的一天，由于连续下雨，拒马河发了洪水，当时一道河下五十河段平时 20 来米宽的水面，已经超过了百米，而流到小黄嵲转弯处时水面收窄到 30 来米，流急涡漩水浑，并夹杂着木头、瓜果等漂浮物，看着眼晕。当时北岸边站在小黄嵲石台上看水的人很多，有人连说带比画，说可以从这里游过去，正在岸边拿木杆子捞东西的人说：够呛，你没看我这木杆子都给带跑了一根儿。这时，我的一个当家子哥哥焦启来开始脱衣裳，他说，我来试试。我这个哥哥不到 40 岁，身强力壮、水性颇强。有年纪大些的人说：要小心呀，等水小一点儿再过吧。我这个哥哥也没理会，站在石头上抡抡臂、伸伸腰，一扑入水，连游带冲转眼间就出去了二三十米，也就是十几秒的工夫，就到了河对岸下方约 100 米的地方，顺利上岸，挥手示意，这边是一片惊呼。焦启来还没下水时，我正蹲在石头上用手划水，我也想游过去，我觉得我能过去，但这里这么些大人肯定会拦着我。我悄悄地跟我的小伙伴柱子耳语了一番，快速脱衣，迅速入水，奋力前划，岸上的人还没反应过来，我已游到了河中间。我感觉游得比我那个哥哥更快一些，因为我顺水下游的靠岸点更往上一些。不过，上岸前还是被水冲了一个骨碌碌，因为快到岸边时也就是脚面深的水，我就站起来了，没想到水流太快，一下就把我冲倒了，我只好滚着上了岸，我兴奋无比。岸那边也炸了窝：好小子，胆也太大了，这可不是闹着玩儿的！那一次，或者说若干次，就我们两个人完成了北拒马河一道河洪水期的横渡，在我们村的小半桩子中，我也是第一人。当时，没有勇气、底气再加上点愣气，是不可能做到的。我父亲知道后，并没有责怪我，只是说：干事要约出八两半斤来，没有把握不能硬来。父亲又说：都快过去了，还被水冲个骨碌碌，是经验不足，你启来哥怎么没事儿呀，幸亏岸边哪儿都是沙土，要是有块大石头或树杈子什么的，就容易受伤。父亲的话不多，既在理又实用。这以后，我做事谨慎安稳的意识更强了。

1976 年，还有一件记忆深刻的事儿：当年 7 月 16 日是毛主席再游长江十周年纪念日，我参加了张坊公社组织的集体游泳活动。当时各单位都在选人，要求必须是水性好、身体好的成年人，同时，也分配给张坊中学一些高中生名额，我正上高一，有幸被选中。那天的活动现场就是拒马河片上村西大湾。这个水湾宽有 70 米、长 200 多米，水深 3 米上下。现场布置了标语彩旗，大喇叭和鼓号声此起彼伏。我们 200 多号人组成的游泳方队排在岸边，精神饱满、跃跃欲试。活动开始前，有一位公社领导做了动员讲话，讲了开展这次活动的目的意义，介绍了毛主席他老人家畅游长江和创作《水调歌头·游泳》的情况等。他的讲话很有激情，非常富有感染力和动员力。特别是他最后讲的两句，至今记忆犹新。他说：同志们，我们要像伟大领袖毛主席一样，在大风大浪中奋勇前进，前进！我们听得浑身热辣辣的，恨不得立即下河“击水”。

随着指挥人员的一声令下，我们依次入水，由北向南顺流游下，由于人多，涌起的水浪有半米高，有的人还呛了几口水。我还是第一次看到这么多人同时游泳，为了看得更清楚，我尽量把头抬得高一些。我就在最后几排，前面的情况都能看见，最显眼的是忽上忽下的人头和左右划水的胳膊。难得的是，事先一次演练也没做，我们的队形居然保持得还挺整齐。可见这些人的水性都不错，并且也有很好的控制力。就是在陆地的操场上，我也没见过这么大的方队，也算是开眼了。不大会儿的工夫，我们就游到了终点。大家都说还没使什么劲儿呢，确实是有点意犹未尽。活动结束后，回到班上，没等同学们问，我就开讲了，真还牛了一小下儿。

其实，参加那次活动，就毛主席畅游长江和挥笔作词等情况，我当时知道的跟那位讲话的公社领导差不多。后来由于愈加喜爱毛主席他老人家的诗词，也喜好历史，也就更加注意这方面的学习和思考了。毛主席一生多次畅游长江，还游过湘江、珠江、邕江、渤海等大江、大河、大海，同时创作了数篇相关的惊世诗作。而毛主席的宏伟抱负和设想逐一实现，成为中国人民衷心爱戴和敬仰的伟大领袖。此后，我的游泳兴趣更浓了，长大后天南海北地去了一些地方，只要有水、有条件游，我就下水体验一下。我国东部、南部四海之滨，东北、华北、华东、华南和中原等地的不少河流及一些水库，都有我的游泳身影。这是一个非常享受的过程，也从中历练了我不畏困难、耐受压力、做事有恒心的性格。

上面说的这些，大都是在河湾的深水区玩水。而想学浮水的人，就要找个水浅平坦的地方自己瞎挠扯，或找个会浮水的人教教。不太笨的话，当天就会扎猛子，五六天就能漂起来。会水的人说：你只要会扎猛子了，一般就不会呛水挨淹。所以，扎猛子是学浮水的第一关。我们这里学浮水的姿势，一水儿的狗刨儿，学会了以后自己再去练别的姿势，都不太正规。但在水里折腾一个小时是没有问题的。每到夏季，学浮水的人都不少，七八岁的、十几岁的，每年总有十几号人或更多的人加入深湾玩水的队伍。我村在外地亲戚中也有专门来学浮水的，有的超过了 20 岁。他们见了我村六七岁的小孩像泥鳅一样在水里钻来钻去的，既羡慕又不好意思。但是，当他们学会了以后，就没有了羞涩，那股兴奋劲儿还真像个孩子。我跟他们中的几位相处得不错，有的都参加工作了还有联系。每每谈起当年玩水，他们依然兴奋不已，在拒马河学游泳和尽情玩耍的情形让他们难以忘怀。城里人中也有高手。我村刘姓亲戚中有个叫大平的，大我三四岁，他来河边除了玩儿还带着显摆。因为他会自由泳、蛙泳、仰泳，而且看起来还是那个架势。于是，我们这些人受他的影响，慢慢地也都学会了各种泳姿。

不论是在深湾还是浅滩玩水，不都总在水里泡着，一边玩水一边玩沙才更有乐趣。凡是河边有水湾的地方，大都有沙滩相伴，玩水自然也要玩沙。在水里玩上一段时间，就该换换口味了。于是，人们三五结伴来到岸边的沙滩上，或打个滚儿浑身沾满沙子，晒晒太阳；或躺在沙滩上相互间用沙子慢慢把身体埋上，只露出脑袋，做做沙浴；或翻个跟头、打个小翻、玩个旋风脚，练练身手；或在沙子潮湿偏硬的地方来个裸奔，在沙丘顶部沙子松软阳光充足的地方蹚蹚沙子烫烫脚。这几种玩法，不光只是做重复性的动作，往往口中还要念念有词：比如在沙滩上裸奔，边跑边喊，跑、跑、跑麻秆，你不干来，他就干，横竖也是“那儿”先干。（那时由于口粮不足，男孩儿多是瘦瘦的，光着身子时就像麻秸秆儿。麻秆是苘麻剥去外皮后留下的细长细长的白秆儿，特别脆弱，一掰就折，很像现在小贩做的拐棍糖。）这些玩耍的词语特别接地气，有的还特别嘎气。

小男孩们还有一个更妙的玩儿法：就是找一小块平整点儿的干沙面，蹲下撒尿，形成一个尿窝窝，等尿液渗下去以后，在尿窝窝四边干燥的地方用手慢慢地挖开，然后再用两手捧着托起来。一个酷似鸟儿窝的沙泥碗儿就做成了，扑鼻而来的是潮湿沙土的味道还夹带着尿臊气。把玩一会儿后就扔掉了，但孩子们成功后开心傻笑的面容，将会定格在他们的记忆中。其实，这些孩子们只要在村里的大街小巷看见成堆的沙子，都要撒尿做沙碗的。这些沙子一般都是农家做泥水活儿的主要原料。在我们这里，所谓的大男人们，几乎都是这么过来的，撒尿和泥儿在童年的生活中所占的分量可不轻呢。

在沙滩上玩沙子一般要做两次重复，第一次是从水里出来浑身滚满沙子后扑到水里去冲，然后上岸再滚沾一次沙子，再去水里冲，重复两次以后身上干干净净的，不用胰子（肥皂）、不用搓洗，卫生洁净、水润护肤。经常来河边的人，滚一次沙子冲洗后就倍儿干净了。

河滩的沙子在每年雨季因大小不一洪水的冲洗，会有数次更新，一些人还要取走一些沙子做泥水活儿或存埋白薯、土豆什么的，所以沙滩的沙子总是新的、干净的。

老家河边的沙滩，多少人、多少次踩下的足迹被一轮一轮覆盖后消失，然而这些足迹却留在了人们的脑海里。

说起玩水，还有更有意思的故事。由于北拒马河三道河流的流经范围覆盖我村正南、西南和东南三个方向，所以我村所辖河滩的面积特别大。附近两岸六七个村庄加在一起也没我们一个村大。由于我村河边地界大，又有多处大大小小的河湾，所以玩水洗澡极为方便，撒开了扑腾。而女村民也拥有一处专属河湾，这个河湾就是下五十湾，离村子不远，水浅沙细，安全舒适，这在十里八乡是没有的。

我们这里一般是见不到成年男女混在一起游泳的。这倒不是因为封建，最关键的是男人下水几乎是全裸。好像那时边远的村乡都是这样的，现在有些地方还依然保留着这种习惯。而在一渡片上村和对面沈家庵村相邻的一个深湾，却有男女混游的情况，那是因为有人在河里炸鱼后，她们下水来抢鱼。鱼被炸药炸晕、炸死后，大多漂浮在水面。炮声一响，这些水性好的女人，闻声而动，跑到河边，脱去外衣，入水抢鱼。她们青、蓝、绿、红的各色肚兜以及小短裤极为扎眼，白胳膊白腿的更是晃人眼球。在三四米深的水湾里，她们还能踩水，手拿事先准备好的抄网，抢起鱼来手脚麻利，还时不时用手击水与男人互打水仗，多是占上风的。这在当时，的确是一道十分令人惊艳的风景，鲜见、短暂，抢完鱼旋即消失，有人等上十天半个月的也不一定看得着。你要想见着，就得去炸鱼，那时炸鱼这个行当是不受管制的。

在我村女村民的专属河湾，白天一般都是由家里的成年女性带着女孩儿来玩儿，不脱衣服，玩得也很上瘾。赶上天气好，上岸后个把小时衣服就基本干了。当时，学会游泳的女孩为数不多，她们长大工作后，出差或休假时在海边、河湖、泳池一亮相，就会令同事或朋友惊叹不已。她们自己也颇为得意，因为那时会游泳的女性毕竟是极少数。写到这里，我想到了海神女的雕塑，惟妙惟肖，但那只是一个单体雕塑，而我们这里最多的时候，得有十口二十口子的，被水浸透的衣服裹着身体，姿态多样、灵动唯美。那时，要有相机拍一拍，准有艺术大片诞生。

写到这里，我还想起了作家凸凹先生的小说《喊河》，说的是他的老家长操石板坊的一条小河，有一处适合游泳洗澡的小水湾，是男女轮用，每天要有人先占盘子，谁先到了赶紧下水并大声喊话就是谁的了。有一次，一个多半愣子的小伙子先占了盘子，但忘了喊话，几个年轻媳妇晚到了一步，心有不甘。于是，嘀咕了两句后，就下了水，还上了手。三下五除二，在几声带有男性低音的喊叫中，多半愣子的小伙子从小水湾中仓皇窜逃。背后则是那几个女人咯咯咯的长笑声。在我们老家，水湾湾多的是，自然也就没有占盘子喊河的故事。

说下五十湾是专属河湾，也不是很准确。因为这里还是我们村南白岱小学学生们集体玩水的去处。每到炎热季节，我们的体育课有时就是到河湾扑腾水，多是一两个班，上百号人。“南边来了一群鹅，扑通扑通跳下河”是农村下饺子的谜语，很形象。北边跑来一群娃，急猴猴地扑下河则是我们下水玩耍的真实写照。那时，我们都是穿着衣服下水，几个翻滚，就成了一群小水鸡儿，叽叽喳喳，好不开心。天真稚嫩的孩子们在水的滋润中，日渐成长。长大以后出外闯荡，他们能忘记老家吗，能忘记这里的水吗？

女人们要想更痛快地玩水，要等到天黑以后。这时登场的大人就多了，这才是她们真正放松的时候。洗身的、漂衣的、打闹的，此时那里就是她们的世界。按照这里的老规矩，男人是不能到这里偷看的，否则，被逮着以后不但要受罚，而且更是一件坏名声的事情。可还是有人会冒风险的，其实，即使靠近一些，也什么都看不见，天黑就是很好的保护。那里能够抵近水湾的地方只有两处，一处是南岸高出河湾不少的斜坡沙丘，上有散生的菅草，爬着可以过去，但距离远容易被发现。另一处是河湾东南角的一条小水沟，这里的人都叫它小南沟儿，蜿蜒起伏，水草丛生，可以从下游偷摸着爬上来。这么多年，听说能够抵近那水湾并不被发现的人寥寥无几。在大我几岁的一帮小半桩子中，还真有一位居然没被发现。他就是顺着小南沟儿爬到近前的，可是他什么也没看见。那些女村民们都不傻，知道那里不太保险，玩水时总是离得较远的。但这小子还是有收获的，眼睛不行，耳朵可以，他听到了她们嬉笑打闹的一些片段，这已是很意外很惊喜了。据他眉飞色舞地说，他听到了一个亲嫂子、一个叔伯嫂子与一个小姑子等人的对白。亲嫂子说："你们看这丫儿，身子圆滚滚的，再瞧瞧那儿，比咱们喂奶的都不小，这哪儿像十五六的呀，说二十五六还差不多。"有人说："人家家里有挣钱的，条件好，平常儿吃得好呗。"叔伯嫂子说："不光是吃得好吧，搞对象了吧，啊？是不是都那个嘞。"咯咯咯，咯咯咯，一片笑声。小姑子说："别胡说，人家还上学呢。"叔伯嫂子还上劲儿了，说："这可不好说，你长得这么馋人。咳，有没有的，咱们瞧瞧不就行了吗，按着她，给她检查一下。"哗啦哗啦的水声响成一片，看样子要来真的。"你们怎么这么坏呀，就欠让我哥收拾你们。"

这丫儿是真急了，一边说一边哗哗地蹚着水跑上了岸。咯咯咯，还是笑声一片。尽管这小子偷听的内容不多，但听他讲的人支棱着耳朵都听得很入神。这些人也没过多地责怪他，只是说要加小心，被逮着就惹大事了。

上面讲的都是夏秋玩水，只是几个记忆片段，花样还很多。

（二）冬季玩冰——乐趣更浓

老家人冬春玩冰的兴致丝毫不逊色于夏秋的玩水，北拒马河特有的河冰给老家人带来了更多的快乐。

小雪封地、大雪封河。北拒马河的冬春两季，是另一番景象。到了大雪节气，绝大部分河面被封冻。深冬，靠近岸边和浅滩的冰多是灰白色，像是镶上了银边。而河湾和水深的地方，冰的颜色则泛青绿稍带白色。所以，横看河道，两边银白、中间青绿；而纵看河道，蜿蜒曲折，恰似一青两白三龙伸卧。天放晴时，还挺晃眼。如果赶上连降大雪，就是一片白色世界。为数不多的几处微小的流水河段，犹如小小青龙款款游动，在大片寂静白色的映衬中，显出独有的灵动。

北拒马河冰冻的时节，人们肯定是闲不住的。

“一九二九不出手，三九四九冰上走。”冰面上能上人了，迫不及待的人们就开始出动了。此时，冰的厚度能有一尺多，汽车开上去也没问题。有备而来的冰民们，要开始滑冰了。自制的冰车大同小异，一块木板，在背面左右两边，顺向勒上两道八号铁丝，木板前面中间部位还可以打上一个铁环，用来拴绳子，便于拉拽，冰车就做成了。再把一尺左右的两根钢筋一头磨尖、一头安上木把儿，扦子也做成了。

大人、小孩儿抢着上车滑冰，感受飞冰的快乐。坐上小小的冰车，双手用力撑扦，滑行速度挺快的，有时耳边都能听到嗖嗖嗖的风声。技术好的前后左右滑动自如，还能就地打转转，好不得意！除了玩冰车，也有双脚踏着滑冰板站着滑的，需要较好的平衡能力。而更多的人没有冰车和滑冰板，也照样玩儿。他们穿着平底棉鞋助跑一下后侧着身子直接滑出，或助跑后立即蹲下后滑出，滑得也很远，特别是塑料底的棉鞋滑得更远。摔倒或坐屁股蹲儿的时候也不少，但是起身后接着玩儿。

玩冰也有涉险的时候。早春以后，冰面开始变薄，实际上还是“四九”的时候冰面就有变化了。“四九冰消”说的就是冰面的变化。这里的“消”不是融化，而是冰丝由横向转为竖向的渐变过程。特别是气温逐步升高后冰面每天都在变薄，受压后就有塌陷的可能。有经验的大人就不让去冰面下水深的地方去玩儿了，而是在水浅的地方玩儿。爱玩儿的人，总是要抓紧最后这段时间，再多玩玩。于是，就有掉到冰窟窿里的，好歹水不太深，也就是闹个半身或全身湿透冷冰冰的，哆哆嗦嗦地哈哈一笑了之。有一次，我带着两岁多的孩子踩冰时，冰面咯嘣咯嘣直响，有塌陷的信号。我提起孩子放在胸前，快速往岸上跑，快到岸边时还是有一只脚没能躲过，杵在了冰凉的水里。真的好凉啊，孩子倒没着水，还挺高兴。我抱着她从没跑过这么快的。

老家从小在河边玩水玩冰的人，历经胡打海摔，身体既壮实又敏捷。从小学到中学、到高中、到大学、到参加工作（劳动），凡有体育运动，这些人大都是佼佼者。坐地根的基础就是这拒马河。

我老家的河冰，还有一个大的用途，就是镇（冷却）东西。

冬季细粉坊一开张，开始漏细粉，首先要到河边去刨冰。冰的厚度超过一尺，要有铁钎子、铁镐等工具。弄出来的冰一块一块的，搁在小推车上已经放好的大架筐里，装满后推回去。每块冰都有好几十斤重，一小车的分量也是不轻的。在细粉坊里，漏粉这个最重要的环节由有经验的师傅来干。细粉浆料漏出后掉进开水锅里就烫成了细粉，这时，要快速捞出，放到盛有大块河冰的冷锅里冷却，然后捞在杆子上晾起来。要出好粉儿，一热一冷两个环节还是需要一定技术和经验的。我在后文还要专门写到漏细粉的，在此就不多说了。

北拒马河的冰季还是很漫长的，人们除了溜冰、刨冰块儿之外，更多的还是逮鱼捉虾。像冰下震鱼、续冰水拿鱼、冰沿儿圈鱼、开冰淘鱼等，方法多样。边干边玩儿，收获多少不一，但都很过瘾的。拒马河的冰季是冷冷的，看似单调的，实际上它带给我们的却是暖暖的，丰富多彩的！

三、逮鱼摸虾，捉鳖拿蛙

拒马河是大清河水系的重要河流。它滋养了流域的万千生灵，更孕育了这里的独特文化；它秀甲一方的绮丽风光早已声名远播。这是人们在大的方面对拒马河的印象和认知，而从更小范围、更为具体的方面来看，拒马河令人津津乐道的还是这里丰富的物产。特别是拒马河的小鱼小虾，种类颇多、味道极美、令人咋舌、没齿难忘。

在我的经历中，也算是幸运，我瞅见过拒马河的小鱼由盛到衰，也瞧见了拒马河小鱼由衰转盛的渐变过程。情感上也经历了由失落到渐好的过程。

（一）拒马河鱼——受人追爱的超级美味

拒马河野生鱼种颇多，产量也着实不少。这是拒马河对沿岸住民的又一恩赐。在缺粮少食、忍饥挨饿的年代，它可以缓解食物短缺的困境，还可以补补营养不良的身体。在生活向好的年代，它就是纯天然的美食美味，是改善生活、迎客待客可遇而不可求的一道高级特色菜。我们老家离北拒马河这么近，逮鱼吃鱼就太平常了。在这里，几乎家家的饭桌上都上过拒马河的小鱼小虾。没吃过拒马河鱼虾的人难找，腥味儿一点不沾的人稀少。拒马河鱼虾的原有腥味儿和变成美食后的香味儿，都留在了人们的记忆密码当中。

拒马河到底有些什么鱼，人们是怎样逮鱼，又是怎样把鱼做成人间美味的呢？

1. 拒马河中鱼的种类

我们先看拒马河中鱼的种类。拒马河是一条古老的河，它常年有水，支流多、泉眼多、湾潭多、大渟多，水质极好，是鱼类生存的家园。我看过的一个资料显示，拒马河上游河段有 50 多种野生水生动物，已经采集到标本的有 40 多种。包括 20 世纪 60 年代发现的多鳞铲颌鱼、东方薄鳅、黄线薄鳅等新种和一些国内特有或稀有的鱼种。我亲眼见过的肯定超过了 30 种，而且土名也好、学名也好，多数都能叫得出来，这也是我亲近鱼的一部分。按照我们当地土名 + 学名 + 主要特点，以及在我心目中食用和养殖观赏价值星级等，以“小鱼物”在前、“大鱼物”靠后的顺序，在此排列一下：

先说说鱼的土名中带“子”字的鱼：

泥巴钻子 —— 泥鳅。数无鳞鱼类，最大体长 20 多厘米，体重最大二三两，极常见，数量多，有三四种，容易捕捞。焖炖煎炸均可，煎炸风味独特，食用品质高。

食用价值：★★★★ +

小麦穗子 —— 麦穗儿。体型较小，成鱼 10 多厘米，适应力强、到处可见，容易捉捕和钓获，可炸可焖，口味好。还适合鱼缸养殖。

养殖观赏价值：★★★★

火镰片子 —— 中华鳑鲏。群居性小型鱼类，体型侧扁薄而透明，繁殖期体色多彩艳丽，食用价值低，一般很少有人食用。极具观赏价值，用普通鱼缸就可驯化养殖。现野生种成鱼（7 厘米左右）在观赏鱼市场上按条卖，比龙睛鱼、草金鱼价格高不少呢。

养殖观赏价值：★★★★★ +

小白条子 —— 白条（白鲦）。小体型鱼，身体可泛银白色光，体长八九厘米，喜群居，常见于流水和半流水的浅水区，垂钓术语：拉白条。焖炸都行，口味尚可。

食用价值：★★★

沙河愣子 —— 棒花儿。头大吻长，体似穿钉，小型鱼类，很常见，肉松软，口味一般。常吃鱼的人一般不逮不吃，现在由于稀少，已升级为佳肴级别。

食用价值：★★★

柳树根子——柳根鱼。老家人叫它细鳞白。体型较小，最大体长20厘米开外，鳞细灰白，肉质较软，喜群居于河边的柳树根下，捕捉稍有难度，可炸焖食用，味道尚可。

食用价值：★★★★

窜条子——窜条（餐）。体型较小，大的有一拃长，尾部颜色重，常浮于水面捕食，数量较少，可炸焖食用，口味鲜美。

食用价值：★★★★

重（chóng）鱼橛子——重唇鱼。体形呈三棱形，嘴唇双层，喜流水，最大体长过尺，重量一斤开外。被旋网扣住以后，能头朝下在水底打立桩儿，以逃避收网，所以称重鱼橛子。焖蒸炖都可，味道鲜美。

食用价值：★★★★★

鲫瓜片子——鲫鱼。分布最广、数量最多、适应力最强。有黄、白、青几个品种（可能因环境不同）。大多体重2两以下，最大1斤以上，2斤左右的稀少。网捕垂钓容易，炸焖烤炖汆都行，清炖最佳，味道极鲜，容易留下可辨别的口味记忆。

食用价值：★★★★★

鲇鱼把子——鲇鱼。大体型鱼，最大体长1米，三四十斤重。二三十厘米的小鱼攥着像软木把子，故得名。无鳞少刺，数量较多，常见灰黑和浅黑两种。多为夜间活动，繁殖期聚群滚团可达上百条，不易捕捉，夜晚垂钓常有大获。可炖焖汆炸，味道鲜美。

食用价值：★★★★

鲤鱼拐子——鲤鱼。大体型鱼，数量较少，二三斤常见，大的可达十斤以上。多半斤到一斤上下的鱼被捕捉时，尾部左右摆动幅度较大，呈自然拐弯状，因此得名。适于炖烧焖蒸，肉厚味美。

食用价值：★★★★

黑鱼棒子——黑鱼（乌鳢）。大体型凶猛鱼类，体重一般2斤～3斤，大的10斤开外。成鱼半浮在水中不动时，黑乎乎的像个木头棒子，故称黑鱼棒子。可炖可焖，侉炖最好，肉肥味美。

食用价值：★★★★

下面是鱼的土名中不带“子”字的鱼。

地主鱼——中国斗鱼（叉尾、圆尾斗鱼）。体色艳丽的小型鱼，体长七八厘米，喜静流环境，雄鱼生性好斗。极具观赏价值，普通鱼缸就可放养，市场价格高于火镰片子（中华鳑鲏）。

养殖观赏价值：★★★★★+

滑稽——中华多刺鱼。冷水小型无鳞鱼，体长不足10厘米，数量较少。背鳍前有分离排列的9枚硬刺，胸鳍两侧各有1枚硬刺。因长相奇特，故名滑稽。极具观赏性，一般捕捉后放入罐头瓶或小鱼缸内养殖，可存活较长时间。

养殖观赏价值：★★★★+

花里棒槌——溪石斑鱼。小体型鱼，体长十来厘米，喜群居，多见于小溪小河的砾石缝中，体色多彩鲜艳，有竖向斑纹，故得名。不易捕获，可飞（抛）钓。肉质紧实，可炸可焖，炸制上佳，味道极美。

食用价值：★★★★★+

大嘴马口——马口。拒马河标志性鱼种之一，属小体型鱼类，嘴大形如马口，故得名。体色银白稍带红纹儿，鱼鳍红黄色，成鱼最大有一筷子长，游速极快，掠食性强，适合抛钓。口味极佳，可炸可焖，炸制最佳，容易留下可辨别的口味记忆。

食用价值：★★★★★ +

红翅儿——宽鳍鱲。属小型鱼类，体型肥壮，体长稍小于马口，繁殖期雄鱼出现七彩“婚装”，体色鲜艳，鱼鳍红色，故得名。生活习性与马口鱼相似，活动区域相同，捕捞时可同时收获。口味极佳，可炸可焖，炸制最佳。

食用价值：★★★★★

刺儿鳝——中华刺鳅。中小型鱼类，因背部有鳍刺而得名。常在水草丰富的浅水区活动，极易钓获，数量较多，最大的有半米多长。由于长相似蛇，且被刺后很疼，很少有人捉捕。肉质鲜美，可焖可炖，是良好的营养滋补品。还可入药，据说，用鳍刺刺脸并拉拽，可治疗受风、中风引起的嘴眼㖞斜。

食用价值：★★★

豆角——东方薄鳅。小体型鱼，中国特有物种，身长一拃左右。1965 年在北京地区发现。20 世纪 70 年代前在拒马河很常见，形似扁豆角儿，故而得名。此鱼体具 11 ～ 12 条灰色垂直宽带纹，头部两侧各有一个很小的骨质钩刺，捕捉被刺痛感明显。最适宜焖，肉质鲜美，营养充足，连续食用可上火流鼻血。

食用价值：★★★★ +

嘎鱼——黄颡（黄辣丁）分布广、数量多的中小型无磷鱼，体长可超 30 厘米、1.5 斤。背鳍和胸鳍有硬刺具微毒，人被刺后血流不止，会疼上好长时间。易捕、易钓，傍晚和夜间时段最适宜垂钓，被捉到以后有嘎嘎嘎的叫声，故得名。可炖焖炸烧，清炖最好，味道极佳，容易留下可辨别的口味记忆，

食用价值：★★★★★

边干（鞭杆）——黄线薄鳅。中型无鳞鱼，最大身长一尺开外。

1965年在北京地区发现，北京新种， 20世纪70年代前在拒马河山区段很常见。此鱼花纹奇特，形似嘎鱼但比嘎鱼大而瘦长。由于形似大车把式鞭子的基部又像牛尾巴，所以当地人称之为边干（鞭杆）或牛尾巴。适合粘网和垂钓，可炖可焖，肉质鲜美。

食用价值：★★★★

鱼谷洞(石口鱼)——多鳞铲颌鱼。拒马河重要的标志性鱼种，北京地区仅见于拒马河。也是这里的人津津乐道传说最多的鱼种。据说，此鱼每年到河道上游河谷中的鱼谷洞的深泉内越冬（现野三坡附近），春季谷雨节前后的十来天，再从洞里陆续结群游出。大的过尺，小的不足10厘米，出现“泉水喷鱼”的奇景，故而此山洞定名鱼谷洞。而此鱼也渐称鱼谷洞，此地也成为野三坡景区重要的打卡地。实际此鱼学名多鳞铲颌鱼，是古老鱼种，确有入冬习性，但不是仅限于“鱼谷洞”一处，像五渡、六渡、前后石门等有深泉深穴的地方都可入冬。郦道元的《水经注》中记载“圣水谷曾有此鱼出穴”此石穴就是现在的万佛堂孔水洞，大石河的季节性支流，显然大石河也曾有过多鳞铲颌鱼，只是现在没了踪影。此鱼体形类似草鱼，但肚子垂度稍大。旋网、背鱼等都可以逮到。可焖可炖，味道鲜美。

食用价值：★★★★

此外，还有：虾虎子——鰕虎鱼；趴虎子——黄黝鱼；蛇脸——花斑副沙鳅；嶂石胎——北方须鳅；稻地鳝 ——黄鳝；鲂鱼——鳊鱼；鳟条子——赤眼鳟；厚鱼——草鱼等，还有不少叫不上名儿的，就不一一细说了。

以上说了30种鱼，前22种介绍得稍细一些，这些都是我多年来亲眼见过或逮到过的，而更多的是20世纪80年代前开始时知道的土名儿多，学名儿（生物学）知道的少。后来边查边学，基本都对上号了，着实用了不少时间。没办法，这就是爱好。我介绍的这些内容，是结合相关知识，主要靠自己的观察体验而来。比如，鱼的特征、习性，可能和专业书籍上的不是完全吻合。这些鱼中，只要可以食用的，我差不多都吃过。所以，依照我的感觉，在食用价值和养殖观赏价值上，给以上的鱼确定了星级级别。其实味道差别微乎其微，数量少、口味不错的几种鱼也没排列。数量更多的那些小杂鱼，味道也并不差，有的鱼是越小越好吃。那时，人们逮鱼就是为了吃，填填肚子、解解馋而已，没有保护生态的概念。此外，能够养着玩儿的，我都在罐头瓶或小鱼缸中养过，现在还依然有这个习惯。像小鳑鲏、小嘎鱼、小斗鱼、小麦穗儿、虾虎、滑稽、泥鳅，还有蛤蝌簸箕、田螺等，小鱼缸里都有。而且是几个缸分养，既放松身心，也方便观察。

2. 拒马河人的逮鱼手段

在 20 世纪七八十年代前，拒马河鱼种多、数量也很多。这些鱼几乎都是能吃的，是饭桌上的美味。靠河而居、靠河而生的人，其生活的一部分就是逮鱼。在多年的摸索中，他们弄出了不少的逮鱼手段和招数。比如：摸、钓、被、淘、网、梁、叉、砍、炸、电、药等手段。

在我们老家这里，有关“捕鱼”的词儿也挺有意思的。一般情况下没人说捕鱼，少数人叫逮鱼，一部分人说打鱼，最多的是说弄（nòu）鱼。有人背着背筐从河边回来，就会有人问：弄鱼了？弄多少啊？或背着筐刚要出门的，有人问：吗去呀？回答：河边，弄点儿鱼吃。在老家河边长大的人，如果有“两不会”，肯定会被人笑话的。这两不会就是，一不会浮水，二不会弄鱼。那不是白白地生在河边了吗？！上面说的这些弄鱼手段，我大都体验或参与过，抑或亲眼见过。

就我们这里的人怎么弄鱼，大体上做个介绍。

摸鱼：最常见、最喜爱、最普遍的一种既原始而又时尚的大众化弄鱼手段。空手摸鱼，不用家伙儿，这绝对是原始的猎鱼手段了。传承了那么多年，居然经久不衰，太神奇了。拒马河有深有浅、有石有草、有湾有潭、有渟有起（渟是有较浅积水的河段——汪一大片的水；起是水的流速较快的河段，一般叫起盖儿或哗啦起儿），水域环境复杂多样。人们的摸鱼手法也就自然有所不同。下到河里，弯着腰，有按的、掐的、抠的、攥的、挤的、捧的，五花八门，还真管用。有时水深还会扎猛子沉到水里去。只要照着这几个招法，再看看老摸鱼人的架势，第一次下水摸鱼也会有收获的。摸到鱼之后那个得意劲儿都会挂在脸上。用老家的一句土话形容，就是“屁股沟儿里都是乐纹”。

从我们这里走出去的人也回老家摸鱼（也包括我吧）。其实更主要的是找乐子。这时，摸鱼就变成了一种时尚，他们回到城里要臭显摆的。现在更牛了，能玩视频和抖音、快手什么的，玩时髦的。哪怕弄不到鱼，捧着一个小虾米或一个小蝌蚪都会喜上眉梢。

钓鱼：是极常见的、最省力、男女皆宜的玩法。早些时候，拒马河钓鱼的人大都是当地的土著，人数虽不少，但鱼总也是钓不过来的，有的是（多的是）。20 世纪八九十年代以后，外来钓鱼的人开始多了起来。这鱼钓着也开始费劲了，变少了。我们这里的人钓鱼多是用底钩儿钓。底钩儿钓法是：用长方形的小木板拴上15米左右的钓鱼线、三四个钓鱼钩和一个螺丝帽儿就做成了我们叫底钩的钓具。鱼饵主要是去地里现挖蚯蚓，偶尔也用蚂蚱和蛐蛐儿。都是夜间去钓，每人拿10多板儿底钩，找一段流速不太快的河段下钩。用河边的鹅卵石压在岸边或在木板儿上固定一根木棍儿插在岸边，就等收鱼了。20分钟左右起一次钩，有鱼就摘下来再换上新饵，继续。一般玩到前半夜，钓几斤就回家了，稀少空手而归的。运气好时，还能钓到王八，也是意外之喜。如果赶上鱼多，会坚持到后半夜，甚至到第二天。手竿钓鱼的人多在离村较近的地方：早期的钓鱼竿是从旧扫帚上拆下来的竹竿儿，底端再接上米把来长的柳木棍儿作基节。钓鱼线多是水泥袋封口的细白线，钓鱼钩是做针线活儿的针加热后弯的，鱼漂子是隔隔挡儿的（高粱穗子下面那段儿细秆儿）。就地取材，简单实用，只要下竿儿就有收获。每每出鱼多的地方，钓鱼的都会聚过去，绕着河塘站一大圈儿。那时，我们这里钓鱼，就像这一带传奇猎人隗三秃打猎一样，枪响就吃肉。我们是下竿儿就有鱼。老家原生派钓鱼的人技术独特而熟练，城里学院派的钓鱼人也学了不少他们在认知上“不能这样钓”的招数。现在钓鱼的人有增无减，而那行头早就鸟枪换炮了。什么钓着钓不着的，花几千块钱置备一套钓鱼用具的大有人在。我在这上面也没少花钱，旋网、粘网、涉水皮衩、钓鱼套具，基本齐全。城里同学来上四五个，这些装备足够用的。钓鱼几十年来，其中的趣事儿实在太多了。就小讲一下“竹竿帮”的故事吧：20世纪90年代后期，我们几个装备精良的钓友常去西白岱横梁石一带去钓鱼。开始时，没有其他人，收获也不小，玩得也算过瘾。后来被史各庄村一个二十出头的小伙子发现了，他以为我们是城里人，看得有点眼红，意识上有点儿排外。于是，他一下带过来了六七个小孩儿，都是十岁上下的，光着膀子，穿着大裤衩子，黝黑黝黑的，一看就是经常下水的“老人儿”。他们手里的钓竿是一水儿的种菜搭架用的破竹竿子，插在我们中间，甚至把竿儿伸进我们的钓窝。这么一来，我们几乎就没法玩儿了。回家途中，大我几岁的一个哥哥说，是来搅局的，这竹竿帮有点儿难办呀！我说，主要是那小伙子，他是帮主。哈哈，竹竿帮、帮主，这名字有意思。后来我们再去钓，他们在河堤上一露头儿，我们就有人说，帮主带着队伍来了。他们一来，我们索性就停竿儿，点上烟看他们钓。手艺不怎么样，好多鱼都放跑了。有一回，我拿了根烟给小伙子抽，他还会抽。这烟一抽上，就不太生分了，开始聊天。这小子居然是我高中同学的弟弟，他也知道了我们是南白岱的，原来也是当地人。这小子立马就转了弯儿，对着他的小徒弟们说，别乱插竿儿了，上边上钓去。这帮主还真讲点儿义气，我们也不含糊，一人给了他们一套线组，并简单地告诉了他们一些技术要领。这几个臭小子美颠美颠的。从此各就各位，有说有笑，留下开心故事一段。近年来，那一带的河段已经没水了，不知道这竹竿帮的弟子们去哪儿钓了。钓鱼这一最简单、最省劲、最好学的“弄鱼”手段，现今已经成为人们重要的娱乐项目之一，而且是全国性的。无论南疆还是北域，只要到了可以垂钓的河边、湖边、塘边，到处都是长短不一、颜色各异的渔竿。在这支规模浩大的队伍中，最突出的特点是城里人和农村人所占比例难分高下。我估计，再也找不出在人数上城乡比例这样接近的户外项目了。我 6 岁开始钓鱼，瘾头极大，50 多年了，几乎没有大的中断，钓鱼不了情，钓鱼情不了。

被鱼：是在河流支汊上端的分流点或沿河浅水湾形成葫芦头

的地方，就近取材，用石头、沙土、草木及塑料布等，筑坝拦水。我们这里叫“被坝”，等水流变小、变干以后或把水淘干以后开始“拿鱼”。这也是一种传统、常见、实用的“弄鱼”手段。北拒马河在我们老家的河段有三大主流和很多支汊、分汊，被坝弄鱼的条件得天独厚。我沿河都看过，从张坊到十渡以上和我们村再往下的河段，有这种条件的不是很多。我们这一带的人，还真有口福。被鱼收获量大的是被河汊，河汊越大越长，鱼获得的自然就多。被坝以后，被切断水源的河汊，由于河道有落差，河水很快就会落下去。这时要赶紧在河汊的中下游选几处合适的地方，下好几盘铁丝筛子（一个筛子叫一盘，怎么下筛子就不多说了）等着鱼虾随着变小的水流流进筛子。水流减到多一半以后，大个儿的鱼最先败下来，这时要格外小心，因为鱼大了，进了筛子一个滚翻就能跑喽。所以，河段最下面的那两盘筛子口径要大，看筛子的人也要有拿大鱼的经验。“跑了的鱼儿是大的”，就是这么来的吧。接着是中小鱼，成群结队地往筛子里流，不一会儿就得往背筐里收，活蹦乱跳的，看着喜兴。最后水流特别小几乎快流干的时候，是滚滚而来的小虾大军，最多的那一拨儿，得不停手地往背筐里捧。在我们这里，最大的河汊是二道河，光被坝就需要十来个人干一个多小时，接鱼时要放上五六盘筛子。这样的河汊出的鱼多，有时有好几百斤，少的也得一二百斤。鱼的大小不一、品种繁杂，一次能见到河里鱼种总数的六七成。所以，被过几次河汊子的人，差不多就把这里的鱼认全了。弄到的鱼由长者用脸盆或葫芦瓢平均分配。分完以后还有自我调换的，有的不要鲇鱼把子，有的不要黑鱼棒子，有的不要看着别扭的王八，互相一换，皆大欢喜。偶尔也有不好换的，多半筐泥鳅、鲇鱼与一筐底儿的白鱼分量差得太多，两人一商量，下回再找补吧。分鱼完毕，嘎吱嘎吱，背着沉甸甸的一筐鱼急着回家。

不能忘了的是：分完鱼以后，要有人把水坝拉开，恢复原貌。过几天就可以再次被坝弄鱼。在浅水湾葫芦头的地方被鱼，被好坝以后，只是切断了这段水域与母河的联系，河水是不会自然流干的。所以就多了一道活儿，要用水斗子、脸盆子或铁锹等工具，把圈起来的水淘出去，这也是 “淘”鱼，也是很常用的。其实淘鱼要先被坝的，所以“淘”和“被”联系很紧密，差不多是一回事儿。

网鱼：主要是用旋网、粘网和抄网网鱼。玩的人不是太多，因为制作渔网有些麻烦。比如旋网，要自己织、自己铸交子（坠子）、自己拴绑、自己洗漆等。差不多得用三五十天。玩旋网的人很辛苦，沿着河走上一二十里很常见，且多半还泡在水里，撒网时要抡圆了，巧劲儿和韧劲儿相结合。网鱼最大的好处是网的鱼比较大，显得特别齐截（整齐）而且鱼种较杂，常有不认得的鱼儿入网。我的几个渔友时常叫我给辨认，有些鱼就是这么慢慢认下来的。在弄鱼的人当中，打鱼人认的鱼种最多。因为河的上中下游他们全去过，同行之间也时常有“渔语”交流。粘网网鱼一般是在河湾和大渟里，鱼的大小要看网眼。有时一条十几米的网，能粘满鱼滚成球，特别过瘾。粘网白天上的有鳞鱼居多，而晚上则往往撞到嘎鱼群。当地人把粘网叫死折子。抄网网鱼更方便，小、快、灵，适合小水面儿围鱼、捡鱼和夜间在浅水区巡河逮鱼。我小时候最先玩儿抄网，是我二哥给织的。逮了不少鱼，使了五六年，添了不少乐子。大了以后就玩旋网，网到的鱼就更多了。拒马河里体型稍微大一点的鱼种差不多都入过我的网。包括现在说的那些诸如鱼谷洞、重鱼、豆角等珍贵的鱼种。如果当时知道那么稀有珍贵，肯定网开一面的，不会犹豫。

梁鱼：也是一种传统古老的弄鱼方法。是在河道有水流的地方，先用石头、石片儿、木头、席头儿等材料搭出梁架，在梁架的前端固定好盛鱼的长方形的梁拍子。梁拍子是用柳条、荆条编制的，后来更多的是用筛沙子、筛石子的铁丝筛网。搭建要领是：梁架要比水面高出一些，还要稳定不能被水流冲垮。梁拍子稍微倾斜着嵌入梁架，一部分放进水里压在河底，与水流自然相连，另一部分要伸出水面并且悬空在梁架上。这就是我们老家的“鱼梁”。做好的鱼梁正好使流水的水头儿在梁拍子着水的地方全漏下去，而随水游动的鱼则由于惯性冲入梁拍子没有水的那部分，最后被做梁人收获。鱼梁分为上梁和下梁两种，下梁还叫“出梁”。因为我们这里把顺流往下的鱼都叫出。一般而言，河水只要流动，鱼儿自然会随水流上下游动，所以春夏秋三季都可以搭建鱼梁。但鱼的逆流上溯或顺流下败的季节性是很明显的，七上八下就是一个显著标志。7 月之前上溯的多，8 月之后下出的多。上梁收鱼多的时候在夏季雨后出现小的洪水之后，顶水而上的鱼会成群结队。六七月是上蛇脸鱼的最佳时段，赶好了，一个小小的上梁，一宿能收上两背筐头子鱼。这种鱼现在几乎见不着了。“出梁”收鱼多的时候是在霜降和立冬这段时间。天气转冷，河道上起盖儿、水渟等浅水区的鱼要下败到河湾的深水区过冬。这时“出梁”正好候个正着。赶上刮大风降温急，大河汉子上大一点的梁，一宿可收上几百斤的鱼。鲤鱼、重鱼、草鱼、马口、白条儿等居多，而且都很齐整。鱼梁一般是夜里上鱼多，都有人看着。不搭鱼梁的人也是想要鱼的，一是见到鱼多了，直接张嘴讨要，反正都是河里的东西，给点就给点吧。另一招儿是事先躲在附近，趁着看梁人到附近地里找花生、大枣吃或去尿尿，赶紧摸上去，有鱼就拿走，这叫“抄梁”，即便让人看见，也是哈哈一乐，鱼你拿走，谁吃都是吃。

说起这“抄梁”还真有笑话的：我村有一近50岁的人，到一个上梁去抄梁。这个梁不大，但里面唯一的一条鲇鱼超大，应在10斤开外，鱼头卡在梁拍子上，鱼身卡在窄窄的小水沟里，动活儿不了。这人脱下缅裆裤，把一个裤脚下面拴死后，就把这鱼套进去了，往起一提拉，以为鱼就到手了。没想到，这鱼的后半段不再受卡以后一扑棱，就从他手里挣脱出去了，掉在下方的流水区，顶着裤子就跑了。哈哈！多有意思啊。天黑，眼也不好使，怎么也得把裤子找着呀，蹲在那里等天亮。天蒙蒙亮的时候，搭鱼梁的人来了，看见岸边光着身子蹲着一位。哎呀，这不是大个子吗，吗呢？唉，别提了，两人哈哈大笑。两人顺着河往下找，没找到，没辙了，进深水区了。“等着吧，我上你们家给你拿一条去。”

这弄鱼可不是单单的弄鱼，从来就有不少故事的。

上面说的这几种弄鱼的手段，都是世代流传下来的，并在原有的基础上不断改进。但它却始终保留着古老、原生、自然的基本属性，也可以说这是劳动人民在自然环境生存中聪明才智的具体体现。这些方法和手段，对自然不是无节制的索取，也不会造成明显的破坏。而接下来说的这几样儿弄鱼手段，却不是这样。

炸鱼、电鱼、药鱼。炸鱼、电鱼、药鱼等应该说是现代文明的产物，或者说是科技进步的产物。他们最突出的特点是，对水中生物的危害极大，甚至是断子绝孙的。同时，也会破坏河道的生态。

炸鱼应该起源于近现代战争吧，打仗时炸弹入水鱼儿遭殃，却对聪明的人类产生了启发效仿作用。而用于采矿采石等外溢的炸药，给炸鱼提供了可能。炮声一响，周边几代小鱼小虾的生命就此结束。

电鱼的起源同样也应该是意外或偶然性因素诱发的，比如电线入水、水中电缆漏电等。我十来岁那年，我们下边一个村的扬水站的机坑漏电了，因为引渠连着河道，所以不少的鱼都被电得翻了白子，水面上白花花的一层。对渴望得鱼的人，是很有诱惑力的。那次还电死了一头到河边喝水的牛。后来，人们试着电鱼，直接拉上火线去电，但移动不方便，再后来又用上了蓄电池、发电机等。还开启了浮船，有的竟然职业化了，做起了电鱼买卖。这对鱼虾来说无疑是一场灾难。电鱼的安全性很差。我们这一带近 30 公里的河道上，至少有 3 人，鱼没电到多少却电到了自己，把命留在了河边。说到药鱼，用我们这里的一句话就是狗啃棒子可人恨。我们这一带药鱼的起因，是部队到河边刷汽车。本来开始是在河岸上刷的，不知怎的，后来直接开到河里去刷。这刷车的原料叫什么“三和二”，主要成分就是漂白粉。入水后含氯量增大，造成河水严重缺氧。这下河里的活物可遭殃了，鱼、虾、王八、蛤蜊、蛤蟆，无一幸免。被洗劫的河段也会元气大伤。每逢刷车，河边就会拥满抢鱼人，举手之劳，还便宜。这些人中的大部分是不会弄鱼的，认为这是机会，甚至还盼望着下一次。可以说，用漂白粉刷车对拒马河鱼虾资源的破坏力最大。特别是 20 世纪 70 年代由于河水逐年变少以后，对水中的生物更是雪上加霜。那时，我们这里的人也有用漂白粉药鱼的。但由于没有那么大的药量，造成的危害相对要轻得多。拒马河边懂鱼、会弄鱼的人以及喜欢这河、深爱这河的人们，对药鱼则是恨得牙根痒痒。

混乱、无序状态下的炸鱼、电鱼、药鱼终于在近些年得到了强力管控。这首先是河里生物的福音，也是滔滔拒马河的福音。其实也更是沿河居民的福音，炸鱼、电鱼、药鱼将慢慢地在人们的记忆中淡化。我们渴望的是，北京西南拒马河的样态就像北京东北的塞罕坝那样，成为一颗水上明珠。

3. 拒马河人做鱼、吃鱼的土招土法

老家拒马河里的鱼种类和数量都挺多，老辈们传下来的逮鱼法门也不少，在逮鱼上有“两把刷子”的人同样不少，而做鱼、吃鱼也就成了很自然很平常的事儿。在这自然状态中，也渐渐地形成了一些做鱼、吃鱼的土招土法。会做还要会吃，会吃就该会做，这做和吃就是一对双棒儿。这些土里土气的招法就地取材，简单易行，粗中带细，口味地道，过齿难忘。尽管我还不太在行，但手艺还算说得过去，就介绍一下吧。

土招土法说的是当地百姓最基本的做法和吃法。从做法上看，最关键的是就地取材，其他方面应是小有差异。就地取材，就是主材鱼虾是本地的这就甭说了，作料辅料中的花椒、大葱、大蒜（苗）、咸菜（白萝卜、腌芥菜缨儿）、大白菜等也是自己种植的，还包括豆腐、蘑菇、野茴香、辣椒等。最重要的是水，多数人用井水，我们这里的水除了硬度大一点儿，其他方面没的说，纯净、清澈、甘甜，是上好的饮用水，做鱼更好吃。要想味道更好，还可以到河边去弄泉水，因为有几口泉眼离村子很近，去一趟也不

费事，“为嘴伤身”嘛！其实直接用河水是最棒的，只是需要静置一段时间。我们这里有相当一部分人，做鱼吃是用泉水或河水的，冬天还可以用河冰，化开静置一下就成了。

这土招土法的名称在各地的叫法应该差别不大，但具体做法上应是有差别的。大致有这么几样：焖、炸（煎）、炖、烧、蒸、烤、涮、熏。其中前五种最常见。

焖鱼，最常见、使用最多的方法，几乎所有鱼种都可以焖，食用群体排在第一位。辅料一般是大象牙萝卜腌制的咸菜或腌制的芥菜缨儿或晒干的腌香椿用清水泡淡；还可以用干蒜辫子、老蒜苗子、干笋皮子等。基本操作是，在铁锅的锅底放上一些炼制的猪油也可用植物油，然后铺上辅料垫锅，也可放上一些猪肉皮，撒上葱、姜、蒜、花椒、大料、桂皮等作料，再把鱼剧（chí）[1]洗干净，按先大后小的次序放上去，洗过捞出后不能控得太干，适当留一些水，这一步很关键。上层还可以放一些作料，最后放盐、料酒、醋、酱油等调料，汤面儿没过鱼虾一些即可。（这几种调料的比例也很关键，一般可以多放些醋，特别是汤面儿低于鱼虾时可用醋补一下，再不够可以放些啤酒。）然后开始焖，开锅后要控制好火力，汤面充分浸润鱼虾20分钟左右，鱼虾开始塌秧时，调小火力，焖制三五个小时即可。焖制时切忌中途加水、避免火大，中途加水风味大减，火大了耗汤很难保证焖制时间。这焖鱼时，只要一开锅，香味扑鼻来，可传几百米，半条街都是浓浓的焖鱼香。院子里、院墙上、房顶上，定有数只小猫儿来回跳蹿。焖好的鱼，最好放上一宿，等到锅凉了、鱼挺实了再慢慢出锅，保持每条哪怕是三五厘米的小鱼，基本都是整条的。当然也可以

[1] 剧，当地方言，有削、剖杀的意思。

趁热吃，凉吃和热吃各有其味，但归结为一个字，香！两个字，真香！三个字，真香啊！四个字，真好吃呀！烙饼、窝窝头、贴饼子，是焖鱼的绝配。烙饼可以裹三层的，蒸窝窝头时把眼儿做大可塞得满满的。吃相各异，狼吞虎咽的居多，细嚼慢咽的也有，合着眼摇头晃脑哼哼唧唧同样也有。差点忘了，那咸菜什么的，味道一点都不差，鱼虾的本味儿全被吸进去了，有不少的人特别好吃这口儿。不夸张地说，只要你吃过一两次我们老家的焖鱼后，那酥软、味厚、绵香的特有风味，会让你过齿不忘。还有一种焖鱼方法，就是现逮、现剐、现焖、现吃。收拾好的鱼直接上锅，不放辅料，只放作料，开锅半小时左右即可。这是急着要解馋或待客急着要添菜时，来得最快的一招儿。我在乡镇上班时，几个不会弄鱼的同事总是缠着我去弄鱼。夏季天长，下班后，半小时到河边、半小时撒网捕鱼，可收获三五斤。找个小饭店速焖一下，小酒儿开喝，有说有笑，还要恭维我一番。这速焖鱼看着有点儿像炖鱼，但区别不小，如果不清楚，看看下面炖鱼怎么弄。

炸（煎）鱼，在农家不是太常见，在饭店里却极常见。最适合拒马河长条状的鱼类，如马口、小鲫瓜片子、泥巴钻子、红翅儿、麦穗儿、白条子等。其中前三种是炸（煎）鱼口味的代表性鱼种。炸鱼和煎鱼基本做法一样，只是油多油少的差别。所以，下面我只说炸鱼。炸鱼能使河鱼口味的冲击力得到最强释放，经常食用的群体仅次于焖鱼，排在第二。有人不习惯吃焖鱼，却能吃炸鱼。要炸的鱼一般不要超过一筷子长，要鲜的，剐干净。下边这个环节最关键，用本地花椒加几小片鲜姜再放上盐，也可以不放姜，腌制 20 ～ 30 分钟，其他作料最好别放。铁锅炸制，用炼过的猪油（也可以用带膘儿的鲜猪肉煸油）加花生油混合。油锅稍稍见烟后下鱼，可炸至两面金黄，或一面金黄、一面浅黄，主要根据食用者口味而定。炸制过程中香味四溢，自觉不自觉地会皱起鼻子吸吸闻闻。炸好的鱼外焦里嫩，风味浓烈，鲜美至极。还有，炸鱼最好不要裹面，裹上面浆炸出的鱼风味大减，甚至由于面浆过厚使里面的鱼还带着些许的腥味儿。这鱼多的是，根本无须托面，本来吃的就是鱼的自然风味。近些年，旅游搞得火热，野鱼却在日减。一盘儿炸河鱼卖到三五十元，不托面是不可能的。所用的鱼也以冰冻为主，很少见到鲜活的。按说味道应该差得不少，但它仍为食客所青睐。说真的，没吃过拒马河鲜鱼炸的人，去吃冰鲜托面炸制的小鱼，味道依然不错。甚至被捧为上等美食，足见拒马河小鱼的诱惑力。就当地居民说，现在鱼少了，比虾米大不了多少的小鱼也想炸着吃，还是可以托面的。不过应该不叫炸鱼了，应该叫炸鱼坨，味道绝不会差的。

炖鱼，也是较为常见的吃法。不大不小的鲫瓜片子，嘎嘎叫扎了人生疼的嘎鱼，浑身滑溜的鲇鱼把子，活蹦乱跳的鲤鱼拐子等，特别适合炖着吃。其中，前两种是体现炖鱼口味的标志性鱼种。有意思的是，这几种鱼居然可以混在一起炖，而炖出来以后仍是各自的风味。一般吃过两三次以后，就会留下味觉记忆，下次再吃，就是合上眼也能咂摸出吃的是什么鱼。一般炖鱼分清炖和垮炖两种，区别还是很大的，风味上的差别自然也不小。清炖的基本做法是：洗干净的铁锅或砂锅放适量凉水，把收拾和腌制好的鱼搁进去，再放少许葱、姜、蒜、花椒、大料（腌制时也是这五料——足矣，不宜种类过多，姜可以多放一些），然后是放料酒、醋和盐，再补一次水，没过鱼面儿即可。上火开炖，一般是开锅后15分钟左右即可。如果鱼小且少，12分钟即可。需要注意的是，辅料和调料最好一次性放够，不要补放。喜欢清汤就不放酱油，喜欢汤色重一些就放酱油。最好是用熏醋或陈醋，分两次加入，一起放调料时加一次，快要出锅时加一次，两次都不要太多。断火前放少许胡椒和香油。清炖关键在 “清”，作料、调料要少而精，既体现调味的作用，又不可冲淡鱼的风味。我肯定地说，如果是第一次吃到清炖拒马河鱼，定有“食之过晚”的感觉。垮炖与清炖相比，其实就多了一个炸制的环节。就是把腌好的鱼下锅炸一下再开炖。因为有了炸制环节，口味肯定要加重，所以作料、调料要适当加量。侉炖的味觉冲击力要明显高于清炖。俗话说，萝卜白菜各有所爱，这两种的味道差别是显而易见的。但是，清炖鱼和垮炖鱼的主料是一样一样的，而味道上的差别却非常明显。其实这也没什么奇怪的，只能说这人，真有口福！

以上是老家人做鱼土招土法的几种，不再一一细说，有机会时不妨下厨尝试一下，或有意外收获。

20 世纪 70 年代，持续干旱，加之沿岸人口增长、生产生活用水量增大，拒马河的水量逐年减少，最严重的年份几乎要断流了。童年时，晚上睡觉能听到的拒马河那哗哗哗的流水声也没有了。水少了，鱼自然就少，原来一些珍稀珍贵的像鱼谷洞、豆角、边干、重鱼等野鱼，也不见了踪影。近十多年来，情况稍有好转，河水流量有所增加，环保措施不断增强，拒马河昔日的样态有了些许恢复。

提起了拒马河的鱼，还真是有的说，感觉有点收不住笔，秃噜噜的感觉。该变话题了，因为这一章节是逮鱼摸虾，捉鳖拿蛙，不能只说鱼。

拒马河里生存着种类颇多的野生鱼，而在数量规模上与其不相上下的还有这河里的小虾、青蛙和蛤蜊簸箕。在 20 世纪 70 年代前甚至超过野生鱼。

（二）拒马红虾——味道极美的上等大众食材

我说的拒马红虾就是拒马河里的小河虾，这是对老家小河虾的昵称。为什么这样称呼，再往下看您就知道了。

离乡外漂 40 余年，每每说到老家的物产和美味，山上生的，地里长的，圈里养的，肯定是一大串。然而使我冲口即出，又总是心心念念的，却不在这个范围，而是在那古老神奇的拒马河里，不是别的，就是这河里的土生小虾。

拒马河沿岸的居民没有不知道这土生小虾的。没有没吃过这土生小虾的，没有不夸赞这土生小虾的，更没有不说这土生小虾好吃的。小小的眼、小小的须，小小的浑圆腔体，才有了小虾米的名号。上火加热之后那特有的亮红、特有的弯曲、特有的味道，集色形味于一体。不论孤单一只的还是满盘满碗的，看着都喜兴。逢年过节、迎客待亲戚，谦称小菜，实为大菜，土而不俗，风味十足。小虾米大味道名副其实。某种程度上说，小小的拒马河河虾，在沿河居民的心里，其知名度和喜爱度是要高过口味上佳的拒马河野生鱼了。

拒马河特有的水环境，很适合小虾的生存。沿河随处可见厚而翠壮的条带状水草和细如松针的聚伞状水草，就是这小虾生活的家园。夏末秋初，到有水草的地方去蹚河，伸手入草、双掌捧挤、托起开合，定有三五只泛青发黑的小小肥虾在掌中弹跳。经常耍河的人，揪去虾头入口生食，腥中带甜，越嚼越香，而抱籽的母虾嚼起来嘎巴儿嘎巴儿的，更有风味。在我们这里，在河边生吃活虾的人可不少。

如果手中有一把笊篱，水面上漂个脸盆，捞上一两个小时，一大盆底儿的虾米就到手了。这是逮虾米最简单的工具，一般人嘴馋了就可玩一回儿。而专门的捞虾工具是精心织做的虾米网。这种网的形状有点儿像捕捉蜻蜓或蝴蝶的网子，但个头却大得多，也更结实。有两三米长，最上面有一个大约半平方米的网格盖子，鱼虾能漏进去，而大多的水草及杂物被挡在外边。网子固定在三四米长的木杆上。捕虾时找有水草的地方，双手握杆把网沉到河里，边推边抖，逆流而上。夏末和整个秋季，都是收获的好时节，入冬前的小虾最为肥美。虾网底兜快满的时候，要倒出来放在筛子里，再用小号罗筛筛分。去掉碎草、青泥、蛤蜊、水牛儿等杂物，就剩下小虾了。活蹦乱跳的，甚是喜人，当然里面也夹杂着小鱼。我们这一带管这些人叫推虾米的。有时在岸边刚刚筛出小虾，就有人争着买走了。有时需要走街串巷去叫卖:“要活虾嘞、鲜虾卖喽。”吆喝不了几声，就会围上不少人，一抢而光。在我们本地，推虾米的人并不太多，一个村也就有几张虾网。大部分推虾米的人都来自河道下游地区，基本上以此为营生。养家糊口基本没问题，他们怕的就是那个年代的割尾巴。有些村子管得严的时候，轻则被“派卖”（低价卖掉），重则被扣下。干什么也不容易呀。稀少有被扣下虾网的，要那样，就赔大发了。其他行当的生意人也会遇到这种情况，我在后面的各业各色叫卖人中再详述。

我们老家的人弄虾米多是与被鱼合在一起的，鱼虾兼得。前面我已经讲过了被鱼，因为我们这一带的河道适合这种办法。简单地说，被鱼就是把河汊子、小河沟入水口的水源截断，水流减小直至流干的当口儿，在下游插筛子接鱼接虾。河汊子大的要五六个人甚至十来个人才能把水挡住截开。这个办法弄到的小虾，因为都是自己流进筛子的，所以非常干净。每次的收获量都不小，多时可达一两百斤，少时也有十斤八斤。最省劲儿的是在那些特别小的河沟儿去弄虾。一般都是天刚蒙蒙亮时就到河边了。先用十来分钟被坝断水，然后赶着到下游接筛子。两个小时左右，五六斤连鱼带虾的鲜货就到手了。回家前要把挡住小河沟的水坝拉开，第二天早晨重复作业，收获依然。因为小河沟连着大湾大湾，一天一夜小鱼小虾就又流进来了。每到秋季，我和我哥及几个小渔友就是这么来回倒腾着，经常就有"虾"获。小小的河沟每天都能出小鱼小虾，但不是我们几个人的。不少的人每天都在赶大早，谁先下手就是谁的。好歹河沟、河汊还是较多的。其实，这里还有一个不成文的规则。因为弄虾的人较多，还有新手儿，所以我们都有商量，一个人不能连续几天都来一个地方，得轮着来，碰到新手还得把机会让出来。如果家里急等着用的，就两人合着干。所以，这么多年这群虾友都很和气，从来不干仗，人人有虾吃。我们这里还有一个更好的传统和习惯，这就是初夏河虾大面积抱籽产卵的时节是不弄虾米的，须等到夏末秋初才开始。外地人来弄虾米，也给轰跑喽。这个朴素的行为，就是先民们对自然的"取舍"观， 渗透着天人合一的思想。

弄回家的小虾，为了保住其鲜味，要尽快加工，尽早食用。这里就介绍几种。一是熥干虾。如果要储存干虾，那就上锅熥，锅最好是铸铁的。把小虾用清水洗净，用笊篱捞出控一下水，倒入坐在炉子上的锅里，用铲子慢慢翻腾。锅底中间渗出来的水，用勺子舀出来，基本没水的时候，放入少许的盐。一般一锅一次可熥两三斤，几十斤小虾要弄半宿。翻腾的过程中，小虾由青黑色逐渐变成亮红色，并散发出阵阵虾香，可弥漫半个街筒子。边熥边吃特别解馋，这时也是风味最好的时候。因为只加了一点点盐，基本是原汁原味。锅底见不到水，就要出锅了，摊在格挡拍子上晾晒，干了以后就可储藏。从小卖部找的装小饼干的牛皮纸袋和家里的掸瓶、瓦罐等都可盛放。要放在阴凉干燥、防鼠防猫的地方。我家是装好后放在旧的养蜂箱子里。如果虾米太多时，熥好后，就要拿到房顶上去晒，再盖上用纱布做的网罩。我家每年都有那么几次需要到房顶上去晾晒，冬储一二十斤拒马红虾问题不大。如果在屋里柜子上放着摊着虾米的拍子，一来串门的，肯定要捏着吃。“吧嗒吧嗒”的是大老爷们嚼虾米时经常发出的声音。我家每年储存的干虾较多，上学的时候就可以带上一点，装在衣兜里当瓜子嗑。少不了有同学讨要，给一小撮儿也特别高兴。我哥、我姐和我都是这样的。我们的衣兜就像王蒙名著《青春万岁》里吴长福那个神秘的小口袋。二是炒河虾。小葱、大葱、韭菜、葱头等都是炒河虾的上好配料。虾米多时少放配料，少时则多放。猪油、素油都可以。用鲜虾炒，味道鲜美厚重，干虾炒风味厚重鲜度稍差，但肯定都是美食级的。用鲜虾炒虾米时，是熥炒二合一。首先要达到熥干虾的标准，小虾由青变红的过程很是享受。虾米基本熥干后出锅，然后再起锅放油、放入刚刚熥好的虾和准备好的葱或韭菜等配料，完成炒制即可。最有感觉的是韭菜炒河虾，翠绿衬亮红，放在浅底儿的白瓷盘里，桌上一摆，看着就香，而吃起来比想象的还要香。裹烙饼吃、用勺子扤着吃，心急时还上手抓着吃，随你挑选，肯定解馋过瘾。三是焖虾米。

跟焖鱼差不多，底料用腌制的干香椿或雪里蕻最好。焖制时间要比焖鱼短一半，其实鱼虾混焖最好，我们也经常这样焖。焖出的小虾，好吃的程度难以形容。没吃过的，一两次就会吃上口，下次就餐时饭桌上就是菜样不少，但如果有焖虾米，准会先下筷子。说真的，我吃了半个多世纪的拒马河小虾，最待见的就是这焖虾米。

前面说的熥虾米、炒虾米、焖虾米，是老家最常见的几种做法。简单、易学、实用，可以把河虾那鲜美厚重的味道充分地释放出来。其实，外地人适应拒马红虾的口味也有一个短暂的过程。那些城里与我们这里结为亲朋好友的男男女女们，包括我的几个嫂子，还有到这里工作、游玩的人们，他们开始时对拒马河的小鱼小虾不屑一顾，甚至是排斥抵触。但是几次“沾口”之后，“口风”居然就变了，而且越加爱吃了。有时到老家这边来，怕吃不上这口儿，甚至要提前点名儿的。哈哈，没有拒马红虾还成不了席面儿了。

然而，拒马河虾最具口味冲击力并会留下极深印象的吃法，以上几种都不是的。那么这到底是什么呢？

拒马河臭虾米酱。强烈刺激味觉与嗅觉，极富独特口感的土造美食。拒马河臭虾米酱一般要在早春和秋后制作，盛夏时节鲜少制作。做法极为简单，一两斤拒马河活虾洗净控干，预备一个可装三五斤水的陶罐或瓷罐，洗净置干。把虾米倒入罐子里，烧一壶开水，直接浇虾米。两斤虾米三斤开水，放入几粒花椒，少许盐，用铁勺搅动。把虾米肚子挤开不要断成两截儿，灌口密封，放阴凉处。一般一周后就可食用。做成的臭虾米酱主要是用于熬白菜。熬白菜前，热锅下油，最好是大油（炼制的猪油），葱姜蒜焌锅爆香后，舀入两大铁勺臭虾米酱炸锅。等锅开后，臭味四溢了，放入切好的白菜叶、食盐，熬熟就行了。炝锅时，由香变臭，臭味四散，跟燏干虾一样，足以熏到半个街筒子。臭味刚刚入鼻，先是闭气，然后深吸，自然适应，似还想吸。一碗煮好的面条、捏格儿、棒子面粢粢，浇上一勺子用臭虾米酱熬的白菜，吃吧！竟然那么香，那么难以释怀，满嘴、满屋、满院都是臭味。那个年代，与这个味道不相上下的东西，只有王致和臭豆腐。但臭豆腐味道的深度、厚度以及弥散的范围与臭虾米酱相比，差距很大，也难类比。这臭虾米酱就是地方的、土造的、低价的，极为接地气的风味美食。在外游历 40 余年，臭味食品也没少吃。但是，我还是更爱家乡的臭虾米酱。如果您从来没吃过，一定要体验一下，不信您爱不上它。

拒马河小虾只要加热变熟，通身亮红蜷曲肥满，外观外形喜人诱人，不论是体型大点儿的、还是体型小一些的都是这个样子。20 世纪 90 年代前，这个样态就是拒马河上中游河虾的标志，与易水河小虾、白洋淀小虾有明显的区别。身体红中泛白或有花纹，体型大而皮厚的小虾，肯定来自其他水域，在食用口味上更是差了不少。此后，发生了一些变化。拒马河上中游有些河段捕到的小虾，加热变熟后虾身虽然仍是红色，但已经有了淡淡的白色，并且可以看到浅浅的网状花纹。这种虾，是拒马河虾不假，但是它来源于旅游风景区沿河酒店饭店较多的河段。主要是生活性污水排入河道后，改变了河虾的食物构成，使河虾的颜色和口味都发生了明显的变化。但即便这样，这种虾还是可以食用的，与原味红虾相比味道稍显逊色。在开发度低、河道更古野的河段，捕到的河虾依然如故，弄熟了亮红亮红的。其实酒店饭店的生活污水不仅对河虾产生了影响，对河里的鱼、蛤、蛙、鳖等乃至河道的水体环境，同样会带来或重或轻的影响。管控污水直接入河，加强河道生态保护，才会还拒马河于本来面目。

（三）拒马甲鱼——独具风味的高级滋补食材

说到拒马河的物产，还有一样东西是不能漏掉、必须说的，这就是甲鱼，也就是人们俗称的王八。

20 世纪 80 年代以前，拒马河里的甲鱼还是蛮多的。在春夏秋这几个季节，赶上阳光好的时候，不论是河道的上游、中游还是下游，在岸边的块石上、沙滩上和河里的浮草上，都可以看见三三两两，甚至七只八只大小不一的王八在晒盖子。其实天气闷热时，王八也在晚上出来乘凉风，只不过看到的人比较少。这都是王八特有的习性，也可以说是拒马河一道特有的风景。

王八是鳖科、鳖属动物。背盘呈卵圆形，体背青灰色或青黄色，腹部灰白色或乳白色。喜欢在水流平缓、鱼虾较多、安静清洁、阳光充足的水域或岸边活动。遇到危险时会迅速躲入水中的泥沙里。被人捕捉时，张口咬人力道十足，四个爪子也很尖利。看着王八外形特别是如蛇一样的尖脑袋和那一对溜圆溜圆的小眼睛，多数人都有一些恐惧感。这也是一般人不敢逮或逮不到王八的原因。拒马河的王八，一斤以下的最常见，两三斤的也不稀罕，四五斤以上的还是较少的，更大一些的就不易见到了，我见过最大的有七八斤。听老人说，六渡一带有大个儿的，大小跟做饭用的“六印锅”（扁圆形铸铁锅，直径约一尺半）差不多，按这个尺寸，这甲鱼应有几十斤了。

在拒马河水产中，有关王八的传说故事是最多的。

先说说四渡岭大湾。早先传说那里有个王八精，能呼风唤雨，这一带的人大都敬而远之。有一天，一个上游地区的愣大胆，从张坊赶集回来路过此地，因口渴到路边住户家找水喝，跟这家的主人聊起了天。客人说河边的大水湾看着挺好的，主人说，里面有一个王八精，可别招惹它。我们这里年年都得弄些鸡啊羊呀什么的，给上上供。这愣大胆喝完水后继续赶路。走了一段儿，见水面风平浪静并无异样，于是心血来潮，对着河湾高喊“王八、王八，你出来一个！王八、王八，你出来一个！”话音刚落，只见河面中央水柱突起，一个笸箩一般的大王八，啪啦、啪啦，拍打着水面儿就出来了。此时的愣大胆浑身上下抖作一团，见到顶水而来的王八精越来越近，愣大胆急中生智，赶紧从背筐里拿出在集市上卖的几斤猪肉，一边喊着“这是孝敬您的”一边把肉扔到了河里，王八精吃到猪肉后潜回了深水里。岸上早已吓得面如死灰的人们，稍稍缓过神来，有气无力地说，你胆儿也太大了，居然敢招惹它！今天算你是命大，一嘟噜猪肉换回一条命，也值了。

我们村边的大福湾也有一个挺有意思的传说。大福湾是北拒马河季节性支流大梁山沟下游的一个深水湾。就在我们村边东南角儿，大小有十几亩，最深处有五六米。由于水湾内有多处泉眼，所以即便上游断流，但也常年有水。水湾的南头是一个面积有七八亩的椭圆形水潭，水潭的东北方向延伸向北，是一个约有二百米长的细把儿，与大梁山沟上游相连。水湾的东南端是河道出口，与下游的小福湾和小黄嵲相连，是我们村与马鞍山之间由北向南的一道天然水线。无论从哪个方向看，大福湾都像一个碧玉天成的巨大如意。柳绿、石青、水碧，影动、鸭叫、鱼跳，画面绝美、村山相映，是我们这一带的吉兆福地。大福湾的名字也由此而来。大福湾的岸边有不少的大块石，是人们纳凉、垂钓、洗衣的天然宝座。传说，有一年，村里的一位年轻媳妇到水湾边洗衣服，坐在了一块发黄的大石头上，沾湿了衣服后开始在石头上揉搓，并与旁边的洗衣人闲聊。说话间感觉好像有些晃动，抬眼看时，自己已然漂到了水湾的中间，“啊，这是怎么一回事？”定睛看时，自己正坐在一个大王八的盖子上。这时岸边的洗衣人也看见了，急得大声喊道：快跳下来，快跳下来。但她此时已经吓得动弹不得。正在人们不知所措时，只见那大王八又慢慢地把她游驮回了岸边。真是吓出了一身冷汗呀！原来，只是听得上辈人说，大福湾里有大王八，但不祸害人。这回亲眼看见了，闹了归齐这是真的。年轻的少妇回过神来之后，哆嗦着说，“也没感觉怎么样就漂过去了，你们一喊，又漂回来了，这祖宗可通人性、真仁义啊！”此后，村民们对大福湾的敬畏更是有增无减。

这正是：老家宝地大福湾，宛若如意嵌村边。水碧岸青影婆娑，鸭嬉鱼闹亦有仙。

类似这样的故事还真不少，暂先说到这儿。

拒马河里的王八很多，捉捕王八的人自然也不少。老家的人都说这些人有王八缘儿，见到他们逮到王八，就说有王八时运。嘿，你瞧这“王八缘儿”还真有两个“王八时运”这算是夸赞还是嘲讽呀？每每一说到逮王八，自然就想起当年那些逮王八的招法。

空手抓，只有少数人会用。优势是显而易见的，到了河边，在河里或岸上，只要有所发现，立即动手，立竿见影。如果是生手儿，怎么也得挨几回咬，嗷嗷地叫两次才会出师。熟练的高手手上的活儿特别利索，多的时候一次能逮数只。这些人冬天照样下河，他们能够找到王八越冬藏身的地方。

用筐捕——多是会编筐的人用这招儿。别人要想用，得出高价（高于一般背筐的 2～3 倍）买筐。这种筐在我们老家就叫王八筐。是用柳树或荆子或紫穗槐的细条儿编成的，圆筒形，直径四五十厘米，长七八十厘米。因为筐眼儿很大，里面的空间也不小，从远处看很像是一个圈鸡的笼子。这筐最特殊的地方是那扁圆形的出入口，进入端很平滑，而返回端却有一圈儿呈倒刺状排列的树条儿。王八只要进去就甭想出来，十足的“笼”中捉鳖。俺老家人的说法是，许进不许出。捉王八时只要在筐中间留好的两根树条上拴上猪肝、鸡肠子、蚯蚓团、带血的青蛙等食物，选好地方扔进河里就等收获了。一般是晚上下筐，半夜起一回，天亮前起一回。春末到深秋是下王八筐的最好时节，收获颇丰，鲜活无伤，拿到市场上很快就被抢光。我家的王八筐是村里的手艺人宁老头儿编的，曾用它逮到过不少的王八。给我们小哥儿几个带来了不少的惊喜与快乐。而这长相有些奇怪、一般人不知何物的王八筐也生出过令我们全家都感到心痛和惋惜的一件事儿。好像是我十二三岁那年的盛夏，那天我们把用过的王八筐放到东屋房顶上去晾晒，头中午前，一阵风把这筐吹到了屋后的猪圈里，也没及时发现。当时，猪圈里的养的那头猪已经有八九十斤了，由于又晒又热，那猪就顺着筐口往里钻，正好卡住了脖子，呱呱呱地直叫唤。家里人听到声音后到圈里准备往下摘筐时，这猪，已经断气了。兽医赶来时说没的救了，还说是中暑炸肺。哎呀！哎呀！甭说爹妈了，就连我们这几个还不大懂事的孩子，心里也难受得不得了，好几天都不见乐纹。本来，再有几个月，这猪长到近 200 斤，可卖一百八九十元钱，亏大发了。父亲很快恢复了平静，苦笑着说这猪命该如此。赶紧找了个杀猪匠收拾后，一部分送人，一部分切小块煸成多半熟后用绳子拴上吊在白薯井里（里面温度低些能多放几天），其余部分炖了一大锅，全家吃了一回高价肉。事后，几个哥哥说，下河弄点儿鱼虾什么的卖了换点儿钱。父亲说，不用了，因为我们平时弄点儿小鱼子小虾米的，除了自己吃，就是送亲戚和乡亲，特别是给那些年纪大了弄鱼不方便的人，这都成习惯了。父亲又说，笑话也好、教训也好，有一条你们得记住，不吃一堑、不长一智，以后不管你们做什么事都要细致贴实，不能慌手慌脚的。现在想起这件事，都已经几十年了，父亲的话给我们几个兄弟姐妹带来的积极作用还是挺明显的。

使叉逮——玩的人还是不少的。这种工具制作简单，使用方便。是用钢筋或粗铁丝做成的双股叉或三股叉，安上三米左右长、寸把粗的木把儿就行了。扛着它往河边一走，就会有人说："扛王八叉的来了。"使用时，在河底有泥沙、砾石的地方上下戳动，发现有异样，叉住甲鱼的裙边就可捕获。有时还能逮到鲇鱼、鲤鱼等。

用钩钓——玩儿的人最多，一般是手竿和底钩两种。用手竿多是奔着鱼去的，但时不常儿地就钓到王八，既意外也不意外。赶上两斤以上的，需要搏杀一小阵子，经验不足的还可能放跑。底钩钓是鱼和甲鱼兼得，多是在夜间。放二十板儿底钩，多预备钓甲鱼的饵料，最多时一宿可钓到八九只，同时钓到的鱼要更多一些。我有一个当家子哥哥叫焦月普，是个练家子。有一次，去南拒马河一处叫天窗儿的地方钓王八，天将要黑下来时，他正在收线，感到分量不轻，一边收线，一边喊人。跟他一块儿来的邱姓小伙子赶紧跑了过来，定睛一看，高声喊道："妈哟嘿——这个老大王八，成精了，快放了它吧！"钓到的这只王八已经被拽到了河边。有中号铁锅那么大，怎么也有 20 斤以上。“什么，放了它，多少年能碰上一回呀，你甭怕，要是成了精也钓不着它，你过来给我拽着它。”这小伙子哆哆嗦嗦地接过鱼线。“你可得拽住了啊！”说完我这个当家子哥哥快步跑到岸边的背筐前，抄起一把笨镰刀（笨镰刀就是安把儿镰刀，笨重而结实，刀头能拿下来，另一种镰刀是钉把儿镰，更轻便一些，刀头固定在木把上），快速跑了回来，照着那大王八可劲一抡，镰刀头正好砸在脑袋上，一击致命，手法娴熟。那个小伙子，吓得都傻眼了，半天才缓过劲来。而那只大王八此时已经放在背筐里了。事后，这位哥哥说，“幸亏鱼线壮、下手快，再慢一点儿就得跑喽。要活着抬上来，想都甭想，一爪子刀下来就是几道沟。”这应该就是多年玩河的经验，这一带逮王八的最大个体纪录被他刷新并一直保持。

以上这几种玩法，我都试过，也都有过收获。但感觉还是用钩钓更顺手，特别是下底钩，很少有钓不到的时候。河边的一些渔友都爱跟我交流，对刚入行的肯定要教一教的。而老手之间的交流，多少还是有所保留的。因为有的技巧或奥秘一说就通，谁都是高手就没有高手了。比如，甲鱼最爱吃什么，哪个季节喜欢在什么位置活动。蒙着来的人并不占少数，一般都是误打误撞，凭运气。又如，用作针线活儿的小号针，像姜子牙似的，绑上鱼线直针垂钓，效果特好，也是个秘密。

还有另外一个玩法，需要有点儿门道的。这就是在河边的沙滩上找王八蛋。每年夏秋季是王八繁殖的时候，在离河道不是太远又很僻静的沙窝上，等到夜深人静时，王八就会爬到这里刨坑下蛋，然后再刨沙埋上。一般一窝少的有三五个，多的有二十来个，圆形、白壳、半透明，大小跟玻璃球差不多。老一点的王八一年要下好几回蛋，后下的蛋个头明显变小。下蛋埋沙后，这王八还会把周边的沙滩爬满横七竖八的脚印，做好伪装后回到河里，剩下的时间是自然孵化了。孵出的小王八有银圆般大小，从沙子里钻出来就会朝着河边有水的方向爬。我找到挖王八蛋的窍门，纯属偶然。一天我在河边洗澡，远远看见我村的一个半大老头在平常不大去人的一片沙滩上，拿着粪叉子在划拉着什么，肯定不是拾粪。我这个常在河边玩的“老”小孩儿，立即想到了它可能是在找王八蛋。我光着身子小跑过去，这半大老头赶紧用粪叉子划拉了几下子，背起背筐就走了。我没到他跟前就往回跑，装作没事人儿似的。等他不见了身影儿，我才走过去，在有粪叉子印儿的地方叉开五指开挖。哎呀！还真让我猜对了，我高兴得跳了起来。这是我第一次挖到王八蛋，居然有十来个。后来我偷偷地跟踪了这半大老头好几次，大致上掌握了找王八蛋儿的门道。找王八蛋时，如果赶上天擦黑儿，有时还会遇到要下蛋的王八，自然是网开一面。有时也会看见已经出壳的小王八，会好奇地看着它往河边爬。有一次，我逮了一只，放在罐头瓶子里养了起来，看着它上下游动的样子，挺有趣的。但没过几天就瘦了，看来我们这里常说的“罐里养王八，越养越抽抽”还是真的。于是，我手托着这小王八，把它放入了村边的大福湾。入水的一瞬间，它那四条小腿一蹬就潜入了河底，看那速度，也真是没谁了。挖来的王八蛋可以煮着吃，蛋黄很大，吃起来口感跟鸡蛋差不多，也是天然美食。王八蛋也可以腌，刚刚放进腌罐时会有轻微的“沙沙沙”的响声，盐水也会由浑变清一些，而腌鸡蛋是没有此现象的。“不逮要下蛋的鳖，不掏空下蛋的窝”也是我们这一带玩河人早年的约俗之一，这对王八种群的延续起了重要作用。

多数人逮到王八是自己吃——美餐一顿、以此为乐，少数人则是卖了换零钱，贴补家用、以此为生。但这少数人逮到的王八总是多于多数人，这或许就是“乐”与“生”的区别吧。我是属于多数人，逮个王八也就是解解嘴馋。

我们老家人吃王八最多的就是炖。分清炖和垮炖，烧和焖的也有。就说说清炖王八，炖之前，要刷洗干净。用木头橛子等硬物按住王八盖子，拿一根竹筷子（或木棍）戳王八的嘴，等王八咬住筷子后，用力往外拉，攥住脖子，快速用刀把头砍下。把血均匀地滴在事先准备好的一张干净白纸上，放在背阴处晾干。这王八血就是特效的刀筋药，平时干活儿的时候，手脚或什么地方划个小口子或碰破皮出了血，撕下一小块王八血纸，贴在创伤面上，立马儿就会粘上，扯都扯不掉。直到伤口愈合才会自然掉下来，不感染、不化脓、不过敏、不留疤。比老家另外一种刀筋药——马粪菇的孢子粉效果还要好。我感觉比创可贴也好用。把王八去头控血后，用 90 摄氏度左右的水把腔身浇烫一下，拿筷子快速剥掉体表那层薄薄的外皮并清洗干净。然后开膛破肚，要特别注意，不能把苦胆弄破。裙边扒下，保留完整的盖子，其他地方切成适宜的小块儿，洗净后就可下锅。清炖王八跟清炖河鱼几乎是一样的，但有几个关键点：其一是自带作料苦胆，可以祛除王八身上那特有的浓重腥味，最好是开锅后放入；其二是鲜姜，要适当多一些，可去腥提味；其三是冷水下锅，收拾干净的王八不用腌制，直接冷水下锅；其四是上锅时就放食盐，以便入味儿；其五是其他作料可以不放，作料越多，味道越杂浊。开锅十多分钟就可停火，撒上胡椒粉，轻点香油即可。苦胆、鲜姜、食盐、胡椒是关键调料。好吃得很，无以描述。市场卖的人工养殖王八，可以试做，味道也是不错的。一般吃完以后，都要把王八盖子放在阴凉处风干，王八脑袋如果不吃也可以阴干，这两样都是中药。可研磨成粉，直接冲服或制成药丸服用，能治疗好几样疾病。

这野生王八浑身上下都是宝：王八和王八蛋作为美食是没的说的，虽然名字听起来有些怪异，但是名气可不小。改名圆鱼之后，在国际级的酒店饭店都是金字招牌，就甭说一般的饭店了，能登这大雅之堂绝非等闲之辈。这王八对身体积弱、产后体虚、久痢不治等还有明显的滋补、强身、治疗作用，治疗急性痢疾、肠炎、脱肛等疾病更有奇效。王八盖子在收购站叫作“鳖甲”常年收购，一只一斤左右的王八弄下来的鳖甲，能卖七八分钱，可以换买一个六分钱的横格本外加两块十分馋人的水果糖。我也曾积攒过王八盖子，但卖掉的很少，主要是被人找走当中药治病用了。其实，有时心里总是有些舍不得的，毕竟，那口水果糖的甜味也就别想了。

老家王八数量的骤减是在20个世纪90年代以后的20年。拒马河水流量减少肯定是自然因素，而人们需求量的激增，则是人为因素。说得具体一些，其一，旅游业的兴起，到拒马河这一带的游客日见增多，他们爱吃王八，也基本不问价钱。一次我在六渡钓到一只不足一斤的王八，两个旅游的人要出50元拿走，我当时月工资才60多元，真有诱惑力的。但我是自己吃不卖的，这俩人还不死心，还要涨钱，还招来了七八个人围观。叽叽喳喳的，这鱼我也钓不成了，收竿走人。以后，再钓到王八，得赶紧藏起来。后来，他们连鱼也买，价格也很高。更大的需求是市里的大饭店，他们高价收购野生甲鱼，每斤几十元到百元不等。于是，那些原来以逮王八为营生的人，可高兴得不得了，他们折腾了两年，也挣了一笔大钱，最后也就歇菜了。此后，王八数量大减，拒马河边到处可见王八晒盖子的特有风景再也找不到了。现在的拒马河，野生王八跟那活化石鱼种“鱼谷洞”一样，极少能够见得到，绝对是稀罕之物了。

哎呀，呜呼，追问“拒马”何日鳖再来呀？

（四）拒马蛙族——又一遍地可见的庞大两栖类群

如果把拒马河的小鱼、小虾算作一个庞大的族群，那么拒马河流域随处可见、成群成片的蛙类大军也可以算作另外一个庞大族群了。这个族群绝对是 20 世纪前拒马河的重要标志性物种，是拒马河那个时候原生样态的缩影。

蛙类一族扮演了“有声”拒马河的重要角色。

在童年和少年的记忆中，流淌不息的拒马河，是一条有声的河，会唱歌的河。

它的声音源头主要有两个，一是拒马河自我流淌的声音。声音大的时候，轰鸣声犹如群马咆哮，滚滚而来，尽露汹涌之气象；声音小的时候，微若游丝，仿佛窃窃私语，涓涓而去，又显温柔之情怀。二是依河而居的蛙类大军的鸣叫声。此起彼伏、抑扬顿挫，似在宣泄着彼此的存在和领地的所有。

两种声音的交织混合构成了有声拒马河四季分明的独特奏鸣曲。那声音如曲如歌美妙悦耳，细听细品如醉如痴，心随弦动，定入奇境。

拒马河的冬季是一年当中看似最为安静的季节。河流大面积封冻以后，只剩下了一些墨青色的微小细流，降雪后素裹银装，构成了顿失滔滔、万籁俱寂的超大画面。置身此境，令人心境平和、安闲自若。然而，倾耳细听，居然还有细流汩汩的微动之声，轻声地告诉你尽管是冬季，拒马河的悦动也并未休止。大静中的微弱细动，银白色河道上间或流动的缕缕抹青，可谓冬季拒马河的绝美佳景！

拒马河声音最大的时候是夏季的丰水期，最大的声音就是那隆隆隆的流水声。夜深人静的时候，可以传到离岸数公里的地方。而沿河百姓居然能够伴着这种声音坦然入睡，这或许就是人们与母亲河的一种默契。另外一种毫不逊色的声音，就是那呱呱呱鸣叫的蛙类大军。蛙声覆盖了河道、水坑、洼地等大片水泽潮湿区域。繁殖高峰期的叫声甚或压过河道那哗哗哗的流水声。一只青蛙的鸣叫看似微不足道，但千军万马般的群体合鸣，就有如此这般的阵仗与气势。

早先的时候，拒马河流域蛙类的种群数量是巨大的，我感觉肯定要超过河里小鱼小虾的数量。这里良好的生态环境和宽阔的地域空间，非常适合这种两栖动物的生存。在我的认知中拒马河流域的蛙，主要有两大类，一类是青蛙，大约有四五种；另一类是癞蛤蟆，大约有三四种。河道及沿岸区域就是它们的主要栖息地。

对于老家的人来说，拒马河蛙类的叫声，是再熟悉不过的了。声音鼎沸的时候真的吵人烦人，成群和鸣、连续鼓噪。叫声最大的时候，是在繁殖期特别是强降雨过后。这时在河道两岸的草丛中或池塘水坑低洼处，甚至稍有积水的滩地农地，成群结队的蛙类大军抑制不住繁殖期的亢奋和下雨后的兴奋，争相鸣叫，一波胜过一波。置身周边，你会真切地感到为什么叫“蛤蟆坑”了。

离河边过近的人家，或紧挨着池塘水坑的人家，这时就要忍耐一下了，持续不断的叫声会让人心里起急。

其实这蛙类的叫声尽管响成一片，但仔细听来是有不少门道的。先说青蛙与癞蛤蟆叫声的区别。青蛙的发声气囊一般都在头部和颈部交会处的两侧，发声时气囊可以连续充气鼓动，因此可以呱呱呱连续性发音，声音短促而清脆。癞蛤蟆的发声气囊一般都在腹部，发声气囊多是单次充气鼓动，因此其叫声是呱啊，呱啊，呱啊……间断性发音，声音略长而混浊。在青蛙或癞蛤蟆种群内部，因种类、性别、年龄的不同，鸣叫的声音也存在着明显的差异。蛙类的叫声，还可以帮助人们判断天气好坏。连续几天不下雨，如果听到大面积的蛙鸣，一天之内就会下雨。“水缸出汗蛤蟆叫，必是大雨到”，这是我们这一带的农谚。而连续阴雨天，晚间蛤蟆的叫声减弱或消失，第二天就要晴天了。“晚间蛤蟆叫声停，来日老天要放晴。”村民们可以根据蛤蟆的叫声及其他物候现象，确定农时，安排农活。

青蛙当中，体型最大、数量最多的就是老家人所说的田鸡背儿和花狸豹，其背部黄绿色间有黑褐色或黄白色斑纹，肚皮乳白色，蹦跳能力强，最大个体为雌性，体重在半斤之上，是人们捕食的主要对象。还有一种体型小很多的蛙，个头也就多半两，体色黑褐，有人以为它是幼蛙，其实就是另外一种，我们这里叫它小闹蛙。还有一种介于以上这两种之间，瘦长瘦长的，四条腿也很细，体色青黄，背部有些像马鞍，这里人都叫它架鞍儿。一架瘦弱的小马鞍，喜欢成群结队在水下石头缝隙或泉眼周围的沙土洞内越冬。正是癞蛤蟆不长毛——天生的那路种。还有其他几种，数量较少。

癞蛤蟆学名叫蟾蜍，生活习性类同于青蛙。它与青蛙最显著的区别是，浑身长满带有红点的刺疙瘩，眼睛也发红。看起来很瘆人，老家人都管它叫红眼儿君、疥蛤蟆。而青蛙表皮光滑无刺点。多数癞蛤蟆行动迟缓，而青蛙行动敏捷。癞蛤蟆当中，体型最大的是中华大蟾蜍。最大个体一斤以上，多在河道及周边草地、农地活动。除了喜食昆虫之外，小青蛙、小老鼠、大蜘蛛不小心到了它的跟前，照吃不误，硬生生地活吞。还有一种癞蛤蟆，可生活在半湿半干的环境，甚至每家的庭院内都有三只五只的。体型有鸭蛋般大小，体色呈土黄色。被人捏在手上，身体会马上鼓胀起来，就像河豚受到攻击时一样。我们都叫它气鼓子或气蛤蟆。猫儿、狗儿见了这蛤蟆充其量就是用鼻子闻闻以后走开，而见了青蛙一般不会放过的。

老家这里的蛙类每年清明节开始繁殖，可延续到七八月。青蛙的繁殖季要短于癞蛤蟆。早春水温略有升高，它们就会在河边、池塘、水坑里开始聚集，鸣叫、争斗、抱对，直到最后产卵。蛙类的卵一般都附着在水草、树枝上。青蛙产的卵多是团状的，一粒粒的卵被半透明黏状的卵衣包裹在一起。癞蛤蟆产的卵多是双排条带状的，在水草上拉得很长很长。卵衣与青蛙是一样的。我们老家人都管这一团团或一串串的蛙卵叫作蛤蟆衣。

蛙类的卵粒孵化出小蝌蚪一般也就四五天。黑褐色的小蝌蚪是未来的癞蛤蟆，黄褐色的小蝌蚪是未来的青蛙。那时，拒马河的春夏季节，有水草、枯树枝的缓水区、池塘、水坑都有成群结队的蝌蚪。在河道的静流区和缓流区，长大一些的蝌蚪显得更多。下水蹚河，撞腿撞脚甚至趴在脚上蠕动，似痒非痒，比高级酒店的“鱼疗”舒坦多了。如果用笊篱一捞，就可弄到一二十只，一袋烟的工夫就能捞上小半盆。有人专门捞了喂鸭子。几只鸭子大嘴铲子一甩，吧嗒、吧嗒转眼就给吃光，这种鸭子下的蛋是最好吃的。

老家人认为，小蝌蚪有祛毒解表等药效。每年到了蝌蚪孵化初期，好多人都要逮上几只，捧在手心里，带着少许泉水或河水，汩汩地喝下去。一般一次喝七只体色发黑的癞蛤蟆的蝌蚪，一连三天，相当于三服汤药。老辈人说，常在河里泡澡，水面不太干净时，会起疙瘩，很痒很痒的，喝了这小蝌蚪，这一季子就不起疙瘩了。我是挺信这一说法的，每年都要喝的，喝下去时，还在嘴里和嗓子里动，但没有不舒服的感觉。最初是觉得好玩儿，后来感觉确实管事儿。这夏秋多半年几乎每天都要下河玩水，甚至在浑水中逮鱼摸虾，但是极少起疙瘩的，浑身上下让水给滋润得光滑溜黑的。少数人是没有勇气喝的，他们甚至也不敢看别人喝。比起喝过的人，似乎他们真的更爱起疙瘩。谁痒痒谁难受呗！

小蝌蚪变成青蛙或癞蛤蟆的过程，还是挺有意思的。先长出两条后腿，慢慢又长出两条前腿，有了四条腿就可以上岸活动了。但尾巴还稍显碍事，等尾巴脱掉了，就变成了小小成蛙，水里岸上就活动自如了。但生命还很脆弱的，长成真正的成蛙还需要相当长的过程，大约需要三四年的时间。我们老家常跑河边的人，每年都可以看到这个小生命的完整生长过程。这也可以算是一种眼福，现在要想见到已经极不容易了。

那个时候，青蛙和小河鱼一样，都是美食级的。自然也是人们捕捉的对象。与弄鱼相比，逮青蛙更容易一些。空手摸、铁丝扎、垂钓是最常见的招法。空手摸是需要一些胆量的，因为在水里摸到癞蛤蟆的机会要远远高于青蛙。浑身疙疙瘩瘩的攥在手里极不舒服。所以不少的人是不敢空手摸的，同样也不敢摸鱼。胆子大的，是不在乎的，而且什么地方都敢摸。经常有蛇、癞蛤蟆出入的地方照摸不误。在这些地方，常常能摸到个儿大肥实的青蛙，还能摸到鲇鱼、嘎鱼，运气好还能逮到王八。钓青蛙是很好玩的。一米上下的细木棍儿，粗头儿攥在手里，细头儿拴上小虫子、蚯蚓什么的，伸向水边有水草的地方并轻轻抖动，很像响尾蛇的尾巴。青蛙寻虫而来，等跳起来张嘴咬上诱饵时，一手快速收杆儿，一手打开布袋子，把青蛙放进去，到了袋子里青蛙刚好把嘴张开，抽出杆子继续。赶上青蛙多的地界，一个多钟头能钓三四十只，甚至更多。我们老家钓青蛙的人不是太多，最多的是长沟、涿州那一带。因为那里都是水稻田，青蛙更多一些。应该说夜间逮蛙是最好的一招儿。一双球儿鞋、一把手电、一个旧布袋子或蛇皮袋子就够了。夏季晚上天黑以后，到河边水草相间的洼地，打开手电留心寻找，青蛙见光后卧在原地不动，下手按住攥紧，放在袋子里就行了。因为这洼地处聚集的青蛙很多，所以在捕捉时只挑个大肥实的就够了。也就个把小时，就可以弄到好几十只，而且个头相差无几，特齐整。玩这招儿的人也不是太多，关键是晚上水蛇更爱出来活动，怕蛇的人自然就给吓住了。特别是那水蛇咬到青蛙时，青蛙发出那哇哇的凄惨叫声，听起来特别瘆人。在某种程度上说，蛇对青蛙又是一种保护。因为这蛇吃掉一只青蛙后几个月可以不再进食，而人一次性捕捉可达上百只。而且今天来了，明天可能还会来。由于有蛇的出没，吓退了不少逮蛙人。

逮蛙人是怎么吃蛙的呢？有那么几样吧，焖、炖、烧、熏。土法土做，都很好吃。特别是在缺食少粮的那个年代，填肚子、打牙祭，过馋瘾，还真能盯上一阵子。这几种吃法，稍有特殊又最受欢迎的就是熏。就是我们这里人说的熏田鸡。主料自然是个大肥实的白条儿田鸡（收拾清洗过的青蛙），熏料最好是木工干活后的下脚料，刨花和锯末。而且最好是柳木的，其他树种的味道就差得多了。这熏料一般是找来砍下不久的柳木杌子。去掉外皮晒干后，借来木工刨子、锯子，自己动手弄刨花和锯末，然后收集起来备用。白条儿田鸡越鲜越好，用混合作料腌制差不多20分钟，就可以熏了。找一块农村盖房垒墙用的小石片儿做熏烤的底托，放上刨花起火，半火半烟时，手拿田鸡（用筷子或木制的夹子也行）烘烤。等田鸡有些变黄多半熟的时候，在刨花上撒上锯末，冒烟后进行细微的熏烤。这两个环节的火候都很关键，掌握不好要么不熟味道不够，要么过熟显得肉老。其间也可适当刷上一些食用油。老手熏出来的蛙，色、形、味、香俱佳。这在当时的农村，绝对是超美食级的，极少能有这么好吃的东西。在长沟、涿州水田较多的地方，包括白洋淀那一带，熏田鸡是很盛行的，都上自由市场了，三五个一串，卖得很火。特别是城里人，坐长途车到这里来吃熏田鸡，回程还要再买点儿。这以后，这拒马河水系的蛙类，差不多十年一个坎儿，一个坎儿一减少。到了新世纪头十年，在河边基本上见不到影儿了。而在市场上也见不到卖“熏田鸡”的了，交易已被禁止。

老家的蛙类大面积地减少到几近消失，始于20世纪90年代。拒马河水量和湿地、洼塘、水坑的逐年减少，农药、化肥的大量使用，人们无节制地对蝌蚪和成蛙的捕杀，都是主要根源。

其实，在人类社会的演进发展中，有一个挺有意思的规律。这就是，当人们看到某种现象或行为给自然带来很大负面影响时，才开始有所认识与反省。

于是，开始亡羊补牢。老家的河道在2012年7月21日发生水灾后，进行了整治。河道出现了较大面积的水湾，幸存无几的蛙类繁殖空间也随之增大。现在，老家依稀可以听到断断续续的蛙鸣声了，真有一种久违的感觉。

期待着那万蛙齐鸣的场景再现，期待着拒马河原生样态的恢复。

四、取之不尽的河光石，沿河住民的天然宝物

古老的拒马河，从发源地涞源县西北太行山麓一路奔流而下，蜿蜒曲折向东，穿越高岭深壑，再经华北平原，进入大清河干流，完成254公里的行程后最终归入渤海。

不难想象，拒马河横空出世的早期，河水、石头、沙土应是当时的主角儿。也正是由于千万年来这水、这石、这沙土的滋养，才有了拒马河生物种群与沿河住民的繁衍生息，使这条河生机盎然、魅力独特。

在拒马河边长大的人，对河床与沿岸上随处可见的石头、沙土、树木、禾草，是再熟悉不过的，每每站在河边，那种亲切之感就会油然而生。这些东西看似司空见惯，但是，它们却是沿河住民重要的生产生活资料，与他们的生存发展紧密相连。“一方水土养一方人”的说法应该是最确切的。这当中，人们搬石采沙、搂草拾柴则是最常见的，对庄户人家来说，这是家常便饭，也等

于是土里刨食。

拒马河上中游的河床上遍布着大大小小的河光石，这是千百万年来被河水千磨万击的杰作，绝对是拒马河的一道独特风景。只要你到过拒马河河谷地带，低头放眼望去，大大小小、形态各异的河光石，就会给你一种发自心底的震撼与敬畏，你会领略到大自然的鬼斧神工，惊叹大自然的不可思议。块头大的河光石能有千斤甚或万斤重，个头小的就是那大量细碎的小石子，而那些十来斤到几百斤的则是最入眼、看着最多的，就像老农的“瓜地”一样一大片一大片的。按照一般概念上说法，人们习惯于把这种石头叫作“鹅卵石”。但是，说真的，没有我们老家人说的“河光石”更为形象和准确。所以我还是更喜欢使用河光石这样的叫法。

河光石是河道之子，更是大自然与河水共同雕琢之后，赐予沿河住民的天然宝物。这个宝物，用途多多，美上加美，深深受人喜爱。

美上加美的第一个美，是河光石自然的美。如此多的河光石，就像人的指纹一样，没有哪两个是一样的，颜色、花纹、色彩、光泽，形状各异、斑斓绚丽，越看越受看，越看越有意思，这是它初始的美、自然的美。美上加美的第二个美，是再创造的美，是勤劳智慧的人们把河光石搬运组合以后，用双手再造的美，房屋、院墙、地阶、埝埂、水坝等，都可以造出这种美、展现出这种美，可谓异彩纷呈，各美其美。在我们老家，河光石这种初始的美和再创造的美，无处不在、无处不见，置身其间，犹如进入了河光石排列组合的露天超级展馆，实在是一种美的享受。

其实，这河光石的第一种“美”，前面已经做了一些描述，它是被河水“冲刷”磨光以后的最初形态，从上游向下游的移动，也靠的是河水经年累月的“搬运”，所以它才会大小不一、高低不同地散布在河床和沿岸，从而形成这原始的、变动的、超大的画面。河光石经历的从有棱有角到无棱无角的变身，由大到小、由粗到细的瘦身，是一个极其漫长的过程，没有这一过程的千磨万击，就不可能有其华丽的如此多变的身姿。站在河边，如果你不去细想，永远都可能觉得那就是一片片大小不一的普通的石头，只有用心感悟、用心观察，甚至与它沟通交流，才有可能发现它的美，感知到它的美，进而触摸到它的美！

而河光石又加上去的 “美”，其外延和内涵又发生明显的变化：

人尽其才，物尽其用，这话说得真好。当人的智慧与河光石的用途黏合在一起的时候，就会造出无穷无尽的美。这种美已经延续了几千年，一直还在延续而没有停歇。

从人类适应自然、自我生存的角度看，一切自然之物，都有可能为人类所用，河光石也不例外。而人们在挖掘河光石使用价值的过程当中，同时还制造了美，孕育了美，使得这河光石美上加美。

让我们看看人类是怎样让河光石美上加美的：

（一）垒石筑坝——兴建自然和谐、造福人类的水利工程

毫无疑问，最早的河流样态是原始的、自然的，人们要想更好地利用它，就要对其加以改造。两千多年前的都江堰就是最典型的例证，当然，从当时的条件看这个工程是极其浩大的，也是

不太常见的。但是人们改造河道的小微型水利工程却是随处可见的，我们老家拒马河上的河光石水坝就是这样的。

人们选择适宜的河段，就地取材，垒起了一道道河坝。这些河坝有大有小、可长可短，其目的就是要在坝体的上端形成水湾或水渟，蓄留更多的水，鱼虾的生长环境自然得到改善，而河水水位提高变深后甚至可以行船，便于水产种植、养殖和捕捞，更重要的是还可以在水坝两侧开挖水渠，引水入村入田，既可饮用也可灌溉，条件好一些的地方还能搞小水电。大石窝镇位于拒马河畔南岸的西六村包括王家磨、蔡庄、下滩等村，就是这样的。几个村子上游垒起河光石水坝后，修建了引水渠，河水自行流入各村的农地和各家各户，一两斤甚至更大的河鱼流进农户的小菜园也不稀奇，“搂草打兔子”成了“种菜收活鱼”，真是一大乐子。20 世纪 70 年代，这六个村中的郑家磨村、土堤村还修建了小水电站，小水电站引水渠的两侧堤坝，也都是用河光石垒成的，看上去非常壮观美丽，而当时十渡到张坊沿拒马河修建的小水电站不少于 20 个。

用河光石垒起的水坝，大部分河水可以从石头的缝隙和孔洞中漏出，鱼虾也可以上下游动，坝体淤积了河草和青泥阻碍河水流动时，可以根据需要适时酌量清除，因此，这个坝体可以保持河水的自然流动，时间长了人工的痕迹也会消失。而后来人工兴建的橡胶坝、滚水坝、连拱闸等设施，对河水的自然流动都有或轻或重的影响，也会给河道物种的生存带来不利影响，比如鱼谷洞（多鳞铲颌鱼）等鱼类的洄游线路受阻，进而影响其繁衍生存，甚至引起某些鱼类的消失。

20世纪80年代前，拒马河上中游沿线的水湾、大渟随处可见，而保证这些水湾、大渟蓄水的大都是河光石水坝。这些水坝，其中一部分是自然或半自然的，这半自然的是在自然坝体的基础上由人工垒补少量石头后形成的，还有较大一部分就是由人们用河光石垒成的。这些水坝经过较长时间的冲刷和浸泡，就成了河道的一部分，看上去自然协调。每到夏季丰水期，拒马河哗哗哗作响，声传数公里之外，就是河光石水坝发出来的流水声，这也是有声拒马河的第一音源。

河光石水坝造就了湖光山色，造就了有声拒马河，造就了不同河段的各色美景，也滋润了建造者的生活，哺育了沿河人的生长。

这水坝，真的是美上又美！

（二）建造居所——构筑人类赖以生存的美丽家园

人类的祖先很早就学会了建造居所，最初多是定居在山洞里、地穴中或大树上，在漫长的岁月中逐步学会了在沿河与平原安全的平地上用石头、木头和沙土等材料建造居所。而老家拒马河沿岸的先民们，则学会了用当地取之不尽的河光石建造居所。

建造“河光石居所”的起源我无从考证，但可以肯定地说，它是一种历史的传承，更是对先民生存认知、农耕文化、生产技术、建筑智慧等方面的接续与发展。

河光石的房体、河光石的院墙，宅院内河光石的桌子、河光石的座椅、河光石的甬路，还有河光石垒建的茅厕、畜舍和鸡窝……这就是我们老家一带沿河人家早先的 “河光石居所”，在配置上是比较典型的。可以说，建造这样的居所，河光石无所不能，它清晰地留下人类建筑学、建筑美学发展的印记。20 世纪六七十年代时，这样的农宅居所在我们村里还是占多数的，当然也有一些是用山石建造的，或用青砖或红砖建造的。

就是到了现在，我们老家传统典型的河光石居所依然还有，如果再往沿河上游的深山区，见到的会更多。随着时代的变迁，有些石头居所经过修旧如旧的改造，已经变身为“原生态”的民宿小院，颇受城里人追捧。这些民宿小院，当然不仅仅包括房屋和院墙，谁家的更原始、更古野、更有乡愁味道，谁家的就更抢手，有些小院的要价甚至超过城里的豪华间和总统套房。祖辈留下的东西开始受益了。难道这不是宝贝吗！？

在我的记忆里，建造河光石居所大致有这样几个环节。首先是备料。那时，河边的河光石多的是，采石的地点也好选。运输工具早先是用背筐、手推车等。有的人家为了省钱，在冬季农闲时，动员全家用筐背、用车推，哩哩啦啦要干上一冬天。我村有一个宋姓老乡，生产队的时候，长期在河滩干活，每天收工后，别人都是一筐头的稞稞或柴草什么的，而它的筐里还要放上一两块石头，日积月累，最后居然垒完了自家 60 多米的院墙。好一些的运输工具是驴、牛、马、骡等牲畜拉的大车，再后来还使上了拖拉机和汽车，搬运效率就高多了。第二是垒墙。这是技术要求最高、最关键的硬活儿。请经验丰富的“土专家”确定好房屋和围墙的位置和尺寸后，就要开槽挖地基，按要求的长、宽、深挖好就行了。之后就是起墙了，由于河光石缺棱缺角，垒起来很要技术。墙体拐角处更“要劲儿”，一般要由老把式上手干。河光石墙体前后两面要垒得平直，缝隙尽可能地少，而中空的缝隙可以填上小块的碎石瓦块什么的，这叫“填楦”，目的是节省一些好的石料而又保持墙体牢固。每起一层都要用泥巴黏合，垒到定好的高度，墙顶做封顶处理后，主墙体就算完成了。垒制墙体时，还有一个重要的技术环节，就是要在墙体上间隔地横放一些大约一虎口粗、比墙体厚度稍窄一点的木棍，以防墙体受到外力冲击时整体倒塌，特别是用碎石垒的院墙，更要加上这防止墙体倒塌的木棍。第三，处理墙体内外立面。房屋外墙面用沙灰或水泥勾缝，勾缝之后的墙体，大小不一的河光石主面外露，由各缝隙之间的沙灰或水泥条带连成整体墙面，更加牢固，出奇地好看；房屋内墙面一般抹沙灰或水泥，再抹石灰膏。最早的房屋墙体里外面都是先抹泥，后期再进行二次处理。房屋前脸儿的墙体，有用青灰打底的，然后再做白灰条带，有兴致的还会在白色条带上作画或写字。院墙前后立面的处理方法有好几种：最原始的就是保持原样，用碎小的石头垒墙甚至可以“干打垒”，一层层的石头紧紧咬合在一起，无须用泥黏合，既结实又美观。在村边居住分散或比较偏远的人家，这样的“干打垒”院墙还是挺普遍的，到了种植季，墙上会爬满倭瓜秧、豆角秧以及自我生长的喇叭花；多数人家的院墙都要抹上穰泥，也就是黄土与滑秸（轧场以后脱出麦粒儿的小麦秸子）混合后和成的泥巴，墙体抹上穰泥后就看不见石头了，也就变成了土黄色，之后还可以再抹上白灰，在墙上绘画、写字；这院墙也可以用沙灰或水泥勾缝，与房屋墙体保持一个格调。说真的，我更喜欢“干打垒”和沙灰勾缝的墙体，看着顺眼、舒坦，有一种自然的美。

先民们用河光石建造的居所，安全、实用、美观、大方，就地取材，浑然天成，是人类文明的宝贵财富，也是乡愁文化的重要标志。每每勾起回忆，特别是再次走进这样的老宅子时，真的就像回到了从前。岁月如梭，如今保留下来或还在使用的河光石居所及其他设施，都是人类建筑史上重要的文化印记。

（三）垒埝修阶——兴建人类农耕生产的基础设施

自古以来，人类最宝贵、最重要的资源莫过于土地。开垦土地、护地养地是人类的本性和生存要求。

我们老家属于山区半山区，可开垦的土地资源十分有限。先民们开垦土地一般有这样一些选择。首先是在山前最好的冲积平原上开地，地块还是较大的，经过持续多年的耕种打理后土地逐渐变成熟地、好地，这是收获粮食的主要依靠。第二是在半山坡的区域上开地，多是高低不同、大小不一的条块状土地，这样的土地大约占村里耕地面积的三四成，也是获得粮食的主要来源，但一年的收成要看老天的脸色，旱涝不保收。第三是在滩涂上避开一般性洪水泛滥的区域，有选择地开地，由于靠近河道大都可以引流灌溉，但就怕过大洪水的冲刷，严重时颗粒无收。

山区半山区的土地，最大的威胁是山洪。特别是雨季，时常暴发洪水，来势凶猛，破坏性强，轻则冲倒庄稼、减少收成，重则覆盖式冲刷，地毁苗亡。

先民们在开垦土地的那一刻起，就对洪水的来犯有所准备，也正是有了积极应对的措施，才减少了灾害的影响。

对山坡耕地的防洪保土，主要是修建石头埝阶（地阶），建成一层又一层的梯田，而这需要大量的石头。石头的来源主要有两个渠道。一是就地取材，把开垦土地时挖凿出来的山石利用起来，修阶、修路及看地看庄稼用的小石屋，但是一来山石是有限的，再者连续开石费用就高了，还要另想办法。于是，第二个渠道就有了，那就是到河边去弄河光石。这河光石的数量比山石一点也不少，因为洪水过后就会带来上游的补充，这真的就是一种馈赠。老家马鞍山阳面靠近拒马河的山地，好多梯田的堎阶就是用河光石垒起来的。从视觉上看，这种堎阶比山石堎阶要好看得多、沧桑得多。一般堎阶的长度几十米不等，最长的超过百米，而最高能有七八米。这河光石堎阶的形状也因地形不同而不同，波纹状的、外拱形的、内曲形的，等等。看上去颇为壮观、顺眼、可心。河滩地上的堎阶，多是堤坝式的、石垄式的。

为保护辛辛苦苦开垦的耕地，先民们用智慧和汗水，学会了垒建山石堎阶与河光石堎阶，并在技术上也不断改进，使这石头堎阶成为保护耕地的坚实盾牌，成为农业生产的重要基础设施，也承载了农耕文明的文化基因。

现在到了老家，这种石头堎阶依然比比皆是，开车一进村界，左右两侧的石头堎阶就会进入你的视线。对农村、农业、农人不太了解的人，看着这些石阶，多是赞叹它的神奇、它的美观，也会带有新奇好玩儿的心态，而对其内涵性的东西不太留意或思考。

老家的石头堎阶特别是河光石堎阶既是历史的，也是现实的，还是未来的。

它也许是更多的人进一步了解农村、农业、农人的一把钥匙！

第三节 林果茂繁生秀景

我的老家不是林区，但是有林。

这个“林”，不是特指，而是泛指，其实说的就是老家的树。可能是一片松柏树，也可能是一个枣园的枣树，还可能是一棵老槐树。只要留有岁月的痕迹，留下从前的故事，留存了我的记忆，就是我心中的林。这个林的茂繁，生出了老家的奇美秀景，更是老家的绿色之魂。

笼而统之地说，老家的林有两类：一类是柴树，就是那些不长水果儿的树；另一类是果树，就是那些能长果子的树。了解识别这些树，最早是在庭院。那么就从庭院栽树、种树开始。

一、花木繁茂的农家小院

早先的时候，记得老家这边儿多有在自家院落栽树的习惯。房前屋后、墙边墙角，甚至院墙外属于自家的地界儿都要见缝插针地栽树、种树。栽种齐全的小院，有柴树、有果树、有花木，另外还有小菜园。看上去高低错落，阴阳相间，与小院土坯、石头为底色的房屋、围墙、畜圈、禽舍等相互搭配，显得那么古朴、舒适、宜居。那时，没有美化庭院的说法。但那小院近在身边、实实在在、独具乡愁味道的格调，却蕴含了农家小院平常、平凡、平淡的美。现在回头细看细品，竟然是随着岁月的增长，这种美也随之增长。可谓苍而不衰、历久弥珍。

小院的这种整体美，与栽树、种树是密不可分的。看似普通的树木花草，任其生长就有原生的美态，再加上人的悉心种植，则会更美。高中低错落的树冠；杏、桃、枣香甜的花果；风摇树叶的声响；枝头菜架上雀鸟的鸣唱；太阳透射洒下的暖阳，都是美。

那时，尽管劳作辛苦、收成有限、衣食不足，但主人们只要回到小院子，就像换了一个人。火炕上伸腰伸腿一躺；院内小木桌上大茶碗一放；看着红杏树帽儿上的果子胳膊一扬；黄瓜架里手拿马蔺叶蔓条上一绑，就找到了乐子，就消解了疲劳，就露出了笑容。院内院外，只要人勤，地就不懒，定有收成，就觉得生活有奔头儿，日复一日就这样走过来了。

栽树、种树当是先祖们传下来的，但什么时候就有了，开始于什么年代，我没有做过专门的考证。只是在其他方面的记载和故事的传说中了解一些。往久远想一下，农耕社会的先民们，最早学会的就是采集和种养。当他们有了固定的居所时，就已经能够种树、栽树了，这跟粮菜种植应该区别不大。

老家存活的树木有的已近千年，跟老家成村的年代基本一致。那么村里种树、栽树的习惯应该是先祖在这里定居的时候就带过来了。

六七岁时，听村里老辈人说，早先进村正南的入口处有一对石雕的大狮子镇守村门。村口左边狮子外侧有几棵家槐树，已经有上千年了，是老吕家祖辈们栽种的，也是村里几棵为数不多的老树、大树。小时候，我经常到那里去玩儿，那对儿狮子已然不见了，但那几棵家槐树虽显苍老，依然还在。树根已经露出地面一米多高，并且连在了一起，弯弯曲曲有十多米长。这是由于大涝年份大的雨水冲刷所致。但新生根继续深扎地下，确保大树屹立不倒。地上树根和树干部分的粗度都在一米以上，中心已经腐朽变空还相互连通，树的外皮虽显粗糙苍老但仍具活力，维持着大树的繁茂，几个树冠外圈交织在一起，形成了整片的树荫。这树就像电影《地道战》的那棵大槐树。但我们这里是好几棵而且是连体的，看起来苍老硕大，给人一种“敬”而生畏的感觉。当年我们这些小孩子经常到这里淘气玩耍，树洞里、树杈上留下的脚印没人比我们多，许多童真美好的记忆也留在了那里。

大狮子和大槐树是老家村口的重要标志，应该延续了很多年，历经了几个朝代。那时，南白岱在十里八乡就很有名儿的。大狮子的消失大约是在 20 世纪三四十年代，大槐树的消失是在 20 世纪 70 年代前后，因由好像是修路扩路。可惜、遗憾。大树永远找不到了，但大狮子被埋在了地下，应有重见天日的那一天吧。那些年村里修路改路、村民建房子，有不少几百年的家槐树也先后被“出”掉了（在老家出树就是伐树）。

其实，老家人在自家小院栽树、种树并不是为了美，或者说美所占的分量是有限的。在当时的生活条件下，人们都在为生存而劳作，甚至空闲的时间都有限，所以栽树、种树主要是看重树木的使用价值、食用价值和庇护院落的价值。

那么，小院的树木怎么栽种呢？简单地说，就是谁当家谁做主，由小院的主人按照自己的想法掂量着来，这也就出现了不同小院的不同样貌。正是这种差异也就有了农家小院的多姿多彩。

在树种的选择上，首先最重要的是图吉利、求护佑，自然要选择相应的树种，有忌讳的肯定不能选，一般是要听风水先生或有威望的老人的。家槐也就是植物学上说的国槐，是首选树种，有念祖、护佑的寓意。同时，家槐还是上等的用材树，纹理清晰美观，材质软硬适中，可做原木、家具等。桃树也是当选树种，镇宅、辟邪、看花、食果，好处不少。也有选栽柏树的，有长寿、长青、健康、驱毒的说法。还有选种臭椿的，因为，臭椿树是树王，有它存在群树生长旺盛。还有榆树、楸树、月季、木槿、青竹等。

院内栽树还有不少讲究，比如，前不栽桑、后不栽柳，院中不栽鬼拍手（响叶杨），栽树不宜单（一棵），等等。选好的树种栽在什么位置，也有说法。以北上房为例，一般院内左右厢房前面离正房远的一头可以栽家槐，近的一头栽桃、杏、石榴等。北上房两侧窗下多是栽木本花和应季草花。靠着院墙的东南西三面一般是栽种榆树、洋槐、杨树等，将来要长成盖房用的木料。一个小院一般只栽一棵臭椿，由于成树后又高又大，一般就栽在东墙或西墙边而不在南墙边。北上房房后身一般是不栽树的。要栽的香椿、枣树等其他树种，可根据小院的大小插空儿栽种。小院栽树的这些讲究说来简单实际也不简单，有些说法到现在我也没有完全搞明白。此外，还有更重要的一条，就是小院的树木长大以后，整体看上去要稀疏一些，不能过挤过密，阴阳和合才适宜。

20 世纪 90 年代以前，老家的农家小院，高中低三层绿冠、春夏秋三季花香，瓜果菜三时令争奇，自然、自在、自得。更为难得的是，多个小院的林冠构成了全村整体的葱绿。一片林子就是一个村子，林从村中起，房在林中建。进村之前，但见树木森森、群鸟鸣飞，一派恬淡静谧。如果站在村边的马鞍山上，看得更加清楚，满目连片的绿树，依稀可见的房屋，袅袅升起的炊烟，仔细辨认还可见到自家的高树屋顶，甚或看到屋顶上家人晾晒东西的身影。人们每到山上干活儿，都会身不由己地盯着村子看上几遍，对自家小院的那片天地更是一“望”情深，要么夸赞一番，要么自言自语地念叨一番。

那时还有一道特别的风景，就是我们与多种鸟雀的共处共生。村民们建村定居的过程，无意中也为鸟类筑巢繁衍提供了方便。森绿的树木、土黄的墙洞、挡雨的屋檐，就是鸟儿的家园。春末夏初十几种夏候鸟陆续返程，可爱的家燕在屋檐下叽叽喳喳鸣叫不停，向房屋的主人报告着回归；亮黑的黎鸡（卷尾鸟）定点儿“叫更”，为人们呼唤着晨起；华丽的黄莺清脆婉唱，令人心悦舒畅；不太受人喜欢的杜鹃，不分昼夜执着地“倍儿倍儿倍儿谷”，为人们提示着节令。入冬以后，留鸟露面儿的机会多起来了。喜鹊沙沙沙、斑鸠咕咕咕、麻雀喳喳喳，它们的叫声就在房前屋后，伴着人们共同扛过漫长的寒冬。

时光流转到了20世纪末和新世纪初，随着生活水平的提高，农村盖大房、盖楼房的势头一轮高过一轮，使老家的村容村貌发生了近乎颠覆性的变化。好多具有乡愁风味的三合小院见不到了，老房旧屋包括院内的大树、小树全部一拆见平。取而代之的是土灰色或红褐色的、比原来面积要大上三五倍的平房或楼房，几乎全是砖混结构，与城镇地区的楼房格调看不出明显区别。小院留出的空间与房屋面积不成比例，小得让人心窄。只能栽种一些低矮的花草，原来的满目苍绿被大大压缩，数层的绿冠也没影儿了。

不少小院的地面甚至全部硬化，只能摆放一些盆栽花草。现在，为数不多还没有翻建或新建房屋的小院，保留了少得可怜的一些树木，形单影只，未来未知。

其实也就是十年二十年的光景，老村子几百年或近千年延续下来的那种风格、风貌不见了。树木的大量消失，房屋的加层升高，整体绿色格调的不复存在，“吓倒蓬间雀”，栖息的鸟类大幅度减少。而村子外围一些成行成片的原生树种也被伐倒或替换，鸟类想找“移居”之地也很困难。“旧时王谢堂前燕，飞入寻常百姓家。”堂拆了，家变了，燕鸟们何以为家呢？

原来农村与城里相比，最大看点之一就是大量鸟类与人类带有原始性、自然性的伴生，这也是农村自然、古野、宜居极为重要的标志。

人们改善了原有简陋的居住条件，肯定舒坦多了，但是，不能说没留遗憾。恐怕也不仅仅是老房拆了，大树没了，鸟儿不见了那样简单。乡村的价值到底是什么呢？这对还没有翻改宅院的或翻改村子整体步调慢一些的，或许是好事儿吧。

二、土生土长的馋人大枣儿

每每说到记忆中老家的林，特别是水果，我就会有一种涌自心底的喜欢。如果要说最爱，首选就是那土生土长的馋人大枣儿。

“七月十五红圈儿，八月十五落杆儿，九月十五上包，十月十五摸不着”，这句民谚在我们老家尽人皆知。那时，到了十月十五这枣子收管起来之后，也就意味着孩子们吃枣儿就要受到限制了。

五六岁时，依稀记得自家的院内有一大一小两棵大枣儿树，大的每年滴里嘟噜地结果儿，小的正在蹿秧子挂果儿则少。每年七月初这枣儿刚刚由青变白，我就开始摘着吃，虽然嚼着有点儿艮，但却津津有味。等到这枣儿秋后红透了、长熟了，打下来、晒干了，入囤了、收筐了，一直都在吃，能吃到来年的五六月，差不多对头儿一年。一般在粽子节吃上最后一发儿就基本见不到了。因为这枣儿搁到这个时候，就开始发酸了，赶紧吃了盼着新枣下来。

当然，我家的干枣儿更多的是从生产队里分来的。自家的两棵树落杆儿后也就有一背筐。可是从生产队里分到的，满满的一大笸箩和一小笸箩都盛不下，晒干了存起来，能吃好长时间。

那时候，自家有枣树，随时摘着吃，心里美着呢。长大以后一直待见这大枣儿，起因就应该是五六岁这当口，自家枣树给逗出来的馋。岁数再大一些，能跟着大人下地干点小活儿了，就真的见到了村里的枣树林子。妈哟！还是超出了我的想象。那么多，山坡上、地阶上、滩地上，那枣树，一排排、一片片，看得我有点眼乱，但却异常兴奋。

二哥告诉我，附近水果多的村有三个：一是南白岱也就是我们村，糠枣儿多，一是大峪沟，磨盘柿多，再就是蔡庄和王家磨，山里红多。二哥还告诉我，在咱们村六队的枣树是最多的。并跟我说，赶紧练上树，生产队打完枣儿以后，树上零零星星剩下的，社员可以自己去串（就是捡剩儿）。赶对付了一回能串半背筐头子。为了串大枣儿，我这个小馋嘴很快就学会了上树。可不是一般的上树爬树，到后来，一两尺顸的大青杨我都上得去。

那时，我们这一带，属于北拒马河起点段儿。前面说到的成片林、名气大的三种水果，以北拒马河南北岸划分。大枣儿和磨盘柿主要生长在南白岱、大峪沟等北六村，山里红主要分布在蔡庄、下滩等南五村。现在，50 多年过去了，老家传统口味、入口如蜜的大糠枣儿几乎绝迹。招人喜爱、酸里透甜的大金星山里红也已所剩无几。而果大色正、汤清皮薄的磨盘柿却依旧风光无限，而且登上了中国国家地理标志产品的殿堂。

说实话，这三种水果在我心里，绝对都是好东西，难分高低上下。况且，在那缺衣少食的年代，更是难得的宝物。早先时三种水果的名气也确实差不多，但这大糠枣儿和磨盘柿比大金星山里红要好一些，而大糠枣儿比磨盘柿更好一些。这么说不少人是不大认可的，但还是有原因的。山里红酸了吧唧的是另类水果，我们就拿大枣儿和柿子做个比较：第一是大枣能吃的时间长，可对头儿吃一年，磨盘柿顶到家吃半年。而且大枣儿可当干粮，磨盘柿稍微差了一些。第二是大枣儿带着方便，鲜的、干的都能随身携带，磨盘柿带起来就不那么方便了。而且大枣儿个体小，当零食方便，磨盘柿个体大，当零食有点可惜。如果大人打发串门来的孩子或家里哭闹的孩子，有三五个大枣就行了，给一个七八两的大柿子就有些舍不得了。第三是让我们这些中小学生给闹的，只要是产枣儿多的村，学生们去上学，差不多衣兜里都有大枣儿。没枣儿学生的羡慕和讨要，不是一两次的，最长要持续好几年，这大枣儿自然就出了名儿。南白岱的枣儿最多而且最好吃，也就出了名儿。

我们村的大枣儿，基本上都是糠枣儿，单果长圆形，有方肩膀，容易识别。果子大小约有两个山里红一般大，浑身乌红、通体发亮、饱满肥实。鲜食口感甜脆，个别品种略带一丝酸味，是人们的最爱；干食果肉厚、有嚼劲、甜味冲（chòng）。另外，还有少量的尜尜枣儿、金丝小枣儿等品种，可以调节口味。在口粮不足的年代，这大枣儿就是木本粮食，特别能顶劲儿。闹饥荒时，抵上一家人十天半个月的口粮不成问题。

村里的大枣儿主要分旱地和河滩地两大片。

旱地的枣儿大都长在山坡嶚岗或小块耕地的地阶上，占全村枣树的一少半。这些枣子鲜食口感一般，但晾干后果肉厚而甜，多以晾干枣儿为主。

河滩地的枣儿在数量上占了一多半，鲜食、干食、醉着吃都特别好，留下的记忆也就自然多一些。

河滩地的枣儿都在北拒马河的一道河、二道河两岸的沙壤地上。这些地都是拒马河发大水后淤积而成的。地块呈东西走向狭长形，顺着河道两岸分布，栽种的枣树也是顺向成行的。光照均匀互不遮挡，再加上沙壤地底层不缺水而表层渗水快，非常适合大枣生长。

村南南下坎的枣树园紧挨着村边，与村子只隔着一条小溪流。这片枣园是五六队和三四队的，大约有二三百棵。虽然鲜食品质不是最好，但是离村子太近，方便了老人孩子们采摘，看枣子的人也不大跟这些人较劲儿。我小的时候自然也是去过的，并在那里学会了上树和串枝、摘枣儿、避开毒虫洋辣子的窍门儿。

一道河北岸三四队有一片大约百亩的枣林，也在村边上，比南下坎的枣园稍微远一些，村民们叫它小枣园儿。这里枣儿的个头稍小一点，鲜食品质最好，脆甜核小，还带香味。每年快要成熟时，生产队里要派四五个人昼夜看着，偷着去摘枣儿的人一拨一拨的总是不断线儿，经常上演看枣儿人与偷枣人的游击战。到这里偷摘枣儿的人是最多的，因为好吃、离得近、不蹚河。在我们这里，到地里偷粮食是不行的，逮着以后是有说辞的，甚至到大队在大喇叭里做检查。而偷着摘上一把两把的大枣至多是看枣人把你劝走或轰走。摘得太多肯定也不行，那就是真正的偷。

我和几个小伙伴，自然也是算计着怎么去弄枣儿。被逮着轰走了的时候多，得手的时候也不少。每次一般摘上一斤左右，装在衣兜里，还要在树上吃上一阵子，就开溜了。这个枣园的枣树，第几行第几棵好吃、什么时候熟，我们早就熟悉了。每次进园子都是分散行动，防止一起被逮着。每到学校时，总有几个同学会看我的口袋，鼓鼓囊囊的，就往我跟前凑。为此，我交了不少枣友儿。广禄庄的一个同学总说他们村的枣儿没我摘的好吃，说得倒也不假。但其实还是嘴馋，想逗我高兴了多给他几个。

过了一道河、二道河，枣树就更多了，算起来得有 10 多片，每片都有上百棵。由于要蹚河，路也稍微远一点，偷摘枣儿的人要少一些。在一道河对岸下五十的地界上，四队有一片枣林，枣儿的口味跟小枣园儿的不相上下，也是猎食的目标。有一年，几个小伙伴想要行动，有人问："今年看枣儿的是谁呀？"

"好像是造儿他妈。"

"啊，造儿他妈看着枣儿呢。"

我们都很兴奋。"造儿"是小我们几岁的一个小男孩。他妈不厉害、面善，看见你摘枣儿老远地就喊："摘点就行了，赶紧走吧，队长该扣我工分了。"

按现在的说法也就是造造声势，吓唬吓唬你。我们几个还是分开行动，尽量不让她看见，完事后蹚河回来在北岸集合。村里有城里的知青时，我们一说“造儿他妈看枣儿呢”他们就犯愣，后来慢慢就知道怎么回事了。

那个年代，十天半个月的大队要演一回电影。一般后半天全村甚至附近几个村的人就都知道了。看电影的人每次都很多。如果赶上秋天，我要做的就是头擦黑儿到河边枣园去摘两兜枣儿。这时，一般也就是一两个人去，因为小伙伴中有的人天黑了胆小，还有是家里的大人黑天不让过河。枣儿摘回来了，电影也快开始了。一边吃一边看，声音得小点儿，不敢嘎嘣嘎嘣地嚼，让别人看见就打发不过来了。

爬到树上去摘枣儿，一般都是先往嘴里塞，不把小肚子吃的鼓胀起来是不会停口的。吃欢了的时候，直接去咬，舌头一卷就到嘴里了。记忆最深的是，有一次小六子张嘴咬枣时，正好上面有一个会会子（洋辣子），扫舌头了，痛苦无比，跑到河边，爬在泉眼里泡舌头，老半天也不管事儿，还是疼。这才叫“喂嘴伤舌”。

我们这里有一种枣儿叫天花枣儿，这名字是怎么来的，当时我是不知道的。这种枣儿要比正常收获的枣儿晚熟十天半个月的，个头小一点，基本上都是多半红的，吃起来也脆也硬，稍微有点艮，但甜中带酸。到了晚秋时，这种口味更受欢迎。这种枣儿，不是专有的一个品种，每棵枣树上都有，个别的树上有时比正常的果实长得还要多。有枣儿一竿子，没枣儿一杠子，到了成熟的季节，这枣树一落杆子，就开收了。但多一半的天花枣儿是打不下来的，这就给串枣儿留下了机会，爬树好的人就占便宜了。我早就练了爬树，自然会有不小的收获。整个后秋，我们兄弟几个能弄上几十斤。串天花枣儿最好一个一个地摘，一般不用竿子打，要保证这枣儿完好无损。爬到靠近树梢的地方，还是挺悬的。有一次，我的小伙伴柱子就踩断了树梢，从十来米高的树尖上摔了下来。幸亏下面的树枝给托了一下，头朝下就掉地上了，居然一点事儿都没有。我们几个先是脸都吓白了，然后就是哈哈哈，一阵开心大笑。

因为这天花枣儿果硬邦、没虫眼、无裂口，再加上只有八九成熟，很适合直接鲜食。放在冷凉处十天半个月的坏不了，能吃上一阵子。然而更适合的是做醉枣儿。十五六岁以后，我家的醉枣儿就由我来做了。其实很简单，容器可以用瓷质掸瓶、盐罐、大一点的玻璃瓶子等，洗干净用白酒擦一遍晾干；枣儿要挑选一遍，我摸索的口诀是：没虫没眼没裂口，半红全硬带亮光；选好的枣儿放在干净盆子里点上少许白酒，轻轻摇匀就可装进容器密封。封口时用点心包装纸做内层，桑皮纸做中层，塑料布做外层。捆紧了放阴凉处，大功告成。这醉枣儿，首先果子要好，有一个带虫眼儿的或裂口的有可能全都烂了。然后，最关键的是放白酒的量。多了少了都会出烂果。最合适的量就是在摇盆时让每个枣儿都半湿半干。最好的办法是在罐底放上一小杯白酒，罩上铁丝纱，上面再放枣儿。您可以试一试，现在半青半红的冬枣儿应该能醉。醉好的枣儿，到了春节、正月十五都要打开吃一回，招待拜年的、串门的绝对拿得出手，比花生、瓜子、块儿糖等更受欢迎。

在老家时，这天花枣儿名字的由来，我问过不少的人，都说不上来。直到我上学学了果林专业，并在后来经常听到什么什么人或什么什么事儿是天花板级别的这样的说法，我才恍然顿悟，终于找到了答案。原来，枣树和石榴、葡萄等果树有一年二次、三次结果的特性。这枣树每年开头茬花时，有时会闹虫子——枣尺蠖，老百姓都叫这虫管管蠹或吊死鬼子。几乎能把枣花和叶子吃光，强壮的树会二次开花、二次结果。二次长出的叶子要小一些，从树底下往上看，是花花的、露天的，而没有虫害的树叶整体看是遮阴的。天花名字由此而来。谁敢说劳动人民没文化呢，你看这名字起的，绝了！

20 世纪 80 年代初，我走出家乡时，老家的枣树还挺多的。后来的 20 多年，就完全不是那么回事了。旱地的枣树随着分田到户而果树随地走，引起村民的争议，再加上豆角秧、倭瓜秧的缠压，这枣树慢慢地就蔫巴了。后来死的死、砍的砍，也就没了。河滩地的枣树更惨，整个河滩，连地带滩外加涂，先挖土，再卖沙，再售石子，成了城市建设、市政工程的基石。多年的祖业产翻腾得见了底儿，基本变现（金）了。枣树就更无踪影了。其他的一些树也是如此。现在，村里只有山坡嶛岗上还有一些零零散散的野生酸枣树，还在顽强地活着。

没了也就没了，现在是另一番景象。

或许这些酸枣能够带来转机，因为水头村很出名的鲜食水果凌枣儿，就是在树“疯”[1]人砍、几近灭种的情况下，通过野生酸枣树嫁接以后，再次恢复生机的。现在文旅融合之后，这产自绿水青山的凌枣儿已经成了人们的新宠。对比这凌枣儿，老家的大糠枣儿丝毫不占下风的。

十分期待老家大枣儿的归来，老家荒山坡地新一轮的绿化，还是很有希望的。

---

[1] 指枣树得了枣疯病，是由枣植原体侵染引起的，发生在枣树上的一种病害。

三、皮薄汤清的大磨盘柿

老家这边的林，成片最大的不是柴树，而是一种特色果——中华磨盘柿。张坊公社有十五个村，村村都有，尤其是大峪沟村。山坡嶚岗、田间地头、房前屋后到处都是。绝对是老大树种，相比之下，别的树种也就是个陪衬。历史记录，全乡大柿子年产量曾超过 1000 万斤。其中大峪沟村产量超过 400 万斤，而当时该村也就有一千七八百口人。按人分配，人口多的家庭应该分得不少。

无论如何，说到家乡的林，写到家乡的果，这大柿子都是不能落下的。

如同大糠枣儿一样，我吃柿子也是从儿时就开始的。那时候我们村的柿子树不是太多，但又不算太少。因为全公社柿子最多最好的大峪沟村的山场里居然有一沟的柿子是我们南白岱村的。这就是邱家沟，连名字都是以我们村原产权人的姓氏确定的。这邱家沟的上等柿子全村每年每人都有份的，而且 13 个生产小队中的多一半没有其他柿子可分。我们小队到邱家沟去摘柿子，我跟着去过两次，印象最深的其一是柿子树又高又大，大的差不多有 20 米高，满树的柿子果。其二是摘柿子用的大梯子，比农户家高四米十磴儿级的普通梯子要高出近一倍。看着新鲜惊奇，特别是看到大人们晃晃悠悠地耍大梯，控制着竖起来的梯子，在柿子树之间穿梭，真是惊险刺激。试一把的心也是有的。“上八磴儿、下八磴儿，猜不出来就是大杂种”，是一条儿农村谜语，谜底就是普通梯子。因为这人用梯子上房和下房都要踩八磴儿的，这梯子自古就是这么个尺寸。我长到十几岁的时候，村里的柿子也渐渐多了起来。因为我们村有几个小队也有山坡地，村民们学着大峪沟，也开始栽种柿子树。十来年的光景，就长起来了，产量也就上去了。

深秋、冬春时节，吃漤柿子、嘬软柿子、啃冰柿子、嚼柿子干儿，可是一大吃食，大多数人都喜好这口儿。特别是啃着冻得倍儿倍儿老硬的冰碴柿子，围着地炉子，后背冷、心里凉、前腿热、脸上暖，边吃边吸溜，外带打哆嗦，一个字儿：爽！俩字儿：痛快！

在日复一日的吃柿子过程中，我知道了柿子树的来历；知道了吃半生不熟涩柿子的可怕；知道了树下吃哄柿子（树上成熟的柿子）的老规矩；也知道了我们这一带大峪沟的柿子最多最好吃。

记得七八岁时，听哥哥姐姐们说，要去马鞍山小山坡上栽黑枣树，等栽活了再接柿子树，过两年就有柿子吃了。当时我不是很清楚，这黑枣也就是花生豆一样大的果子，怎么能结出大柿子来呢？是不是因为两种果子都是涩（shē 当地发音）巴的就行呢？

也该着我弄明白。这年夏天，大队演电影儿，前面的一个夹片是《酸枣接大枣儿》，说的就是一个小山村村民们用酸枣树嫁接大枣儿树的故事。怎么嫁接的，演得特清楚，这下我明白了，闹了归齐还能这么弄。其实也只是知道了可以嫁接，究竟为什么还是不知道。那次看电影儿，我还记住了果树嫁接长果子的一条口诀：桃三杏四梨五年，枣树当年就还钱。到家后我就问四哥：

黑枣接柿子几年长果儿呀？“两年。”嘿，够快的了，我这馋嘴觉着有盼头儿了。后来，大姐和四哥都会嫁接果树，就给六队小山坡的黑枣树全都嫁接成了柿子，有好几百棵。四哥跟我说用“热粘皮”的方法接的。耶，电影里不是插码子吗？四哥说，道理是一样的，柿子树适合“热粘皮”。在黑枣树上划开一个口子，把树皮掀起来，再把一块带芽儿的柿子树皮粘上捆好了，有六七天就活了。四哥还告诉我，立夏节嫁接柿子最爱活。这不，我又学知识了。这之后，很长一段时间我才真正搞清楚了果树嫁接的原理：只有同科、同属树种之间的嫁接才有可能成活。黑枣和柿子都属柿树科，所以可以嫁接的。黑枣定然是嫁接不了苹果的。

按照这个理论，如果一棵柿子树的果实特别好吃，就可以通过嫁接的方法，繁育出许多棵同样的柿子树，这就是优良品种的选育。扩展一下相关知识，树木插条的原理是相同的。比如杨柳树插条可以成活，成活的小树与大树严格地说就是一棵，遗传基因是一样的。还有一个极端的例子，紫荆花是香港特别行政区的“区花”，而现在全香港的紫荆花树，最初就是由一棵树的枝条逐步繁育出来的。

这黑枣儿和柿子的果实吃起来是很不错的，但是没长熟时是涩巴的，人吃多了，黏在胃里下不来，那麻烦就大了，甚至能死人。写到这里想起了有关“涩巴”的两个小故事。

第一个故事：我村有一个叫板石的小半桩子，正在发育身体，对女的什么都感兴趣，有时候还偷拿女人的东西。一次，在河边偷看女人洗澡时，被一村妇逮个正着，臭小子，行啊你，闹了归齐你是黑枣儿接柿子——小涩（色）疙瘩儿。我们这里把形容人好色的“色”都说成 shè， 那时我已经上高中了，也就知道了这句话的意思。还有一句乡语：庙儿后头拉弓——射（色）鬼，也挺形象的。从此，村里人见了板石就小色疙瘩儿、小色疙瘩儿地跟他开玩笑。

第二个故事：我们这里的大柿子，都是涩巴的，一般霜降节采摘以后就会慢慢地自然脱涩。而树上长着的柿子有少量的会提前脱涩，口感挺好的，还能提前尝鲜。当地人管这种“树熟儿”柿子叫“哄柿”。不知多少年了，这里有一个传统，就是不管谁到了柿子树下，这哄柿是可以随便摘、随便吃的，但是不能祸害还没熟的青柿子。有一次，我们小伙伴三人，到了大峪沟的柿子林去摘哄柿，不小心，扳折了一个小树杈，上面带着三个青柿子。这可不妙，我们刚想走，看青的就来了说，别走，先把这几个青柿子吃了。我们几个有点傻眼，你看看我我看看你，不知所措。僵持了一会儿，大劲儿说：“我吃。”拿起一个咔嚓就咬了一口。“别吃了、别吃了，赶紧吐出来，你还真吃呀你，这涩了吧唧的，要是吃坏了，你们家大人还不砸我花儿骨。”这看青的倒是先急眼了。“我是吓唬吓唬你们，记着点儿，吃哄柿行，别祸害青柿子，去去去，赶紧走吧。”半路上，我对大劲儿说：“不软，不软，你小子倒把他给吓着了。”哈哈一笑，各自回家。

早先的时候，周边十里八乡的，甚至更远的地方都知道大峪沟村的柿子好吃。其实从长相上看也没什么区别。就说易县狼牙山的柿子，也是磨盘柿，有的个头比大峪沟的还大，但口味总感觉还是差了点儿。到底为什么，基本没弄明白。20世纪80年代初，学习果树专业时我才有了答案。原来是特殊立地条件下形成的局地小气候，保障了柿子生长有足够的有效积温，所以才好吃的。这里说了好几个专业术语，用通俗的语言解释一下：

“立地条件”其实就是地形地貌。大峪沟村地处大房山两条南北走向余脉之间的山谷中，在山谷两侧，村民散列而居，形成了长约 10 里的沟带状村落，由此也就有了这个村的名字。而山谷两侧到处都是柿子树，据说已有 600 多年的栽种历史。村里有柿子树的地界，海拔不高，光照充足，夏季时有雷阵雨，形成了局地小气候——山前暖区，保证了大柿子生长所需要的较多的温度积累，有效积温。柿子长得大、熟得透，自然脱涩，口感爽滑。其他地方的柿子，口味稍差，主要是有效积温不够，果子没熟透而带着些许涩味。

磨盘柿的名字逼真形象，它的果实是扁圆形的，属于大果型品种，单果重七八两，有的超过一斤，中间有一条凹进去的腰线，把果子分成上下两半，很像庄户人家磨豆子的石制双扇磨盘。磨盘柿果实鲜艳橙红、皮薄附霜、汁清甜润、舌长柔脆、含糖量高，深受食客欢迎。

20 世纪 80 年代前，出产的磨盘柿除了村民自己食用以外就是售卖。有两个渠道：一是村民自己散卖一些，二是北京、房山等商业系统的单位从村里订购，包括青柿子和漤柿子。有时订购单位还要带设备到现场漤柿子，二氧化碳的大气包把成筐的青柿子密封起来，捂上三五天就不涩巴了，脆甜可口。那个时候知道大峪沟及周边村庄磨盘柿的也就是这个范围，也没人在意你知道不知道。

到了 20 世纪 80 年代后期，改革开放，搞活经济，人们开始注重品牌的挖掘和保护。1990 年农业部和财政部在全国确定了陕西富平和北京房山两处柿子生产基地。其一就是大峪沟村——国家级唯一的磨盘柿生产基地，同时授牌磨盘柿为中华名果。由此，磨盘柿成为名副其实的中国国家地理标志产品。

此后，为扩大磨盘柿的品牌影响力，每年都要开展宣传推介、营销促销等活动。1998 年张坊镇以大峪沟为中心区举办了首届磨盘柿采摘观光节，游客超过 2 万人、销售柿子 300 多万公斤；1999 年更是达到 6 万人、500 万公斤。磨盘柿的影响力扩大了，村民们也获得了更多的实惠。

再往后，磨盘柿的故事还在延续。我们村的柿子由 20 世纪六七十年代开始规模化繁育，成片面积不少于 600 亩，尤以十二队、十三队最多，其次是五队、六队。在经历了联产承包到分田到户，再到大户承包以后，到现在柿子树已经所剩无几了。大峪沟的柿子似乎也有类似经历，受市场价格低，老树管理不方便，采摘成本高，外出务工来钱快等因素影响，柿子树的数量大幅减少。庆幸的是，近些年大峪沟的柿子在全国一出名，又开始优种繁育，推进产业化经营，打造中华磨盘柿之乡。现在正推进文旅融合，建设柿都小镇，这磨盘柿的品牌又亮起来了。

磨盘柿，作为老家人的爱物，又有那么大的名气，它应该，也能够，一定会给家乡人带来更多的福荫。

祈盼故里柿如意，仰望家乡柿更红！

四、当家树种榆槐树

记忆中老家的林，还有七七八八的一些杂木杂果，遍布于山坡、地埂、田间、河滩，再加上村内的近乎连片的林木，形成了全村春夏秋冬四季分明的林木景观。这种样态，既是一种天然的美、原生的美、随机的美，更是乡愁不可或缺的自然元素。山坡地埂上的杂木，怎么也有几十种。最多的主要是榆槐、杨柳、松柏和杂果等。

村外的山坡、地埂上零散分布着一些榆树和槐树，一般长得不是太大，而村内的榆树、槐树则较多，大多都能长成盖房子、做家具的木料。

村民自家院内栽植的榆树，大概有白榆、家榆、大果榆等。都是上等的盖房树种，粗大一些的，一棵可以够一个大柁用料，稍细一些的能出两根檩条，长得最高最直的白榆能出三根檩条，村民们最为喜爱。对我来说，那榆树留给我最多乐趣的则是每年春夏之交长出的果子——榆钱。八九岁时就能爬树捋榆钱，十多岁时上树就更利索了。捋榆钱、吃榆钱是我们一大群童年小伙伴的一大乐趣。而村里几乎家家户户都有榆树。榆钱刚一熟，迫不及待的小伙伴们就爬树开捋，成把成把地往嘴里塞。嘴巴满满的，笑容满满的，吃着很过瘾，丝甜黏滑中还夹带着青草木特有的味道。我家院里有四棵十来米高的榆树，其中有两棵每年都长好多榆钱，自然要爬上去的。每次爬树，后腰上拴上细绳儿，爬到顶儿再用绳子把篮子和斧子提上去，多余的枝条砍下来，在地上捋。树上还有的就捋在篮子里。这榆钱鲜嫩着吃最好，吃不了晒干了还能吃。野地里的榆钱每年自然也被村民所收获，稍微老一点也没事，榆钱和榆叶一同收了可以混着。榆钱的主要吃法是打疙瘩和熬粥。打疙瘩是用棒子面，熬粥是用棒子糁儿或小米。都很好吃呀！过去人们吃它可以说既当粮又当菜，食菜不足时可以顶上一阵子的。特别是这榆钱粥，是那个年代、那个季节上好的吃食；现在人们吃它，是在寻找乡愁里的“香稠”，而榆钱粥的好吃也绝对不过时。我现在都退休了，每年仍要到野地里去找榆钱。过去的一些吃食现在的年轻人不太喜欢，但这榆钱粥还是很受欢迎的。我在良乡这边有一个小圈子，每当我收获了榆钱，就会分享一下，比送拒马河的野生小鱼虾兴趣并不小。

说完了榆树，接着说说槐树。这槐树也是村民宅院里面居多，主要是国槐和洋槐两种。前面我已写过国槐了，在这里就说说这洋槐。

五月槐花香，说的就是洋槐，也叫刺槐。差不多也是村民的每个宅院都有栽植。村外也有一些零星散布。这洋槐同样是村民盖房的上等木料，大柁、檩条、椽子都少不了它。坚硬耐腐抗虫，用上百八十年也没问题。这洋槐树还有一个颇受欢迎的地方，就是它那香气四溢、沁人心脾的花朵。每到立夏时节，稍大一点的树都会开花。放眼望去，嫩嫩的绿叶当中间或着雪白素洁、垂悬摇曳的串串花枝，有疏有密，有蕾有花，渐次绽放。可谓是一树一花装，群树花满庄。清淡微甜的香气弥漫大街小巷，成群的蜜蜂在花间飞舞劳作，传送出那令人耳熟、常听不厌的嗡嗡嗡的轻响。如果拂晓前起来更早一些，鸟儿和蜂儿还在沉睡时，除了扑鼻而来的凉爽香气，在静静的树下还能依稀听到那花朵开放时发出的微弱嗞嗞声。东方泛起鱼肚白的时候，人欢、鸟叫、蜂鸣、花香，喧闹的一天就开始了。

洋槐花开放时节，生活在树下、林下的村民，自然是每日看花、闻香、听声，可谓养眼、通窍、悦耳。不仅如此，这花朵更可做出上佳的美食，使人一饱口福。

花苞微微张嘴儿时，是最好吃的当口。采下来可以直接生吃，那时候小伙伴们都是一把一把地往嘴里填，从来也不洗一下。其实，大人们也是这样吃。没听说也没见过有吃坏肚子的。当然熟吃更好，这就需要择一下洗干净了，然后做成美食。最多的吃法是洋槐花摊坨子。调好面汁儿，放入槐花，下锅油炸。炸好的坨子金黄间白多半透明，包裹着白中含绿的串串花朵，看着就香。花朵的甜香、面粉的麦香、浓而不腻的油香，三香交织，和而不同，过齿难忘。这洋槐花还可以打疙瘩、蒸窝头，还可以凉拌。吃法各异，风味也就略有不同。

长大以后，在洋槐花开放的时节，我曾到过永定河大堤。天啊，全是洋槐树，可能得有上百万棵，那香气绝了。极具观赏价值，更是蜂农的最爱。但那里的花朵吃起来的味道，相比我们老家还是稍有逊色的。因为永定河的河床是沙壤土，水分也大一些。

柳色蔼春馀，槐阴清夏首。洋槐花的开放持续半个多月以后，就会依依不舍地与村民们告别，等待来年重放。它是初夏的白色使者，也是自然香气的使者，堪称初夏如画风景的佼佼者。

五、速生树种杨柳树

杨柳树是老家数量较多的高大树种，生性喜水喜光、生长既快又旺，是村庄内外重要的绿源和防风固土的先锋。有些品种的嫩芽、花穗还可食用，而且口味儿独特，更是受人喜爱。

杨树一族是老家成片成行树林和落单孤树中最高大的树种，

二三十年就可长到一搂开外、三四十米高。主要树种是大青杨和加拿大杨。

大青杨是这一带的土生树种，皮青干滑挺拔。早先时村内外土层厚实、湿润向阳的地方多有生长。“青竹竿挑簸箕，你躲躲我过去”是老家人说大青杨上喜鹊窝的谜语。多数人都明白前一句的意思，但对后一句却有不解，有人说这是在找韵脚，口也顺。有的谜语是这样，但这个谜语则不是。我也算是谜语爱好者，一直都在琢磨这后半句的意思。开始时也认同这些人的解释，直到我少年时两次爬树观察了两个喜鹊窝以后，才搞明白了。原来这喜鹊窝在水平方向留有进出的孔道，只能容纳一个喜鹊进出，一个喜鹊如果堵住了孔道，另外一个喜鹊是不能进出的。“你躲躲我过去”是把鸟语拟人化了。可以说，最初编这条谜语的人肯定爬到树上近距离地观察过喜鹊窝或者掏过喜鹊窝。

大青杨树有不同的品种：其中的钻天杨长得最高最粗。如果有几十年的树龄，能长到四十来米高，地面直径有的超过两米。响叶杨也很高大，其实它属于白杨系列，但老家已习惯说它是青杨。最大的特点是，有如巴掌大小、油亮肥厚挺实的叶片，每每有风吹过，相互间一擦碰，就会发出啪啦啪啦的响声，可传到百米开外，响叶杨的名字名副其实。周边有响叶杨的农户，夏秋酷暑时节就是伴着这摩挲声入睡休息的。如果没了这顺耳的声音，还不大适应。还有飞毛毛的狗杨子等品种。大青杨的高大和茂盛，是喜鹊的最爱。一般大青杨的成树上都有喜鹊窝， 棵树上有几个也很常见。因此，村里村外都能听到喜鹊这报喜鸟的鸣叫。

加拿大杨是这一带的引入树种。20 世纪六七十年代，我们老家这一带开始大面积栽植加拿大杨。当时，我二哥三哥还在上中学，争着抢着参加大队的植树活动，回来后特别兴奋。说今天栽的树叫加拿大杨，就是从加拿大引进的，还说这种树长得快、长得高，树枝树叶长得密实。当时就给我留下了很深的印象。三哥还带着我到小黄嵲北岸、小山坡大扬水站的水渠沟边，去看新栽的树。有成行的，有成片的，挺好看的。不到十年的光景，当时两三米高的小树苗长得就有 20 米高了。这生长速度比当地生长最快的柳树似乎还要快一些。又过了 10 多年，都长到 30 米上下了，树干居然有两尺来粗。这时，公路两侧的行道树、水渠两边、拒马河北岸沿线等一些沟沟坎坎的地方，都栽了不少加拿大杨，并逐渐成了村里最多最高的树种。这加拿大杨繁殖起来特方便，每年春季插上一截 20 厘米左右的树条子就能长成大树。高大茂密油绿的树体，吸引了许多鸟雀。特别是喜鹊，原来喜欢在大青杨树上搭窝，但鸟多树少，挤挤插插的，还经常为了占据搭窝的有利位置而相互打斗。这回就解决问题了，加拿大杨成了喜鹊新的家园。当年，年龄尚小的我，很为喜鹊们高兴，因为我从小就爱鸟，观察鸟类的活动是童年的重要乐趣之一。没想到的是，半个多世纪过去了，爱鸟之心仍是有增无减。对此，我会在老家的记忆中写一个鸟的专篇。那时，在北拒马河北岸小黄嵲西北方、小福湾下游的河堤上，有两三行百八十棵的加拿大杨树。树冠密闭，而且树干从三四米以上全是树胡子，站在房易公路上，远看这片树林，就是一道绿墙和屏风。小河汊汩汩的流水声与杨树叶哗哗哗的摆动声，相互交织，悦耳动听。暑热时节，站在树下，凉爽舒适，暑气顿消。夏秋的晚间，成群结队的麻雀叽叽喳喳拥入树间过夜。当时，我计算过，那群麻雀应在 1 万只左右。此外，村里有几个地方的树林里，也有成群的麻雀过夜，加上散居的数量，算下来不会少于五六万只。想不到的是，后来这麻雀的数量居然会那么大幅度地减少，唉！可惜了。

加拿大杨还有一个颇受村民喜爱的地方，就是它的花穗——杨絮儿，可以食用，是春季青黄不接时的上好菜品。每到谷雨时节，加拿大杨的花穗开始绽放。最初是灰褐色的芽苞开裂后露出红色的穗尖，三五天就会长成十来厘米略带弯曲挺实的红色花穗，再长三五天花穗就会进一步伸展，变成近20厘米长的葇荑花穗，并随之变成淡红色。在微风吹拂下，挂满树冠的花穗轻柔摆动，风大一些时就会断断续续地脱离树枝徐徐落下。站在树下观看这个过程，有时会进入一种恍惚的状态，毛茸茸而又柔滑的花穗落在脸上的抚摸感特别痒痒。此时，正是采集花穗的最佳时段，没有落地的花穗还可以摇动树干或爬上树用木杆抽打，很快就会落满一地，在开心快乐中捡拾入筐。收获的杨絮儿去掉尾根、清洗干净、开水焯烫、冷水浸泡、去掉苦涩，即可食用。这杨絮儿有好几种吃法，可凉拌、可炒制，还可吃馅儿，样样好吃。我最爱吃的就是用花椒油或辣椒油炝锅后凉拌，爽口、味儿窜。杨絮儿不仅是上好的蔬菜，它还是非常便宜的中药，对闹肚子、拉痢疾、发烧流感等病症都有明显的治疗效果。

近20年来，老家的加拿大杨树的数量也在骤减，一方面是这些树到了老龄期砍伐后没再更新。更重要的是山坡地与河滩地承包权属关系的变化，在经济利益的比较中，这些杨树们难逃大面积砍伐的命运。成行成片的林子再也难以见到了。

柳树也是老家数量较多的树种，主要生长在拒马河畔沿岸。

飘柔婀娜的树形与回转曲折的河流相依相衬，是那样自然清新、恬静超脱。当然，这是我现在的感悟，而在儿时的记忆中，当时也觉得美，但说不上为什么。其实，这就是一种对奇趣大自然发自心底的情感。

自古以来，就说柳树是春天的使者，一点也不假。每每春天到来，我们老家发芽开花长叶最早的树种莫过于柳树，“五九六九沿河看柳”，柳树灰色的枝条泛黄泛绿的时候，就是这个时节，它带来的是春的信息。到了纷纷细雨的清明后半段，柳树的花期已过，叶片也基本成型。这时，大人们捋柳芽的忙活劲儿已经过去了，捋来的柳芽也已用水烫过泡在凉水里，等着配菜上桌了。而小伙伴们这时刚刚开始忙碌。爬上柳树，空着手或用镰刀采下柳条，编成帽子，套在头上；接着，取一截儿大手指粗、光滑无节的柳枝，稍粗的一端轻轻削去外皮，然后用手慢慢地揉搓、转动带皮的一段，树皮松动以后，或拉或推，一截外青里白的柳树皮套就做成了。实际上这是非常简易的柳树笛哨。有两种吹法：一是把柳树皮套一端用嘴挤成扁口儿，直接吹气，就会响起低沉的声音，音量跟大声高喊差不多；另外一种吹法是，把拔下来的那截儿木棍插入树皮套儿少半截，空的部分朝上竖着放在嘴边，就像吹子弹壳一样，同时，还要上下拉动木棍，使吹出的声音，出现节奏性的变化。这种吹法算是高级的吹法，但用气量大，并需要手口配合，吹出的声音很大很尖，可传出一二百米。玩儿熟了，吹出的调子还是很受听的。柳条儿帽子、柳枝哨子装备齐了，小伙伴们开始行动，在河滩、在操场、在大街、在墙头，都有我们的身影。哨子声、呐喊声，还有棍棒的敲击声，响成一片，好不热闹。小兵张嘎就是我们的偶像。春天柳树叶片展开时，正是制作柳哨儿的最好当口儿，而柳条儿帽子春夏秋三季随手编制。在爬柳树、折柳枝、编柳帽、做柳哨、乱打闹的皮打海摔中，我们居然从童年长到了少年，又从少年长到了成年。岁月如歌，逝者如斯啊！旧情难忘、旧情别恋。

柳树长出的树条儿，是大人的喜爱。它可以编制背筐和篮子等物品。就地取材、不计成本、美观实用。我们这里农家用的背筐和篮子，有荆条的、紫穗槐条的，还有柳树条的，大都来自本地，数量上也差不多。但还是柳条儿的最好，主要是编制时容易整形，背起来轻便利索。柳条儿去皮儿后编出的篮子，淡黄发白，体轻干净，招人待见。大多人家都用它盛放吃食，熟的生的都有，挂在房檐或屋里大柁下面，上面盖上报纸或白布什么的。

时过境迁，现今，柳树最受人们（包括乡下人和城里人）追捧的就是柳芽了。春天采集的鲜嫩柳芽，绿色有机、风味独特、营养保健。因此，适宜食用柳芽的柳树，就显得尤为金贵了。一年一采、数量又少，而惦记的人肯定多于这所剩无几的几棵柳树。即便柳树自身想让人们尝尝它的味道，也是力所不能及。

六、果粒小巧的野欧李

老家半是肥沃半是贫瘠的土地上，长有不少的杂果。有大地赐予的野生种，也有先人留下的栽植种。诸如桃李杏、疙瘩梨、野欧李、野酸枣、野杜梨等。有些栽培树种都是慢慢地优选出来的，所以口味很好，有些口味不是太好，但村民们也都喜爱。口粮不足的年代，不太好吃的杂果是可以充饥的。而这些杂果，对少儿时期的我来说，到了嘴里，嚼来全都津津有味，满满的幸福感。现在一想到那些果子，嘴里就有反应，心里就会出现记忆。这种感觉，是对老家野果青涩与酸甜味道的记忆，是对老家热土怀念与眷恋的记忆，是对儿时纯真与无忧的记忆。

这些野果中，欧李还是不太常见稍有特殊的，也留给了我不少的记忆。

这野生欧李主要分布在村子东北方向大北坡野鸡口向阳坡面的坡脚一带。在那里的三五个几十米甚至上百米长的地阶上，欧李长得最多，其他地方都是散碎分布的。好像是10岁那年跟着二哥到这一带打棵棵时，认识的这种树。当时二哥指着地阶上一棵棵一两尺高的青苗苗跟我说："这是野欧李，能长小果子，熟了以后甜酸带苦，还算是好吃吧。"他用手扒开两棵，只见每个小枝上几乎都有小青果儿，有小棒子豆儿一般大，而小枝上的叶子看起来有些坑坑洼洼的，还带着微红色。二哥的这番话，让我一下子就记住了，我要等到麦收后到秋天摘果子吃。

从形态上看，这野欧李有点儿像现在公园里的毛樱桃，只是长得更小一些。后来才知道，闹了归齐这野欧李就是野樱桃的一种，怨不得长得像毛樱桃。

这一带的野欧李，虽然数量不少，但是生长环境一般。杂木杂草混生，也比较干旱，所以结出的果子不是太多。加之好多人都惦记着，每年刚一能吃，就会有人下手，最后长到成熟的果子所剩无几。那么多年，我也没吃过多少真正成熟的果子。但是多半红的果子，摘下来捂上几天，熟化一下，还是很好吃的，它就是我心中那个时候的天然美味。

这野欧李，还有一个很有意思的记忆点，那就是它与一种鸟类有共生关系。这一点，村里的人知道的很少。我是在生长野欧李的地阶边经常蹲守才发现的，应该说是嘴馋的功劳。蹲守时，我发现了一种通身土灰色、感觉特别熟悉的飞鸟，经常在地阶上飞出飞进。由于我对各种飞鸟特别好奇，还在家里的房檐上养了鸽子，也养过野生的黎鸡（卷尾）、虎不拉（伯劳）、喜鹊等。所以，在盯着欧李成熟的同时，也开始观察这鸟儿，有时在地上一趴就是好几十分钟。后来居然发现了鸟窝，里面还有两个毛茸茸的小鸟，两只成鸟绕着我边飞边叫，要拼命似的，我赶紧离开就回村了。到了村里，撂下背筐，直奔二伯家，径直走到晒条上挂着的鸟笼，冲口而出："就是它，阿鹨儿。"可是发现了新大陆，兴奋啊！"二伯，今天我看见野生的阿鹨儿了。""是在野鸡口吧？"原来二伯知道。"我还找到了鸟儿窝。"这下二伯坐不住了。"真的，你没动那窝吧，里面有几个小鸟。"我把经过跟二伯说了，他舒了一口气。接着，就给我讲了这欧李树下住阿鹨儿的常识。

原来，这阿鹨儿是一种夏候鸟，每年春夏之交来北方，大北坡一带成片的欧李树就是它们的繁殖地。欧李树的高度、密度很适合这鸟儿搭窝，而欧李树和周边杂树、杂草上的虫子、草籽也不少，养育小鸟是足够的，这一带大约有十几个阿鹨儿窝。二伯又跟我说，可不能破坏鸟窝，也不能把鸟蛋和小鸟都拿走，要是这样，这鸟儿就永远不会再回来了。我养的这只，就是那里弄来的，也不是随随便便就掏窝，而是把窝里体型最小最弱可能被大鸟放弃的，或是掉出窝外大鸟不再喂养的，拿回来养。这鸟儿有些娇贵，你现在养不了的。二伯还告诉我，要找鸟窝，不难，看起不看落，就是说，你远远地看着，阿鹨儿起飞的地方一般有鸟窝，阿鹨儿鸟下落的地方，没有鸟窝。它要在地上蹦好远才能到窝里。我听得入了神。二伯一边拿小虫喂鸟，一边跟我说，这是秘密，知道的人很少。也不能让他们都知道了，要不，咱们这儿就没有这种鸟儿了。我似乎听懂了二伯的话，原来我这个喜好养鸟的二伯，有这么多有关鸟的知识。此后，我经常到地里去，验证了二伯的说法。也经常去看二伯养的鸟，那鸟儿跟我熟了，就会对我鸣叫，好听得很。这样，自觉不自觉地成了阿鹨儿迷及其守护者。这种鸟儿的学名叫凤头百灵，叫声好听也就不足为奇了。

好几十年了，有野欧李的那片地方，经过开垦以后，历经了种粮食、栽果树、营造生态风景林等变迁，已经基本见不到那野欧李了。周边的荒坡地带还有少量遗存，顽强地生存着。我曾向林业部门说过这事儿，希望在这一带保留并扩大这野欧李的种植面积和数量。据说已经纳入计划，应是幸事、好事一件。

七、果味偏酸的大拳杏

小时候，老家的不少农家院里都有杏树，村东北蝎子山的山前山后栽种的也不少。从数量上看，这杏树仅少于大枣树和柿子树，排在第三位。每年麦收前后是杏儿成熟的季节，对大人来说，此时是麦秋，对我们小孩儿来说此时就是杏秋。大约一个多月，差不多每天都能吃到熟杏儿，再加上提前一个来月就开始吃那酸酸的青杏儿，算下来我们的杏秋实际是两个多月。这期间，酸汁甜液对口舌的交替刺激，使我们整天处于美滋滋的兴奋状态。

村里的杏儿有不少的好品种。核有苦核的、甜核的，种类有梢子黄、老月脸、水香白等，口味各异，都特好吃。另外还有口味不太好、半甜半苦的小土杏儿。其实这杏儿都是宝贝。果肉可鲜食、可干食、可酱食，甜杏仁可鲜食、生食、炒食，苦杏仁用凉水泡去苦味后可做腌杏仁，是春节期间上好的配菜。

在我心里，老家最好的杏儿应该是大拳杏。这种杏儿只有村北头儿几户人家才有栽植，数量也不是很多。这种杏儿最大的特点是个头儿大——小孩拳头一般，拳杏名字就是这么来的。还有就是果子没有长大时，又苦又艮，一般没人祸害。果子长大了还发青时，贼酸，咬一口酸倒牙，毫不夸张。等这大果由白变黄再捂上两天以后，酸苦的味道就没了，剩下的就是香甜可口了，吃脆吃软都行。青龙湖北车营村的杏树品种在北京市排第一。但是，似乎没有这大拳杏。我第一次吃大拳杏时是 9 岁，是二哥给的。头一次见到这么大的杏果儿，觉得特稀罕，酸甜之感过齿难忘。以后，吃的次数就多起来了。长熟的拳杏就是香甜，而还泛青的果子，吃起来大不一样。啃在嘴里，酸在全身，牙齿木木的、身上麻麻的，有时都起鸡皮疙瘩。那个过程是一种特殊的享受，能啃吃一个果子的就是好小子。关键是牙齿酸倒了就再也咬不动了。我的抗酸能力就是那时练出来的，到现在依旧爱吃酸食。家里买了水果如果口味偏酸，就由我收拾了。每年夏秋时节，我还要在冰箱里存放一点杏儿和山楂，过来过去地吃几颗，过过酸瘾。

说到这杏儿，不能不说一下当年我们这些小孩子偷摘杏子的淘气事儿。杏儿果的特殊口味儿，对孩子们的吸引力特大。不夸张地说，到了杏秋，哪个孩子都在盘算着怎么吃杏儿。谁家有杏树，哪的快熟了，心里准保有数。除了自家的杏儿以外，吃杏最多的自然是敢下手的、有淘气名号的孩子。我的几个小杏友，每年都要行动几回。趁人不注意，趁着刮风下雨，趁着暮暮夜色，摸到树下、爬到树上，去摘果子，一般弄个一两斤就赶紧撤退了。最好的机会是刮风下雨，很多果子就掉地上了，特别是杏树帽儿伸在院墙外面的，捡拾方便，收获还大。有时跟人家家里的人一起捡拾，谁捡到就是谁的，人家不太计较。摘到了杏儿，会有一堆小伙伴来讨吃，有男有女，女孩儿更馋。这些人大都是胆子比较小的，让他自己去摘，肯定不去。去摘人家的杏儿，只要不弄得太多、不祸害，人家大都不当回事，充其量是喊一嗓子，把你吓跑了。这大概是有杏儿大家吃吧！其实，也就是小孩儿才会干这事的。村北的大拳杏，极少能得手，因为这杏儿挺金贵的，总有人看着。

几十年过去了，村民的房子新建了两三轮了。有的房子变大，院子变小，但村民栽种杏树的传统还是保留了一些。所以，现在到了杏儿成熟的季节，到村里依然吃得上杏儿。但老杏树近乎绝迹，被一些新品种慢慢地替换，这也是一种发展变化。

留有杏树，就留有记忆，特别是那些老龄的杏树。

八、长相一般的疙瘩梨

村里还有一种水果数量也不少，虽然果子的口味一般般，但孩子们同样喜欢。更重要的是，能在树上开心地戏耍，度过了不少树上时光。

这种水果就是疙瘩梨。果形接近圆形，表皮疙疙瘩瘩的，熟了以后由青色变成黄白色。其实，这是白梨大家族中的一种。这些疙瘩梨主要生长在村北的一些土层有好几米厚的黄土坎上，坎的边上长树，坎里的平地种庄稼。由于这些梨树是半野化的，所以基本没人管护，庄稼倒是让他们三四队的人打理得很像回事。我刚刚记事儿时，听老人们说，村里的这些疙瘩梨，他们的爷爷辈儿就有了，应该有些年头了。其实，我当时对这个没什么概念，就知道这一尺多粗、树冠可遮半个庭院的大树，到了初秋就会长满疙瘩梨，能给我们带来两个多月啃吃的时间。说真的，要搁现在，这梨根本没人吃。因为，咬上一口硬邦邦、艮艮的，汁水儿是不少，但酸里带苦只是稍有一丝甜味儿，嚼到最后满口都是果渣渣，嘴里感觉木木的。然而这在当时，对我们来说就算奢侈品了。哪有什么好吃不好吃的概念。每每爬到树上，几个小伙伴每人占据一个大的枝杈，或坐着或靠着或站着，东张西望，专拣大个儿的吃。由于这里的梨没人看着，也没人轰我们下来，所以，我们很随便。有时在树上一玩就是一两个小时，谈天说地，相互调侃。尤其说到摘吃水果、逮鱼摸虾、打鸟掏窝等话题，就个个眉飞色舞、滔滔不绝，我们总有说不完的话，更爱谈论的是鲁迅先生的《从百草园到三味书屋》，对鲁迅先生童年时在那小草、小虫、小鸟，大雪、大树、大蛇等什么都有的园子里开心玩耍，羡慕至极。说到动情处，身临其境。我们几个小伙伴，在这疙瘩梨树上，度过了不少树上时光。也正是在这玩耍当中，我学着鲁迅先生，更加喜爱观察大自然，探究各种为什么。发现了大量的趣事，增长了大量的知识，也使我热爱大自然、敬畏大自然、保护大自然的意识和行为得到强化。长大以后到绍兴的一次旅游，我特意寻访了百草园。尽可能对号入座般地寻找还原着鲁迅先生描述的那些情形，也算圆了一次童年梦。

离我们村有三四里地的蔡家口村，有更多的疙瘩梨树，还有一些鸭梨树。成片成林，有人看管，口味儿比我们村的要好得多。于是几个胆子大一点的孩子总是想着摸过去、搞一点、解解馋。有一次，锛子和凿子两人去摘梨，爬上树摘了一个刚咬了一口，看梨的人就来了。是个 30 岁出头的妇女，五大三粗的，看着就是令小孩子们很害怕的那种人。她对锛子说："你们哪儿的，谁让你们上去的？"锛子笑眯眯地说："闷个梨，马上就走。""瞧你那死皮赖脸的劲儿，还闷个梨，我看是应该闷你一棍子，赶紧走。"没辙了，再耍贫嘴，非得挨棍子，从树上出溜下来就走了。其实，另外的一棵树上还藏着两位，大气不敢出。等那女的走了，摘了两衣兜梨，下树开溜。这两人中的一个你肯定猜到是谁了。此后，"闷个梨"成了我们调侃锛子的口头禅。

离村子更远的前后石门和水头、下庄、三岔五个村，疙瘩梨更多，也更好吃。还有鸭梨、红宵梨等品种，半山坡半山坡的。只可惜离得太远，就没去过，但还是小小的吃过几次，是后石门的亲戚带过来的。有意思的是，到了 20 世纪 80 年代初，我们村包括蔡家口的老梨树基本绝迹，而那五个村的梨树还在挂果子。更巧合的是，当时我参加工作就在南尚乐公社林业站。1984 年冬春我还负责组织安排了那几个村的老梨树修剪，终于近距离地看到了那些心中早就有的树。树的总体长势还不错，那次，主要采取的技术就是恢复树势，促发新枝。几个村的果树技术员通过现场培训，基本掌握了技术。那时，放开搞活，那些梨果是可以上市买卖的，果农辛劳一年，就不白忙乎了。

“一年级啃树皮，二三年级疙瘩梨，四五年级吃鸭梨。”这是我们上小学时常说的顺口溜。说的是一年级到五年级的“辛苦”程度。我想，把上小学与梨果联系起来，是因为村子里有梨的缘故吧。

难忘疙瘩梨，难忘梨树枝。那树要是还有，我一定爬上去，在当年的那个树枝上，摘吃两个梨，坐上两小时，能约到当年的小伙伴更好。

想得还挺美，也不看看你的身架儿。

第四节 耕地多样好种田

在老家的山水林田中，田是最为重要的。它是村民赖以生存的根基。地处半山区、依傍拒马河，赐给了老家多样态的田地。有平原、丘陵、山地、滩地；有黏土地、沙土地、半黏半沙地；有水浇地、干旱地、半干旱地。老家可以种植的粮食作物不下十几种，养育了父老乡亲的繁衍生息。当然，这些田地，都是老家人一代又一代经年累月辛苦开垦、不断投入调养出来的。每每站在这片土地上，总是热血涌动，敬仰之心油然而生。即使身在异乡，触景生情之时，眷恋故土之情同样顿生。

想想故乡的田地名称，忆忆老家的粮食种植，说说田里的农事活动，满是感慨，满是兴奋，满是幸福。

每个地区的田地都有自己的名称与变迁，这是历史的传承。古代先民开始垦荒种植时，田地就渐渐有了权属与名称。在史料记载中，能够找到很多这样的记录和线索。

通俗地说，田地的名称是人们对土地的称呼，体现出人们对土地的崇拜和热爱。田地名称就像人口户籍名册一样，就是土地的花名册。它能够形象地反映当地的地形地貌特征和地域文化特色。如果把田地名称标注在地图上，它应该就是一张田地的“专属”版图。田地名称在农村生产生活中作用是很重要的，不可低估。

我们老家大大小小、高低错落、形状各异的土地，无论是耕地还是非耕地，都有自己的名称。算起来得有好几百个。在此重点说说村里多数人最为熟悉的地名和相关故事吧。

这些地块儿名称的由来和形成，大致有这样几个类型：第一，用数字起名，所占的数量是最多的。比如三十六、九亩地、斜八亩、小七盘等，田地的面积就是地块儿的名称。第二，用方位起名。比如上下方、西大地、南下坎、东岗儿等这类地名是根据地块与村民居住地的方位关系或地块之间的方位关系确定的。第三，用方位和数字混合起名。比如东一顷、下五十、山后六亩地等名字既有数量也有方位，是前两种方法的合一使用。比起前两种，似乎更科学一些。第四，用植物名称起名。比如大桑树、小枣儿园、老烟地等这样的地块都有重要标志物或长期的种植习惯。小枣园儿既是果林也是耕地，老烟地就是长期种烟而慢慢形成的地名。第五，用姓氏或人名起名。比如高大个子地、罗锅子地、邱家沟、吕家坟等这些地块原来的权属就是这些人或姓氏的。邱家沟是一块在大峪沟村的“飞地”，因买卖交易后权属关系的变化而起名。第六，用地块的形状、形态起名。比如戏台、大坨子、红石渣儿、长条子地等。形象生动、通俗好记。戏台就像一个超大的戏台，在两个山包之间，两个山包更像看台。第七，根据当地传说、物产、历史事件等起名。比如架鹿沟、狐狸洞、野鸡口等。野鸡口因野鸡成群、位置偏远而得名。第八用大地名领小地名。比如蝎子山、小山坡、瓜铺沟等这些都是大地名，但是涵盖了周边不同生产小队的许多小地名。各小队之间也能区分清楚，说白了就是都能找到自己的地头儿。总之，地块儿的起名方法，可谓五花八门、多彩多样。无疑都是劳动人民勤劳、淳朴、智慧的体现，也是劳动人民期望风调雨顺、向往美好生活的体现，不再一一列举。

记忆当中，有些地名还是很有意思的，并且经常成为老人嘴边的故事。

一、架鹿沟的名字有传说

离村子最近的一座山，马鞍山的西北侧有一条小山沟，里面杂灌丛生，沟外则是高低起伏一块一块的耕地。这地方看起来并不太起眼儿，但却因名字而响亮。据老人们说，先前老家这一带生活着一种鹿（我认为狍子的可能性大，现在深山区还有生存）时常出没在山丘与平原的地界儿上。一次，一个猎人盯上了一只鹿，在逃窜中那只鹿碰巧被一个石头缝儿给架住了，难以脱身。猎人喜出望外，想要上前活捉。刚要近前时，恍惚中听到传音："那生灵还怀着羔子呢，慈悲为怀呀！"猎人停下了脚步，仔细一看，可不嘛，那鹿肚子很大，应是怀着羔子的，否则也不会被架住。于是，猎人动了恻隐之心，上前把那只鹿慢慢地从石缝中抱出来，放生了。于是，此地就有了架鹿沟这一动听而富有传奇色彩的名字。据说，这猎人从此也改行从农了，家里世代过得都很殷实。

我八九岁时，走进这条沟，还是很害怕的。因为里面常有狐狸、獾、蛇等动物出没。那时我和小友二蛋曾在一个石崖下面，捡到过一只蛇皮，长度近两米，非常完整，栩栩如生。要是见到真蛇非吓坏了不可，我想比鲁迅先生“百草园里”的那条“赤练蛇”不会小吧。到十几岁时，在那里真的见过一条大蛇，正在卧成S形睡觉。被我用白薯秧子做的鞭子抽了两下，哧溜就钻进地阶的石洞里去了。由于架鹿沟离村子近，面积不大不小又不会迷路，还有一点神秘感，所以，就成了小时候小伙伴们经常玩耍的地方，留下了许多美好的记忆。时过境迁，如今，架鹿沟及周边早已被推土机变成了更大的地块，那些山石也已没了踪影。

二、瓜铺沟的名字有故事

在村子东北方向两里地处，有一大片北高南低的黄土地，中间地带由于雨季水流冲刷，形成了一条长1000多米、底宽六七米的沟槽。到了夏秋时节，暴涨的雨水就会自东向西流入北拒马河的支流大梁山沟。而没有雨水时，这沟槽就是连接几百亩农田和更远地界的一条可以开进一辆大拖拉机的土路。沟槽下半段的500米，南北高差较大，北面的黄土坎高出路面近20米，南面的黄土坎高出路面有四五米。这条沟槽的名字就叫瓜铺沟。

确切地说，这个地名的由来是因为这沟槽的下半段两侧土地的土质非常适合种植西瓜、甜瓜等瓜类作物。而这里种瓜的时间，也不会少于百年。每到瓜熟时节，十几家瓜农就会各自搭起窝铺，看瓜、收瓜、卖瓜，瓜铺沟的名字就是这样叫出来了。

小时候，没少听老人们讲种瓜的那些事儿。比起种麦子和老棒子，种瓜要辛苦得多。一亩园、十亩田，就是那时听来记下的。西瓜也好、甜瓜也好，收成的高低，主要看老天，雨水好收获就多，雨水不好收成就低。最累的时候是两个多月的成熟采收当口儿，这时地里就不能离人了。搭好窝铺，准备好物件，吃喝拉撒睡再加上干，就在地里泡了。其实最最重要的就是干，不干肯定什么都没有。

那都干什么呢？看看这些家伙什儿大概就知道了。铁锨、锄头、薅锄、镰刀、背筐、口袋、水筲、杆儿秤，这是瓜把式必备的农具，是白天干活劳作的武器；提灯（手电）、扎枪、挠钩、獾夹子、火枪、鞭炮、铜锣等，是驱赶、捕捉野獾狐狸野兔野鸟等动物用的。更早的年代，还要防着狼的侵袭，另外还要防着“爬瓜贼”。劳作了一整天，夜里也甭闲着。蒿子绳、麦余子、谷糠等，点着了用来驱蚊驱虫防止叮咬，还能防着菜花蛇爬进窝铺。有的还要盘个灶火，烧点水、煮点粥什么的。这没白没黑地折腾，很累人、很熬人。

我记事儿时，瓜铺沟附近的瓜地，都因上交公粮而改种了小麦和玉米。但还不错，很幸运，我赶上了我们小队种过两年瓜，都是甜瓜，单个能长到两三斤的大傻甜瓜。所以，老辈人种瓜的故事我只是听说，而当辈人种瓜的那些事儿我可经历了，真的长了不少见识。也留给了我许多美好的记忆，有时候，想起这些，比吃瓜还甜。

种瓜的故事和趣事还是很多的，我觉得最有趣、最好玩的就是在瓜地里夜间发生的事儿。谈论起来话题最多的就是獾“啃”瓜和人“爬”瓜。

獾“啃”瓜因为本性。我们这里是有野獾的，主要分为猪獾和狗獾两种。种群数量也还不少，它们与生俱来都爱吃瓜。等瓜到了成熟时节，香甜香甜的味道能传老远老远。而瓜地离架鹿沟石洞里、土洞里住的那几窝獾还不到一里地，其实就是邻居。大梁山沟的獾离瓜地也就是两里地，更远处的獾半个来小时也能跑到瓜地。每到夜里特别是天蒙蒙亮的时候，这獾就会来地里啃瓜。这瓜熟了还是没熟，它比人看得准。找到熟瓜上去就啃，咬上几口就会去啃下一个，很“坑”瓜的，遭人恨。这獾特别胆小，敲锣、呐喊、放炮仗或打火枪，甚至敲几下脸盆都能把它们吓跑。但人总是有打盹儿的时候，因此，它们美餐一顿的机会还是有很多的。

我二哥给我讲的故事，我能听入神。那两年，我们生产队恢复种瓜时，我二哥看过瓜，住过窝铺。那窝铺的骨架是木头的，人字形尖顶，上面盖上杂草、苫布或塑料布什么的，另外两侧通透或一边封上一边敞开，不封口敞开的一面正对着瓜地。睡觉的铺位，离地一米多高，趴在床上，就能看见周边的状况，听得见动静。二哥跟我说，有时他就趴在床上看着那獾在地里折腾，天蒙蒙亮之前闹得最欢。啃瓜、打闹、撒欢儿，不同的獾家庭还互相撕咬，抢占地盘。它们有时就在窝铺底下跑来跑去，还能看见小獾崽子。大喝一声，就逃之夭夭。后来二哥和我用不少招数特别费劲地去逮獾，多是无功而返。太难对付了，只得手过一次，那也足够欢呼一阵子的了。因为，能拿住獾的人寥寥无几。逮獾的故事另篇记述。

瓜熟时节，每隔三几天，队里就要分一次瓜。我们这些小孩儿高兴得不得了，这时候我们就能走进瓜地。早有切好或掰开的瓜放在了石头片和木板上，抓起一块开吃。吸溜吸溜、吧嗒吧嗒，有面甜的、有脆甜的，都带着很厚的香味儿，好不痛快。肚子吃挺了，开始东张西望。歪着脑袋看看窝铺，甚至上去躺一躺、打个滚儿；哈着腰子看看瓜秧上的瓜和花。心里还想呢，这花儿开的也就是手掌心一般大，瓜长得居然比头号儿大白薯都大，怎么长的呢？伸着小手儿摸摸靠在窝铺边的火枪。大哥也有火枪，答应我大一点了让我放几枪。这里简直就是进了娱乐园。分完瓜，装在筐里往家颠。那时，生产队分东西都是按每家的人口算。我家人口还算多，我感觉不吃亏。獾啃过的瓜剩儿好多人吃过，用镰刀削削就行了，都说绝对是熟透了的瓜。

人爬瓜是因为嘴馋。那个时候，只有我们小队种甜瓜，瓜少人多，其他小队的人馋得要命。何况那时人们肚子又很空，谁禁得住这种诱惑。其他生产小队的人正常渠道吃瓜，要么是我们队的社员分了瓜给你一点，要么你自己花钱买。而卖的数量又很少，因为队里种瓜主要是给本队社员吃。另一个吃瓜的办法就只能是爬瓜了。所谓“爬”瓜，就是趁着夜色爬着进地、爬着摘瓜、爬着撤出。实际是偷，尽可能地不要被发现。爬瓜的说法就这么来的。有点儿胆子的人才敢去爬瓜，其实算起来这些人也不少。被撺掇着去的人就更多了，得手了，过过嘴瘾。这些敢去爬瓜的人首先是为了解馋，另一个原因是我们这里并不把爬瓜看成真正的偷。你要是到地里掰两个青棒子，被人逮着肯定得掰扯掰扯，那是口粮。爬瓜被捉，顶多是数落你几句，还能拿走一两个瓜，只要脸皮厚点儿，这瓜就算吃上了。但也不能弄得太多，那就不像话了，得罚你一下子。

我们本队的几个小伙伴，也爬过瓜。要说本来有瓜吃，怎么也干那个呢？还是有原因的。一来是好奇，想试试是什么感觉。也可能感觉爬来的瓜更好吃。二来是分到家的瓜也还是不太够吃，特别是我们这些小馋嘴儿，瓜不离口才合适。不太够吃也有因由。队里种瓜分瓜，家里的亲戚也得想着点儿呀。南良各庄大姨家每年都给我们送大米，板城大姑家每年都给我们送甜杏儿，咱们送几个瓜应该吧。队里没种瓜的那些平时就互相送菜送吃的左邻右舍也得想着点儿吧。这样，这瓜还是不够吃嘛。于是，我几个小伙伴就行动了。第一次去，感到很神秘和紧张，摸了两个瓜就溜出来了，那瓜还不太熟，不好吃。第二回弄出来的瓜还是半生不熟，依旧不好吃。此后，就不再去了。我们觉得天黑黑的，那么一小会儿的工夫，很难摸到熟的，另外，摘的都是生瓜有点儿可惜，是糟践东西。

有点巧合的是，后来我参加工作在乡镇时，负责过农业科技，给南尚乐村、南河村的几户瓜农找过瓜种子。为查看品种效果，有时到瓜地里转转，听听瓜农的反映。到了瓜地，自然少不了吃瓜，其间，居然也学会了“看”瓜。不论是西瓜还是甜瓜，熟与不熟，三两眼基本搞定。这么多年了，自己买瓜吃都是自己挑，有时自己挑瓜价格还便宜一点儿。看着有人买了半生不熟的瓜舍不得扔掉，但是吃着口感不好。其实，一分钟学会挑瓜，就两个要点。一是瓜纹舒展而不杂乱，二是轻拍瓜身有整体震颤或哆嗦的手感。有机会试一下吧。

我们队的那片瓜地，后来做了大地块平整，现在成了葡萄园，出红酒了。又是一种风味呀！

三、粮食种植看地势

从面积和人口上说，老家不算是大村而又不是小村，耕地有两千亩出头、人口有两千又几百号，人均耕地不足一亩。但是由于村子处于山口与河口地区，所以山地、丘陵、平原和滩地类型的耕地我们老家都有，在这一带算是全乎的，也算是得天独厚。耕地的种类全乎，种植的粮食作物自然也就多一些。古代五谷中的五大类和现代五谷一个不少。老五谷麦、稻（麻）、黍、稷、菽；现代五谷麦、稻、玉米、豆类、黍类，对比老五谷（多了玉米、少了高粱）我们老家也有种植。小麦、玉米、谷子、白薯等几大主粮种植面积最大，水稻、黍子、花生、荞麦、棉花、芝麻、苘麻、小麻籽儿等十几种农作物种植面积较小，并留有避开谷子、白薯等一些作物不重茬的余地。这种搭配、轮作的种植方法，可谓是小而全，又有可行性，也符合农耕社会封闭半封闭、自给自足的特征要求。早些年时，赶上好年景，主粮和杂粮的收成加上“糠菜半年粮”，村民们的日子就能过下来。土改与合作化以后，种植方式、生产方式有了飞跃性的进步。粮食产量大幅提升，大大改善了村民自给自足的状态。每年向国家交足公粮以后，生产队还有不少盈余，绝大多数社员户也不再因口粮不足而发愁。个别人口多、粮食偏紧的社员户也都得到了生产队的照顾。到了 20 世纪 80 年代初期，实施联产承包责任制，再次掀起了农村农业发展的高潮。现在，村民们早已完成了从吃不饱到勉强吃饱转到吃得饱迈向吃得好的历史性转变。

民以食为天，食以粮为本。回看村里粮食作物的种植历史，地势特征是取决于种植什么、什么好种、能糊口养人的最为关键的因素。在多样化的粮食种植中，村民们经过长期的观察、摸索、实践，也形成了自己的、本土特色的种植观念、方式、方法。并伴随着社会的发展而提升演变。事实上说，这就是人们顺应自然规律与科学规律的成果和产物。多少年过去了，虽然二十啷当岁时在生产队里零零散散的劳动时间不足两年，但我对老家“种粮”的那些记忆，却很深刻。每每回到老家，看到地里劳作的乡亲，就有拿起农具去干一下儿的冲动，片片往事也会自然浮现。

（一）村民心中永远的第一主粮——冬小麦

在北方农业区，冬小麦当居“五谷”之首，我们老家也不例外。虽然按产量说老家冬小麦的产量高不过老棒子而排在第二，但在村民心中，冬小麦是永远的第一主粮。因为它一直就是最大宗的细粮，是村民一年四季最待见、最爱吃、最取贵的粮食。难以想象村民的用粮中如果没有冬小麦会是什么样子。

老家近两千亩耕地六成以上种冬小麦。从秋耕整地、选种下籽、轧苗控苗；到冬季浇灌冻水、镇压保墒、控牧护苗；到春季返青浇水、搂苗壮苗、施肥打药；再到夏季追水追肥、防病治虫；再到收割捆运、轧场脱粒、晾晒入仓等环节，基本涵盖了冬小麦种、收、藏的全过程。这个过程高中刚毕业后我参与过两次。虽然不是哪个环节的活儿都干过，但也差不了多少。那时，如果让我带着一帮人去干种、收、藏那些活儿，心里还是有底的。

其实，冬小麦的种、收、藏说着简单，实际却很有门道。那时，到村里的下乡干部和专家特别爱说的一句话就是冬小麦种植是一个专门的学科，大有学问，不可儿戏。说得的确有道理，农民们都认可。我始终认为，别看老农们说话做事看着土里土气，但是要说冬小麦种植，他们脑袋里装的就是一本教科书。那些犄节儿上的东西他们都熟知。那时，有人说农民不懂科学，农民不易接受新鲜事物，农民是既得利益者，等等。我上初中高中之前，是自认为有点文化，对这些说法，还是有些相信的。等到了地里和农民一起干活儿，就觉得有些不对劲儿了。参加工作后对农村农业农民问题的思考，有了更新更高的认识。这时就觉得这些说法确实带有片面性、臆断性和非客观性。按照那些说法，那么在逻辑上，千百年来老农民们是怎么生存下来的呢？粮食作物的产量为什么会不断提高呢？新的高产品种和种植技术又是怎么诞生的呢？这难道不是悖论吗？！

我的冬小麦种植常识，或者说大部分的初始种植知识，首先是来源于农民。来源于我跟我的父老乡亲们“混”了两个“小麦秋”的收获。那是真正的生活体验，实实在在的乡村生活。

白露早、寒露迟、秋分种麦正当时，不知已经流传了多少年。这句冬小麦种植的谚语，具体到每一地区、某一年份，甚至到每一地块儿、某一品种，都存在着一定的差异。年份、节气温度的高与低，地块的位置和墒情，肥水条件的优劣，品种之间的差异，到底是早几天还是晚几天下种，老农们拿捏得恰到好处。那时的天气预报，其准确性、时效性与现在相比不可同日而语，但老农们心里的那把尺子却很管用，绝对耽误不了农时。记得 1976 年唐山大地震那年，夏秋雨水较多，地里的水分也大。到了种麦子的季节，我们小队的队长跟几位“老”农一商量，提前一天上铁牛（拖拉机）耕地但不挂耙犁。晒垡一天后套黄牛耙地，紧跟着做畦播种。并且每亩多加一斤种子，到了越冬前麦苗儿长势很好，又齐又壮，招人待见。当时父亲告诉我，这是因为地里水分大地温低，晒晒垡散水分、增地温，再适当加大播种量就有保障了。父亲还说其他作物遇到地湿地凉的情况时也要考虑这个问题。我工作以后给党政机关的秘书们讲授过调研报告的写作，说到“举一反三”时，曾经就举过这个例子。冬小麦种植是讲科学、有学问的。

小麦是我国的第四大主粮作物之一，而冬小麦在我们老家人的心中则是第一主粮。小麦和大米是人们常说的细粮，这是对比玉米、高粱、谷子、白薯等粗粮而言的。那时候，粮食不足，小麦很取贵，少数家庭每天能够吃到一顿小麦面的主食，多数家庭一般都是隔天甚至隔两三天才能吃一次白面。而种植数量很少的水稻就更取贵了，不少人家是做好米饭后放在饭桌的中间当菜吃。当然生活好转以后，这自然就成了故事。

我们这里的冬小麦种植，早先时，亩产也就是一两百斤。1960 年 10 月通过的《全国农业发展纲要》四十条，其中粮食亩产量的指标是：从 1956 年开始，12 年内粮食产量，黄河以北增加到 400 斤，黄河长江之间增加到 500 斤，长江以南增加到 800 斤。提出了跨黄河、过长江的口号。全国广大的农村开始了轰轰烈烈、科学种田的农业生产运动。此后，村里的粮食产量稳步增长，而冬小麦亩产量历经了三四百斤、四五百斤、五六百斤、六七百斤，甚至超过 800 斤的跨越。再加上其他粮食的持稳丰收，粮食产量真的跨过了黄河、越过了长江。土地联产承包以后，又有一次较大的提升，农民口粮不足或紧缺的问题在20年间得到了根本性的解决。而作为细粮的冬小麦也有了富余，每家每户天天都能吃白面，农民发自内心的喜悦也写在了脸上。

我村六成以上的耕地之所以能够种植冬小麦，其中一个重要原因是具备灌溉条件。有了充足的水源，这耗水量大的冬小麦才能丰产。更早些的时候，好一些的耕地，都种冬小麦，但却是靠天吃饭。20世纪60年代村里借助拒马河水丰沛的条件，修建了扬水站，极大地改善了农地灌溉条件。村里冬小麦的种植面积大幅度增加，产量翻番增长。20世纪70年代中期，张坊人民自己的红旗渠——胜天渠完工通水，我村大部分耕地实现了自流灌溉。而在修建第一座扬水站（一扬）的基础上，又修建了三座二级扬水站（二扬）。村里有灌溉条件的耕地超过了百分之八九十，粮食稳步增长、连年丰收有了保障。

那时，村里最好的耕地基本在出村正东正北方向两三里地的地方。成方连片、高低错落，被环抱在北东南三面低山当中，小气候特征明显，非常适宜冬小麦的种植。白露、秋分播种以后的十来天，由近到远放眼望去，嫩嫩的小苗出齐展叶以后，一行行的葱绿，一垄垄的土黄，给大地画出了黄绿交织的超大平行网格。置身其间你可以骑上任意一条绿线或黄线，微闭双眼，仿佛有腾云驾雾的感觉。头入冬前，麦苗大量分蘖、颜色变深，成为来年丰收的基本苗群。到了冬天，如遇大雪，山地一体，白茫茫一片。春天到来，麦苗返青发棵，可劲蹿长，可谓日新月异。到了夏季，生长速度更是惊人，一日一样，令人惊叹。那一行行的麦苗，春天还是青鬃群马，到了夏季，逐渐变身黄骠群马。那成片成片的麦苗，被春夏的和风吹成了滚滚涌动的麦浪，一轮轮、一波波，那才是“醉”美的胜景。

茅盾先生在他的力作《白杨礼赞》中，曾经描写过黄土高原的麦浪，极为震撼。但那只是在汽车上看到的绿色麦浪。老家的麦浪虽然不是一眼看不到边，但它的尽头却是环抱的群山与村庄。构成的是群山、村庄、麦田的立体场景，兼具自然特色和人文风味。更为不同的是，我们看到的麦浪，是色彩变化的麦浪，全景立体的麦浪。初春的油绿、盛春的墨绿、孟夏的绿黄、仲夏的金黄，全部变化的过程尽收眼底。如果要准确地说出麦浪的颜色，得看麦子到了哪个生长阶段。更为特别的是，在山上，在远端观看麦浪的感觉，可能跟茅盾先生的描写有相似相近之处，但身处麦浪当中的感觉就完全不同了。在这方面，我们农人最有福分，每年也不知道多少次来来往往走进那滚滚的麦浪。置身其中，人的渺小与自然的博大形成强烈对比，周边山上的人看着麦浪里的人，就像一只只体形稍大的蚂蚁。如果半隐麦地，半睁眼睛，盯着麦浪，似有融为一体、宛若幻境的感觉。忽而随着麦浪的涌动漂回村庄，忽而伴着麦浪的翻滚飞上群山，忽而又像腾空而起触到了云端。昔人所造的麦浪两个字实在是神奇，身处麦浪之中更觉神奇。

芒种始收麦，麦熟一晌。早晨还在翻涌的麦浪，到了晌午就可能见不到踪影了。收麦的速度就是春争日、夏争时，收割了，脱粒了，晾晒了，归仓了，食用了。

在冬小麦的整个生长周期，麦熟前的童趣最是难忘。小满小满，麦粒灌满。这时的麦穗半青半黄，揉下麦粒放在嘴里嚼起来有韧劲、有汁水，甜中带香，绝对的美味。这时，小伙伴们就又兴奋起来了，趴在或蹲在麦畦的地埂上，借助麦秆的高度隐身于麦地当中。挑选一个大的麦穗，双手合上揉搓几下，吹去麦余子就剩下了一手心的麦粒，放在嘴里开嚼。有的地埂上还种有豌豆，那豆角里成串的小青豆儿这时也刚好可以生吃。甜甜的略带怪味。忽而麦粒、忽而豌豆，满嘴都是浆沫，脸上挂着笑容，还带着一种神秘。这青黄麦穗最好最香的吃法是在火上烧熟了吃。有时，小伙伴们会偷偷地带回几个，在炉子上烤了吃，更香更甜。这麦穗是不能多弄的，主要是上火一烤，香味四散传得很远，半街筒子都闻得到，让大人知道了要挨训斥的。毕竟这是主粮、细粮，又不是很充足的。那时，我们也就是解解馋，小小地吃上一两回过过瘾也就得了。其实，大人们也是这样的，都割麦子了，还有人揉着吃，算是当年吃最后一次吧。这时，麦粒已经开始变硬了，但口味儿依旧。

世纪交替的前后 10 年，拒马河水逐年减少，村里第一座扬水站的水源地大福湾慢慢地干涸。扬水站成了摆设，全村的地下水位也逐年下降。而“引拒济燕”更是加剧了拒马河水量的减少和地表水的衰减。胜天渠的灌溉能力也逐年缩水，灌溉也变成了有偿收费。同时，那一时期的民工潮使大批的农村劳动力流向城里，村里撂荒的耕地越来越多。种地成本也越来越高，传统纯农型、为农而农的耕作制度发生了重大变化。而冬小麦的种植也逐步成了历史的记忆。前些年，村里引入了红酒庄园项目，主要耕地变成了葡萄园，初步解决了耕地闲置的窘境。

其实冬小麦种植的逐步退位，不单是我们老家，至少是全区性的。全区小麦种植面积早期时超过 40 万亩，而今也就是 4 万亩上下，真的成了符号和观光作物。这是随着农村农业的发展，不同地区农业功能定位和主粮产区划定以后出现的新变化。

不种麦子不等于没有白面吃。农民外出打工创业手里有了更多的钱，粮食主产区提供了充足的高产优质小麦粉。而社会主义市场体系的构建也日臻完善，使老家的农民由粮食自产自给转变为多渠道、常态化、不限量的商品粮购买。特别是一些腰包鼓起来的农民，生活条件好了，也开始追求品质，上讲究了。他们日常食用的小麦粉，不单是华北、中原、华东等主产区的优质小麦粉，也瞄上了新疆、宁夏、内蒙古等地更高等级的小麦粉。同时也食用进口的加拿大红小麦和乌克兰黑小麦。现在，农民们吃小麦的讲究，并不比城里人差，而且他们知道哪儿产的小麦更绿色、更有机，更适合做什么面食。

冬小麦是最好吃的主粮，我觉得应该没有什么争议。冬小麦磨出的面粉也就是白面，能做出风味不同、花样各异、好吃可口的多种面食。大致一算，经常吃到的不下几十种。最受欢迎的包馅类，水饺、蒸饺、水煎饺，包子、合子加馄饨；最常吃的面条类，宽面、板面、裤带面，切面、抻面、手擀面，粗面、细面、超细面，炒面、焖面、干吃面；最扛时候的干食类，烙饼、馒头、花卷，还有商店里的烤面包；最有香味儿的炸制类，油饼、油条、油炸糕，以及炸制的小杂耍；最受吹捧的汤面类，熗锅面、炝锅面、清汤儿面，疙瘩汤、酸辣汤、水揪疙瘩汤，外加适合幼童的pūchē（当地发音）挠儿汤。说起来，这些面食都是大众食谱。具体做法上东西南北多有不同，食用风味上地域性强，各具特色。现在全国性的大市场已经形成，置身一个中小城镇，无须行程千里，就能吃上全国各地的各色面食，满口留香、幸福满满。

冬小麦的另外一种极为普通却非常好吃的食用方法就是，熬麦糁儿粥。我觉得，几乎没有一种粮食熬出的粥香过麦糁粥。在几十分钟的翻滚中，新鲜冬小麦的香甜、滑爽、柔软、适口，得以释放，闻着就香，吃起来更香。说是粥中老大，应该名副其实。早先时，村上的人吃麦糁儿粥，是因为粮食不足，有的人家到麦子刚刚收割的当口，差不多就断顿了。怎么办，只能把还没干透的新麦子上碾子碾，用簸箕簸去麸皮，剩下麦糁儿，熬粥喝。这叫接短儿，也就是救急。在当时粮食紧缺的情况下，这被看成是不会过日子、糟蹋粮食。而这又是没有办法的事儿，总不能饿肚子。所以，有的人要等到天黑以后才去推碾子碾麦糁儿，以躲避更多人看见而被议论。到了丰衣足食的年代，吃麦糁儿粥就算不了什么。但受传统节粮惜粮思想的影响，吃麦糁儿粥的人依旧是不太多。后来，加之多数人不种小麦了，没有新鲜小麦，这粥就更吃不成了。现在要吃麦糁儿粥，绝对是一种奢侈行为，有的人千方百计倒腾点儿鲜麦粒儿，弄成麦糁儿，也要尝一尝，过过瘾。

冬小麦的食用口味为什么这么好，做出的“饭食”为什么那么好吃呢？最主要最直接的原因就在冬小麦自身。冬小麦的生长期一般是 240 天，最长可达 270 天，而水稻的生长期一般是 120 ～ 240 天，早熟稻只有 60 ～ 90 天。再看玉米，生长期一般是 100 ～ 120 天，早熟的只有 80 天左右。它们之间生长期的差距非常明显，“籽粒”品质上的差别也就自有高低了。就如同猪肉的品质一样，现在生猪出栏一般为 3 ～ 6 个月，吃的都是配比饲料，而传统生猪出栏一般需要 9 ～ 12 个月，甚至时间更长，吃的都是杂粮。哪种猪肉好吃，高下立分。

不仅仅是生长天数的差距造成了冬小麦与水稻、玉米等粮食食用口味的明显差别，还有一个因素才是最关键的。那就是冬小麦的生长周期跨越了秋、冬、春、夏四个季节。到现在为止，在我的认知中，好像还没有这样的粮食作物。在冬小麦的身上，或者说在它的骨子里，有秋露的早期滋养，还有严冬的“春化”（冬小麦需要长时间低温环境诱导才能抽穗结籽——叫春化）历练，更有阳春和风细雨的抚润，最后再加上美夏雨露高温的催熟。一颗颗小小的麦粒，竟会有如此的经历、这般的洗礼，它的品质就应该是一流的、最好的。这就是劳动人民的口福，也是对劳动人民的回报。

冬小麦的麦秆也是用途多多的。最受妇女们喜爱的是用麦莛儿编小辫儿，那绝对是当季引人注目的一道风景。割下冬小麦运到麦场以后，妇女们用剪子剪出生长麦穗的那节秸秆，也就是麦莛儿，晒干收存，随用随取。编小辫时，用水浸成半湿状态就能用了。粗一点的麦莛儿用五根起编，细一点的麦莛儿是七根起编。那一根根的麦莛儿到了妇女们的巧手里，在指尖眼花缭乱的翻动中，在麦莛儿轻轻摩擦的声响中，一点点地就变成了越来越长的扁条状的细辫子。小心地剪去接茬儿，纯白的、黄白的、浅黄的，宽条儿的，窄条儿的，不宽不窄的，应有尽有，发光晃眼，招人待见。那时，这麦莛儿编出的小辫儿，国家是收购的，是做草帽的主要材料，也就自然成为一家一户换取零花钱的小小副业。价钱最高的是白色、浅白色最窄的小辫儿。更粗一些麦莛儿编出的小辫儿还可以自己缝制草帽，省得花钱去卖，可谓物尽其用。村里的男人，也有手巧的，编出的小辫子质量一点不差。此外，大量的麦秆轧扁以后，就变成了这一带常说的“滑秸”。再压成垛子，用泥封上顶子，就变成了滑秸垛。队里和社员可随时取用。这滑秸可做成穰泥抹房顶、抹围墙，还可烧火做饭，还可垫猪圈等，不再细说了。

现在，村里冬小麦的种植历史已基本结束。再过几十年或更长一点的时间，当人们津津有味地嚼食着各色小麦面食的时候，恐怕没人再想得起老家当年种植冬小麦的那些艰辛故事，更没人给孩子们讲述村里冬小麦种植的历史了。

为了留点念想儿，去年秋天我在自家小院儿的菜地里，种了两平方米，三小片冬小麦，长势还不错。由于院子暖和一些，今年谷雨节就提前秀穗了。这三小片麦子，首先是点缀，使小菜园有花、有菜、有草、有麦。同时，等到长熟了，剪下麦穗儿趁着麦粒有水分，揉出麦粒儿，碾成麦糁儿，熬粥喝；剪出麦莛儿，或编麦莛儿小辫儿或作小工艺品，找找当年的感觉。第一年试种，还真的有点儿当年的味道。很意外的是，串门的人一进院子，最先上眼的就是那几小片麦子，最先开口的话题还是这麦子。

现在，我国的粮食都划定了主产区，加之科技的日新月异，能够实现粮食高产、稳产、优质，确保国家粮食安全。未来我们食用的小麦，品种会更多，品质会更好。

现在，如果看麦田，特别是麦浪，可按节气变化在国家小麦主产区由南往北弄个专线，搞个“追麦”游，一定成为时尚。

（二）村民手里数量第一的主粮——老棒子

现代五谷中是有玉米的，这是由于把北方传统五谷中的高粱改成了玉米。而我国现在的四大主粮当中也有玉米，足见玉米在粮食大家族中的分量。这样的改变和排位是很有道理的。高粱在古代原本地位很高，但是随着农业生产的发展变迁，出现了退位的趋势。而对比高粱，玉米适宜种植的地域范围更大、产量更高、食用口味更好，其优势地位日益突出。成为化解我国耕地少、人口多而形成的人、地、粮矛盾，保持粮食稳定安全“顶杠”级别而又不可替代的主粮。

在我们老家相当大的范围都管玉米叫棒子，也不知叫了多少年，已经很顺口儿了。下文说到玉米时，原则上就用这个叫法，棒子。

棒子同样是我们老家人的主粮，也是种植面积第一、产量第一、食用量第一、存储量第一的主粮。它在村民口粮中的占比不低于三分之二。粮食短缺和饥荒的年代，人们能够支撑过来，没有如此顶劲儿的棒子是难以想象的。听老人说，新中国成立前，如果地里的棒子大面积歉收，当年和来年就会有不少的人挨饿。无奈之下还会有人逃荒乞讨，大荒之年必有饥亡。20 世纪六七十年代时，生产队里还有一部分粮食不够吃的农户。但有生产队和大队的开仓补缺和邻里之间的接济，这些人还是能渡过难关的，再不会出现逃荒要饭的情况了。

前面说了，老家的棒子在诸多种植的粮食中，有四个第一，这是有原因的。首先，跟村子所处的地理位置有关。我村地处山区半山区的过渡带，又紧靠拒马河，有山地、丘陵、平原、滩地好几种类型的耕地，都可以种植棒子。棒子的种植面积大了，产量也就高了。种小麦的好地一般都要套种或平播棒子。山坡地、半山坡地和河滩地大部分也要种棒子，只是要给花生、谷子、高粱、白薯等留出适当的面积，以丰富自给自足条件下的杂粮种类，调节村民的食粮构成和口味。比如花生榨油、黍子蒸年糕、白薯打淀粉。第二，跟棒子的生长特性有关系。棒子的适应能力强，黏土地、半黏土地、沙土地都能生长，旱地、半旱地、水浇地也都适应，而且都有不错的收成。如果赶上十天半个月的连阴天，由于它自有的光合循环（C3C4 两个光合循环圈）能力，照样不会减产。因此，要保持稳定的粮食产量，保障农民手里的口粮储备，这棒子必是首选，那就是压秤砣的。

老家棒子的种植，大概有三种方式，或者说可以有三个茬口。第一种是春棒子。也就是在秋后把土地深耕经过一冬一春的晒垡以后，春季整地施肥点种棒子。这春棒子只要温度适宜，可以适当提前播种，一般在清明节和谷雨节，生长期 120 ～ 150 天，而且都是早期传统优种 —— 白马牙小八趟。碾出来的棒子糁和棒子面儿都很好吃，所以几乎全部用于食用。只是这个品种产量不是太高，但是为了吃着合口儿，村民也不太在乎产量，横竖是自己吃。第二种是套种棒子。多是与小麦套种。在麦地畦子的中间种一行，畦埂上种两行。播种时间一般是在麦收前 7 ～ 10 天，应是小满节尾和芒种节头。早先都是白棒子，后来增加了密植丰产型的黄棒子，产量提高很多。套种棒子生长期 100 天上下，多用于交公粮和饲料粮。第三种是夏播（平播）棒子。冬小麦收割后，要立即旋耕播种，这是夏播棒子的关键。早种一天，早收十天，夏播玉米一般生长 80 ～ 90 天。都是杂交品种，种植密度大，产量最高，但不能做种子。一般亩产量少说 800 斤，多了可达 1000 斤开外。主要用于交公粮和饲料粮。夏播（平播）棒子是拿产量的最佳种植方式和最好的品种。在三种种植方式中种植面积最大，是确保棒子产量的压舱石，事实上也是各类粮食总量的压舱石。

我的成长时期，正是从粮食不够充足向基本充足的过渡时期。因此，棒子是食用量最大的粮食。虽然是粗粮，但可扛日子。棒子的吃法主要有两类。一是打了糁子吃粥，一般早晚两顿，可以加点儿盐放上榆钱、榆树叶、菜叶等做成菜粥；也可以加入白薯、白薯干做甜粥，各有风味，都很好喝。这粥虽然是经年累月地吃，但由于棒子糁特有的香味，人们基本上吃不腻。棒子糁最高级的吃法是用粗糁子做更糨一些的大碴子粥，又香又稠又黏又有韧劲，还顶时候。不过是有限的吃、解馋的吃，因为有些浪费。棒子另外一个吃法是磨了面做面食：蒸窝头、打疙瘩、摇汆汆、贴饼子、压饸饹、擀板儿条、摊炉糕、搅拿粥（手可以捏起来的粥）等。吃法不少，有的已经达到粗粮细做的程度。忙时吃干、闲时吃稀，混合搭配，这就是劳动人民的智慧。说白了就是生存法门。我除了特别爱吃棒子糁粥以外，面食里最爱吃摇汆汆，但必须是臭虾米酱大白菜打卤。家里自产自碾的白棒子糁儿，拒马河特有的小虾做成的顶级食品，两者相结合，可谓浑然天成，口感独特，回味无穷。现在依然也想吃上一口儿。

棒子更是马牛羊鸡犬豕六畜的主要饲料。那个时候，马、牛、羊、猪、狗、鸡等六畜对农民的生产生活来说，作用极为重要。当时的生产力水平和生活方式，必然伴随着六畜的饲养和使用。六畜首先是村民的朋友，也是极为重要的生产资料，更是生产队和村民们来钱的主要来源和支撑。那时，生产队储备粮中的棒子和黑豆，有很大一部分是牲口的饲料粮，而村民手里的棒子也有一大部分用来喂猪和鸡鸭等。

转眼几十年就过去了，现在老家已经建设了红酒庄园，除了山坡地还能见到少量的棒子种植，原来成方连片、满目棒子的景象已经成为历史。而山区和深山区还依旧保持着面积较大的传统棒子的种植。除了自己食用之外，大部分成了旅游业的副产品。棒子糁粥特别是白马牙棒子做出的大碴子粥、窝窝头、贴饼子及煮棒子，比白面大米还金贵，大受游客特别是城里人的欢迎。白马牙棒子摇身一变身价高升，已经成为人们追求美味、体验乡愁的新宠。白马牙棒子也升级为地理标志产品。

发生的这些变化，老棒子当然是不会想到的，就连整天与之相伴的我们也没想到呀！

（三）村民自种自用的杂粮——豆谷黍薯

小麦和棒子是老家的两大优势主粮，一细一粗，相互搭配，养育了一代又一代的老家人。由于老家耕地类型的多样化，加上山坡嶚岗与河滩地块散碎，因此还适合其他不少农作物的种植。比如豆类，黄豆、黑豆、绿豆、红小豆（豇豆）、豌豆；谷黍类，黄小米、绿小米、大黄米（黍子）、小黄米（黏谷）；高粱类，矮秆高粱、长秆高粱、黏高粱；还有水稻、荞麦、大麦、白薯、芝麻、棉花、苘麻、小麻籽等，都或多或少地有所种植，挺全乎的。可以基本满足老家人对这些杂粮及其他作物的需求。村民到集市上购买的量是有限的，省下了不少钱，这也算是传统农耕社会自给自足的一个突出的特征。

实际上老家人的基本口粮就是麦子、棒子加杂粮，既有细也有粗，还有杂。在数量的搭配上也基本合适，这种情况在周边的村子中也是不多见的。其原因首先来自老天，赐给了老家多样化的地形地貌，使种植粮食的种类有更多的选择余地。同时也来自先民们长期的农事摸索，逐步筛选出了适合这里种植的各种农作物。

这些杂粮及其他农作物的种植，与冬小麦和老棒子相比，难度也不小，甚至更大一些。比如，棉花的种植就需要技术，不是一般的把式就能干的。而村民的棉衣、棉鞋、棉被、棉褥等都要用到棉花，而且基本要靠生产队自己种植来满足。所以，必须在划定的有数的那疙瘩地上种好。又如，黍子的种植、水稻的种植，也很要劲儿。就不一一列举了。

重点回忆一下白薯吧。老家人对白薯有一个特别亲切的称呼——大挡饿。这名字听着就有劲儿，很给力。从白薯的生长和食用特性来看，完全配得上这个名号儿，更对得起人们给它起的这个美名儿。

除了冬小麦和老棒子，白薯的种植数量在老家排行第三，在村民食用的杂粮中排行老大。一年中吃白薯及白薯干面的时间和数量，排行差不多是第一或者第二。

大挡饿的名字首先是因为村民吃白薯的数量大，又容易填饱肚子，在粮食不太充足的时候，就显得很有“饿”劲儿。二是白薯单块儿个头大，多半斤的极常见，一斤左右的也不少，不论是蒸着吃，还是生着吃，一般一次每人一两块就能管饱，吃了还熬时候，“饿”劲儿十足。

“挡饿，挡饿，真挡饿，吃了反酸又肚胀，下地干活儿走一趟，接着再吃还酸胀。”这是长期吃白薯的真实写照，也反映了农民对生活的乐观态度。其实，那个年代，很多人白薯吃的都“xū”（老家发音）了，甚至放出了“一辈子不吃白薯也不想再吃”的狠话。现在，多少年过后，一想起来，嘴里还会泛酸水儿。但是，如果当年没有白薯，还真不知日子怎么过。

白薯的种植，主要分春白薯和麦茬白薯两种，在老家都叫栽白薯。事先把地做出一行行一尺多宽的垄沟，垄上栽白薯长白薯，沟里走人和排水。春白薯在清明节开始栽植，麦茬白薯在割完麦子以后陆续栽植，都在霜降和立冬节收获。春白薯的生长时间大约是 210 天，麦茬白薯的生长时间大约是 150 天。春白薯的秧苗是在“白薯炕”上育出的，白薯芽长到大约 20 厘米后，用手掰下来栽到地里就行了。麦茬白薯的秧苗是春白薯当年生长的蔓条，一段儿一段儿地截下来栽上就行了。从这个意义上说，麦茬白薯是春白薯生命的延续。由于春白薯生长时间长，所以亩产量高，单个果实粗而大，主要用来食用。而麦茬白薯生长期短，所以亩产量低，单个果实细而长，主要是做种薯。冬季储存好来年春季用于育苗。从这个意义上说，麦茬白薯在当年延续了春白薯的生命之后，来年又变成了春白薯的秧苗。这是白薯生命周期的无限循环，而在这年复一年的演进中，也会从中选出一些优质的品种，逐步完成品种的更新换代。

秋末冬初到了白薯收获的时候，人们就忙乎起来了。老家人把收白薯叫作刨白薯。因为主要工具就是宽身铁镐。一般面积五六亩或七八亩的一块白薯地，从开始拉秧，到拿镐刨薯，到捡拾成堆，到估算产量，再到最后分到各户，差不多一天。所以中午的时候，干活的人要在地里吃饭。农忙时节下地干活的人都在地里吃饭很是常见。出工前按照出工的人头数儿，安排两到三人中午前挑着挑子走街串巷去“敛饭”。敛饭的人高喊“端出饭来”！各家儿的女主人就会把家里“下地人”的饭端出来，稳当地放在挑筐里，由送饭人正午时送到地里，然后开吃。吃完了，歇歇儿接着干。

每次分白薯，都是估算好分量后按人头分，人口多的家庭自然分得多。到了约分量的时候，一家一户的后援队伍就来了，每次每人都能分到几十斤有时超过一百斤。用口袋、麻袋、架筐装好用小推车推回去，人口少的还有用挑筐挑的。这样，分上几回以后，各家各户的白薯就多起来了。屋子、院子里堆，架筐、筐箩里盛。多数院子里还堆放着老棒子，剥皮和没剥皮的都有，还有一些其他杂粮。真正是秋收的样子。分到家的白薯要尽快处理，要不就捂烂了。各家的白薯一般有三个去处，一是现吃的冬储的、二是打团粉的、三是擦白薯干的。

现吃的和冬储的白薯，要拣一遍的。要外皮光滑、不带伤的，块头大小合适。先放在阴凉干燥的地方，头入冬要存放在白薯井或白薯窖里。用干沙子半埋上，温度保持在十三四摄氏度就行。温度的控制一是井口覆盖物的增减，二是井里或窖里存放位置的远近。随吃随取，储存好了，可以吃到来年春末夏初。由于鲜白薯是秋冬春的主要食物之一，存放量挺大的，所以得存放好，不能烂了或冻了。村民们也都有保鲜的招数。那时差不多每家都有白薯井或白薯窖。白薯井直径七八十厘米，深一丈左右，井壁上挖出上下时的脚窝，在底部横向开出多半人高、两三米长的辘轳把弯儿的空间。大概两个人能转开身儿，每个位置都能存放白薯。越往里温度越高，放白薯前要先把干沙子弄进去。记得二哥三哥挖白薯井时，我特别兴奋，里面空间挖好后更觉得好玩。每次要拿白薯，我都抢着下井，装上多半篮子，用绳子拽上来。个别人口少的人家，没有白薯井，也可以借光使用。这白薯井也可以存放需要保鲜的胡萝卜、山药等其他 些东西。20 世纪六七十年代中苏关系紧张时，白薯井还可以做防空洞，防空警报一拉响，就藏在白薯井或菜窖里。

打团粉的白薯也要拣出来，最好是吃着发艮的白薯。这种白薯淀粉含量高，然后要拣块儿大的，拣好以后，洗干净备用。打团粉时，早先的电磨劲头儿小，需要擦成薄片儿才能打成粗渣，后来的电磨就可以直接整块儿地打了。打出的粗渣要用凉水浸泡，过大箩、过小箩挤压后使其流入水缸内沉淀。一天一宿后把水撇出来，沉淀物挖出来放在白布包里，挂起来控水，这就是团粉坨子。团粉坨子不滴水了，就可以拿到房顶、放在笸箩里晾晒了。白白的大粉坨子晒干以后，阳光一照都晃眼。这白粉坨也就成了农村人常说的“四大白之一”。团粉主要是用来漏细粉，每家每户每年都得弄几个粉坨子漏它十斤八斤的粉条儿。团粉另一个用途就是日常炒菜勾芡用。每年暑热时，还要做几次凉粉吃。夏日最过瘾、最痛快、最凉爽的吃食。

擦白薯干的白薯都是存放和打团粉拣剩下的，也是数量最大的。每次分到家后分拣剩下的白薯，要尽快擦成干儿。一般农户家庭都有三几个擦白薯干的擦子。干活儿时，把擦子半悬空架在笸箩上面，就能擦了。擦出的白薯干会掉进笸箩里，并需要尽快晾晒。那时，只要光照足、通风好的地方，像房顶上、墙头上、山坡的刮石片儿上、河边的鹅卵石上，到处都晒着白薯干。赶上天气好，每天再把白薯干儿一块一块地翻腾两次，几天就干透了，装在口袋里存起来就行了。也有赶上连阴天的时候，白薯干儿晒不干，有的发霉、有的烂掉，村民心里头挺难受的。白薯干上电磨一打就成面了，上碾子轧也行。白薯干面用舌头一舔是甜的，做成窝头、烙饼、板儿条或者直接把白薯干煮软了，吃着都是甜的，口感还不错。但架不住天天吃，吃下去还是甜的，到肚子就开始胀气，再一张嘴还会返酸水儿。有多少人吃白薯吃的都条件反射了。甭管怎么说，那个年代也挺过来了。

事情真的似乎挺爱反转的。现在，白薯反倒成了稀罕物，而且一说好处多多，很多中老年人又喜欢上了。什么胡萝卜素，膳食纤维，矿物质等，居然成了长寿食品。我吃过几次海南紫薯，也有叫蜜薯的，口味真的不错；还吃了海南水果白薯，也有水果的感觉。这白薯也与时俱进，人也不能例外。

过去吃白薯是填饱肚子，现在吃白薯叫健康保健！

大挡饿现如今依然“挡饿”啊！

下篇 花草虫鸟

《山水林田》已经完稿，按照最初的想法和忆写中的新生想法，采纳各方建议后，还要继续《花草虫鸟》的忆写。

山水林田、花草虫鸟的侧重点是描写《马鞍山下》也就是我挚爱老家的自然状态，因此，这两篇可以合称为《自然篇》，以后再写《人文篇》。“山水林田”着重从老家方位坐落、自然环境的大层面，做框架式、粗线条儿的忆写；而“花草虫鸟”则是从个性化、具体化的层面做更为细小、细微的忆写，以达到一大一小、一粗一细互为衬托的效果。

忆写山水林田时，是按照大排序一贯而成，有点像大水漫灌，有时甚至是大段冗长、层次难分，独立成篇的并不多，阅读起来也多有不便，还要查记前因后果。

忆写花草虫鸟要按照大排序、独立成篇的形式来描写，就像滴灌微灌，这样也便于单篇阅读，以减少前联后想。

类群庞大、无以计数的花草虫鸟就生存生息在老家的山水林田当中，从物种起源与进化的角度看，它们中的绝大多数肯定要大大早于人类的存在，早就成为这里的“主人”了，而老家的成村也只在隋唐时期。

其实，不论是早些时候，还是现在或未来，花草虫鸟始终都是老家自然环境的主角儿，是构成老家自然环境绚烂多彩、唯美灵动的核心要素，也是老家人生生不息、世代相传的亲密伙伴，早已深深植入了老家人的物质生活与精神生活。它们的存在是自然的、久远的、演进的，有了人类的活动才有了“共生”的关系。古往今来曾经有多少人时常把“自然之子”“大地之子”挂在嘴边，这不是随口而讲的，那份情感达不到一定程度不可能说得出来。

我与老家花草虫鸟的深深情感从小就已建立，随着岁月的变迁，与日俱增。

在时间的轴线上，以20世纪六七十年代为界，在这之前出生的几代农村人，都是在新中国成立到改革开放前这段时间成长起来的。这期间，中国农村发生的深刻巨变的各个阶段、大小事件，这几代人都经历了。但是，那时万变不离其宗的是，农村最本质的特征自始至终就是农业，而农民的天职与生俱来就是务农，下地干活儿是生产之需、生活之要。那时的农民从事的就是传统农业，在面朝黄土背朝天、经年累月的重复性劳作中，与大自然、黄土地、动植物天天见面、亲密接触、取舍因需、浑然一体。农民亲自然、爱自然也是极为“自然”的，深厚情缘的产生同样缘于“自然”。我当然也不例外，我深爱这一切的一切……所以写写老家的花草虫鸟，也是出于“自然”之心。

老家的花让我惊叹过，老家的草让我梦想过，老家的虫让我猎奇过，老家的鸟让我欣喜过。它们就是我儿时的伙伴，也是我成长的陪伴。“花草虫鸟”随我度过了童年，步入了少年，走向了成年，它不仅给了我无限的乐趣、童趣，深植了自然之心，也给了我无穷的原生、初始之力，伴我助我成人成长。

老家繁而庞杂的“花草虫鸟”，的确使人眼花缭乱，不可能逐一去写，我也没有那个本事。因为，半个多世纪还算是用心的日积月累，能够识别并叫上名字的也绝对是极少数。因此，只能是选择很少的一部分，自然的野生的、老家人大都熟悉的喜爱的、有点儿代表性和民间传说的，作为写作对象。

按照“花、草、虫、鸟”的排序，分别选十写十，与大家分享。

四季变换，万物共荣。美美与共，天下大同！

第一节 老家的花

一、遍地泛黄的苦菜花

“华北平原多宽广，劳动人民饿断肠，捧起一把苦苦菜呀，困苦的日子记心上……”“苦苦菜啊根根黄，祖祖辈辈救命粮……”这是上小学四年级排节目时唱的歌，唱的是老家一带新中国成立前贫苦人家的生活状况。歌词中的“苦苦菜”就是植物学上说的“苦菜”，到了开花时节它自然就成了“苦菜花”。那时候，这遍地滋生的“苦菜花”就是劳苦大众的“饥荒菜”“救命粮”。

在我们老家这一带，村民们都管苦菜叫“苦荬儿”，实际上它只是菊科植物超大家族中的小小一员，宿根生长、株矮花小、极为普通。在山坡嶚岗上、平原滩地中、庭院菜园里，只要稍有一点薄土，哪怕是石头缝、门道后，它都能够生存。每年的清明、谷雨到立夏、小满这段时间，它那只有黄豆粒儿大小的花朵，每天太阳升起后就会悄无声息地开放，一日一开，一轮接着一轮，可以持续一两个月。抬眼看去，星星点点、遍地泛黄，而其他十几种同时零散开放的野花几乎都被淹在其中，或者做个陪衬，真可谓小花朵、大世界。这看似不起眼的小小的野花居然能给大地披上“金装”，着实令人叹服，其他的野花恐怕都没有这个本事。

贫困时期，食不果腹，对于老百姓来说，这苦菜十分取贵，因为它就是“饥荒菜”，甚至是“救命粮”。那个时候吃苦菜就是为了度日，为了生存。这大地赐予穷人的“宝物”每年可以收上两到三茬，真的很就劲儿的！

在我少儿的时候，已经是人民公社时期，生产队里分配的粮食再加上各家自种自收的一些粮食，每家每户基本可以自足，极少数人口多、劳力少的缺粮户也得到了队里的照顾。所以，那时人们吃苦菜，已经没有了早先时当主菜做主粮的意义，而是为了变变口味、出出心火、想想过去。

变变口味是因为苦菜脱苦后凉拌、做馅儿吃起来别有风味，常吃茄子、豆角儿、白菜、萝卜等种植的蔬菜，也会犯腻，尝尝野菜，可以换换口味儿，而且加油加肉烹调以后也很好吃。出出心火就是要利用苦菜“味苦性凉”的药性祛火降燥，实际是药食同用。老家还有“清明吃苦荬儿眼亮”的说法，所以，清明节一到，人们就到比较潮湿的田埂地边去挖苦菜，水灵灵儿的，洗干净了，直接嚼着吃或是拌着吃、蘸酱吃。那时，我自然也是吃过的，尤其直接嚼着吃，满口苦苦的。也有稍微甜一些的“甜苦荬儿”，在长相上，叶片更加细长。如果在河滩挖到甜苦菜，可以到泉眼里洗洗，泡凉了吃，除了丝丝的甜味，那种凉爽爽的感觉还是不错的。而在家里，用井拔凉水泡一泡，吃起来感觉是一样的。那时，村里的几位老中医，特别提倡这种吃法。

想想过去实际就是“忆苦思甜”，大人们为了教育孩子别浪费粮食、珍惜美好生活，每年要生嚼干吃一两次苦菜。要么就做馅吃，不放油、少放盐，甚至里面还掺有些许的沙子，基本就是过去的做法，苦而无味、难以下咽。有的家里，还可能让孩子们连着吃上好几顿，大人们说，“不知道过去的苦，就不知道今天的甜”。

其实，到了我的少年时期，苦菜已经由先前的人吃为主，变成了以喂养家禽家畜为主。这应该是一个标志性的变化，标志着人们已经摆脱了缺粮挨饿的生活状况，开始向着更加殷实富足的阶段迈进。

那时，一家一户的男女老少，在春夏秋时节，都要拿着镰刀、背着背筐下地“打棵棵”（指挖野菜），用来喂养猪、羊、兔和鸡、鸭、鹅等畜禽，这棵棵就是各种野菜的统称。当时我们那些八九来岁的孩子，肯定就是“打棵棵”的主力。在山岗坡地上，河边水沟旁，地埂田间里，到处都有我们三五成群、哈腰挥镰的身影。整个春季和初夏，这棵棵的种类还是很多的，最多的是苦菜，大致分细叶的、宽叶的、圆叶的几种，细叶的最甜，圆叶的最苦。当然，还有很多其他种类的棵棵：白花儿菜（荠菜）、蘑菇英（蒲公英）、刺儿菜（小蓟）、江米粽子叶（紫花地丁）、歪脖儿菜（地旋花）、小棒槌儿（米口袋）、麻花菜（马齿苋）、猪儿嘚（车前子）、老家儿帽（地锦草）、酸酸溜（酸蓼）等，反正挺多的。一般多半天的工夫，就能打上满满的一背筐，小伙伴们儿闹着笑着就回家了。还有一些像打碟子、打碗儿、药圪丹、刺刺秧等或有毒或畜禽不吃的玩意儿，是不能当棵棵打的。到了秋季，各种野草可着劲儿地蹿长，这时，“打棵棵”就变成“拔羊草”了。

这打棵棵用的家伙一般都是“安把儿镰刀”，这种镰刀的刀片很厚实，花上毛把分钱到村里的铁匠铺子就能打，也有到集市上或合作社去买的；刀把儿是用枣树、桑树、檀木、柳树等木头做的。把刀片一头儿的铁环结结实实地安在木把儿上就成了。然后到粗、细磨刀石上分别去开粗刃和磨细刃就能使了。这安把儿镰刀，结实耐用，割、砸、砍、削、剜、锛都能用，其实就是为了干粗活儿而生的。另外一种“钉把儿镰刀”要比“安把儿镰刀”娇气一些，主要用来割麦子等。

用镰刀打稞稞还是要点儿技巧的。一般都是挥动镰刀用刀头儿锛（刨），锛的力度、深浅有一个经验积累的过程。老手儿打满一筐的时候，新手可能也就是打多半筐。其实，主要是锛得不好：要不锛深了，好几下锛一棵，要不就是锛浅了，那稞稞也就碎了，成不了整棵的。而且有时越锛越着急，越急越锛不准。再有，山地、坡地、耕地、沙地、滩地的硬度是不一样的，每种稞稞根的粗细、深浅也是不一样的。每年第一刀和再长出来以后的第二刀，也是不一样的。这稞稞打多了，活儿也就干利索了。我刚开始挥着镰刀打稞稞时，先甭说打了多少，那可怜的小胳膊儿，总会疼两天的。此后，不知通过多少次的锛镰刀、挥铁镐、干粗活，我的胳膊才变得粗壮有力了。

打回家的稞稞要放在阴凉处，尽量地保持水分，屡续着投喂。猪、羊、兔都很爱吃的，一般这羊是不挑食的，扔给它一大把，低头就开吃；而这猪却是有些挑食的，多是一边用鼻子轻轻地拱，一边先拣着有甜味儿的吃，当然最后也是甜的苦的全吃光了；这兔子吃稞稞时一般是用嘴叼着，有时前爪子还捧着，不急不慌的，吃相最好看。吃得比较猛的是这鸭子和鹅，只要扔给它们一把，脑袋一低、脖子一伸，哆哩哆嗦、颤颤巍巍的大铲子嘴立马儿开铲，很快就会抢光，看着吃得很香，而那些小柴鸡子们锛嘚锛嘚的吃法就显得微不足道了。

未曾想到的是，又过了40多年，随着人们生活水平的不断提高，这苦菜的身价也随之提高。每到春暖花开时节，在乡野的荒地田间，在城郊的公园绿地，都会见到手拿铁铲挖苦菜的弯腰人，俨然成了多彩盛春的一道风景。现今，人们几乎不必再给饲养的畜禽挖苦菜吃，因为一家一户饲养畜禽的越来越少；人们挖苦菜就是为了自己吃，而且用量很小，这也使苦菜类群的生长数量比早先时明显增加。而到乡村游玩的人们，似乎也很喜欢尝上一口新鲜的苦菜，小小一碟儿的鲜苦菜也就成了一大桌子乡下风味儿饭菜的点缀。

这是“变变口味、出出心火、想想过去”的回归吗？！

二、村妇寄情的掬菊花

“掬菊花两头儿掐，骑白马，住娘家……”，这是童年时期，经常听老家人说唱的一首民谣，尤其是异乡嫁来、初为人母的妈妈们，最是喜爱，她们说唱时都很专注、很投入，若有所思。对这段民谣，最开始的时候，我的理解是因为这种野生的“掬菊花”早春时节大地还显荒芜的时候就已率先开放，花朵和花穗都很奇特，招人待见，人们见到它都会不由自主地又掐花儿、又掐穗儿，也就编出了“掬菊花两头掐”的词儿，而后两句“骑白马，住娘家”我认为就是为了找个韵脚、应景而编的。现在想来，那时候，自己还是太小了，哪里能够知道短短的几句民谣还有另外的深意。

先来认识一下老家人叫“掬菊花”的这种野花。这种花，遍布于老家的荒坡嶚岗，单棵高度30多厘米，看上去枝叶和花朵都像芍药花，只是显得低矮细瘦了一些。每年早春，一早一晚地面上的冰雪还未完全融化的时候，它那憋了一个冬天的地下毛根上，就会抽出褐红色的花莛儿，早于众多的春花开放，说它是“报春花”一点不假。它那毛茸茸的粉紫色花朵就像一个个开口朝天的铜钟，少时三两朵，多时十几朵，簇拥着开放，引人注目，再配上花朵半开以后露出的鲜嫩金黄的花蕊和深墨色的点状花心，更加醒目，特别受看。花瓣脱落以后，就会渐渐地变成白色团丝状的花穗，乍一看像是蒲公英的花穗儿球，仔细端详，差别还是很明显的。相比蒲公英的花穗，掬菊花的花穗，那细细的白丝更长更软更柔，稍有微风，就会慢慢飘动，就像一位长发飘然的老头儿，所以这花儿就有了“白头翁”的名号。实际上这花穗更像一个特小特小的拂尘，摇动起来，细丝轻摆，似带仙气。每个花穗大约有数百条白色细丝，其实就是数百个种子，长得再老一些，就会随风飘荡，去传播下一代。

这种花的生物学名称就叫“白头翁”，是毛茛科的，跟同一科的野芍药是近亲，要不彼此长得那么像。很多人由于它的名字里有菊字而被迷惑，认为它是菊花的一种。如果不专门研究植物，属于哪个科哪个种其实并不重要。但是，还真别说，在乡下如此众多的野花野草中，土名也好、学名也好，老家人都能说的八九不离十，唯独这“掬菊花”却是看走了绺儿、叫差了纰儿。说白了，就是名不副实、对不上号儿。“掬菊花”本来就是“掬——菊花”，一个动词、一个名词，居然合在一起又组成了名词——

成了一种野花的名字。怎么会这样呢？在我看来，有说服力的解释，只能是人们太爱掬“掬菊花”了，掬着掬着、久而久之，就把原来的本名儿给忘了。

现在回过头来，我们再来说说这掬菊花的民谣。

知道了掬菊花的生长特性，就自然明白了“掬菊花两头掐”这句话的意思，谁没有爱美之心呢！这花儿如此的美，就连男人们都喜爱，更甭说女人了。女人们看到这花的时候，很是兴奋的，近前弯腰，用鼻子闻闻、用双手摸摸，然后就会选上一两朵品相最好的，小心翼翼地掐下来，或插在自己的头上，或给女儿们插上。鲜而不艳、贵而不骄、古朴端庄，可掬的笑容油然而生，哪怕只有一两个钟头这花儿就走水发蔫了，但这已经足够了，她们爱美的心情得到了释放，求美的意愿得以满足。因为，这花的数量还是很多的，所以，是不在乎人们掐的，也许就是预备着让人掐的。

理解“骑白马，住娘家”这句话，要有一点儿想象力了。有句老话叫“嫁出去的女儿，泼出去的水”，就是说姑娘出嫁以后，跟娘家的关系就会疏远，回娘家的机会也会受到限制。这是旧时候对妇女在观念和行为上的一种束缚，说重了就是枷锁。

没有哪个姑娘出嫁以后不想娘家的，这是人之常情。而为数不多的回家省亲，都想在娘家人面前风光一下，既给自己增光，也给娘家争脸。那么，想回娘家的妇女们，特别是更加年轻一些的，在漫长的思念、期盼和等待中，精神上自然而然地就会有所寄托，甚或设想一些场景，这是人性的本能。由丈夫陪着，领着幼小的儿女，带着体面的礼品，穿戴齐整，利利索索，去回娘家，该有多好。有些媳妇们，也会借景生情，她们“掬”菊花的时候，想到了回娘家的穿戴要美一些，她们手持掬菊花那拂尘一样的花穗时，想到了用拂尘一样的马鞭赶马的情形，如能骑马回家，更是风光一时了。于是从内心就喊出了“骑白马，住娘家”这句压在心底、发自肺腑的话。

思念娘家的精神寄托就落在了这掬菊花上！

虽然掬菊花的本名是“白头翁”，但是我想最好不要再给它正名，因为，认可支持的人可能微乎其微。

掬菊花已经深入人心，将错就错的名字寄托着女人的深情，承载了家乡老少妇孺对它的喜爱。

“掬菊花两头儿掐，骑白马，住娘家……”

三、象征母爱的萱草花

环抱老家的五座山中，在白带山和大北坡上生长着一种花姿优美且是传统名菜的花——野黄花，留下了一些特殊的记忆。

开始的时候，对这花知之甚少，到了不惑之年才知道这是一种象征母爱的花，还有不少的文化承载，所以，对这花的敬意油然而生，也开始了进一步的观察和了解。

野黄花在植物学上叫萱草，老家人都叫黄花菜，主要生长在山坡半阴面和阴面土层厚、水分大的地方。整株的萱草是簇丛状的，条带状的叶片从基部长出，有点像家里种的吊兰，每丛叶片的中央能抽出几根两三尺长的花莛，花莛顶部是浅黄色的花苞和花朵，在外形上很像白玉簪花，花苞比玉簪的更瘦长，花朵比玉簪稍大一些。所以，也有人把这花叫金针草或金玉簪。老家这里，大人们有给小女孩往头上扎白玉簪或金针花花苞的，特别漂亮，好像浅黄色金针花的花苞更胜一筹，因为，它容易与服装搭配，特别提神提气。

整簇的萱草花有一种平淡超然的美，特别是叶片的飘洒、花朵的优雅，最是惹人喜爱。在我们这一带能与它相媲美的，在我看来也只有闪电花和掬菊花了。但是，在遍地泛黄的野花家族中，它就是翘楚。

第一次发现萱草花是十三四岁那年，跟着二哥三哥到大北坡的乱石窖去找疙瘩梨和野酸枣时，有缘遇见的。因为我从小儿就帮着母亲种养一些花花草草的，特别喜欢奇花异草。当时就像发现了新大陆，忘情地绕着这花转了好几圈。三哥说，傻了吧，认不得吧。这是野黄花，你还吃过呢。什么，我居然还吃过。是呀，家里来亲戚炒的木樨肉里就有干黄花儿。哎哟，是呀，这道菜可香呢，特别是用水发泡过的干黄花，吃着特肉头，印象深刻呀，原来就是这种花呀。二哥说掐点儿回去晾干了就能炒着吃。当时，我才知道了这花晒干了能吃，但更关心的是这花能不能在院子里种活。三哥说，挖了秧子能种的，只是这回只能掐花儿了，因为眼看着这花就快开完了，要想种得等明年还没长大的时候分棵，种上个把月就能开花了。第二年初夏，我挖了好几株，种在家里压水井旁边，还真栽活了，但没野生的壮实和水灵。父亲说，有的野花不适合在家里种。养了三年，还真是慢慢地萎缩了，于是以后再见到好看的其他野花，就先问大人能不能栽活，如果栽不活，就不移栽，在野地里看就行了。此后，到那里又去采过两次黄花，由于路太远，长得也不多，还有别人采，之后就稀少去了。

据说，白带山的阴面也有，但离得更远，一回也没去过。

在老家时，概念里萱草花——黄花菜都是干花在凉水里泡发以后才能食用，但是参加工作以后，好像是都进入新世纪了，我在饭馆儿里吃了一次炒鲜黄花，口感香爽、风味独特，后来又发现菜市场上居然也有卖的，于是问了价钱、问了怎么做，就买了一些回家试着做了一下，口味挺好，但感觉比野生的还是差点儿。卖菜的人告诉我，这鲜黄花有一些毒素，需要用开水焯一下，或大火炒透才能去毒食用。其实，原来这种毒素就是秋水仙素，剧毒，只不过鲜黄花里的毒素含量极低。这就像吃河豚，高温可以去毒。深秋的扁豆角也是这样的，熟透了才能去毒。是不是带点儿毒素的东西吃着更香呢？清楚地记得第一次吃河豚鱼的时候，心里多少有点儿不踏实的。

吃了两次鲜黄花儿，逗起了我刨根问底的习惯，于是，开始在网上查找萱草花的链接，还真有不小的收获。

原来这萱草花早在两千多年前就有栽培，《诗经•魏风》《本草纲目》等古籍中均有记载，并在历史发展中积淀了丰富的象征意蕴，萱草文化也逐渐融入了人们日常生活中。它的文化价值主要有三：一是忘忧；二是宜男；三是代指母亲。

忘忧：最早来自《博物志》——“萱草，食之令人好欢乐，忘忧思，故曰忘忧草”，逐渐成为人们排忧解愁的一种精神寄托，并已成俗。白居易曾有“杜康能散闷，萱草解忘忧”的佳句。我个人认为，食之令人欢乐，是因为萱草花轻微的毒性使然，就像人们吃了河豚手舞足蹈或喝酒到了微醺状态时一样。

宜男：是萱草的别名，至迟魏晋时期在诗文中就有体现。民间有妊妇佩戴萱草叶，会生男孩的说法。考古学证实，萱草很早就作为吉祥纹样，用于装饰美化，意为生男孩和多子。在重男轻女的古代社会，萱草在众多花草中形成的特殊地位，应是这一传统观念的外化和体现。

母亲与孝亲：在传统文化意象里，萱草代指母亲和孝亲。古人认为萱草可种植在北堂母亲的居室，以“萱堂”代称母亲，北堂又称萱堂，“北堂植萱”引申为母子之情。此后，萱草就成了国人的母亲花。陈子昂曾有“细叶犹含绿，鲜花未吐红。忘忧谁见赏，空此北堂中”的诗句。

对萱草花的新认知，使我陡生思母念母之情。于是，在老家的庭院里时隔20多年后，我再次植下了一大簇的萱草花，尽管它是人工培育的，也要表达孝亲之情。同时，我也给母亲讲了这萱草花的种种寓意。母亲本就喜欢花草，在晚年继续栽花种草的同时，硬是拿起笔来增添了绘画写诗的爱好，多是以庭院的花草为对象，画得逼真，写得传神，也超出了我们当儿女的想象。这次增添了萱草花，母亲格外高兴。这花陪伴了母亲不足三年，老人家就离世了，给我们全家带来了无比的悲痛。

又是20年，我已退休。有了空闲的时间，我就把老家的小院做了简单的修整，并在院里再次栽植了萱草花……

四、红艳夺目的闪电花

“山丹丹的那个开花哟，红艳艳，毛主席领导咱打江山……”这首脍炙人口、唱遍祖国大江南北的陕北民歌，以高亢幽深、摄人心魄的魅力，传递了山丹丹花鲜亮的色彩和信天游跌宕起伏的声情，绘就出中国工农红军长征到达陕北、实现中国革命伟大转折的宏伟画卷。

我是在小学五年级 12 岁的时候学唱的这首歌，还与班里的十来个男生女生登台演出，当时，编的是男女轮唱，效果很不错，至今记忆犹新。那时，学唱这首歌时，自然是满心欢喜的，整天跳着蹦着地喊唱。还有一个好奇点，就是老师讲述了那遍布陕北、娇艳动人的山丹丹花以后，我心心念念地总是想着瞧瞧这花儿到底是个什么样子。

当时，我问过不少人，这到底是一种什么样儿的花，但是没人说得上来，有人说，陕北离咱们那么远，谁也没见过，怎么能知道呢？慢慢地，就把这个问题扔到一边去了。

13 岁那年，我跟二哥到村里挺高的一座山 —— 大北坡的阴面去拔野韭菜。以前因为年纪小又有大人限制，只去过村里的两个小低山，爬这样的高山还是头一回。从阳面爬到山顶然后下到阴面的半山腰，就到了早就听说的乱石窖。还真是不一样，每条山沟里全是树木和杂草，绿油油的一大片，看着让人发呆。“没见过吧，好玩儿的还不少呢”，二哥一边说一边告诉我野韭菜长在什么地方。于是我开始在石头缝里找野韭菜，拔了几大把以后，直了直腰，往前看去，又把我惊呆了：离我也就是十来步的地方，有几朵十分红艳的小花，在草丛中十分扎眼，从来没有见过这么鲜艳好看的野花。我赶紧走了过去，哈腰细看着，一共有三朵，一高两平，花瓣亮红色，反卷下垂。当时，在我看来，这应该是最好看的野花了，我心里真高兴呀！顺带说一句，我打小儿爱花，是因为母亲每年都要在院里种上很多的花草，我经常帮着母亲端水浇花，看着花儿的生长过程，觉得特有意思，更有收获感。

这时，二哥走了过来：“又见着稀罕的了，好看吧！”我赶紧问：“这是什么花呀？”“闪电花，就像阴天打闪一样，又亮又惊人。”啊，这名字起得倒是挺好的，一下子我就记住了。二哥蹲下来，开始给我“上课”：你看，这花有一个细长的花莛儿，上面都是细叶，尽顶儿上才长花骨朵，现在刚好开花，最好看的是花瓣和花丝，花瓣鲜红还卷曲外翻，这样中间的花丝就凸出来了，沾在红色花丝上面的黄色小颗粒就是花粉，蜜蜂采花时就能授粉，授粉以后就能长籽儿。也不知二哥说的这些都是哪儿学来的，我似懂非懂。二哥接着说，这闪电花的根儿就是一个蒜头，听老人们说，这蒜头有几瓣每年就开几朵花，每年秋后地上的花莛就干了，春天时，那蒜头就会再长芽儿。而且这蒜头能炒着吃，面糊的。我迫不及待地问：挖下来能栽活吗？还没见过谁栽活过，你可以试试。我拿起镰刀开挖，小心翼翼地弄了个土团，放在背筐里。我看了看周边，还有三两棵，还想再挖。二哥说，挖一个就行了，栽不活多可惜呀。回到家赶紧栽上了，活了半个夏天、一个秋天，第二年春天还没出芽。父亲说：这花很娇贵的，土脉、水脉要对得上，还要同时栽上它跟前的杂草，才有可能活几年，但是，花开得迷迷瞪瞪的不精神，跟山上开的没法比。想看了就到山上看吧。后来，我又知道了，这花在我们这一带长得并不多，十渡、蒲洼那边的高山上长得更多一些。

20世纪80年代初，走出家乡以后，在八达岭、小龙门、百花山、白草畔等山上，先后见到了闪电花，有的山坡上长得还挺多，颇有“星罗棋布”的感觉。1981年在十渡镇六合村搞林业调查时，还在农户家吃了炒闪电花的蒜头，口感面面的稍带木脆，有点儿像吃土豆片儿的感觉，味道似蒜似葱，还夹带着些许野草味儿。

再后来，见识又有增长。颇感惊奇的是：知道了这“闪电花”居然就是陕北民歌里的“山丹丹”，原来只有陕北才有这花儿的概念也被颠覆了。老家有山丹丹花，自然是高兴的。我琢磨着，开始时，老家人可能也叫“山丹花”的，时间长了，一溜口儿，就变成了“闪电花”，这花开放时，确实鲜艳夺目，就像打闪一般。山丹丹也好，闪电花也罢，其实就是野百合，百合花大家族中的一员。好像村里的老中医当年说过的，并特别说了它的药用价值，只不过我没在意。

再后来，我又知道了人工可以种植百合花，有赏花的、有食用的不同品种，价格都很高的，成了富民产业。我家里春节时也弄过百合花的插花，香味浓重，很熏人的，于是放弃插养。食用百合绝对是美味佳肴，西芹炒百合就是很时尚的一道名菜。

人工种植的百合花，自然也是很好看的，而且色彩多样，花朵也大，深得大众喜爱，冠以高档高贵花卉名副其实。“百合”的吉祥美名，也成就了它婚礼庆典王者之花的地位。

这些年生态修复，老家一度倩影隐匿的闪电花，又逐渐多了起来，人们的观念和行为也变成了赏而不挖，一草一木也成了人的朋友。

对比人工种植的百合花，我还是更加喜欢老家大北坡上原生种的闪电花。

红艳夺目就是你的品格！

五、富含故事的马蔺花

在老家遍地生长的众多野花当中，有一些是富含故事的，比如苦菜花、闪电花、掬菊花等，而“马兰花”既有古老版的民间神话故事，又有现代版的真实故事，并且传播面大、流传广泛，深受人们喜爱。

记得小时候老家的大人小孩差不多都知道马兰花古老版的民间故事，也能讲个八九不离十。我是在八九岁时由妈妈给我讲的，后来也不止一次听，而且每次听得都很入神，后来也就能给别人讲了。这故事在我幼小的心灵上也积累了一些原始朴素的爱憎观。

这马兰花在我们老家的荒山荒坡上也有生长，只不过名字不同，我们这一带都管马兰花叫马蔺或马蔺花。

先把马兰花古老板的故事讲一下：

传说，在美丽的马兰山上，生活着一群可爱的小动物，还有马兰花的花神马郎以及马兰花等好多植物。

山下住着王老爹和他的两个女儿——大兰和小兰。马兰花开的日子，王老爹上山砍柴时，为了给女儿摘上一朵好看的马兰花，不幸坠崖，被帅气勇敢的马郎救起。

这时，山下传来了小兰动人的歌声，马郎深情地与之对唱。王老爹说，那是我的女儿小兰，她还有一个姐姐大兰，姐妹俩长得一模一样。

王老爹临走前，马郎拿出一朵神奇的马兰花，说，请问问您的女儿，谁愿意嫁给我，就把这朵花送给她。

王老爹到家后，向女儿叙述了自己的经历，转达了马郎的心意。大兰抢过马兰花，表示愿意嫁给马郎。但是，听爹爹说马郎既没房子也没财产，只靠劳动过日子时，马上丢弃了马兰花。小兰捡起了马兰花，表示愿意嫁给马郎。此后，小兰与马郎结为夫妻，过上了恩恩爱爱的幸福生活。

一年后，小兰头戴漂亮神奇的马兰花回娘家。快到村口时，小兰念起了口诀："马兰花，马兰花，风吹雨打都不怕，勤劳的人在说话，请你现在就开花！"话音刚落，就变出了许多穿的用的吃的生活物品。

贪心的老猫在暗中看到了这一切，眼睛都红了，他对这朵神奇的马兰花垂涎三尺，一心想着据为己有。

老猫利用大兰对小兰的嫉妒，极力讨好她，并不怀好意地劝说大兰送小兰回家。在小河边，老猫怂恿大兰穿上妹妹的衣服，戴上妹妹的耳环，想利用大兰骗过小兰头上的马兰花。被小兰识破它的奸计后，老猫气急败坏、上前抢夺，并把小兰推进了河里。大兰惊恐万分，但已经被老猫控制。

马郎知道了真相，发动大家一起来抓捕凶恶残忍的老猫。老猫得到马兰花后，念着口诀，讨要大马车和金银财宝。可这些都是马郎和小动物们变的，最后老猫被捉，受到了正义的惩罚。

马郎向马兰花呼唤，使小兰又获得了新的生命，大兰也在沉痛的教训中醒悟过来，美丽的马兰山又响起了幸福的歌声。

马兰花有如此美丽的神话故事，老家的人自然是爱加一等的。

其实，这马兰花的植物学名称就叫马蔺，是鸢尾属大家族的一员，可以说老家人叫得准确无误。马蔺的叶片为浅绿色细条状，每年初春从地下休眠的块根中集簇放射而出，叶片总长四五十厘米，中下一段直而挺拔、顶部一段柔而卷曲，像是韭兰的叶子，形态优雅脱俗。它的花朵多为蓝紫色，颇似春兰的形状，但比春兰显得稍加柔软一些，姿态飘逸，不骄不躁。马兰花的名字与它的叶片和花朵都像兰花肯定是有关联的。不知有多少人把它认作了兰花。

从马蔺的生长习性看，这花儿并不娇贵，很容易养活，在水源不足、土质贫瘠的山坡地阶上，石缝当中，甚至荒漠戈壁，它都能顽强生长，如期绽放，在荒芜贫瘠的土地中可谓“独花一帜”。

老家人除了每年看花以外，一般是把马蔺细长的叶子割下来，用水煮一下，晒干了当绑条用，因为这细长的叶片韧性十足，两三根缠在一起，大人都揪不断。所以这细叶可以在端午节包粽子时当捆头儿，也可以往蔬菜架上绑黄瓜藤、冬瓜藤什么的。老家人割马蔺，还是有分寸、有节制的，一般一簇的野生马蔺每年只割两次，再割就会伤元气，伤重了好几年都恢复不了元气。

也有一些人，把野生的马蔺连根带叶分挖出一块来，栽到家里，两三年就能长成一簇新苗子，这样既可看花也可用叶，还伤不到原有的苗子。当然，马蔺也是结籽的，可以种子繁殖，一般头一年早春下种，第二年或第三年出苗发棵，第三年或第四年成簇开花。

现在人工培育的马蔺花，主要用于公园、绿道、河坡、庭院等处的绿化美化，一片一片的、一行一行的，挺好看的，花朵居然还有金黄色的变种，很是少见。但我总觉得，人工培育的马蔺，长得过于高大密实，没有野生的看着顺眼。原生态的就更美好嘛！

写到这里，我又想起了这马蔺——马兰花，现代版的真实故事：

20世纪五六十年代，面对极为复杂多变的国际国内形势，我们国家开始了核武器的自主研发，当时研发地点确定的代号就是“马兰”。这是因为在研发基地寸草不生的戈壁上，顽强地生长着一种勃然开放的小野花——马兰花，而“马兰花”独有的品格特质，与当时核武器研发项目的安全保密要求，以及国际国内背景、总体目标的确定、适宜地点的选择等，在寓意上十分吻合贴切，象征性突出，所以研发基地的代号最终选定了“马兰”。时间到了1964年，随着震惊世界的一声巨响，宣告了这朵“马兰花”的绚丽绽放，标志着我国拥有了自己的核武器……

这之后，还诞生并传唱起一首“马兰花”的新童谣：“小皮球，架脚踢，马兰花开二十一。二五六二五七，二八二九三十一。”而这首20世纪60年代耳熟能详的童谣，真正的密码就是1964年10月16日马兰总装21实验基地，我国第一枚原子弹爆炸成功。21成了马兰基地的幸运数字，也成了这首童谣里的“关键字眼”。歌词中的“小皮球”指的是我国第一颗原子弹形似球形，“架脚踢”指的是用来引爆原子弹的102米高的铁塔，“马兰花开”是指在基地“开花”的我国第一颗原子弹，“二十一”则指当时核武器试验基地的代号。

现今的马兰基地早已为世人知晓，“马兰”既见证了我国核武器诞生的历史，更承载了宝贵的“两弹一星”精神。

“马兰花，马兰花，风吹雨打都不怕，勤劳的人在说话，请你马上就开花。”这首经典的“马兰花”神话童谣，伴随了多少代童年人的成长，并在内心深处播下了勤劳质朴、善恶分明的种子。而“马兰花”现代真实版的新童谣，则激励鼓舞了一代又一代中华儿女自强不息、艰苦创业，自立于世界民族之林的雄心壮志！

老家的马兰花，可否知道罗布泊核基地马兰花的故事呢？

六、清香扑鼻的酸枣花

说到老家的野花，不能漏说的还有酸枣花。

在一般人的记忆和认知中，酸枣树最招人待见的地方就是每年秋天它长出的那些大小不一、颜色不一、酸甜不一的圆形果子，果肉可以食用、果核可以卖了换钱。而更多的人却不大注意它那弯曲枝条顶部上鲜嫩黄翠的碎小叶片，也不太在意它那只有高粱粒般大小的浅黄色花朵。

在老家的荒山、土坡、滩地上，野酸枣的数量是很多的，并且还与老家更为显眼的成片成片的大枣林有着特殊关系。坐地根儿上说，首先是因为有大量土生土长的野生酸枣，给嫁接大枣提供了母本树，才有了老家人见人爱的大枣林，也使十里八乡的人知道了我们村里盛产大枣儿。

酸枣儿的果子大多是圆形的，酸甜可口、令人喜爱。酸枣核是中药可以卖了换钱。每到酸枣儿成熟时节，也是枣核成熟时节，有酸枣树的地方，就会有捋酸枣儿的人出现，以家庭妇女为多。

见到成串儿的酸枣儿，直接用手去捋，自然是经常被小枝上的短嫩小刺扎到，但是，干活人皮糙肉厚的手基本是不拍扎的。手快的，大半天能捋一背筐，既吃果子又换钱，多让人开心呀。

其实，对村民来说，酸枣树最大的用途就是它那长着“圪针”枝条的“隔挡”和“防护”作用。酸枣树的枝条呈之字形弯曲状生长，老家人说是“曲里拐弯儿一挺儿直”或“弯喽狗腿”。而枣果儿就吊长在当年生长的绿色小枝上，也就有了“枣木吊儿”的叫法，还有了讥讽人唱歌跑调像“枣木吊儿”的说法。酸枣树小枝的每个弯曲拐点处，都有一长一短两个尖刺：短刺几毫米长，像个小弯钩，长刺有二三十毫米，上尖下粗，呈直针状。木质化以后，这尖刺会变得坚硬而锋利，不小心被钩一下、扎一下，就会冒血，很疼，也就有了名副其实的名字——“圪针”，还有了“割圪针”的农活。

“割圪针”就是把酸枣棵子上带着圪针的枝条，用笨镰刀、丫木叉、细绳子割下来、捆好、拽回来，备用。这圪针的用途之一就是扎稍门：那时一家一户临街的大门大多叫稍门，都是在木头框架上扎上树条、荆条或圪针，用得最多的是圪针，因为圪针的防护作用最好。圪针用量最大的是扎寨篱，菜园子、庭院、牲口圈的外围，都可以扎成圪针寨篱，隔挡、透风、结实、耐用，可以用上三五年甚至更长时间，省得再垒围墙。每到春夏时节，这圪针寨篱上就会长满大叶和尖叶葎草、喇叭花、萝藦等攀缘植物，葎草茎条浑身刚毛，无形中加固了寨篱，而朝开夕闭的白色、红色、紫色喇叭花，则是天然的点缀，萝藦花则在夜间带来阵阵甜香。先前，这种有绿叶有鲜花又带尖刺的“墙体”在老家还是很多的，现在虽说少了，但看起来更有岁月感、更有味道了。

这酸枣树还有一个鲜为人知的妙用，就是它的嫩枝芽可以煮茶泡茶。记得十来岁时，有一天去村里最远的一个生产队——专业队去找在那里干活的父亲，当时，父亲从锅台的大铁锅里给我扤了一缸子热水，我接过来就喝，像茶又不像茶，清香爽口，稍有甜味，特别解渴。我满脸疑惑，父亲说，“这是酸枣儿茶，把嫩枝剪下来，带着枝、带着叶、带着花一起煮，开锅就是茶水”。那时专业队有30多号人，自带干粮干活，口渴了就喝这酸枣茶水。而且灌在水壶、水瓶里多半天也不变味儿。这可解决大问题了，四周地阶子上和山坡上到处都是酸枣树，想泡“茶”了，剪下几个嫩枝就行了。这是老天赐给下地干活劳累之人的一点口福。

我感觉，这汤色淡黄、以假乱真的酸枣枝条茶，喝起来口味独特、清香微甜、爽口生津，并不逊色于我们常喝的花茶、绿茶什么的。还具有就地取材、煮泡皆宜、不易变味、成本低廉的优势。开始时，我并没有仔细琢磨它为什么如此好喝，直到后来，才恍然大悟，原来，这口味的主要源头，就是那酸枣枝上的小小黄花。好多年以后，我在门头沟喝到了酸枣花的商品茶，据说是村民们自己捣鼓出来的，味道很不错的，但没有当年喝“大铁锅”酸枣茶的那种感觉。

酸枣儿的单个花朵属于微小花型，直径也就是3毫米左右，但它却幽香甘甜，特别是含苞待放时，味道最浓。单朵花的香气可能微不足道，但整个枝条上成百上千的花朵，就不一样了，香气扑鼻、沁人肺腑，并不夸张，不信你就试试。这酸枣花的香气，是天生的、自然的，并且和它美味可口的果子是一脉相传的。其实，不仅是花朵和果实，酸枣树的枝条、树干、树根都带着这种香气，大枣树也同样如是。

如此的幽香甘甜，自然也是蜜蜂的最爱。每到酸枣花开季，成群的蜜蜂如约而至，嗡嗡鸣叫、翩翩起舞，而蜂农也忙得不亦乐乎。酸枣花、洋槐花、荆条花酿出的蜂蜜，在我们这里很是出名。我个人的口感是：酸枣花蜜排在第一当之无愧，因为荆花蜜后味稍有微苦，洋槐花蜜略带浮香，唯酸枣花蜜香甜适宜、口感清润。

没出老家的那些岁月，每年酸枣花开的时节，我都要爬上山坡，闻闻枣花香，看看蜂采蜜，还要剪上三五嫩枝回家煮茶……走出老家后，每每回到家，也要重温一下这些过往的事。

小小的酸枣花，也是挥之不去的乡愁记忆！

七、攀附向上的喇叭花

在老家种类繁多的野花野草中，喇叭花应该属于高调开放的那种。

它的高调开放不是因为这花有多金贵、多稀少，而是因为它那柔美婀娜的藤蔓、夺目鲜艳的花朵和它那顽强攀附、随处可生、饱满开放的品格。

喇叭花也叫牵牛花，是田间地头再平常不过的一种蔓生野花，但是它却颇受人们喜爱。

每年春雨过后，喇叭花的种子开始萌芽，发条生长，树枝、篱笆、墙壁、石崖或是一棵玉米、一棵高粱，只要在它的身旁，任何可以向上攀附的东西，都会成为它成长的支架，盘绕而上，向光拔条生长。它蔓条的顶部似乎长着眼睛，今天离那树枝还有半尺多远，明天再看时，它们已经紧紧地缠绕在了一起。轻风中，它那前后摇摆、左右晃动的蔓头好像在说：来吧，向我靠近，让我绕着你，不管你长多高，我总会高你一头，为你探知风雨。

大概在六月，喇叭花的首轮花朵开放，酷似一个个长筒儿喇叭，名字应该就是这么来的。蓝紫色的、浅紫色的、红色的、紫红色的，娇艳夺目。每个花朵开口朝上，花冠部分颜色最艳、花筒部分由上到下颜色逐渐变浅，层次感、立体感十分明显。花朵小的品种花的直径也就是三五厘米，花朵大的直径可有十四五厘米，成片开放时，显鼻子显眼的。如果花朵中间正有蜜蜂或蝴蝶采蜜，那就更好看了。尤其是有小孩儿巴掌一般大小的花椒凤蝶要来采蜜，那就更有看头了，这个瞬间，尽管城里有喇叭花，也不一定能看见，因为城里几乎看不到这种超大体型的花椒凤蝶，而在乡下看到的机会还是很多的，所以建议您夏秋时节多来农村看看。

喇叭花是每日拂晓开放，阳光充足时中午就会凋谢，单朵花期很短，但天天都有新花开放。在一边开花、一边生长过程中，花朵的位置距离地面也越来越高，有点儿芝麻开花——节节高的意思。由于喇叭花有极强的生存能力，所以它可以随处生长。不经意间，它可能长到了向日葵盘子上面，大黄花盘与小红花朵相互衬托，很是应景。有时它又跟葫芦藤儿绕在一起，在白绿色的大葫芦上去开花，构成天然的艺术品。它也会扒着窗户框伸到屋里去开花，给主人带来惊喜。当然，要是种在花盆里，可以随时搬动，随意造景。喇叭花在农村老房子的山墙、寨篱上开放，最具乡愁味道，每每见到这个场景，思绪也就自然进到了老房子里面……

喇叭花生长的地方有点神出鬼没，常常使人感到意外，这也是人们喜爱它的地方。

喇叭花每年生长靠的是种子繁殖。它的种子为三棱状，有点像荞麦粒，但大小也就有荞麦籽的四分之一，样子不太好看。种子秋天长熟以后硬硬的，有黑色的、白色的两种，出芽率很高，温度湿度合适的时候，哪怕是非常瘠薄的土地也照样生长。喇叭花的种子还是一味医用价值很高的中药，称为黑丑白丑，统称牵牛子，具有泻下逐水、去积杀虫等功效。在老家不少人到了秋天，都要收集一些种子，以备药用。

那个年代，由于粮食不足，有时候人们逮着一次好吃的就会可劲儿地造，很容易造成积食存食，肚胀难受外带一个劲儿地打嗝放屁。好多小孩子都是这样，其实也有不少大人。这时，牵牛子就有用场了：拿一把牵牛子在铁锅上炒成焦煳状，嚼着吃就行了——嘎巴嘎巴的，硬的有些硌牙，带着些许香味儿，而更多的感觉是麻麻中带着微辣，最不舒服的是满嘴的硬渣渣，难以下咽，嚼碎了赶紧喝口水灌下去了事。要连着吃上几次的，特别地灵验,吃了就见效,有时候用量大了,还会拉肚子,倒是真的祛火了。我上小学四年级时，就闹过那么一次，正上课呢，屁眼儿发酸，坚持不住了，站起来就往厕所跑，老师大声喊，你干吗去呀？我说，不行了，这黑丑子也太劲大了！哈哈哈，同学乐得前仰后合。

40出头那年，我已住进良乡卫星城好几年了，一位同事的小男孩由于多吃了煮棒子和烤白薯，存食了，折腾人，吃了山楂丸效果也不大。我说，炒点牵牛子吃，他是纯城里人，似乎听不懂我的话。于是，我拽着他，到行宫园小区的绿篱上捋了一大把，给孩子炒着吃了，立马见效。这同事说，真是神了，没有这档子事儿，我还真不知道这牵牛子还有如此妙用。

不知你留意没有，这喇叭花的地盘，是不分农村和城市的，只要有植物生长的地方，就有它的存在，即便是暂时没有，早晚都得攻陷。喇叭花在农村就是一种很是普通的野花，在城里却是园林绿化常见的点缀花卉，特别是人工培育的矮牵牛，更是节假日、重要活动日花卉摆放、造型的优选品种。现在大小花坛的摆放、各种花卉展览，都离不开喇叭花做衬景。

喇叭花攀附向上的能力和独特鲜艳的花朵，成就了它的高调开放，也赢得了人们喜爱！

八、蜜蜂最爱的紫荆子

老家属于山区半山区的过渡带，环抱村庄北东南三面的是五座比较贫瘠的低矮山，因而在植物种类上没有土层较厚的中山区和深山区那么多，显得单调一些。但是，即使土层干薄，仍有植物覆盖生长，特别是一些耐干旱、耐寒冷、耐瘠薄的植物，在崖壁上、石缝中也能显出它的顽强，使老家的山整体看上去不失绿色，不显荒秃。在这类植物中紫荆子就很有代表性。

紫荆子是一种多年生的低矮灌木，老家人管它叫荆子或荆条，是老家人特别待见的野生植物之一。山坡阳面土地稀薄的坡坡坎坎和地边、路边、地阶上，天生就是它安家生长的地方，当然，在肥沃一些的土地上，它会长得更为高大和繁茂一些，因而在外形上出现明显的变化，如果不是在花期，有些人可能就认不出来了。就如百花山上的丁香和平原地区的丁香一样，在外形上差别是很明显的，很难认出它们是同类。

紫荆子多为簇状生长，从地皮处拔出一根一根的细条，能长到两三米高。挺拔纤细的枝条、羽状细瘦的叶片、紫色的小小花朵，透着自然、野趣、低调而不张扬的美。它的叶片和花朵都能散发那种特有的麻凉芳香以及些许的草香，呛人鼻孔，一嗅难忘，可谓味道独特。这种味道，人闻到了似有醒脑提神的作用，而蚊虫却是不太喜欢，所以人们上山时往往在腿上胳膊上揉搓一些荆子叶或花的汁液以防叮咬。

现在，人们崇尚青山野渡，这紫荆子的美也显现了出来。认真端详和品味，这紫荆子你说是整棵的形态，还是说枝条、叶片、花朵的姿态，真的都很美、很受看、很耐看。这一点，先前时，老家人并没有太在意，而更多的是看中了它的实用价值，能够给人们带来方便生产、生活与“甜蜜”、快乐的实用价值。

紫荆子的实用价值，在我们这里主要有三样：

头一样：沤制粗肥的重要原料。“庄稼一枝花，全靠肥当家”，那时的农业生产要保证稳产高产，主要依靠农民自制的粗肥，也就是有机肥。而这粗肥就是在生产队的牛、马、骡圈栏里和一家一户的猪圈里沤制，老家叫沤粪。沤粪的主要原料是牲畜的粪便、黄土或沙土和青草秸秆树叶等，在牲畜圈里靠牲畜踩踏和时间发酵，熟化了就是上等的有机肥，“出圈”以后运到地里就可以施用了。而紫荆子的幼嫩枝叶就是上好的沤粪原料，而且山坡嶛岗上长得很多，弄起来方便，一年可以收割好几茬儿。我十几岁时，每年都要去割几次，分批均匀地撒在猪圈里，再压上一层黄土，猪在上面排泄粪便，差不多的时候再垫草盖土……说得搞笑一些，这是在做“庄稼比萨”。紫荆子幼嫩枝叶沤出的农家肥用在庄稼上特别给劲儿，村民们都乐于用它来沤粪，大峪沟、北白岱、蔡家口村的山上紫荆子更多一些，用起来更方便。

第二样：编筐编篓的上等材料。紫荆子的枝条韧性十足、粗细适宜、容易造型，村民们特别喜欢用它编制背筐、架筐、挑筐、背篓、粮食囤、篮子等多种生产生活用具。编出的这些用具，美观、大方、轻便，耐磨、耐湿、耐用。不过，用荆条子编制用具，可是手艺活儿，不是谁都干得了的。我们村里编得好的也就是老宁家、老穆家、老许家那么几家，像荆条、柳条和紫穗槐条等树条，他们都能编，所以他们平时手里的活儿还是不少的，总有人求着帮忙。当然不能白忙活，人家把活儿给做了，你得有所表示，要不给点儿钱，要不给点儿稀罕东西，要不请顿饭喝点小酒儿什么的。

老宁头儿的编筐手艺是一流的，他有一个哑巴儿子，好多人都叫他傻腕儿，其实他不傻，很聪明的，20 多岁时就把编筐的手艺学会了。这哑巴很有个性，能记得人和事儿，有谁高喊过他哑巴，或没拿他当回事，或欺负过他，找他编筐，基本没门儿，他老爹要是让他干，他只能不情愿地干。我父亲很善待他，两人关系很好，一次，父亲请他到我家编筐，吃午饭时，让他喝了两杯酒，很兴奋，虽然不足二两，但是喝完了走路时已是摇摇晃晃，还“叽里哇啦”地乱比画。我第一次看到这样走路的，给逗得哈哈直乐，他自己也一边喘气一边憨笑，还哼哼唧唧，四哥扶着他回了家。用荆条子编筐，先要割条子，把粗细合适木质化的荆条割下来，去掉小枝和叶片，留下坚挺的部分，打成捆，浸没在水坑里，一段时间后，这荆条子就沤得柔韧了，捞出来，冲洗干净风干一下就可以编制了。生条子或没有沤好的条子，很不好用，经常折条断条，糟蹋东西的。现在老家仍有很多人家使用荆条儿编制的背筐和篮子等，张坊集市上就有卖的，个别城里人看着好，也买上一个，扤在胳膊上赶大集。

第三样：极为重要的蜜源植物——蜜蜂的最爱。每到荆花盛开的时节，香气四散，蜜蜂群舞。可以说，这个当口儿最忙乎的既有人也有虫，人就是蜂农，虫就是蜜蜂。荆子花多的地方，准有蜂农携蜂群如约而至，扎下营盘，蜂采蜜，人甩蜜，日劳作，不停歇。我不只一次看过蜂农劳作的过程，也看过他们那简陋、简单的吃住条件，真的很辛苦。蜂农中以南方人居多，他们是追花的使者，有蜜源植物放花，就有他们的身影。本地的蜂农不是太多，蜂群数量也少。记得那时村里有两个大一点的养蜂户，每户三四十箱蜜蜂，每年只需在村子周边的山上放蜂就行了，因为我们这一带的蜜源植物还是很多的。养蜂户虽说非常辛苦，但收入还算可以，他们的小日子算得上滋润，比一般的农户活泛得多。村里其中的一户蜂农，在大北坡的山脚下安了第二个家，每年这一带的蜜源就够采了，不用拉着蜂箱到处去追蜜。这蜂农也有点儿背的时候：有一年，这户蜂农超常收获，自然十分喜悦。于是过春节时买了很多鞭炮，并接成了上万响的长鞭，放了足足20分钟，风光了一下，在全村也露了脸。万万没想到，春暖花开准备放蜂采蜜了，这蜜蜂大部分已经被鞭炮给震成了蜂泥，损失惨重。好几年这蜂群才恢复了元气。

荆花蜜绝对是上等的蜂蜜，品质上在我们这一带与洋槐花蜜、枣花蜜并排前三位，但在产量上荆子花蜜要高于那两种，因为荆子花多花期也长。那时，我们这里花钱买蜂蜜的人并不多，一年能吃上一两次蜜的人也不多，所以这东西显得很取贵，能倒腾来一点的，自然高兴。一般是把原蜜兑了凉水喝，满口超甜，浑身舒坦，对小孩子来说，那就是奢侈品。

20 世纪 80 年代初，我和两个同学曾经在十渡六合村搞林业调查，在村里住了十来天。村主任姓刘，待人热情，有时看着我们很辛苦，晚上又没什么事儿，就跟我们聊天，给我们弄蜜水喝。他家养了两箱蜜蜂，当天甩出蜜来就给我们兑水喝，特甜特香特爽。我们三人喝了好几次，至今难忘。

紫荆子真是宝，荆条能编筐，荆子花可酿蜜，整棵和成片的可以观赏。现如今，它的名气似乎也更大了。有的旅游区还推出了紫荆花观赏节，闻味儿、赏花儿、吃土菜，不亦乐乎！

九、依伞飞播的蒲公英

“我是一棵蒲公英的种子，谁也不知道我的快乐和悲伤，爸爸妈妈给我一把小伞，让我在广阔的天地间飞翔！飞翔……”，这是 1980 年摄制的电影《巴山夜雨》插曲。我就是那年走上求学之路后，在学校操场上看的这部露天电影，当时，这首神一般的插曲把我惊到了。没想到，老家遍地生长、从小把玩的小小蒲公英，竟能写出这么美丽动听的歌曲。

此后，我开始留意老家的那些野花是否有过歌曲传唱，只要有的就学着哼唱下来，一来二去，还真积累了一些。最悲苦的花当是“苦菜花”了，《苦菜花》那部电影和它的插曲在记忆中也自然而然地转化成了对鬼子汉奸的家国仇恨；最通透鲜亮的花当是家乡人叫的“闪电花”，也就是陕北民歌里所唱的山丹丹花，红色延安的种子就从那首歌慢慢播下。还有马兰花（马蔺花）、马齿苋（麻花菜）等曲调，都表达了这些花朵特性和魅力。

在老家，蒲公英是很普通的野花，每年早春它和苦菜、地丁、荠菜等，是最早发芽放花的那批，尽管它们的花朵都很微小，但却是春的使者。放眼观看大地时，星星点点的黄色小花，差不多都是它们。这时，尽管天气乍暖还寒，甚至早晨的荒野上还有些许的冰雪，但当村民们看到这花时，心里的春天已经来了，农事活动跟着也就开始了。

辨认蒲公英是从六七岁给家里养的猪、兔、鸡打棵棵时开始的。由于年纪还小，干活儿时需要哥哥姐姐们带着，野地上的野菜都叫什么、猪兔儿们爱不爱吃、有没有毒性，也就慢慢地认识了、知道了。当年，认识蒲公英的时候，印象还是蛮深的，四哥告诉我以后，我一下就记住了，因为它的整体形态太好记了。这蒲公英的根扎得很深，可以伸到地下大约半尺的地方，而它那很像一把把带着倒刺的宝剑状的叶子则是簇状的，都集中长在根部靠近地皮的顶端，用镰刀挖的时候稍微浅一点，那叶片就会一片一片地散掉，成不了整棵，所以，下手时要深一些，才能挖出整棵的；挖出来的蒲公英，背面朝上，就能看见刀口那里流出的一滴滴的乳白色汁液，用舌头一舔，苦苦的、黏黏的，要是黏在手上就会慢慢变成黑点，不好洗掉。听大人说，这汁液里有上等的天然橡胶，数量多了就可以提炼出来。

蒲公英最牛气的地方，也是它最突出的特点，就是它那美丽的种球——由每颗芝麻粒般大小的种子带着一把细弱茸毛小伞，簇拥成团组成白色圆形的小绒球，被一个挺立的花莛托举着，高出地面十几厘米，在微风中轻摆摇曳，有阳光和些许的水汽时，那些小小的花球则会泛起银光，犹如“地上”的繁星。种子一旦成熟，每粒种子就会驾起小伞随风飘荡，腾云驾雾，浪迹天涯。种子落地以后只要条件适宜，到了来年就会生根发芽长叶结出新的花球，完成生命的传播和延续。

蒲公英这种传播种子的方式，成就了它分布广泛、沟沟坎坎遍地生长的特性。但是，不是每粒种子都能诞生新的生命，不少的种子在飞行降落后，或是被虫鸟当作食物，或是落在石头上或水里等不适合生长的地方，也就结束了使命。所以蒲公英的繁衍也要付出前仆后继的代价。长期的自然选择，也就提高了蒲公英的结籽能力，每个花球都有上百颗种子，以保证足够的种子延续生命，这也算是广种薄收吧。

如同苦菜一样，蒲公英也是老家野生菜谱的一员，既可生着凉拌或蘸汁吃，也可弄熟了吃。一般是用开水焯了，泡水脱苦后凉拌、做汤、吃馅儿什么的，都可以，味道独特，很受喜爱。

在我们老家，蒲公英的医用药用价值似乎更高一些。蒲公英全身是宝，根、茎、叶都可入药，在缺医少药、收入不高的年代，对百姓很有益处。如因着凉上火身上长了疮包，把蒲公英捣烂敷上，再吃上两次蒲公英叶子的凉拌菜，有几次就可见效。那时候，有些人特别是小半桩子们，饥一顿饱一顿的，很容易上胃火，老家叫食火，睡火炕过冷过热了也容易上火，而一上火，身上就爱长疙瘩、疖子什么的，内服外敷蒲公英就管事儿。人们日常风火牙疼、目赤耳鸣等，都可用开水泡服晒干了的蒲公英，比成药见效还快，还能省出几个药钱。

现在，有经济头脑的人，把蒲公英制成了保健饮品——蒲公英茶，制作精良、包装精美，成了能拿出手的馈赠礼品，价格也不菲。而老家人大多是不喝蒲公英茶的，他们都是到地里自己挖、自己晒、自己存、自己喝，并说绿色、有机、安全、舒坦。

多少年过去了，每年早春一到，老家的蒲公英依旧生长如故，小伞飞播的时候就已到了夏天……

十、浓香味窜的野韭菜

老家的山上有一种野花，确切地说是野菜，几乎尽人皆知，颇受村民捧爱，按现在的词儿来就是“知名度”很高。它就是遍生于山坡阴面或半阴面的野韭菜。可能有人会问：不就是野韭菜吗，也不是什么稀罕东西，能像你说的那样吗？

现在咱们就说说这野韭菜。

野韭菜是多年生草本植物，喜阴喜湿爱肥土，但又抗旱抗寒耐瘠薄，我们老家一带的中低山环境很适合它的生长。土层较厚的沟谷、坡面、石缝、埝阶只要有空隙，就有它的存在，长得油绿油绿的，比菜园里人工种植的要壮实，与诸多的杂草混生在一起，挤挤挨挨的，看不见地皮。土层很薄的地方同样也有散生逸生的，甚至是单棵的，虽然长得低弱了一些，但星星点点的也挺受看的，对比前者，在食用口味上稍微显得柴了一些，而有人却专门喜欢嚼吃这老一点的。

野韭菜的长相跟人工种植的几乎是一个模样，很难看出明显的差别。而有些野生草本植物与人工繁育种的差别却是十分明显的，反差很大，比如，野麦子、野豌豆、野葱等，把它们的野生种与人工繁育种放在一起，基本看不出是同一种的，只有仔细辨认，才能看出“后代”们确实带着“先祖”的一些样态。不知道野韭菜在物种进化的漫长岁月中，是什么原因造成了形态变化这么小。

老家这一带的野韭菜，每年春季发芽，嫩嫩的条状细叶顶出地皮、钻过干草叶秆的缝隙，向光生长，到了五六月成棵就长成了。这期间，其他杂草也同时生长，地皮上入冬前留下的干草或被淹没或腐烂成肥，山场的底色也由干草黄色逐步变成半黄半绿色，再变成全部的墨绿色。这时的野韭菜就能采着吃了，最好找到成片成簇的用镰刀割或用剪子剪，不然会有不少的杂草掺在一起，还得分拣。

一般没有被割过的野韭菜到了 8 月就打苞开花了，陆陆续续能开到 10 月。最初的小花蕾被白绿色半透明的苞皮包裹着，花骨朵长大后就会顶破花苞开放，变成由数十朵白绿色的小花组成的团状花球，放眼看去，从谷底到谷顶，满沟满坡、零零散散，在轻风中摆动摇曳，绝对是一种素洁的美、恬静的美。在绿白世界中，间有一些黄色的野萱草、亮红的野百合和一些不知名的艳丽野花同时开放，构成绝美的自然画卷。大北坡的乱石窖和臭椿堂儿的几道山谷、山沟长得最多最密。我觉得，对比房山旅游胜地白草畔高山草甸，这里的景致一点也不逊色，因为这里海拔不高，周边还有很多的乔木、灌木，景色是立体的、分层次的、复合的，而且路途不远，来去方便……

野韭菜最大的用途就是食用，村民对它的喜爱在一定程度上还要高于菜园里的“家”韭菜。鲜嫩一些的可以做馅儿吃，包子、饺子、菜合子、菜团子都行。还可以炒着吃，摊鸡蛋、摊坨子等，做法和人工种植的是一样一样的。更主要的还是腌着吃，花和叶都可以，当然是花朵更好吃。早先时，很多老家人每年秋后都要腌制野韭菜或野韭菜花的，是一冬一春的上等腌菜。腌野韭菜的习惯已经传承了很久，有兴趣可以进一步考证和探究。

每年 5 ～ 10 月都能采收野韭菜，想要弄多一些，可爬到大北坡的阴面，选一道沟梁，弄个多半背筐不是问题。有时在浅山或丘陵一带干活儿，歇盼儿的时候，捎带手儿拔一些零散的，也能凑到一两斤，够临时腌着吃了。9 月、10 月是割野韭菜最集中的时段，连花带叶，稍显粗老，但最适合腌制。一般是叶片、花朵分开加工腌制，也有混着腌制的。韭菜叶切碎一些腌上就行了，韭菜花需要上碾子碾一下或捣碎，讲究的人家还有专门碾韭菜花的小型石磨。腌制时，三五斤韭菜或韭菜花可以放上两三个捂熟了的烂酸梨。韭菜的香气与烂酸梨的香气混合后会产生独有的混合香气，闻着舒坦、吃着适口，而且味道极窜。腌野韭菜放烂酸梨是一个关键的法门，梨果要捣碎，还不能放多了，造成喧宾夺主。如果没有烂酸梨，可以掺放少许香菜，数量要更少。这两种添加料腌出的野韭菜口味各异，都是乡下人眼里上等的腌菜。

可以说，那时庄户人家自制的吃食中，拒马河臭虾米酱和大北坡腌野韭菜的窜味儿，绝对是数一数二的，两者难分高下。记得高中一年级时，我们几个同学打篮球，不知谁放了个屁，一个同学说：这屁一准儿是山哥们儿放的，这股子山韭菜花味儿……这山哥们儿碍着谁了。那时，腌野韭菜就是很普通的家常菜，上学时在校住宿的人，也会带上一罐头瓶的，既节省买菜的钱还能解馋。我给城里的老师拿过不止一次，这平常之物在他们眼里则是稀罕之物。其实人工种植的韭菜（花）腌着吃也很好，但在味道上还是差了不少，野韭菜的“野味十足”无以替代，而且取之方便无成本，谁都可以去采，而“家”韭菜不是每家都种的。

那个年代，村民猫冬熬春，活茬儿不太累时，在吃喝上也很节俭的，主食以棒子糁粥和棒子面、白薯干面窝窝头、贴饼子、菜团子、板儿条为主，偶尔搭配一顿两顿的白面。常吃的蔬菜，除了大白菜、大萝卜，这腌芥菜缨儿、腌野韭菜还是相当给劲儿的。

现在人们生活改善了，而腌韭菜依然被不少人喜爱。在家里的餐桌上，还是过去的吃法，所以，每年秋后，我也要从老家弄回几瓶子来，放冰箱里慢慢吃。在饭店，腌韭菜（花）主要是涮羊肉的配料，非常受欢迎，有的人甚至是没有腌韭菜花则不涮。饭店的腌韭菜花的花源多是人工栽植的，少有草原地区和我们山区的。

近年来，封山育林，修复生态，山间小路大都变成了厚厚的植被层，比起先前，进一趟山不那么容易了，但不少人们还是偏爱野韭菜，总要很是费劲地去弄回一些的。

“一坡春雨足，翠发剪还生。”野韭菜依然如故地扎根、发芽、开花、结籽，使村民们品味乡愁的味道得以延续！

第二节 老家的草

一、又爱又恨的热杂草

离离原上草，一岁一枯荣。在老家广袤的原野上生长着数十种野生杂草，年复一年，绵绵不绝，其中的热杂草数量最多，产出量也最大。这是一些生命力极强的野草，也是让百姓爱恨交织的野草。经年累月地与这热杂草打交道，留下了不少的记忆。

热杂草，在我们老家是一类野草的合称或通称，就是随着暑热和雨季的到来，耕地里、水沟旁、小路边、场院中，甚至土坯墙头上都能蔓延覆盖的群体性杂草。这些草，喜高温、喜湿热，条件具备，可劲儿疯长，很快就会形成大片大片的“无土区”，成为大地的绿色主宰。由于这些草在高温高热中诞生并且长得特快，所以老家人管它叫“热杂草”，简称“热草”。

热草这个大家族，在单个草种上怎么也有十种八种的。主要包括棒头草、狗尾草、狼尾草、臭根子草、星星草、谷莠子、鸭跖草、牛筋草等。农田里要是长了这种草，不论是锄头耪，还是用手拔，抑或是打除草剂，它都会显出惊人的恢复力，在短时间内再次破土而出。再生的新热草，有残留根茎的再生，也有沉睡的草籽被激活，真的就像割韭菜一样，灭了一茬又生一茬。

先说说村民们为什么恨这热草。民以食为天，食以粮为先，我们这里，在大秋里收获的粮食大概有十来种，主要是老棒子、谷子、白薯，还有少量的豆类、花生、荞麦、半旱稻以及棉花等。这些作物的播种大都在春夏之交，从播种发芽起，也就到了热草的生长季，它们总是与这些农作物相伴相生，并快于农作物的生长，因此，耪地除草自然就成了重要的农事活动。特别是在作物的幼苗期，要及时耪地除草，耽误一两天就可能被热草覆盖，影响作物生长，甚至造成减产。这些农作物出苗以后，头两遍的耪地特别关键，必须控制住草势蔓延。由于种植老棒子、谷子、白薯等作物的地垄或说株行距各有不同，所以，在长期的农事活动中，也就逐步诞生了锄地耪草的不同工具，有大锄、薅锄、挠子、宽窄茬子镐等。

一天中的正午前后，艳阳高照，是耪地的最佳当口儿，因为，耪掉的草很快就会被晒蔫死掉，还能起到覆盖地面保湿保温的作用，时间长了就变成了粗肥。如果赶上阴雨天，耪掉的草还会再生，很是恼人。人们在酷热下或弓着腰或全蹲着挥锄劳作，甚至一手耪地一手着地，一圈一圈地灭草。汗流浃背、挥汗如雨……李绅的《悯农》描述得很准，他要么亲自下地干过，要么细致地看过农夫们干活儿，没有生活体验是写不出来的。

那时农民耪地除草的活茬儿算不上是最累的，但也说得上很叫劲儿。烦人的热草灭了一茬又一茬，今天老棒子地，明天谷子地，后天白薯地，来回折腾，没时闲儿的。所以，村民们对这些热草，打心底里也就有了恨意。

再说说村民们为什么又爱这热草。热草家族的大多数成员，都是畜禽上好的饲草。不种庄稼的地界，草长得更旺，生产队的骡马牛、农户的猪和羊都可以到这些地方放牧的，“马不吃夜草不肥”。这可以节省大量的粮食饲料，还可以收了弄回家，猪、羊、兔、鸭、鹅都会抢着吃。这热草作为青饲料，就是大地的恩赐，给村民的畜禽养殖带来了极大的方便。

热草最大的用途是晒“干草”，老家人都叫“羊草”，是冬季“草荒”时节畜禽的重要口粮。一般需要等到热草都结籽的时候开始拔羊草，这样的草晒出的干草多，畜禽们吃了也扛时候儿。这个当口儿，地里的农活儿稍微松懈了一些，特别是大面积老棒子耪完二遍以后，到棒子秆儿长到一人来高时，地里再长热草对老棒子的影响也不大了，并且这老棒子也都开始抽穗结籽了。钻进棒子地，顺着垄间空隙望去，这热草长得多的地方密密麻麻，就像铺了绿毯子。选择草厚的地段，蹲下身子开拔，一般都是用手直接拔，而不用镰刀割，因为带根的草晒出的干草分量大。一个人折腾半天，多了能拔五六十斤，少了也有二三十斤，基本都是用背筐背回家，也有用小车推的。在老棒子地里拔羊草，需要穿上大裤子大褂子，要不然胳膊腿儿的就会让棒子叶划出一条子一道子的，一出汗，淹得生疼，再上手一挠，就麻烦了，一片一片的红印子，好几天才能好。

说真的，这拔羊草的活儿，并不累。你知道最腻的是什么吗？其实，能大概想得出来，这暑热的天气，大裤子大褂子在老棒子地里一闷，手儿底下还不能闲着，不大会儿的工夫，这汗就下来了，流到眼里淹得慌，流到身上黏得慌，手和脚上还都是抖落掉的细土，真是受罪。闷、热、咸、痒、渴，一样不少。钻棒子地拔羊草差不多是农活中最闷最热最黏的了。还好，我们村边就是北拒马河和大福儿湾，干完了活儿可以痛痛快快地洗个澡，像大峪沟、蔡家口、北白岱等离河边远的村，人们只能在自家用脸盆洗了，远不如下河洗得痛快，到我们这里来洗澡，它们要骑洋车（自行车）来。

拔回的草到了家找一片朝阳的地方，抖开了晒上，每天翻腾翻腾，三五天就干了，绿绿的、软软的，带着草香味儿，打捆后收在闲屋子或棚子里就等着用了。那时，几乎家家户户都拔草晒草，好一番晒秋的景象。一家一户晒草的边界几乎都搭上了，但是各晒各的，各弄各的，谁的就是谁的，有时赶上天要下雨，家里没人时，邻里还要帮着抢收。碰上这样的事儿，感谢的话极为简单："幸亏了呀，受累了啊！"如果都会抽烟，那就简单了，拿出烟袋盒包儿，卷上一根儿旱烟，嗞嗞一嘬了事儿。说不定下次就轮到我给你忙活了。现在看，这就是极为朴素朴实的民风，多么生动的邻里和谐呀！

干羊草一般就是两个用途。一是喂畜禽。用铡刀把羊草铡了，或上电磨粉碎了，和其他饲料掺在一起喂畜禽。那时经常到生产队里的饲养园儿，到喂牲口的料槽边，看牲口抢食草料，咯吱咯吱地嚼得特香，可以用手摸摸马头、牛角等，有时，找一个高粱穗子或半干半湿的棒子轴儿等，伸着去喂牲口，这牲口们很爱吃的，时间长了，这有灵性的牲口就认识你了，你来了它就兴奋。二是换零钱。这是绝大多数人晒羊草的目的。那时，除了生产队里收羊草外，还有外来收购的。早先时 100 斤干草能卖一两元钱，不是小钱的；后来，100 斤可以卖到三四元钱，那就更是个钱了。村民除了养猪，这卖羊草就是第二收入来源。那时，最多的户当年能卖几百块钱的羊草，特别令人羡慕，但更多的还是夸赞人家能干。这是对辛勤劳动的认可与认同。

我弄羊草自然也是想搞点儿零花钱，所以，十几岁时就开始拔草，个中的辛苦滋味全都尝到了。十几岁时，我的身体还很单薄，干活很惜力的，双手不知有多少次被那韧劲十足的热草勒出血道子，再大一些，手上居然也生了老茧。算下来我一年的劳动成果也能换来几块钱甚至十来块钱，发自心底地高兴，一切劳累一扫而光。这来之不易的钱，可以买点儿自己特别想要的东西，小些时候主要买金属捻捻转儿、弹弓子拉皮等，到高中时主要买一点无线电元器件，想捣鼓个耳机什么的，最大的一部分是交学费。剩下的钱都是母亲给保管。在我的记忆中，我从来不乱花钱，想要的东西如果稍稍觉得不划算，忍着，不买，我想攒装晶体管收音机的愿望就一直没能实现，因为这账算下来实在接受不了。虽有遗憾，但没觉得怎样。

50年过去了，老家的热杂草依旧兴旺，却极少见到有人拔羊草了。特别是耕地之外的地界儿，这热草肆意生长，成就了远芳侵山道、晴翠靠村庄的乡村新景……

二、可编绛蓬的黄米草

老家山坡地上，生长着一种能长一两米高的野草，当地人都叫它“黄米草”，特别在土层厚、水分大的地段，这种草长得更加繁茂，只要这地界儿让它占上，别的草也就甭惦记，这地盘就是我的了。

这黄米草幼嫩时是上等的饲草，变黄长老时，可用于盖房、盖棚子、盖牲畜圈等，跟秫秸秆、芦苇秆铺屋顶的作用是一样的。而这黄米草基部韧拔的茎秆儿还可以编制农村用来蒸煮食品用的“神器”穹顶锅盖——“绛蓬”，这可是老家一带最古老最传统的做饭用具了。恁多的好处，村民们对这草自然是喜爱有加。

这黄米草的学名好像叫黄背草，是一种多年生簇状生长的大型野草，在我们这里，除少量的芦苇之外，最高最大的野草也就是它，其他的草儿真的是小小的。不知道老家人为什么把它的名字叫错了一个字，后来，一细想，可能是因为这草种子的外壳和大黄米种子的外壳十分相似，久而久之也就叫成黄米草了。

黄米草的名字叫着顺口，也很亲切。在老家你如果说黄背草，多数人会犯迷糊，不知道你在说什么。河北新城、涞水、易县一带的手艺人，到我们这里卖“绛蓬”，也是高喊：黄米草绛蓬卖喽！

老家的大人小孩，都喜爱黄米草，但是到底喜爱什么，还是有差别的，而且还会随着年龄的增长发生一些变化。

还是从孩子们说起，这里当然也包括童年的我。这黄米草早春发芽，盛夏蹿长，初秋抽穗结籽，这时，一簇簇、一片片的黄米草就有一两米高了，有的地方牛群钻到里面都看不到身影，全凭牛倌儿的喊声控制牛群，到这里来放牛，牛肯定是幸福的。孩子们到了这里，天性、野性自然就激发出来了——绝对是“藏门儿哥”（捉迷藏）的好地方。三五成群的孩子们开始撒欢儿了，钻进那密密的草丛，忽而趴卧石边，忽而借草映身，忽而呼喊两声，忽而沉默不语，找人者费尽心机，藏身者东躲西藏，那叫一个开心呀！在草丛中找人的游戏跟丢手绢相似，逮到一个就算完成任务，一个一个接续下去。谁被逮到时，还要高喊一声，“藏好了啊，我要抓人了”，运气好时，真有自始至终没被逮到的。您就看吧，小伙伴们回家时，谁最得意忘形，谁就是那个没被逮到的。我也有过几次得意忘形，最大的经验或秘密是，不要藏得太深，只要能藏身，不起眼儿的地方反倒不容易被发现。

在这黄米草丛里戏耍，必须听大人的嘱托：山沟沟太大了不能去，草丛过密了不能去，不熟悉的地方不能去，甭说小孩子，就是大人，这些忌讳的地方要是进去了，也会找不着北，真要迷了路，麻烦就大了。现代人爬野山，不也经常呼叫蓝天救援队吗。能把我们吓住的还是到了夜里野兽、草蛇的出没，早先时，这山高草厚的地方还有土豹子呢。

这黄米草还有更有趣的玩儿法。记得七八岁时，有一天，三哥拿着几段两尺多长的黄米草，还有一根细铁丝，在台阶的石面上洒了一汪水。然后，把黄米草上的那些“节”都揪下来，剩下一段段不带节的小草棍儿，拿起一段来，用细铁丝对准草芯儿从一头顶进去，从另一头顶出来，铁丝头上就会有一段一厘米左右的白色草芯儿，放在我手心里，然后又顶出了好几个。三哥说“看好了啊”，他就把草芯儿一个个地放进了水汪里。有趣的现象出现了：那些纯白色的小草芯到了水里以后，慢慢变粗伸长，好像蠕动的小白虫儿在水里游泳，竟然能伸长六七厘米，令我感到很是新奇和惊喜。我抢过草段儿和细铁丝，如法炮制，还是那样。其实就是干草芯儿吸水膨胀以后变粗变长了。嘿嘿，我又有了新玩头儿。此后，小伙伴们开始凑在一起，玩起了“水泡白草虫儿”。我的孩子三四岁时，我也给她玩过，她也很着迷。这个小小的玩法儿值得传承。

再接着说大人。那个时候，村民的生活条件一般般，当地的很多物产特别是野生的、没有明确归属的，村民都会想着法儿地拿来为我所用。黄米草的用途不少，村民们自然喜爱，除了用来做饲草、当柴烧、盖房子，更喜欢用黄米草编绛蓬。

那时候，没有黄米草绛蓬的人家稀少，因为这物件按现在的话儿说就是蒸煮食品的“神器”。这“神器”的外形是穹顶儿的，先是把黄米草根部一根根大约两毫米粗、四五十厘米长的细条状茎秆理顺好，再顺向绑成大手指一般粗的小捆儿后，盘绕固定在一圈一圈的竹制或铁丝做的穹顶骨架上，形成一个半球形的空壳体。做好的成品扣在农家的铁锅上，外观上看起来就像一个UFO——自制的飞碟，下边是铁锅、上边是绛蓬。这种材料做出的绛蓬，最突出的特点是：除了具有一般锅盖的保温效果之外，关键是还能从茎秆间微小的缝隙中透出一些（热）水汽，可以避免细密的竹制锅盖或铁制锅盖因透气性差而使蒸煮的年糕、馒头、窝头、米饭，还有蒸碗儿等出现水渍儿的情况。想想看，光白细皮的大馒头，上面要是有了水渍儿，就太难看了；精心制作的肥而不腻的猪肉蒸碗儿上，要是滴上一些不该有的水，那还怎么吃呀。

那时，秋季收割一些长得粗壮一点黄米草，就是为了编制绛蓬，或用草直接跟叫卖的人手里换现成的。到了每年的腊月，家家开始备年货——蒸年糕、蒸碗儿，不少的年货要上火蒸。这时绛蓬就派上用场了。此时的农家小院，时常是锅台内火苗窜动，锅盖上香气弥漫，女主人乐不可支。就要过年喽，年年如此，仅此数天，人人期盼。到了五月节，这绛蓬再次登场亮相，满满一锅粽子的香气，透过绛蓬的缝隙，飘散开来，甚或保留好几天。当然，这香气中绝对少不了黄米草的特有香气，这也是那时的重要味道记忆。一般情况黄米草绛蓬就用大半年，有了新草就编新的了，当然，绛蓬的骨架还可以再用的。

随着年龄的增长，自己的兴趣爱好也在发生变化，但始终忘不了在黄米草丛中开心游戏的情形，也慢慢喜爱上了这黄米草绛蓬蒸煮出的农家饭菜。

现在，老家的黄米草依然生长旺盛，封山育林的区域生长得就更加旺盛，虽然很难见到小孩子们成群结队地在草丛中游戏的场面，但是，用那绛蓬蒸煮饭菜的人家依然还有……香味儿是不断线的……

三、津津有味的甜根草

老家有一种可以直接嚼食的野草，这就是特别受人们待见的“野尖草”，村民们都管它叫“甜根儿”。在外谋生多年，老乡们聚会，如果话题扯到了甜根儿，立马儿就会有人应对，从心里涌出那甜甜的回味。

这种野草长着细长细长的白茅根，水分足，还有糖分，挖出来洗干净可以直接嚼着吃，甜甜的、爽爽的，虽然比不上甘蔗，但那时拿钱买甘蔗的人大概是千分比，没吃过甘蔗的大有人在。况且，老家还只是在 20 世纪六七十年代才开始有卖甘蔗的。而这不花钱的“甜根儿”也就是天然宝物，不少的人还真就把它当甘蔗吃。另外，这野尖草的花儿开放以后白茸茸的，成片看去，随风摇摆，非常好看。难得的是，它的花苞在刚要开放的鲜嫩状态时，也可以生着吃，微甜的、半脆的，而且顺手揪了就可以吃，比挖根儿吃还要方便。

野尖草的植物学名字叫黄茅草，主要生长在河边的沙包和河滩地里，灌溉农田的水渠和水分较大的田地也有生长。我们村南就是北拒马河，三大支汊，若干水塘，有近三千亩的滩涂地，长黄茅草的地方真的不老少。

野尖草的长相有点儿像芦苇，但高度、粗度要比芦苇小几号，它的叶子细尖细尖的，而且还很挺实，如果被扎到了，还是很疼的。蹚进长有野尖草的地界儿，被扎几下并不奇怪。野尖草的名字大概就是这么叫出来的。

野尖草如同老家的热杂草一样，可以说村民们对它是又恨又爱。

恨的是它如果要是长到农田里，可以说又讨厌又麻烦。由于它的根系滋生能力极为强盛，很快就会在地下结成网络，侵吞耕地、抢夺肥水，造成农作物严重减产。它的细长茅根甚至能够穿进花生、白薯果实、块根的体内，直接抢吸营养。用耪地、拔除的办法，效果微乎其微，灭了一茬又生一茬。就是秋天和春天两次深耕晒垡并特别用心细致地把草根儿全都拣出去，照样灭不了团。只要残留小小的一截儿细根，就会顽强再生。最笨最有效的办法就是见一棵灭一棵，但是一亩三分地儿没有两年三年的也去不了根儿的。

在我们老家，最常见最难除根的有两种植物，排第一的就是这野尖草，厉害得很，村民们恨死它了。还有一种植物，您也应该知道的，很可能还“咯吱咯吱”地亲口吃过，这就是鬼子姜（菊芋），它的贼根跟野尖草是一样一样的，给点儿肥水就疯长。哪块田地要是种过这玩意儿，如果改种其他作物，要彻底根除它的残余势力，没有三五年那就甭想。

村民这么爱野尖草，自然是可以吃根儿吃花儿了。特别是钟爱于吃根儿。

怎么也得到了初秋，等野尖草长成熟，就可以挖甜根儿吃。几个小半桩子凑在一起，每人一把“工农”或“京”字牌儿的钢板儿锹（尖头铁锹），到河边找一块野尖草密集的厚沙丘，各自选好起点，咔嚓、咔嚓开挖。这沙性土还是比较容易挖的，但是，要挖到更多的甜根儿，一是要深挖，一般得挖多半米到一米甚至更深，二是挖掘的土方量要大。所以，需要从一头儿挖起，就像挖战壕一样，把沙土大翻膛。如果赶上甜根儿多，可劲儿一干，小半天就相当于“出”了半个猪圈（出圈就是把猪、牛圈舍里的粪土挖出来，很累的一种农家活儿），少说也得翻腾十多方土，累得气喘吁吁的。把挖出的甜根儿捡出来捆好，拿到河边有泉眼的地方洗干净，装在背筐里背回家就算完活。当然了，多是一边干活儿，一边嚼吃，一边清洗，一边嚼吃，嘴可不能闲着。

挖过甜根儿的沟壕，还能痛痛快快地玩上一场：把甜根儿捡出后，小伙伴们就要开始打仗，以沟壕为掩体，戴上用尖草编的“绿”帽子，用湿沙土捏攥一堆沙土球，沙球大战一触即发。一般沟壕之间的距离有十多米甚至二十米。两方开战时，要有一个裁判判定得分和最后的胜负。这种游戏，在刨完白薯的地里最好玩，因为，沙子少一些，容易做出土球，“子弹”十分充足。但在野尖草地里玩儿，同样也挺过瘾，特别是鸡蛋大小的沙球球要是落到头顶上，立马儿散开，满头沙土，但伤不到人。双方奋力投掷，对打，躲避，呐喊，很费力气，一会儿就会浑身是汗，比挖沙子一点不轻松。这打仗，自然有扬扬得意的，更有垂头丧气的，这是明摆着的事儿。游戏结束以后，玩伴们都要到河边洗澡，尤其是头顶儿被沙球击中的人，要扎猛子洗干净。

那时，挖甜根儿、打土仗的游戏，一年怎么也得玩上几回，没有腻烦过，都是满满的快乐。我参加工作后参加运动会，投包儿项目，多能拿到名次，跟童少时期玩这打土仗的游戏肯定有关系，手上的准头，应是那段年月投掷时的记忆。

其实，大人们也都有这样的经历，他们当中，也有手痒痒的，偶尔也会小小地参与一下。跟他们交战时，绝不手软，有时干得他们浑身都是沙土，哈哈，惩治一下大人，会更开心的。有一个叫大兵的退伍兵，深爱打土仗。有一次，他光着膀子上阵，被我打中了两次，都是在肚皮上开花，真痛快，开心极了。

挖回家的甜根儿，可以放在白菜窖里，缕续着吃。有时，全家人都嚼甜根儿，咯吱咯吱的，挺有意思。这甜根儿要是放在井拔凉水里泡泡，嚼起来凉凉的，如果放到接近零摄氏度时更是冰凉儿冰凉儿的，很爽、很舒坦。这人嚼过的甜根儿残渣还可以喂兔子的。当然，直接喂兔子，它们会更爱吃。

那时，我还知道这野尖草是有药用价值的。我的一个大伯，是个很有名气的老中医，这一带的野生中草药他都熟知。那时小伙子们睡凉炕或热炕，特容易上火，引发眼红、牙疼，甚至身上长疙瘩、口鼻生疮。我大伯就让他们吃甜根儿，再配点儿地里长的其他草药，很有效，还不用花钱。大伯说这野甜根儿有凉血降火祛毒的功效，并说，家里存一些用得上的。

在样貌上，这野甜根儿的长相，跟现在超市里卖的鱼腥草很像，一个是甜的，一个是腥的，但都有保健作用。能不能弄点儿甜根儿拿到超市卖呢？

每每回到老家，必去的地界儿是拒马河边，看到河岸沙丘上的野尖草，都要停留片刻，习惯性地摸摸它那尖尖的叶子，而嘴里也总是沁出甜甜的味道！

四、胜过蔬菜的千菜谷

老家可以食用的野草野菜还是很多的。听老人们讲，闹“饥荒”的年代，“糠菜半年粮”，这遍地而生、采集方便的野草野菜真的就是“救命粮”。老家盛产的千菜谷，在村民的认知中是数一数二的。即便到了丰衣足食的今天，村民们对千菜谷的情缘也依旧很深。

千菜谷是一种野生草本植物的俗称，实际它是野生苋菜大家族中的一种。它的幼嫩茎叶可以食用，既可当菜也可当粮，长老后结出的穗子，有点儿像谷穗，也就有了千菜谷的名字，在多种野菜中被看作谷物的，并不多见。这应该是村民对它的尊称或爱称吧。

千菜谷的适应能力特别强，只要种庄稼的地方就有它的伴生，水沟旁、荒地里、路边角等地方长得更多更猛，就连农家小院的土质墙头儿上，甚至石瓦房的土缝里也照长不误，而且长势勃然，没有苟延残喘的病态。

记得那时候，老家一些农户的土墙上，长得最多的植物就是千菜谷和狗尾巴草，这也是当时农家院的一道风景。到了秋天，站在院里或院外往墙头儿上一看，千菜谷的假谷穗子和狗尾巴草的毛绒穗子随风摇摆，十足的农舍味道。只有见过这样的场景，你才可能体会到“墙头的草随风倒”的意境。现今这种院墙的绝大多数已经被砖瓦结构的建筑材料所替代，小院子看着倒是格局严实，但似乎有点儿不太像乡村了。

在草本野菜中，千菜谷是长得高大挺拔的那种，单棵可以长七八十厘米高，还有较多的分枝。如果有地方长，一棵就能占上一平方米的地界儿，而且种群数量很大，成片成片的，不知道的还以为是人工种植的呢。这种生长特性，也决定了它不菲的产量，估计要当大田作物种植，籽粒亩产怎么也得有四五百斤。现在西北地区种的藜麦，也是类似于千菜谷的，现在成了大田作物，结出的种子一斤能卖几十元钱。更为难得的是，从每年6月初开始，千菜谷幼嫩的茎叶就能采集，一直到9、10月，隔上十天半个月的，就可以重复采集一次，比割韭菜的次数还多几回。土质越是肥实、水分越是大而且半朝阳，这千菜谷长得就越嫩，叶片也更厚实，食用口感也就最好，所以人们都争着到这些地方去采集。为了食用方便，那时各家自留地里都要留长一些，耪地时在地边也留下几棵，这样就基本够自家人食用。

千菜谷的吃法非常简单，把鲜嫩的茎叶掐下来，洗干净，直接上开水焯，捞出来控干净水，备用。吃法多种多样，样样可口顺口，就是那个时代的美味佳肴。做馅儿吃是最常见的，可荤可素，味道各异。那时多是吃荤的，煸点猪肉油渣，或用猪油炝锅，把焯好的千菜谷剁一剁，加上其他调料就行了。捏饺子、蒸包子、烙合子，没有不爱吃的，再配上白薯粥，外加腌芥菜缨儿或野韭菜花儿，那就是当时的“小康”了。凉拌吃也是最常见的，拍一些蒜丁儿兑上点散买的纯粮醋，撒上点盐精儿，淋上点儿花椒油或辣椒油或小磨香油，大功告成。就着贴饼子、窝窝头、小米饭什么的，好吃得很，就像在吃山珍海味。

这千菜谷的吃法还是很多的，其实它的优势除了遍地生长、产量高、可以轮次采集之外，最大的优势是，焯水以后无须再用凉水浸泡，即可直接食用，而且没有其他的邪味儿。不像柳芽儿、苦菜、木兰芽、杨絮儿等还要数天数次泡水换水，去苦去涩。即采、即烫、即食，特别方便，独有的风味绝大多数人都能认可接受，这难道不是贵族级别的天然野生蔬菜吗？村民们给它排在第一的位置，是有道理的。

半个多世纪过去了，这千菜谷的名气似乎比之前有了进一步的提升，它虽然没有摇身，但却一变而成了现代人追求绿色有机食品的新宠。每年夏末秋初，到农村田间地头掐千菜谷的城里人还是很多的。而旅游区的特色菜也绝对少不了千菜谷，凉拌的、蒸制的、煲汤的，什么都有，而且价格也不低。更不知从啥时候起，这千菜谷在十渡一带的旅游区，居然又有了一个很响亮的名字："人情菜"，成了地标性的野生蔬菜。名字起得既有商业味道，又有人情味道，真会做生意呀。

在旅游区，我也陪城里的朋友吃过，说真的，还是感觉自己捣鼓的味道好，城里人却拿它当宝物，津津有味地大快朵颐。其实，那味道也确实是优品级别的，没的挑剔。有机会时，我还是想让他们尝尝我亲手采摘、亲自下厨自制的千菜谷饭菜……

几十年了，老家地里的千菜谷依然还是老样子，正等着我去采摘呢。

五、不输青菜的野灰菜

在老家可以食用的野菜中，还有一种产量大、特品级别的，一向受到村民喜爱，这就是人们都很熟知的野灰菜。村民们大都叫它落落（lào lào）儿菜，它与千菜谷（野苋菜）、马齿苋并列为农村野生蔬菜的前三名。

野灰菜茎叶的质地和口感与人工种植的青菜（菠菜）几乎是一样的，尽管它们的外观长相差别很大，但由于食用口味的极度接近，所以，人们也管这种野菜叫野青菜。

野灰菜和千菜谷一般多是混生的，田间地头少不了它们的影子，当然其他混生的野杂草也不少。但由于这两种野菜很容易识别，在绿茫茫的一大片茎叶中，轻而易举地就能找到它们。就连从来不认识的人，跟着别人采摘两次也就记住了，而且也能跟着学会快速采摘鲜嫩茎叶的技巧。

那时，我有几位城里的下乡知青朋友特别爱干采掐野灰菜的活儿，不累、不脏、轻松，还能跟着到我家里去吃一顿，无论是凉拌的还是吃馅的，怎么做他们都爱吃。说来也奇怪，他们比村里的苦孩子还有胃口，可能是不常吃、觉着新鲜吧。后来，他们要是当天回城里，早晨也去采摘一大皮革马桶包，趁着鲜嫩带回去，从南白岱坐长途车到丰台或石景山也就三两个小时，到了家这野菜还支棱（新鲜）着呢，家里人会觉得非常稀罕。这些知青在乡下学会了野菜加工，回到城里就会迫不及待地显摆一下、演示一番，很得意的，长能耐了不是。

野灰菜长得比千菜谷还要高猛一些，水肥条件好，没人干扰它，可以长到两米高，只是分枝比千菜谷稍微小一些。它的叶片很有特点，单片叶的下半段近乎圆形，上半段是三角形。叶子正面是翠绿色，背面是浅绿色，表面被一层灰白色覆盖，像是抹上去的霜。叶片两面都有绿色的微小亮点，阳光充足时，还有些晃眼。灰菜的名字应该就是因叶片的颜色而来。野灰菜的叶片中心部位还有一些红晕，叶梗上也带着些许红色筋脉。个别品种的叶片中心是鲜红的，整棵的外形非常漂亮，不是花朵胜过花朵，绝非一般的好看。把鲜红的嫩叶掐下来，可以做颜色（shǎi），染指甲、渡灯儿、做点心都用得着。这叶片泛红的野灰菜还可以当花儿养，那时，不少人在地里瞅见了，都会移到家里，栽在菜园里，加上人为的养护，就显得更美了。不知怎么回事，现在野地里的野灰菜在数量上并没发生明显的变化，但是，要找到一棵叶片泛红的野灰菜却太难了。退休后本想在自家小院里栽上一两棵，已经找了三年，也没见影儿，还是小有遗憾的。哪位朋友如果有线索，或直接发现了红叶片的野灰菜，要记得联系我，只要有了一棵，结出种子就可能生出无数棵的。

野灰菜生长得最多、最水灵、最鲜嫩的地界儿在麦地的田埂上，地好、水好、肥好，跟冬小麦一样的待遇，自然长得也差不了。每年麦收前，这野灰菜也就该采摘了。长得密的地方，几乎可以覆盖地埂。这时去收获，不是掐叶，而是整棵整把地往下薅，弄回家去把下半段剪掉喂猪喂兔，上半截儿洗干净，焯水后就能食用。之所以整棵地拔出来，是因为这麦埂上还要收获一茬老棒子，同时也不能让野灰菜有残留，否则，再生后结籽过多，来年就没法控制，肯定影响冬小麦生长。野灰菜的生长季节性很强，每年也就能吃三五茬儿，大概中秋之后的野灰菜，叶片就会上虫上病，看上去疙疙瘩瘩的，失去了食用价值。

因为野灰菜的味道和特性几乎与人工种植的青菜（菠菜）一样，所以，青菜怎么吃野灰菜就怎么吃，只是焯水的时间一定不能过长，否则烫大发了，口感就会大打折扣。野灰菜馅儿的饺子、包子蒸煮的火候也要恰到好处，不能蒸煮烂塌儿了，韭菜等嫩叶蔬菜也是一样的。家里做鸡蛋汤、疙瘩汤什么的，掐点儿野灰菜的嫩叶洗干净等锅开了直接放进去，特别鲜嫩，这是老家人最爱的吃法，简单、快捷，味美、热乎，舒坦、惬意！

野灰菜的草酸含量很高，它叶片正面的亮点是光敏物质，所以，一次不能食用量过大，或者连续吃，否则体内容易结石；或吃完以后在强光下一晒会出现身体发痒的情况。当然，这都是以后慢慢知道的。虽然在道理上不明白，但是老家的人有丰富的经验，他们早就掌握了食用野灰菜的窍门儿，在食用上总是有所节制。

当然，野灰菜也是我们打棵棵的主要野菜，特别是盛夏以后长得多而鲜嫩，而且多用手掐，不用镰刀。小伙伴们养的蝈蝈儿也爱吃野灰菜的叶梗，取之不尽、用之不竭。

现在，老家野地里的野灰菜仍是一年又一年周而复始地生长，在城里公园和路边的绿地里，也能见到它零零散散的身影，更有一些人应季采摘，偶尔也能勾起我对从前岁月的点滴回忆。

我想要做的是，找到一两棵叶片红色的野灰菜，移植到老家小院，即可掐食嫩叶，更可增添一道小小的红色风景！

六、药食兼优的麻花菜

老家这一带的野草野菜，很多是药食兼备的，在缺食少药的年代它的作用还是蛮大的，而麻花菜可以够上药食兼优级别的野菜，名气很大的，它更是村民们饭桌上地位很高的一道名菜。

麻花菜是老家人直呼的土名儿，它的学名叫马齿苋，因为它“叶如马齿，性滑似苋”，也就有了马齿苋的大名儿。小时候，只知道他叫麻花菜，既能吃又能治病，大人小孩都经常到地里去采挖。至于对它广泛的分布范围、生长繁衍的特性、极高的食用价值和独特的药用价值，则是随着年龄和阅历的增长从最早的初步了解逐步升级到了熟知的程度。

麻花菜——马齿苋还真不是一般般的野菜，它的名气着实不小，它在我的生活中也留下了不少的印记，现在虽然已过花甲，但是对它的记忆和认知还在延续。

麻花菜，还是用老家的叫法吧。它是一种肉质多汁的野草类蔬菜，这是李时珍《本草纲目》中的归类，可以看出，古人就已经认可了它的蔬菜地位，也认可了它的药用价值，所以也就入列《本草纲目》。

麻花菜的匍匐茎条是暗红色的，从基部向外呈圆形放射状伏地生长，基茎能长到大手指一般粗，整棵最大可长到村民做饭用的筒子锅一般大小，一棵的重量能有五六斤，我在半山坡的一个倭瓜地里见过一棵大的，把我镇住了，单棵的重量肯定不会少于六七斤，没舍得惊动它，我倒要看看它到底能长多大。可能是这倭瓜地里肥水好的缘故，它才长得这般好。麻花菜的叶片就像马牙，翠绿色的，长在大小不一的红色茎条上，叶片自然也就大小不一，黄色的小花比高粱粒大一些，开在簇状叶片的中心。整棵的麻花菜看上去光滑脆嫩、红翠相间、金星点缀，显得很有生机与活力。现在也有观赏级的大花马齿苋，是人工繁育种，花朵比死不了（半枝莲）的花儿还大一些，但两者极为相似，等于给喜欢这类花的人又增添了一个品种。

麻花菜具有强盛的生命力，长得壮实、敦实、皮实，抗旱、抗涝、抗瘠薄。农民翻地除草时，被耪掉以后如果不及时清走，就是在阳光下暴晒，它依然能够复生，神话故事中说它把后羿追逐的太阳藏在了身下，对太阳有救命之恩，所以太阳是不会伤害它的。其实还是麻花菜自身命硬，它的肉质茎每个结节部位，稍遇水分就能扎根再生，种子繁殖的能力也极为强势，到处发芽生长。所以在田间、地头、石缝、墙洞，甚至村民屋内的门道后有潮湿薄土的地方，都能见到它的身影。

麻花菜虽然到处生长，但长得好不好、旺盛不旺盛，要看它的生长环境，土质好、水分大、光照足的地方长得自然就好。在我们这里，麻花菜长得最好最多的地方大概有这样几个地方，一是菜园子浇地的水沟旁；二是菜地或上等庄稼地有空隙的地方；还有一个地方就是春玉米收获以后暂时不再种植其他作物，而是等到秋天种冬储大白菜，在这个当口儿，这空地就会被麻花菜所占据，疯长蹿长，就像撒了种子似的。上面说的那些地界儿，都适合麻花菜的生长，而且还会留下更多的种子，待机发芽。我们要采收麻花菜，肯定是奔着这些地方去的，趁着鲜嫩抢收，如果太老，口感就不好了。赶好了，十多分钟就能薅它一背筐头子，挎在肩上，在背筐嘎吱嘎吱的响声中回到家，虽然每年都要弄上几回，但每每小有收获，脸上都是快乐的。

采回家的麻花菜，要抓紧择了，根部和老一些的茎叶喂猪，剩下的留作鲜食的放在背阴处，随吃随洗随加工，能放一段时间。用来弄熟了吃的，要焯水控干，如果采回来的比较多，可以匀出一些晒在房顶晾干，当作冬春两季的干菜，也是别有风味的。现在有了冰箱就方便多了，把焯水的麻花菜一团一团地攥好，放进塑料袋，装冰箱里冷冻，大约可存储 4 个月。

麻花菜最简单的吃法就是凉拌，无须焯水，洗干净切碎拍蒜泥，配盐醋香油等即可，简单快捷、清凉滑口、微酸带香。当然也可以焯水后凉拌。弄熟了吃花样可多了，包饺子、蒸包子、馅合子、贴菜饼子、摊鸡蛋、做汤、煮粥……还可以素炒和荤炒，味道别具一格，有酸、有滑、有香、有爽。麻花菜特别适合吃荤，牛肉、羊肉、猪肉，都可以搭配，口味各异，鲜嫩爽滑。十五六岁时，还吃过一次特别特别香的，难以忘怀。那一次，是那个时期吃过的不可多得的几次“特香”的饭菜之一。当时吃的是麻花菜 + 马肉馅的蒸包子，那叫一个香，马肉独有的味道和麻花菜的特有酸味，应该是最佳组合，互相提味儿，荤素适宜，入口绵滑，香气四溢。当时，我大侄女只有 8 岁，她一口气吃了 5 个。按现在的标准那得二两一个的，当时，把大人们都惊到了。那次的马肉是生产队不能干活的老马经上级批准后宰杀的，每家都能分到几斤，怎么吃呢，还真有一个集中的意见，因为队里有几位老人说，马肉配麻花菜吃馅儿最好，这是老辈人传下来的。于是，多数社员户拿出了一部分马肉，或吃了包子或吃了饺子，都留下了特别好吃的记忆。我特别佩服老一辈的人，可能他们这一辈子也没吃过几次甚至是根本没吃过马肉+麻花菜馅的吃食，但他们凭借传承或生活经验（食性搭配），却给出了一个最佳的选择。

在老家，麻花菜的药用价值，并不逊色于食用价值。那时候，用得最多的一是内服预防治疗腹泻和痢疾，二是外敷治疗疮疖和溃疡。上小学时，农村整体的卫生环境还是很一般，口粮不足时，什么都吃，甚至有些变质的饭菜也可能吃，再加上蚊蝇较多，闹肚子、拉痢疾是常见的疾病，亏得村里有诊所，还有一位老中医，及时医治，多是就地取材的麻花菜，再配上几味其他中药，很是有效的。我就赶上过村里的小学生很多人闹肚子、拉痢疾。当时，村里和学校很重视的，请来老中医，专门熬制了麻花菜汤药，装在水筲或铁壶里，发到每个班，让每个同学趁热喝，事前老师还要求每个同学带着茶碗来，不少的同学带的就是吃饭的泥瓷白碗，没带的就借着用，互不嫌弃。我们排着队去盛药，那药汤很热乎，有苦有酸还稍微有些甜味儿，不是太难喝，有病治病，没病预防。就这样的事儿，我小学时还经历过几次，还有预防感冒和咳嗽的，冬天还喝过热酸枣儿水，稍加上一点糖精，微甜特酸还烫嘴，几口下去就会发汗。那时村里是公费医疗，还种了六七亩的中草药，村民们用着挺方便的。

麻花菜还有一种医疗用途，就是捣碎了外敷，谁要是因上火——比如睡热炕，着凉——比如睡凉炕；淤食——比如吃得太多上火；营养不良——比如蔬菜吃得过少，不少的人家多是稀粥、干食+腌咸菜；等等，所以，这些人就容易出现溃疡或长疮疖，看着很难受的，严重了还会化出脓水。把捣碎了的麻花菜，最好是根部，外敷在患处，有几次就能好了。我那个中医大伯，特别有善心，对病情较重的人，还有特殊待遇，会在捣碎的麻花菜里稍稍加上一点点冰片什么的，疗效会更好。那时，冰片是非常取贵的，但我大伯是不要钱的。

斗转星移，岁月如梭。现在人们的生活水平逐年提高，养生已不是什么概念，而今已进入了大众化的生活。麻花菜“药食兼优”的价值被很多人所看重，成了健康与保健的新宠。科学最新研究表明，在麻花菜极为丰富的营养价值中，最突出的特点是，它的Ω-3脂肪酸含量高于任何植物，这是抑制人体对胆固醇的吸收，降低血液胆固醇浓度，改善血管壁弹性，防治心血管疾病的重要物质。

春暖花开之后，麻花菜到处滋生，唾手可得，不能让它白白地长在地里。

千年之前，麻花菜——马齿苋就已被先人所食所医，传承至今，依旧，依旧。

这也是历久弥新吗？

七、驱虫熏蚊的野山蒿

在老家遍地生长的野草中，有一种具有驱虫熏蚊的神奇效果，绝对的蚊虫克星。它就是山蒿子，我们这里大多是等到山蒿子秋天结籽后，割下来拧成“蒿子绳”，晒干存放在干燥处，使用时点燃一根，就有驱虫熏蚊的效果。

野山蒿是极为普通平常的一种野草，主要生长在荒山、荒滩、地边、地头等地方。这是一种耐干旱耐贫瘠的蒿类大家族植物，它的植株大的能长到一米开外，还能生出不少的分枝，外形就像一座尖塔。它的干枝和分枝到了成熟期就半木质化了，坚挺地支撑着全株生长，它的小枝和长在小枝上的叶片，则显得纤细柔软，稍远一点看有点儿像超大号儿的文竹，只是显得更为直挺一些。

每年的七八月，这野山蒿开始开花结籽，小花朵绿黄色，也就有小米粒大小，但开得密密麻麻。结出的种子就更小了，有小米粒儿一般大。这时，是野山蒿味道最浓的时候，微风一吹，特有的一种草香味就会飘散出来，如果用手摇几下，那味道就更浓了。这种味道，就是我们这里人说的“野蒿子味儿”。而这种味道，具有驱虫熏蚊的神奇效果，并对人畜无害，少量吸闻一些，还有醒脑提神的感觉。野山蒿种子的成熟期也是收割的最佳当口儿，再晚些那种粒儿就掉地下了。

割下来的野山蒿最好当天处理，把小枝从主枝上劈（pǐ）下来，一簇儿一簇儿地分成两股拧在一起，并慢慢地往上接续着拧，就成了长长的“蒿子绳”。需要拧多长，谁拧绳子谁做主儿，一般都是一寸多粗、两米来长，个别的还要拧成胳膊一般粗。拧好的蒿子绳晒干了吊挂在房檐下边或放在干燥处就等着用了，每年各家各户都要备下不少的蒿子绳。记得我十来岁时，看着大人们拧蒿子绳，觉得特好玩，也急着上手，但是手太小，攥不住，拧出的绳子太细了。大人说拧得太细不发火的。后来，这手越长越大，就能对付着干了。学会拧蒿子绳以后，总要约上小伙伴，找一处山蒿子多的地方，去割蒿子，有时就在地里直接拧成绳子，省到家再干。

拧蒿子绳这活儿什么时候开始的，我还真的刨根问底过，老人们也说不清楚，只告诉我是老辈人传下来的，也没别的用途，就是驱虫熏蚊。

记得小时候，蚊虫很多的，而且无孔不入，专门咬人，特别是到了夏末秋初，这蚊虫到了繁殖期，铆足了劲儿叮人，“七月了钢嘴儿，八月了挺腿儿”，说的就是这招人恨的蚊子。人被叮咬以后，轻了起小疙瘩，重了是成片成片的疙瘩，再重了，还得传染病。我们那里真有被蚊子咬了以后得了大脑炎的，好可怕。那会儿，我们这些小孩子，特别怕“大脑炎”，听说治好了也有后遗症，多半会影响智力发育。

有了蒿子绳，就解决了问题，晚上睡觉时，屋里点上一根，刚好着到天亮。大人小孩吃完晚饭在院子里、大街的台阶上纳凉、聊天，或者白天干类似“出圈”那样的脏活儿，点上一根蒿子绳，蚊虫就不咬了。我们小哥们儿晚上到河边弄鱼，一人手里拿上一根，点上以后还能抡火圈玩儿，又驱虫还壮胆。生产队里看场的、搭窝铺看庄稼的人，由于空间大，蚊虫多，至少也要点上两根加粗的蒿子绳，这样烟气更大一些。更早些时候，粗大蒿子绳起火以后，远远看去就是一个不大不小的火球，能吓跑野狼、野猪等猛兽。

说来也奇怪，这蚊虫就怕这山蒿子味儿，特别是带籽儿蒿子的窜味儿，点着了一起烟，味道更浓烈，也就更怕了。那拧成的蒿子绳也更神奇，从一头儿点着了，也不出火苗，跟点香烟和寺庙烧香一样，就能从头着到尾。这村民大致还能算出燃烧一宿这蒿子绳要拧多长才合适。

现在，工业企业生产杀虫蚊香，都是环保型的，其中的主要原料就有这野山蒿。

不曾想到的是，这不起眼的野山蒿，居然摇身一变，一跃成为被冠以品牌的大众化商品，还走进了千千万万城里人的厅堂。

说来也是，那野青蒿因为含有医治疟疾的神奇要素——青蒿素，药学家屠呦呦大师及其团队经多年研究提取并广泛应用后，2015年获得了中国首位诺贝尔医学奖。这是我们中国人的巨大荣誉！

中国的国药很是神奇，背后则是无数人一往无前的孜孜以求。

小小野山蒿香气飘散的时节，正是金秋收获的季节，荒地上的野山蒿长得要是旺盛，农地里的粮食肯定要大丰收的。

八、可食可药的刺儿菜

刺儿菜是老家一种很常见的低矮草本植物，它因叶片边缘间隔生长的细小尖刺而得名，又因它既可食用又可药用而成为百姓饭桌上的家常菜和除疾养身的中草药。

刺儿菜常见于田边、路边、山地和空旷地，农田、菜地、果园里多有生长。刺儿菜的叶片是宽条形的，幼嫩期是翠绿色的，长老了是墨绿色的，叶片的颜色与混生在一起的草生植物有明显差别，容易辨别。叶片边缘褐白色、针尖般大小的刺芒很不起眼，不识者都不会在意，但是当触摸被刺以后，那突如其来的疼感才会产生应激反应，或以为被小虫叮咬，或以为碰到了什么尖状硬物，仔细一看，其实就是那叶片上的小小尖刺在捣鬼。这是刺儿菜自我保护的武器，不然，低矮的植株被人或动物踩踏就可能失去性命。刺你一下就是让你记住了，别碰我，我还是很厉害的。

确实也是，被老刺儿菜扎了，有一种干疼干疼的感觉，还会见血见红的。正可谓，樱桃好吃树难栽，要吃刺儿菜小心采。

刺儿菜“药食同源”的运用是有讲究的，我们这里大都是“食用选嫩，药用择老”。

食用刺儿菜自然要选鲜嫩一些的。刺儿菜入春发芽，但长得不快，气温快速回升时，才会快速生长，这时就可整棵采收了，当然是选嫩的，叶片要完整、没虫也没病，用铲刀、镰刀挖下来就行了。看着老一些或品相不好的，也可以从地皮处割断。被挖掉的刺儿菜下面的白色条状根依然是活的，而且根贼发达，再次萌芽的能力很强，大概 10 天就会长出新幼苗，而且这第二代的小苗子品相都很好，二次采摘时基本可以逐棵儿全收。

采回来的刺儿菜要洗净焯水并稍稍用凉水浸泡一两个小时，青绿青绿的，顿生食欲。注意，泡水时水面一定要没过菜面，如果有露出水面儿的，不到半个小时就会氧化变黑，这是因为刺儿菜叶片的含铁量很高，接触空气以后就会氧化变黑。焯过水的刺儿菜一定要尽快食用，做馅儿、烹炒、凉拌、煮汤等，样样都可以。汆汤吃也可以用鲜的，要在开锅后放进去，保持鲜嫩。现在，有了冰箱，焯水后的刺儿菜攥成一团一团的装在塑料袋里放冰箱冷冻就行，随吃随取，解冻时也要泡在凉水里，否则很快氧化变黑。那时，我最爱吃的还是刺儿菜疙瘩汤，先用新鲜的或者晒干的野葱花炝锅汆水，开锅后拨上豆面鱼儿或杂面疙瘩，最后撒上一些鲜刺儿菜，再点上一点香油和醋，热乎乎地喝上一碗，可以说是，美味之美，各美其美，美味与共，浑身轻松。但是，说真的，说实话，这可不是朱元璋的“珍珠翡翠白玉汤”，都过去几十年了，差不多每年都要吃两回，味道没变，总是那么香。

药用刺儿菜要挑选老的。道理很简单，越老里面药用成分含量越高。我的记忆里，老家药用刺儿菜，主要是用来止血凉血、消肿化脓。刺儿菜有这个药性，我们这里几乎尽人皆知，其实就是大人、大夫和患者给嚷嚷的，整天挂在嘴边。那时，村里出现咳血、便血、流鼻血、创伤出血或伤口红肿的人，症状较轻的，村里的老中医就会直接用刺儿菜治疗，如果症状重一些，还要加上其他的中药。用刺儿菜止血消肿，一般要用刺儿菜的全棵，连根带叶，越老越好，晒干的也行，跟熬制中药一样，一剂一剂地喝，三五天就见效。其实，把幼嫩的刺儿菜做菜吃，多吃一些也管事儿的。记得上小学时，我的小伙伴柱子，有一阵子特爱流鼻血，有时碰一下鼻子那血就流出来了。后来，他妈整天给他吃刺儿菜，要么是团子，要么是拌菜，要么就熬汤，不到半个月就好了。挺神的，我也记住了这个办法。治疗外伤出血或脓肿，还可以把刺儿菜捣碎了直接外敷到伤口处，如用刺儿菜茎秆上有球状的虫瘿疙瘩效果会更好。那时，大人们干粗活儿，而小孩子，没几个不淘气的，所以磕着碰着、扎个口子流点血，是很平常的事儿，就是嚼甜棒吃，都有可能扎着。出了血，在地里现找刺儿菜疙瘩并不难，用石头砸碎了糊上就行。为了止血，我们这里还有用王八血贴纸、马粪菇孢子粉糊的，都是偏方，都很有效，但没有刺儿菜方便。

过去的岁月，这刺儿菜在百姓的生活中还真没少发挥作用。现今，好多人还依旧喜爱它，但都以食用为主了，似乎忽略了它的药用价值。

到了春末夏初，人们就要行动了。原来是农村现在是城里的人，也跑到郊野公园或田边地头去挖刺儿菜。这里边有两类人，上眼一看就知道了。第一类人穿着朴实，手里除了拿着一把小铁铲外，还有一个小篮子或手提袋子，蹲着或猫着腰认真地挖着，他们挖刺儿菜主要是为了吃。还有一类人，穿着整洁时尚，女士们则围着色彩艳丽的花围巾，手里也是拿着一把小铁铲，并在地上放个塑料袋，但对他们来说是否采回去吃已经不太重要了，掏出手机，摆拍几个镜头，在网上晒一晒才觉得更为时尚。当然，既采食又摆拍的人也是有的。

到了手机的智能化时代，刺儿菜和榆钱、千菜谷等其他被采的野菜，能在网络上抛头露面，蹭点流量什么的，也不知是人风光呢，还是野菜们风光呢？

我想，好像多少都有点儿吧！

九、漂亮可吃的猪毛菜

老家有一种叫猪毛苡的野草，长相比较特殊，还可以当菜吃。它叶子细如针丝，集簇而生，很像猪毛，于是人们就给它起了这个恰如其分的名字。

在数不清的野草野菜中，这东西是很不起眼的，根本没人注意它的长相，而是到了收获季节去掐它的嫩芽，拿来顶粮顶菜吃。

这次我在忆写“老家的草”时，选来选去，在准备要写的10种野草野菜中，不知怎的，居然选中了它。之后，在忆写的过程中，竟然觉得我选对了。我的感觉是，最初我主要想写猪毛苡的食用价值，起笔以后，并再次到老家拒马河边端详了猪毛苡，竟然对猪毛苡的原始印象有新变化了，我似乎发现了它最初人们没太在意的那种特有的美，越看越觉得美，兴奋之感油然而生。

猪毛苡实际上就是一年生草本植物猪毛菜，华北地区是它重要的分布区，是广阔农村的百姓们采食的传统野菜。猪毛苡大概能长到七八十厘米高，干旱的环境下，都长不到二十厘米。在我们老家，猪毛苡主要生长在路旁、废弃矿坑和石埝土坝的缝隙中，而长得最多最水灵的地方是拒马河沿线的滩地和农地，那里的沙性土和浅层水非常适合猪毛苡生长。那时，要说河边长得最多的野菜就是猪毛苡了。

猪毛苡的枝、茎、叶，都是绿色的，长老了是铁绿色的，并稍稍有些发红附带白霜，幼嫩时期的枝叶可以食用。每到这个时期，村民们就会到地里去掐，一次可以弄满一背筐或一篮子。一般是掐掉分枝顶部的茎叶，隔十天半个月的时间，下面保留的枝杈又会长出新的茎叶，这样下来，一年能采好几回。

我小时候，主要是和小伙伴们到河滩去采摘，如果要是打来喂猪喂兔子，到山地半山地的地界儿就可以，这些地方的猪毛苡长得比较粗老。到了想去的地方，放眼看去在起起伏伏的沙滩地上，最显眼的就是一片一片的猪毛苡，还有不少的沙地植物——炸崩棵、节节儿草、趴地而生的蒺藜狗子等，沙包包、沙坑坑、鹅卵石，随处可见。更好玩的是，雨水大的年景还有散布的小水坑和细流无声的泉眼，这水里还有小鱼小虾，这是雨季洪水过后留下来的。这里还有蚂蚱、蜥蜴、青蛙、草蛇等，有时在草棵子或细石子中还能见到鸟窝，甚至掏到鸟蛋或小鸟儿，真是孩子们的天堂。每次我们都是赶紧干活儿，把猪毛苡掐满筐头以后，就开始疯折腾。逮到大一点的鱼虾和田鸡，可以速炖或煎了吃，逮到蚂蚱可以喂鸡或自养的喜鹊、黎鸡儿等小鸟儿，掏到鸟窝里的小鸟就是最兴奋的事，可以拿回去驯养，那时，村里的小孩子有不少养野鸟玩的。每次玩耍时，大都是光着脚丫子，踩到老蒺藜也是常有的事儿，扎一下子甚至都出血了，也不太在意，后来时间长了好像就不太怕扎，脚底板已经很硬邦了。

猪毛苡的吃法跟大部分野菜差不多，先焯水后食用。主要是做馅儿、凉拌、做汤，多了可以晒干菜。食用口味嫩爽、柔韧、清香、挡嘴，没有过厚过浓的异味，在这点上不像有些野菜，是名副其实的大众口味的大众菜。

前文对猪毛苡的长相，做了大致的描述，大体就是我以前的感知。这次为了写好“这道菜”，我在老家的河滩，对猪毛苡又做了观察。没想到，差不多这半个世纪以后的观察，还真有了新发现，十分欣喜。可以说，孩童时期的主要目的就是把猪毛苡收回家，要么给人吃，要么喂猪喂兔子，那时，只要认识这种野草也就够了，谁会端详它。我这次的观察，带了情感，带了乡愁，还带了美学的视角，所以就有了变化。50 年过去了，不是这猪毛苡变了，而是我变了。

我发现，这猪毛苡可谓十足的柔美野草。散布成片的猪毛苡，深绿深绿的，高低不同，稀疏迥异，在风中婀娜摇摆；单棵的猪毛苡，通体绿色，身披细毛，柔而优美，恰似绿仙入凡；长在地皮上的幼株，更是灵动小巧，纤细嫩茎上一簇一簇的针状叶片，就像一棵一棵的松树幼苗，嫩绿而富有生机。事实上，成棵、成片的猪毛苡，真的就像更为低矮柔美的小小松树林。没想到这猪毛苡还有青松的神态和气质。

我还发现，或者说我旋即想到，这柔美可人的猪毛苡，可以移到庭院栽植，更可以栽到花盆里做盆景，因为它柔软的枝条特别适合塑形，塑形后一定能够变身为意想不到的野草盆景。

于是，我移到了老家小院两棵，并做了简单的造型，验证了我的想法，初步达到了预期效果。以后，我的小院里，每年就要增加一种新的野花了。

春天一到，就会开始惦记这猪毛苋了……

人有盼头，就有乐子，就有奔头。

十、黏滑带毒的药圪丹

说到老家的各种野草，有一种是不能不说的，它是一种中草药，单棵的高度不足 20 厘米，成年植株只有 3 个片叶，在《老家的草》这个单元中，是我选中的 10 种野草当中最单、最矮、最小的一个，也是最后一个要写的。

这种野生的中草药在我们老家叫“药圪丹”，它那看起来疙疙瘩瘩、只有花生豆儿般大小的根茎，有的近乎长球形，有的就像多棱体，外皮破损以后又黏又滑，还带有不小的毒性，于是就有了“药圪丹”的名字，也有了“体小毒大”的名声。药圪丹全株有毒，全株可入药，但还是地下根茎药物成分含量高，一般药用就用根茎部分。

小时候听大人们说我们这里有四大毒草，就是野生的药圪丹、曼陀罗，种养的蓖麻子和夹竹桃。大人们还经常嘱咐我们，不但要认得，还要注意不能误食，也不能夹带在喂猪喂牲口的青草和稞稞里。这些毒草对人有害，对牲畜同样有害。

这四种毒草中，印象最深的就是药圪丹，虽然由于它长得过小而不起眼，但是数量却很多，地皮上随处可见，不像其他那三种毒草那样数量不多，平常也不一定老看见。更重要的是，当地的收购站常年收购药圪丹晒干以后的根茎，如果一年采挖两轮，能换个五块六块的，这可不是一笔“小钱儿”，对我们来说，这是极大的诱惑。每到夏秋时节，很多人就憋足了劲，能采挖时，就开干了。看吧，采挖的队伍所过之处，那地里准是坑坑点点的，被扔掉的药圪丹叶片也是散落一地。

这药圪丹的学名叫半夏，中华药典里早就有了记载，对它的形态、特性、药用方法都有介绍和记载。这种多年生的草本植物，在我们这里的荒野田间多有生长，由于它更适宜半阴半湿的环境，所以，在老棒子地里长得最多，当老棒子已经耪完二遍，长得一人来高时，这药圪丹就完成了一年中的第一次高生长，这时的根茎就可以采集了。而此时正是仲夏时节，夏已过半，阴阳转换，也就有了“半夏”的称谓，这名字听起来还是挺美的，先人的灵感和智慧真的令后人感叹。

药圪丹是初春发芽，到了半夏时节，茎秆上的叶片，多是两片、三片的，还有一些是单片的。实际上，长到两到三片叶子时，地下部分的球茎（药球）已经成熟，而且在茎秆靠近地皮的地方还会长出一个更小的球芽（小药球）。这时就是没人采挖，它的球茎和球芽因为盛夏的气温超过 30 摄氏度时，也已停止生长，地上的茎叶也会随之萎蔫，在地里这时就能看见自然倒秧儿的情况，此时就是每年第一轮采挖的最佳当口儿。到了秋季，气温降低，这药圪丹的球茎和球芽都会发芽，出现一年中的第二次生长，到了秋后，长到两三片成叶时，又迎来了第二轮采挖的最佳当口儿。每年的生长中这些球茎和球芽也会不断长大，还会滋生更小的球茎，这也是药圪丹重要的繁殖方式。

那时，我们大多数人只是知道每年有两次采挖药圪丹的当口儿，但不知道是什么原因，还以为是从春到夏再到秋一直都在长，后来，查阅了资料，原来这药圪丹居然一年有两次高生长，冬季低温和夏季高温都有休眠期，好神奇的物种。

采挖药圪丹的工具最初是刨镐子（收玉米用的），后来发现用通煤火炉子用的火杵最好使，在药圪丹旁边插下去二十来厘米，往旁边一扳，就把球茎剜出来了，特别的快。后来，又到村里的铁匠铺子做了改进，把火杵下边发细发尖的一节打粗打宽一些，就更好使了，比刨镐子省大劲了，出活儿也快了很多。

采挖回来的药圪丹，要尽快处理。一般是到小河边半流水的地方清洗，用指甲刮下毛根、外皮和泥土，洗干净就可以晾晒，干品拿到收购站点去卖。

说起来清洗晾晒药圪丹，又带出了小故事。我有一个大我两岁的表姐，干活儿特别泼实。一次，她的手指头在吃甜棒时被刺了一个口子，根本没在意，没承想，那天她到河边清洗药圪丹以后，这手指头就肿起来了，鼓鼓的、红红的、还痒痒，很难受，村里的老中医一看，哎呀，中毒了，要不刺口子也没事的。说着拿出中医用的一根细针扎了两下，往外挤了点儿血，让她用清水反复冲洗，又嘱咐赶紧熬绿豆汤，连着喝几回，并说没大事儿，忍两天就好了。还有一次，倒是挺悬的，村里一个四五岁的小男孩看见家里筛子里晾晒的药圪丹，以为能吃，抓了几粒儿就往嘴里塞，幸好让他妈看见了，火急火燎地问他，吃了多少，小孩儿说不好吃，刚吃了两三粒儿，那也不行呀，赶紧抱起来往大队诊所跑。诊所这位大夫是医专毕业，很有经验的，看了看孩子的舌头，说都发黏了，一会儿就会恶心，吃点儿药应该问题不大，但最好到张坊医院去。那一家三口子，骑着洋车就去了医院，到半道儿这孩子就开始吐，真让大夫说着了。到医院灌了药水，让孩子吐干净，又吃了药，折腾了多半天，没事儿了。事后，大夫说幸亏发现得早吃得也不多，要不他非住院不可，花钱甭说，这孩子受罪呀。打那以后，我算是知道了这药圪丹的厉害。

那段时光，我除了挖药圪丹卖钱，还挖过小鸡根（远志）、逮过蝎子、捅过马蜂窝，还捋过野酸枣儿，都能卖钱的，也换回来了一些零花钱，为家里减轻了不少负担，自己想要便宜物件的愿望也时有满足，挺好的，开心时刻。

现在，回忆起这些，我觉得最大的收获是培养了我的天性和野性，在户外玩耍中也学会了自我保护。我对大自然特有的感知力、亲和力，应是从那个时候开始的。

现如今，老家野地里的药圪丹生长依旧，却见不到挖采的人了。人们的钱袋子从以前的空瘪状态已经变成了鼓胀的状态，无须挖药换钱喽。

或许，让药圪丹自生自灭地生长才是真正的自然状态。

第三节 老家的虫

一、飞行大师黄蚂螂

“蚂螂蚂螂过河嘞，媳妇媳妇筛箩来……”这是从前岁月中老家人捕捉蚂螂时喊唱的一首传统民谣，很经典的。现在，不管在自然环境的什么地方，只要看见蚂螂曼舞的身影，都会勾起我的那些记忆。

童年与少年时期，在大自然中的玩耍时光还是很多的，尤其受鲁迅先生《从百草园到三味书屋》的影响，对昆虫世界非常好奇，观察、抓捕、玩耍、饲养，成了那时的一大乐趣。

老家那里的黄蚂螂就是我特别喜爱的昆虫。蚂螂是老家一带的叫法，其实它就是蜻蜓，而黄蚂螂是蜻蜓大家族中的一种。

那时老家这里的蜻蜓，少说也有六七种——大蜻蜓：体型最大，身长超过 10 厘米，通体黑绿色间隔黄纹，飞行速度最快，飞起来就像一架小小的直升机，那时我还听人说，苏联做的蜻蜓一般大小的直升机可飞到美国人的窗口，拍照窃取情报，听来不可思议；小蜻蜓：瘦弱娇小，比大蜻蜓至少小三号，体色褐绿，飞行速度较慢；豆娘：身长七八厘米，腔体亮绿色，翅膀黑绿色，所以也叫黑老婆儿，飞行速度缓慢，也有豆娘的颜色是淡黄夹绿色，是蜻蜓家族的特殊种类，因为所有蜻蜓落下休息时翅膀都是平展的，而豆娘的翅膀则是收拢的；红蜻蜓：体型中等，比大蜻蜓小两个型号，通体亮红色，非常耀眼，飞行快而灵活；另外还有三五种颜色不一、长相俊俏。这几种蜻蜓，栖息的环境就是河边、池塘、水洼等有水有草的地方。

黄蜻蜓是个另类，它是我们这里数量最多的蜻蜓，体型中等偏上，比大蜻蜓小一号，体色深黄稍稍发红，飞行技术和能力一流。说它是蜻蜓里的另类，是因为它的稚虫肯定也是从水而生的，但成虫活动范围离水边很远。更重要的是其他蜻蜓春夏秋三季都能见到成虫，而黄蜻蜓绝大多数一年只在夏季见到一次。说来也奇怪，一年只见面一次的黄蜻蜓，在数量上却是最多，可能要超过那几种蜻蜓总和的两三倍。

黄蜻蜓也就是黄蚂螂的成虫，在每年盛夏的某一个高热的天气会突然大量地集中出现，铺天盖地、密密麻麻，占据了村里的街道、胡同、庭院和村外场院、菜园、空地等三四米高的空间，成群曼舞，互不碰撞，各展“飞”技，甚是壮观。这小小蜻蜓是绝对的飞行高手，大师级别的，忽而上下、忽而左右、忽而前后、忽而停顿，那时，不知呆呆地看了多少次它们的飞行，从未有过乏味感。大约持续10多天，这些黄蜻蜓就像听到了什么号令，踪影皆无。那时，听物理老师说，直升机就是人们仿照蜻蜓制造的，好像叫仿生学。

黄蜻蜓密集飞行的那10多天，正是下手捕捉的最好时机，嗐，我还是说蚂螂吧，这样更顺口儿。此时大人小孩儿有用扫帚和圪针条子抡的，也有用细树枝子抽的，还有拿筛网兜扣的，甚至挥舞单根的细棍子抡圆了抽打的，每个人还口里还振振有词，高声喊唱：“蚂螂蚂螂过河嘞，媳妇媳妇筛箩来，大筛，小筛，筛你妈个脑袋……”这是老家传唱的捕捉蚂螂的传统民谣，风趣形象，经久不衰。每次捕捉蚂螂都有收获，弄到的蚂螂大都已经伤残，奄奄 息，也够可怜的。当时弄蚂螂一是觉得好玩，有收获感，二是可以喂鸡喂鸭喂小猫儿，喂养小鸟和蝈蝈儿，还可以当诱饵钓鱼。那时，蚂螂就是村民眼里的普通好玩儿小虫。

到了天要擦黑儿的时候，这漫天飞舞的蚂螂就该降落休息了，它们大都落在篱笆墙的圪针和有干树条、干树枝的地方，而且为了避开夜风的吹打，落脚的位置都很低。降落后三五分钟就进入睡眠状态，这时就可以捕捉活蚂螂了，蹑手蹑脚地走到跟前，用手指轻轻一捏就逮住了，一晚上能逮好几十只。也有用前端带丫字形的茼麻秆，卷上蜘蛛丝粘的，只要粘上尾巴就跑不了。中午时分这蚂螂也有落下休息的，但不好逮，可能是浅睡眠。但这时经常可以看到大马蜂捕捉蜻蜓的画面：悬在空中看准正在休息的一只蚂螂，迅速出击，紧紧抱住蚂螂的胸部，刺出毒针，一击致命，抱起蚂螂快速飞走，它要去喂马蜂子了。

我们捏到的黄蚂螂，大部分用狗尾巴草穿成串儿，再拿回去。每次捏到黄蚂螂，肯定要玩“放飞机”的——这是我们自己起的名字：找一个小一点儿的狗尾巴草，细秆一端顺着黄蚂螂的尾巴插进去一小段儿，然后放飞，那黄蚂螂拖着狗尾巴草斜线飞向空中，有的能飞二三十米高，有时刚刚飞到七八米时，就会被黎鸡儿或麻衣鹊（卷尾鸟和灰喜鹊鸟）啄走。如果逮到大蜻蜓，插上狗尾巴草会飞得更快更高。那时，这也是小孩子们的一大乐趣，每年都要玩几回的。

黄蚂螂每年大量集中出现的时间，是有先兆的，一般是麦收以后，场院里成堆的麦秸子下雨被捂烂开始发臭以后，再有一个高温晴日，这黄蚂螂就成群结队地出来了。

蚂螂交配和产卵也算是一景：经过一番缠斗，雌雄两只蚂螂胸尾相连，形成一个闭环，完成交配。雌性蚂螂产卵时有的爬到水里、有的“蜻蜓点水”，因种类不同而有差别。成对缠斗的蚂螂有时会掉到地上或水面上，跟前如果有捕猎者那就麻烦了。

蚂螂是昆虫里的益虫，每天可以捕食大量的蚊、蝇、蛾等害虫，它还是生态检验师，水环境受到污染时，它会率先逃离。蚂螂是边飞行边捕食，迅速而准确，不仔细观察是看不到的。蚂螂的幼虫（稚虫）叫水虿（chài），也就是当地人说的油炸鬼，长相怪异，疙疙瘩瘩的。在羽化为成虫以前，水虿都生活在水里，捕食的时候比成虫更为凶猛，孑孓、小鱼、小虾和蝌蚪都是它的食物。不少种类的水虿也是美味佳肴，有与小鱼一起焖了吃的，有炸了吃的，好像“油炸鬼”的名字就这么来的。

可惜的是，从前蚂螂多的时候，人们缺乏保护意识，而当人们有了保护意识的时候，这水、这烂麦子秸少了，黄蚂螂跟着也少了，所有品种的蚂螂也明显少了，而且少得可怜。

蚂螂也好，蜻蜓也罢，体型虽小，也是人类的朋友。现在，老家生态环境逐年恢复，拒马河水恢复了一定的流量，蚂螂这色彩艳丽、体态优雅、飞行灵敏的“可爱小虫”，也正在慢慢地多起来！

二、结网猎手圆蜘蛛

“小小诸葛亮，坐在中军帐。撒开天罗网，捉拿飞虎将。”这是儿时挂在嘴边的一条儿谜语，谜底是蜘蛛结网捕食，惟妙惟肖地描述了“小诸葛”与“飞虎将”的生死对决。老家这里管蜘蛛叫蛛蛛，把它说成是“小小诸葛”也算贴切。

我打小儿就喜欢昆虫，对蜘蛛可以说到了痴迷的程度。尽管到了 20 岁以后才知道蜘蛛并不是昆虫，但那时它就是我眼里的昆虫，只不过在认知上有了新收获。

爱上蜘蛛首先是从无意间观察蜘蛛开始的。大概是七八岁那年，我发现了家里房檐下有一个小笸箩大小的圆形蜘蛛网，外形很像家里做饭用的笊篱，但网上没有蜘蛛。父亲说，这个网已经不小了，蜘蛛个头也不会太小，只是白天它怕强光也怕鸟儿啄，躲在墙缝里，到了晚上就会出来的。果然，天一擦黑儿，一个有算盘珠大小的灰褐色蜘蛛就爬到了网的中央，伸开腿，抖抖身，显得很活跃。那晚，我拿着手电看了半天，它用蛛丝缠卷撞到网上的飞虫咬死后吸食的情形一下就把我惊住了，那个片段一直留在了我的记忆里。为了省电，我才关闭了手电十分不舍地回屋睡觉。

那一次，逗起了我的兴趣，此后，我几乎是不间断地每年都要多次观察蜘蛛，发现了蜘蛛世界的很多秘密，从中也找到了很多乐趣，同时也学到了不少知识。到了中老年兴趣依然，只是没有当初那么强烈了。

庞大的蜘蛛类群，可分为游猎型、定居型、穴居型三大类，我用直接观察的视角，做一简单的介绍。

先来了解一下蜘蛛大致的长相。蜘蛛属于节肢动物，身体形态分头胸部和腹部两部分。头前部一对螯肢上有毒腺毒牙——生存的法器，有 8 只以下成对的单眼；胸部有 4 对腿（足），长短不同，功能有异，腿上细细的刚毛有震感和听觉功能；腹部腹面后端靠近肛门前端，有特殊的“纺织器”，其顶端有若干条纺管，能吐纺出多条不同特性的蛛丝，有粗有细、有韧有黏，吐出后遇到空气很快变硬——生存的又一法器。螯肢和纺织器是蜘蛛的两个最厉害的法器，在身体的一前一后，十分了得，也成就了它特有的生存能力。

观察并记录蜘蛛首先是从房檐下居住的“圆蛛”开始的，这是蜘蛛家族的一个大类，在老家这里体型最大，也好观察。

圆蛛属于有固定居所的那一类，夜晚主要趴在蛛网中间，白天多在网外的巢穴中躲藏。准确地说，居所固定并不是久居，圆蛛结网的地方如果捕捉不到足够的昆虫，或蛛网或巢穴受到同类中强者入侵等因素干扰，就会再次选择新的结网地和巢穴，有安全感、食物充足，它才会定居下来。

圆蛛结网的过程在人类看来应是极为复杂的，如果看了全过程，肯定会觉得眼花缭乱、惊叹连连。第一步，构建蛛网的放射丝。从房檐下吐出一根粗丝把自己吊在半空（或在低处），再吐出一根丝，借风力吹到要连接的上方或下方，并顺丝爬过去，之后把蛛丝绷紧固定在坚实的物体上（墙面、树枝、电线等），形成第一根主丝，再爬回来到主丝中间部位再吐出与主丝相连的一根丝，边吐丝边往回爬，在物体的合适部位把丝固定，与第一根主丝形成大约九十度角，反复多次，蛛网放射丝的骨架就形成了。第二步，构建蛛网的圆环形骨架丝。爬到最外围，用较大的间隔逐圈向内吐出圆环形架丝，一般是顺时针方向布丝，稀少见到逆时针布丝，因为要靠后腿切割并固定蛛丝，而两条后腿的功能是有差别的。前两步就完成了放射丝与圆环丝相交织的蛛网骨架，这些蛛丝都是最粗、最结实、没有黏性的干丝，形象地说就是人类房屋的四梁八柱。第三步，加密用来捕虫的圆环丝。还是由外向内，逐圈加密布丝，直到网的中央。这些加密丝又细又黏，实际就是粘丝，是粘虫绳索。一般情况，圆蛛的放射丝有 20 来条，蜘蛛的 8 条腿，每条可以控制两三条。还有一条或并行的两条颜色较亮更粗的主丝，从网的中央直通网外白天藏身的巢穴，藏身的蜘蛛把腿搭在主线上，就可以感知到网上粘到昆虫的大小，小虫子一般逃不了，如果是大虫子，这蜘蛛就会爬出来把猎物注毒麻醉、吐丝缠裹，带回藏身处食用。

记得 2006 年几个朋友去绥中旅游，在饭店的月亮门旁边，我发现了一个圆蛛的网，往巢穴里一看，这家伙还挺大的。我跟伙伴们说，这是一个圆蛛的网，我能把它从墙洞里叫到网上来。这几个人觉得新鲜，还有要打赌的。我赶忙在草地里捉了一个稍微大一点的蚂蚱，扔在蛛网上，那蚂蚱挣扎了没几下，那蜘蛛就从墙洞里窜了出来，直奔蚂蚱，连咬带缠后，用一根短丝挂在后腿上，返回了巢穴开始享用。在场的人，无不惊叹，都说长这么大，还是第一次看见，够开眼的。我得意地说，对我倒是司空见惯，有机会让你们看看更精彩的。

圆蛛一般是傍晚时开始结网，网面都是竖向地面或稍有倾斜的，见不到与地面平行的，这与圆蛛开始布网时凭借风力有关系的。体型越大出来结网的时间越晚，但一般晚上 10 时之前就都织完了。一次结网时间一般三五十分钟，体型小的更快一些。新网搭成后，蜘蛛就会头朝下守在网的中间等待虫子们自投罗网，天亮了就藏到巢穴中。

结好的网能够粘到多大的猎物，要看圆蛛体型的大小，而体型的大小不是看肚子（腹部）的大小，因为蜘蛛特别地耐饱耐饥，食物丰富时肚子撑得圆鼓鼓的，食物不足时，肚子瘪瘪的。比较大小关键要看八条腿的粗细，越粗越老，越老越有劲儿，吐出的丝越结实，越能收获大物。整体上看有一颗红枣儿般大小的圆蛛，它的网就可以网住大知了、大蚱蜢、大马蜂，甚至壁虎、小蛇也有被粘上的，那可要缠斗好久的，但只要被蛛丝包裹上，也就判定了胜负。网到的大物跑掉也不稀罕。圆蛛对付大物都是先咬晕后再缠丝，小一点的猎物直接吐丝缠绕，更小的就直接吃掉。两只蜘蛛碰到了一起，一看腿的粗细就能看出谁厉害，就算是入侵者，体大力大，也不惧怕“原住民”，这“原住民”肯定是要捍卫自己领地的，但打斗一番、折腾几下以后，感觉不是对手就会弃网另辟新地，否则就有被严重咬伤或被吃掉的危险。不是一个量级的圆蛛碰到一起，无须打斗，弱小者肯定是逃之夭夭，不能丢了性命。

再说说游猎型的蜘蛛，说白了就是在行走中捕食生存，行走的过程主要是巡猎的过程。这样的蜘蛛在老家种类太多了，野地里、场院中、墙壁上、水沟旁，到处都有它们的身影。这类蜘蛛多是小体型的，移动灵活快速、机智凶狠，可以捕杀大量的林间和田间害虫，有的庄稼要靠它来抑制虫害。蜘蛛有不少的种类相互间残杀，所以，它们的领地意识和自保意识还是很强的，细细的蛛丝就是它们获得信息的“电话线”。游猎型的蜘蛛，在行走时，多数情况下尾端都拉着一根细丝的，既可获得信息，也可借丝自保或逃生，比如，墙上的小跳蛛被大跳蛛跟踪，小跳蛛一团身就能弹出很远，但有一根很结实的细丝一直拉拽保护着它。

游猎型蜘蛛中，最有意思的是飞行（飞航）蛛，当然别的种类的蜘蛛也有这个高超的技能。比如，秋天，玉米地里的玉米秸秆被砍倒以后，会看到大量的黄豆粒般大小的黑褐色游猎蛛在地上爬行，它们的生活环境发生了这么大的变化，就要寻找新的地盘。一般有暖阳、有微风的时候，好像商量好了，这些蜘蛛就会翘起屁股，吐出几根细丝，借助风的吹拂腾空飞行，场面颇为壮观，成百上千只的蜘蛛，在发光细丝的拖拽下，朝着一个方向，集体飘荡、集体迁徙。这种情形，在蜘蛛世界随时都有发生，只是秋天的规模最大，最有看头儿的。有资料记载，这飞行（飞航）的蜘蛛一般能飞 4 公里，还有报道说能从珠穆朗玛峰的顶端飞过，降落后冻成了小冰球，但解冻后依然还活着。

看蜘蛛飞行比看捕食更加赏心悦目、令人惊叹。

再简单说说洞穴蜘蛛，就是藏在树洞、墙洞等深穴中，当然，是改造加工过的，洞内布满了蛛丝，休息、储藏、避难的地方都有，很全乎的。一般在洞口寻机捕猎，得手后把猎物快速拖入洞穴。洞穴蜘蛛现在大都是人们的宠物，是最容易饲养的蛛种。稀有品种售价很高，但物有所值，能养好长时间。据我多年观察，还有一类蜘蛛也挺有意思的，这就是篱笆墙上的漏斗蛛，应是介于结网蛛和洞穴蛛之间的蛛种，由于具备两种优势，它的生存方式好像更高级一些。夏秋时节，在篱笆墙上非常容易找到漏斗蛛的网，仔细往漏斗深处看，还能看见蜘蛛，在网上扔一只小虫子，就会看见捕捉场面，你可以试试。

蜘蛛世界也太大了，在三类蜘蛛中，我只挑选着介绍几种，都是多年观察到的。还有很多很多，如果有兴趣，我建议不妨自己试着搞搞观察。我觉得这可不是玩儿，就是玩儿也会有意想不到的收获。

最后，我再介绍一下蜘蛛的另一个本领。十三四岁时，有一天下午 2 时左右，天气闷热，我发现猪圈墙上的那个蜘蛛网上的大圆蛛正在来回爬动，不像是捕食，按说一般大白天的它不会出来的。仔细一看，它在收网，把网上粘虫的黏丝和小虫子卷成一团，就爬回墙上的巢穴里开始进食，而原来完整的网只剩下几根框架主丝了。我感觉很奇怪，也没看明白。大约过了 3 个小时，连风带雨地来了，很突然，好多在地里干活的人都淋湿了。我似乎想到了什么，于是开始观察记录蜘蛛在雨前雨后的反应，您猜怎么着，还真看出了端倪。这蜘蛛居然能够感知天气变化，特别是生存了几年或多年的老圆蛛，感知力更强。一般较大降雨来临前的几个小时，蜘蛛就会开始收网，只留下网架，躲到不着雨的地方去。还有一次，连雨天，我每天晚上都要看房檐和院墙角上的那几个因雨而“残”的蛛网，快到下半夜时，忽然间，房檐上的那个网有了动静，蜘蛛好像在结网，一会儿，墙角的那窝蜘蛛也开始搭网了，好高兴啊。我跟母亲说，这雨不会再下了，天要晴了。母亲似乎没有完全听懂，但第二天真的就晴天了，新搭出来蛛网，蛛丝新鲜，还反光呢。以后，我多次记录到了类似的情况。再后来，我到同学家串门，看到了一本气象谚语，里面有一条居然是“蜘蛛结网，久雨必晴”，我为我自己的发现感到高兴。更小的蜘蛛是没有这个能力的，只要一下雨，它们的网丝上全是小水滴，倒挺好看的。

最后，再说几句这紧跟蜘蛛一体的蛛丝，民间说“蛛存丝存，蛛亡丝亡”，绝对是有道理的。可以说细细的蛛丝是蜘蛛的生命线，蜘蛛的全部生命过程都离不开蛛丝相伴。科学研究表明，蛛丝质量小、韧性强、延展性强，蛛丝的强度是同规格钢丝的四倍。所以蛛丝的应用领域也很广泛，可制造人工韧带、防弹衣、生物钢材等多种产品或材料。据说还可以制作太空材料。

这小小的蜘蛛，还真要飞出地球吗？！

三、第一鸣虫翠蝈蝈儿

蝈蝈儿是老家人十分喜爱的鸣虫，体色翠绿、娇小玲珑、鸣叫动听。那时候，我同样迷恋蝈蝈儿，每年都要找机会到山坡上去逮，拿回来养起来。

“蝈蝈儿叫，驴驹听，旁边有个大蚱蜢。”这是老家人常说的一段顺口溜，说的是野地里有蝈蝈儿鸣叫的地方，必有驴驹——雌性蝈蝈儿，而且旁边还会有一只大蚱蜢。

在蝈蝈儿家族中，雄性的背部有一对短翅——鸣叫器，所以会发音鸣叫，就是人们说的蝈蝈儿，雌性的尾端有一个接近体长的宝剑状产卵器，不会鸣叫，因为肚子大人们都叫它是驴驹，而大蚱蜢是蚂蚱的一种，多指雌性的。所以确定了蝈蝈儿鸣叫的地方，有可能一次就逮到三种昆虫，运气好时还不止三只。因为蝈蝈儿叫唤的目的之一是吸引异性，因此可能有几只蝈蝈儿竞争、几只驴驹被吸引，而这蝈蝈儿谈情说爱的地方往往是野草繁茂、食物丰富，也会招来蚱蜢等其他昆虫前来觅食。找到了这个地方，要轻手轻脚，最好是先逮住蝈蝈儿，因为，这小虫虫的蹦跳能力很强，特别容易逃脱。只要把蝈蝈儿逮着了，其他的都不在话下，它们蹦跳能力相对较差，极易被捕获。蝈蝈儿可以拿回去养起来，或放养在自家的菜园里，驴驹和大蚱蜢，则是高级美味，它们的肚子里满满的都是籽，金黄色的长条形小棒棒，在煤火炉子的铁炉口儿上或铁锅里熥熟了，趁着热乎劲儿剥着吃，香香的、肉肉的、面面的，很解馋的。

我们这里，早就有养蝈蝈儿的传统。那时，养蝈蝈儿的人虽不是很多，但一人养蝈蝈儿就会有一大群人跟着凑热闹，“蝈蝈、蝈蝈，蝈蝈、蝈蝈”的悦耳叫声，就是穷苦时期辛苦劳作、生活单调的人们的乐子。因为蝈蝈儿的滋生能力比较强，所以被人们看作人丁兴旺的吉祥物，还有招财纳福的寓意，这也使不少人想养而不敢养，因为养不活会感到不吉利。

我二伯是养蝈蝈儿的高手，听他说，他那个特别寡精（精致）、已经磨出亮光的蝈蝈儿笼子是檀木的，从他爷爷那辈传下来的。他养的蝈蝈儿都是从村里大北坡的山上逮的，他很了解蝈蝈儿的习性，逮到的蝈蝈儿翠绿翠绿的，特别壮实，鸣叫声又响又脆。我试着逮蝈蝈儿、养蝈蝈儿，就是先跟二伯学的，之后断断续续地就把这个爱好保留了下来，后来成了所谓的城里人，也没完全放弃，舍不得。

老家的蝈蝈儿有好多种，外形、大小、体色、叫声都有明显的差别，同种之间也有一些差别。人们捉来笼养的那种蝈蝈儿长相最好看，农村人拿到城里买的几乎全是这个品种。这蝈蝈儿最突出的特点是身形俊朗、灵动，天生的招人待见；其体色也很鲜亮，以翠绿色为主，也有黑绿色、黑褐色的；细丝状的触角超过体长，最为传神。身体翠绿、触角完整、六腿齐全、攻击性强，是挑选蝈蝈儿的主要标准。其他的蝈蝈儿可谓五花八门，有的叫声像热锅喷气，有的翅膀软而长发音混浊，有的长相两头尖、中间弓腰缩背。人们对这类的蝈蝈儿兴趣不大，有时逮到了拿着玩会儿，就随手扔了。其实，这类蝈蝈儿大多是螽斯这种虫儿。

蝈蝈儿还算是容易养殖的昆虫，绿叶、果实类的东西，什么都吃。它更爱吃肉食，蚂蚱、蛐蛐、蝴蝶、蜻蜓，给什么吃什么。那时我家院子里就是小菜园儿，常有菜粉蝶飞舞，我就挥动一撮儿竹条子抽打，然后投进蝈蝈儿笼子里，那蝈蝈儿就会扑上去啃食，几分钟后一只蝴蝶连翅膀都会被吃光。蝈蝈儿的咀嚼式口器十分锋利，是捕食打仗的利器，在野地里如发现成年蝈蝈儿与螳螂对决，一般人认为，螳螂必胜，其实不然，胜多的是蝈蝈儿，因为蝈蝈儿的力气更大、牙齿更厉害，螳螂的双刀只要不能夹住要害，场面几秒钟就会出现反转。这蝈蝈儿还能忍耐狭小的空间，养蝈蝈儿的器具，有的很小，都能揣在怀里，但它活得很滋润，照常鸣叫不误。冬天放在热炕上、炉台上，给点白菜心、青菜叶什么的就打发了。

那时候，我除了在纸筒里养蝈蝈儿外，逮多了就放在家里的菜架上或杏树上，但基本养不了几天，因为它们没有更好的藏身之地，会被刁蛮聪明的黎鸡儿、麻衣鹊叼走。而山上的蝈蝈儿遇到天敌时，会快速钻进酸枣儿或紫荆棵子里，逃之夭夭。

我还养过蝈蝈儿类群中体型最大的品种，至今我也叫不上具体的名字。

那是2006年去易水湖游玩时逮到的，当时令我十分惊诧，因为是第一次见到这样的“怪物”。这家伙比北京地区经常饲养的蝈蝈儿在体型上要大上一倍、体重大概要超两倍，又黑又粗壮，但弹跳能力差，容易被捉捕。在体型上公的比母的要小一圈，绝对是蝈蝈儿世界的大块头儿。我跟伙伴们说用三个指头捏住它的脖子，不能让它咬着，不熟悉的“野虫”有的是带毒性的。当地人说这虫叫“大老张”，叫声不好听，又特别能吃，没人饲养，因为易县本就是北京地区“笼养”蝈蝈儿的产地，几乎已经商品化了，没人会在意这么个怪物。我在脑袋里对比了半天，外观上跟家养的蝈蝈儿没有大的出入，尤其是母的，可以说是一模一样，只是块头儿大而已，而且那产卵器更大。我认定它是蝈蝈儿，出于好奇，捉了几只拿回来养上了。没想到的是，这乐趣也跟着来了。

我挑选了品相好的一公一母，准备试养。由于体型过大，放进一般的蝈蝈儿笼子或小号儿的铁丝笼都没法转身，于是只好放进了平时养小金鱼的圆缸里，底面铺了细土、放了小石子儿，专门找了一个硬纸盒做餐具。由于空间比较大，母的近身公的时，公的可以及时躲避，因为除了繁殖期，蝈蝈儿们有互相残杀行为，小个的自然要怕大个的。等它俩情绪稳定后，开始投喂，跟原来养的小个子蝈蝈儿食性一样，更爱吃小蛾、小虫等肉食，这就好办了。正像当地人说的，好家伙，太能吃了，一只一天能吃一整棵的小葱儿，两天就得清一次“笼子”，有点费事。两三天以后，就形成投食反射了，我还能让它在手上、胳膊上爬，胆小的肯定不敢，我也渐渐地喜欢起来。更有意思的是，它的叫声跟高压锅几乎一样，呼哧呼哧的，一次单位司机接我上班，都上车了，司机说“你家高压锅没关吧”，我笑着说“那是我养的蝈蝈儿”，他也感到诧异。这蝈蝈儿的叫声应该够大吧，隔着阳台玻璃在车里的司机都听见了。

一次，我出差几天，给蝈蝈儿准备了食物放在冰箱里，嘱咐夫人每天喂食、先不用清理。出差回来，放下行李，就到阳台看这对爱物。我的天呀，身上没有了光泽，肚子瘪瘪的，忘了喂食了。冰箱里的菜食有点发蔫了，我赶忙找东西，看到墙角处有一截干了皮的羊角儿葱，剥开以后里面有一段六七厘米长的绿芯儿，我一掐两段，就扔给它们了，这俩家伙扑上去就啃，刚啃了三几口，就撒嘴了，绕着那鱼缸内壁转圈圈，然后回来再啃、再转。我的天呀，它们居然也怕辣，我又发现了“新大陆”。当时手里要有摄像机就再好不过了。我兴奋了好长一段时间。

这对“爱物”到了秋天居然配对了，交尾后没多长时间，那母的就用产卵器往土里扎，要产卵了，我一看，土层太薄，赶紧放进一个土层更厚的花盆，把蝈蝈儿放进去，看着它完成了产卵。此后，这对恩爱“夫妻”就终结了生命周期。

我把带卵的花盆放回老家院子里冻了起来，这也是要想来年孵化小蝈蝈儿必须“炼冬”的过程。可惜，来年，再来年也没孵化出来，两年没有小蝈蝈儿出来就基本没希望了，这是老一辈人的经验。但希望在那易县的田野上，只要不大规模使用农药，它们就能生存下来。

这几年，来回颠簸，老家、城里、外地，开启了游历模式，顾不上养宠物了。到家里山坡时，听到蝈蝈、蝈蝈的叫声，总是特别亲切，有一种冲动感，听听、看看就行了，还是让它们自由自在吧。

蝈蝈儿给了我很多乐趣，也使我增长了不少知识。其实，我们都是自然之物，只有和谐相处，才有气象万千。

四、叫声烦躁的夏知了

在成千上万的昆虫大军中，鸣叫是它们的本能，更是繁衍生息的本领。多种多样、有高有低、抑扬顿挫的争鸣，构成了鸣虫世界的交响曲。我敢说，夏秋时节，在乡野、在古道、在荒原……人们听到的自然之声，主力音源就是昆虫，鸟鸣、刮风、打雷等声音，都要排在后面。

老家的昆虫，叫声最大最响的非知了莫属，它是名副其实的大鸣大放的急先锋。

知了是民间的叫法儿，是俗名儿，还有季鸟儿、季鸟猴、知了猴等不少的叫法。而在昆虫学上它是蝉科的一个类群，种类很多。叫声最响最大的、体型也是最大的就是夏知了，学名蚱蝉。

夏知了、夏知了，肯定跟夏天密不可分。是的，这夏知了主要生活在夏季，是夏季暑热到来的标志性鸣虫。那它高亢烦人的鸣叫声一旦出现，就宣告了高温酷暑天的来临。

夏知了跟同类蝉科的昆虫差不多，由卵粒在树枝内孵化出若虫（没有变成成虫的阶段）后，钻到地下生活几年，最长 13 年、17 年，再钻出地面，爬到树上蜕皮羽化，变成成虫，配对后再次产卵，完成生命周期。

夏知了每年从地面钻出蜕皮的时间段，主要在仲夏到来之后的近两个月。夜晚，在潮湿、松软的地界儿，田地中、河岸边、树林里，浑身铠甲包裹的土黄色夏知了若虫，有的从地下打洞刚刚爬出、有的正在地面上爬行，有的已经爬到了树上，最快的已经开始蜕皮。蜕皮的过程非常玄妙有趣，极具观赏性：找好蜕皮位置后，那若虫竖向抓住树枝、树皮、树叶等物，就不会再移动了，背部出现竖向黑色裂纹时，开始脱皮，大约需要一个小时。其间成虫慢慢从老皮中涩滑而出，身体呈绿白色，湿湿的、软软的，也应该是最脆弱的阶段。接触空气后身体慢慢变硬，体色慢慢变黑始现光亮，翅膀也能抖动了，此后完全卸掉护身铠甲，腾空而飞，开始了两个来月的地上生活。对它来说，这也算是大开眼界、光明一片吧，在地下躲藏了那么长的时间，如果出土的是十七年蝉，这段时间更显短暂。

夏知了蜕皮摇身一变，变成成虫以后，就开启了吃饭、唱歌、交配、产卵的最后生命过程。雄性知了吃饱喝足了，就会在树间鸣叫，吸引雌性知了交配。那叫声犹如鼓鸣，声粗音大，轻而易举就能传到百米开外。一天到晚，想叫就叫，甚至是和鸣合唱，特别是燥热的午间，劳累的人们正在休息时，照叫不误，使人顿生烦躁之气。因此，这夏知了也就成了人们眼中最讨厌、最没“深沉”的“虫子”，那也毫无办法。

捉捕知了是我童年与少年时期的一大乐趣。每到这个时节，那几米长的杨柳木棍儿或苘麻秆儿早就预备好了，在顶端拴上一根马尾（yǐ）儿，做个活套圈儿，对准趴在树上的知了，放在脑袋上方，轻轻套进去，往下一拉，就套牢了，赶紧拿下来攥在手里。一般都是逮公的，捏在手里稍一用力，它就会叫，虽然声音比在树上叫要小一些，但也很好玩儿。记得小学四年级时，逮了知了装在裤兜里，上课时突然叫了起来，赶紧用手去捂，叫声更大了，教室里一片哄笑。老师一瞪眼，就你能个儿，人家怎么不带呀，去，到院里放了它。我舍不得，到院里用随身带着的猴皮筋套好了，放在墙洞里，放了学我还要拿走的。套知了时，不是每次都能得手的，有时那知了就飞了，有时它还会抬起前爪去扒拉那细细的马尾儿，那套圈变小了也就套不进去了，还得重新拴一次。好歹这知了多的是。有时手里没有套竿，就爬到树上用手捉，时有收获。逮到的知了不想玩了，就喂鸡什么的。我养的小花猫也爱吃这东西，有时把知了的翅膀剪掉一截，扔给小猫，小爪子一抱，且玩儿，折腾好一阵子才会晃着脑袋慢慢吃掉。我还拿来喂房檐上的蜘蛛，扔在网上，看蜘蛛注毒、缠裹、进食知了的全过程。有趣的是，蜘蛛吸空知了内部的体液后，四条前腿合抱起来，往外一推，就会把知了的空腔子弹出网外。

古人把知了说成是清高之物，并看成生命永生的象征，还真有道理。虞世南的《蝉》“垂緌饮清露，流响出疏桐。居高声自远，非是藉秋风”，说的就是知了的清高。这知了用尖长的喙管刺吸树体汁液，那可是奢侈品，这么高级的琼浆玉液不是谁都能喝到的。但知了进食时对树体的危害还是不小的，产卵时还会割开树枝造成枝条枯萎，成群的知了炸窝时，会在林子里看到好多折断干枯的细树枝。知了的地上地下循环生存模式，倒是不太多见，这也引申出古人对“生命再生”的希冀。在出土文物中，地位显赫的逝者口中，很多含有玉蝉，寓意很明了。从这个角度看，知了的象征意义还是不小的。

其实，知了还有一个更为特殊的地方，这就是它的若虫可以食用，称得上可食昆虫里的极品。小时候，似乎没太注意这知了能吃的，多是把蹬倒山、油葫芦、驴驹、蚱蜢（dàn zhēng）等野蚂蚱之类的捉了燎着烤着吃，都是很好的野味儿。我知道知了能吃的时候都十二三岁了，那时，有一个胡姓的男知青在村里落了户，他大我八九岁，看见我经常玩鸟儿逮虫儿的，就跟我好起来了，因为他同样也是个谜，还给了我一对鸽子，养在房檐里，我和他就成了村里“唯二”的养鸽户。后来，又见我逮知了，就跟我说，这小玩意儿能吃，比蚂蚱还香，他还告诉我怎么吃。我高兴得不得了，回去就跟父亲说了。父亲跟我说，早就知道能吃，就是得用油炸，有点儿费油，还占锅占灶儿的，你们小哥几个有蚂蚱吃，就没跟你们说。姥姥也来劲了：给他们弄一回吃，我也尝两个，原来姥姥也知道。父亲乐呵呵地就答应了，到了晚上，拿了一个脸盆子，放了半盆凉水，就去了村东的柳树巷子，拿着手电在地上照，嘿，真有，还在爬。这没蜕皮的知了比树上叫的要小一圈儿。拿起来直接扔盆里，父亲说，可以让它先洗洗澡，主要是防止它裂口蜕皮，裂口的、蜕皮的不好吃，一晚上逮了三十来只。洗干净再腌一下，上油锅开炸，外焦里嫩，肥美溢香。这之后，我的野味儿中又增加了一道油炸知了。

20 世纪 80 年代初在京求学时，看了一篇小说，说的是一位边远地区的农村住校生备战高考，省吃俭用，但肚子空空，于是晚上就偷偷地到庄稼地里逮知了，找点柴火点了烧着吃，半生不熟的，还流着汁液，后来还是被人发现了…… 最后如愿以偿地考上了。我随即想到了我们的高考时光，虽然清苦，但条件比这个哥们儿还是好了不少。我挺佩服这哥们儿的，如能相识，共同的情趣会使我们一见如故。

其实，民间捕食知了若虫的历史还是很早的，不但受百姓喜爱，在宫廷里也是大受追捧。现在，好多饭店里都有知了这道菜，一盘子几十元不等，而高级饭店的标价要超过百元。好多地方已经有了相当规模的人工养殖场，饲养知了已经不是什么难事，不少人还发了知了的致富财。

在老家，夏知了的同类有很多："呜嘤哇"，因"呜应呜应哇——"的叫声得名，看上去就像小一号儿的夏知了，夏秋鸣叫数量很少；"秋蚱儿"，体型极小，体长不足一厘米，通体绿色，就像浓缩版的夏知了，群聚飞舞时密密麻麻就像一团浮尘，所以这虫也叫"浮尘子"，是秋季为害农作物和果树的主要害虫；"伏贴儿伏凉儿"，也因叫声得名，身体呈褐绿色，比夏知了要小两圈儿，小巧灵动，秋始鸣叫，悦耳悠扬，"伏贴儿伏凉儿"的叫声标志着夏热秋凉的转换。

多少年过去了，老家原野上自然与半自然状态的荒地还是不少的，野虫们繁衍生息的空间还是充裕的，知了类群们也在一代又一代地生存延续着……

五、尾针毒猛的大马蜂

捅马蜂窝是我青少年时期的一大惊险刺激"游戏"，捅掉马蜂窝，躲群蜂追蜇，挑幼蜂喂鸡，换几分小钱，玩得还很开心，至今也记忆犹新。

大马蜂是老家庞大昆虫类群中的凶猛捕食者，它尾部上细长的尖锐毒针，能刺穿厚厚的牛皮，人类那薄薄的皮肉更不在话下。

而它的捕食对象要是被蜇到，几乎会当场毙命。虽为小虫，却极为厉害，令人畏惧。六七岁时，我就知道了一些蜂类常识，因为它们就生活在人们活动的周边，不小心就可能被蜇到，大人小孩儿都要有所防备。

那时，除了家养的蜜蜂之外，老家的野蜂还是不少的，最常见最多的就是老家人常说的“大马蜂”，它的身体以黄为主，间有黑色条状环纹，形状有点像亚葫芦儿，细细的蜂腰把头、胸和肚子分成两部分，属于群居性。还有一些能经常见到但数量较少的蜂类，比如：蜇死牛（胡蜂），身体呈黑色圆筒状，没有纤细的蜂腰，金丝小枣儿一般大，经常在房檐的木头上打洞做窝，“嗡嗡嗡”的叫声特别强劲，听大人们说它能蜇死牛，很是可怕，所以没人敢招惹它，好在它是独来独往，数量并不太多；土蜂子，体型比蜜蜂要粗，体长比蜜蜂稍短，通常是一群土蜂在石洞、墙洞等处构筑土巢，攻击力也很强；还有金小蜂、姬蜂等寄生蜂，专门在棉铃虫、蛾子等昆虫的幼虫内产卵繁衍。

在这些野蜂中，我最早知道和认识的就是大马蜂，因为它筑巢的位置和护巢范围，经常与人的生活圈相交叉，人类与大马蜂之间的冲突就不可避免了，而且有些因素还是对大马蜂不利的。

看着大人们包括大男孩儿与大马蜂交战，开始时是心惊肉跳的，远远地蹲在地上不敢动弹。因为，我曾经被蜜蜂儿蜇过，肿痛了好一阵子，一看大马蜂那架势，肯定比蜜蜂厉害，事实上，确实更厉害。有人被蜇了，严重时鼻青脸肿的，眼睛都给封上了。

没承想，我十三四岁的时候，也加入了与大马蜂对战的人群，而且有了玩上瘾的劲头儿。与大马蜂的相识、交战，才有了捅掉马蜂窝的刺激、被蜇以后的疼痛、换来小钱儿的暗喜，才有了因大马蜂而起的岁月记忆。

大马蜂是群居性和肉食性的昆虫，每年春天开始搭窝筑巢，多在屋檐下、石洞里、树枝上。开始时，只有冬眠出蛰后的一只马蜂，后来随着蜡质状、莲蓬形蜂巢的逐步扩大，第二代成年马蜂长成，窝是越来越大，马蜂也越来越多。成型的巢穴，抬眼望去就像一个倒挂的圆盘，圆盘内有很多圆筒形的幼蜂繁育室，有封盖儿的——幼蜂即将由蜂蛹羽化为成蜂，有没封盖儿的——幼蜂正在成长。整窝的大马蜂都倒着趴在蜂窝上。

大马蜂搭窝的地方经常干扰到人的正常生活，房顶和房檐底下、杏树花椒树上、成堆的石头垛里，都是大马蜂搭窝的理想之地，却影响到了人们的起居、劳作。刚出屋子就被蜇，摘花椒时也被蜇，打枣儿同样被蜇，震怒了人们。于是，人们冒着被蜇的风险，想方设法地去“捅马蜂窝”，以消除危害和隐患。那时，对大马蜂还有一个不利因素，因为蜂巢是中药，当地的收购站是收购的，虽然一个碗口般大小的蜂巢只能卖到一两分钱，但吸引力也不低的。

一般“捅马蜂窝”有这么几种方法：一是直接用长杆捅下，暴力简单，但要做好防护；二是晚上用杆子捅，被蜇的风险减小；三是长杆上捆上滑秸点着了用火烧跑或烧死大马蜂，然后捅掉马蜂窝。还有用浓烟熏的、喷打敌敌畏的等，都有效果的，但根除不容易，特别是用杆子捅的，失去家园的大马蜂还会找地方重新筑巢的。

该说说我和小伙伴们怎么玩了：由于好奇，我们总想获得完整的马蜂窝，于是基本都是用杆儿捅。捅到了马蜂窝，都要端详一番，觉得这窝做得也太神奇了。回到家，就会把窝里的白胖胖的“马蜂儿子”捅出来喂了鸡鸭，有时还能捅出将要出窝的带翅膀的马蜂。然后，把马蜂窝存在干燥处，攒起来多了到收购站换钱，小伙伴们平分。大些时，看了陈毅元帅在赣南打游击时吃“马蜂儿子”的故事，觉得这东西软软的、肉肉的，也没试吃过。

用杆子捅，关键是要防着被蜇到。衣服穿厚一些、带上树条儿编的帽子、手里拿一把带叶的树条子、在安全的地方点上湿柴火炠（ǒu）烟等，就可以捅窝了，但也时有被蜇，好歹挥舞着树枝，蜇得都不厉害。有一次，我的左腰窝、左手背被同时蜇到，腰窝有衣服保护没什么大碍，但左手却肿了起来，说真的也不太严重，当时就找马齿苋捣碎了糊上，到家后用碱水冲洗。二哥说，便宜你了，你是左撇子，用左手捅的，所以左侧出现了空当，捅完了之后，你应该赶紧扔掉杆子，一手拿一把树条子左右都护起来才安全。我一看，二哥有经验，我用左手捅的他都能看出来。

最有成就和重要发现的是，我和小伙伴曾玉、井余有一次到蝎子山脚下打稞稞，在几个石头堆里发现了几个大马蜂窝，很兴奋，找了一根一米多长的棒子秸，但跟前找不到合适的树枝子，看见地阶上有两棵臭椿树，于是每人劈了一大把枝叶。准备好了，一人爬到石头堆上快速捅窝后赶紧跳下来，挥舞臭椿枝叶抽打大马蜂。也是奇了，那马蜂似乎没有了攻击性，不大一会儿，六七个碗口大的蜂窝就到手了。后来我想，是臭椿树枝叶发出的怪怪的臭味儿起了作用，这可是玩了几年才发现的，而且也没听别人说过。之后，屡试得手。我们自然高兴，这也成了我们捅马蜂窝的独门武器，并一直秘而不宣。

我们几个爱捅马蜂窝，村里知道的人也不少，我们还帮着别人摘除了一些碍事的马蜂窝。也换回了一点小钱，不知怎的，后来收购站不收了，少了一个换小钱儿的门路。

马蜂世界是很奇妙的，我觉得，只要它不妨碍人们的生活，就不要惊扰它，作为昆虫食物链的顶级王者，它是保持物种多样性的重要一环。

六、翻滚粪球的屎壳郎

在昆虫大家族中，有一种大如板栗、通体黑亮，名声不好、遭人厌恶的甲壳虫，这就是以“臭”出名的“屎壳郎”。除了有这个丑名，它还有一个美名，这就是“大自然清道夫”。

这屎壳郎，学名蜣螂、粪金龟甲，主要生活在草原、乡村牛马驴猪的粪堆下，挖土穴居、以粪为食。雄性的体型稍大，头顶部有一个明显的犄角，雌性体型小一些，没有犄角，在外形上一看便知雄雌。由于雄性屎壳郎长得虎实有派头，老家的人还叫它“官官儿郎”——屎壳郎里的当官的。

早些年的乡村，由于生产队里养牲口、一家一户养家畜，粪便的产出量很大，所以屎壳郎也就多。由于人们排斥它、讨厌它，也就生出了关于屎壳郎的很多歇后语，多是贬义的。屎壳郎趴驴槽——假充大料豆子；屎壳郎打喷嚏——满嘴喷粪；屎壳郎搬家——滚蛋；屎壳郎坐轮船——臭名远扬；屎壳郎撞玻璃——有光明没前途，等等。

屎壳郎是闻“粪”而动的昆虫，哪里有粪便哪里就有它的身影。生产队的牲口圈、牛马车途经地、放牲口的地界儿是屎壳郎最多的地方。哪怕在很远的地方，也能嗅着粪便的味道，飞行而来，快速投入粪球的制作。屎壳郎的外壳是亮黑色或棕黑色的，而藏在外壳下面的翅膀则是茶褐色的，它的飞行能力一般，每次飞行降落都是摔在地上，收拢翅膀后，再开始爬行。在一堆新鲜的粪便上，少时有三五只，多的时候会有几十只，互相争抢，甚至推搡打斗。它们制作的圆形粪球，比它们的身体要大上两三圈，多是一公一母合力把粪球推到已经做好的巢穴里。不管巢穴离得有多远，都会一往无前，历经沟沟坎坎的艰辛，不到家门就不会停歇。可叹的是，还有半路途中就被打劫的——截和了，遭到体大力强同类的抢夺，甚至把雌性“同伴”也拐走。而没有巢穴的屎壳郎，多是在粪便堆上或旁边就地做窝，用它“大铁铲”般的前螯（唇基）松土，用前腿推到身后，打出洞穴，再把粪球推进去，繁殖期则在粪球内产卵并封好洞口，幼虫一孵化就有吃的。

那时，村里的大街上和宅院里也有不少的屎壳郎，因为村民养的猪经常跑到街上撒欢儿，生产队的马车也经常进村拉货卸货，都会留下粪便，自然就招来了屎壳郎。那时，大街虽说是土路，却很瓷实的，但也妨碍不了屎壳郎翻滚粪球，打洞做窝。它们打出的地洞比知了钻出地面时的孔洞要粗一些，白天时，要是往里面浇水，那屎壳郎一准儿就会爬出来。村民院子里有粪堆的也会有屎壳郎光顾。

屎壳郎出来寻食多是在天要擦黑儿的时候，粪球没滚完时白天还接着干。这虫子还有趋光性，晚上有灯光的地方，就能看到它嗡嗡飞行的身影，有时会撞到外挂电灯或玻璃窗上。“屎壳郎撞玻璃——有光明没前途”，就是我们几个小伙伴想出来的，因为，有关屎壳郎的歇后语很多，我们也对付着编编。那时刚刚恢复高考，不少考生面临当地教育教学条件和自身基础条件一般般的境遇，似看前景光明，实则前途渺茫，有的考生就用这句话自嘲自讽。屎壳郎飞行时的声音很大，跟“蜇死牛”这种大胡蜂飞行时的声音不相上下，离着十米二十米的就能听见，在老家诸多的昆虫中，是飞行时发声最大的。

说起来，有些事情确实是很神奇的，有很多物种，比如马牛羊鸡犬豕这六畜，又吃又拉的数量那么大，也没少给环境“添堵”，但人们却习以为常，但小小的屎壳郎根本看不见它排泄，它只是钻钻粪堆、滚滚粪球却遭到了不少的非议。而事实上，它可是“大自然清道夫”“环境清洁工”，按现在饲养宠物常说的一句话，绝对是任劳任怨的“铲屎官”。你说它这人缘到底是咋混的呢。

从卫生的角度看，感官上觉得屎壳郎是脏臭的，但特殊环境的美化、净化却离不开它，甚至环境的再造也需要它。它的作用可谓可大可小，小到一两平方尺区域的清洁，大到成百上千平方公里地域环境的改善。

在老家，我们所看到的可算作是可大可小里的“小”，而在遥远的非洲和澳大利亚，这屎壳郎的作为就是可大可小里的“大”，而且是超大的。

在非洲塞伦盖蒂大草原，雨季大象、角马等食草动物大军，啃食草原的速度十分惊人，粪便的覆盖更可以毁灭一个草原。万幸的是，这草原上还有更大数目的食粪大军——屎壳郎，它们也会以惊人的速度把覆盖草原的粪便搬运到地下深层，最终形成新的有机肥料，循环性地滋养草木，还草原于绿色。这屎壳郎拯救环境的能力令人咋舌。

还有生在中国的屎壳郎，曾经漂洋过海，整治过澳大利亚被牛粪覆盖的大草原，恢复了那里的生态，拯救了那里的畜牧业，也是大功一件。那可是漂洋过海、臭名远扬啊！

小小屎壳郎，是自然界特殊环境下自我循环、自我修复链条上的重要一环，我觉得应该给它一个“臭——美”的名号！

七、暴食庄稼的野蚂蚱

要说老家记忆里的昆虫，数量众多、遍地滋生的野蚂蚱肯定能排上号的。

野蚂蚱的大名儿叫蝗虫，以祸害农作物、啃食植物而出名，这在史书上早有记载。老家这边的野蚂蚱，种类和种群数量都不少，村里人熟知的蹬倒山（蹬蹬山）、飞蝗（特儿棱棱）、蚂蚱墩儿、蝈蝈儿、蚱蜢、螽斯（铜钟儿）等，都有代表性，还有长相杂七杂八的土蚂蚱，体型较小但数量最多。

老家复杂多样的地形地貌，是野蚂蚱多的重要根源。我们这里的河边有老河床、旧滩涂、沙土地，山上有荒坡、林地、小块梯田，平原有水渠、林网、大面积的耕地，干旱之年也好、洪涝之年也罢，都有适合野蚂蚱滋生的大片“产床”，还有可能在旱涝交替的年份出现野蚂蚱大发生的情况。

不像黄泛区闹蝗灾时铺天盖地、啃食一空那样恐怖，但老家的野蚂蚱对庄稼的祸害也不轻，时常造成农作物区域性或品种性的歉收减产，让辛苦劳作的村民既头疼又心疼。

这些野蚂蚱绝大多数啃食植物茎叶，喜欢吃肥厚、鲜嫩、汁多的叶片，对小麦、玉米、高粱、谷子、白薯等秋季收获或播种的农作物危害最大，轻则啃伤叶片，重则成片吃光。比如，农民为了收获黏米与糊顶棚的秫秸秆儿，要散种一些黏高粱，幼苗期要是招了蚂蚱，那就麻烦了，扑杀及时算是幸运，如果苗子损伤过大，补种都来不及，当年也就没收成；还有插栽的刚刚缓过苗来的麦茬儿白薯，如果被蚂蚱啃食过，就是后期苗子恢复得不错，地下的白薯块儿要比正常生长的小很多，来年育出的白薯秧苗也显单薄；秋季播种的小麦，又小又嫩的青苗更怕蚂蚱啃咬。

老家人治野蚂蚱主要有两种办法，一是“靠打药”，二是“靠人拿”。“靠打药”就是使用农药治虫，又快又省事儿。据老人说，早先时是没有农药的，到后来才有了农药。我记得播种小麦前要用农药 3911 什么的拌种，小麦、玉米、高粱等作物生长期也要喷洒农药乐果、粘虫粉什么的，当然，主要是防治直接为害农作物大宗害虫，比如蚜虫、玉米螟、蚧壳虫等，但同时也对野蚂蚱有效。打药以后，农地里的虫子被大量灭杀，蚂蚱也明显减少，但野地里没打药的地方影响不大，慢慢地还会飞蹦过来，有必要时就会再次打药。架不住老打药，渐渐地野地里的野蚂蚱也会减少，一些脆弱的种类也就慢慢地消失了。

其实，我倒觉得“靠人拿”是个好办法，绝对环保，但需要投入不少的人力物力。记得 20 世纪 70 年代初，有一个先涝后旱的交替年，发生了较大的蚂蚱荒，据说比常年多了好几倍。于是生产队里动员能下地的劳动力、半劳动力全部到地里去抽蚂蚱。每人手里一撮子竹条，一个布口袋或化肥袋子。到闹蚂蚱的地方去抽打，顺手捡到口袋里，拿回家来把能烧着吃的挑出来，剩下的喂鸡鸭。那次，一连干了两三天，二哥三哥大姐他们都去了，每人每次都拿回好三几斤，烧蚂蚱吃得过了瘾，家里的鸡鸭们吃得更是顶了嗉子，脖子都快弯不下来了，很像人脖子上长的大瘿袋。那次最为可惜的是，我这么想去、想干的活儿，由于发烧感冒没能赶上。这事儿也算得上我儿童与少年时期记忆深刻的一大憾事。此后，我和小伙伴们也拿竹条子抽打过野蚂蚱，但是肯定没有成群结伙的好多人一起干更过瘾。

其实，童年与少年时期逮野蚂蚱的乐趣多的是，没赶上那次大规模“围剿”野蚂蚱的遗憾，慢慢地也就淡忘了。如此多的野蚂蚱，春夏秋三季样态不一，差不多也就玩出花儿来了，在玩耍中也开始对这野蚂蚱做一些更加细微的观察。顺便介绍几种最为常见、特性突出的野蚂蚱：

腿力惊人的蹬倒山：这是我们这里体型最大的蚂蚱，不是之一，但种群数量不大。蹬倒山通体绿色，大多生活在坡地、地阶附近的草丛中，学名棉蝗，别名中华巨蝗，两条发达的后腿蹬力十足，大腿部分尤为粗壮，前腿虽然变细但正面排列着多枚尖刺，自保能力很强。捕食能手大刀螳螂如果夹不住其要害，被它的后腿蹬到，就可能身首分离，惨遭反杀。与肉食性的蝈蝈儿相遇，那蝈蝈儿也很少占到便宜。人捉了蹬倒山，稍不小心，就会被蹬破皮肉、血流汩汩。蹬倒山的名字绝不是白给的。雌性蹬倒山到了秋天，满肚子都是黄色细棒状的卵，是捕捉的最好时段，燎了吃烤了吃最是过瘾，因为个大、皮厚、卵多、挡嘴，其他个体小的蚂蚱都比不了。每年捕捉蹬倒山那是必须的。赶对付了，一次能逮一二十只。我的玩伴大国是高手，绝对的高手，一次少说也能逮二三十只。雄性蹬倒山的体型要比雌性的小很多，捕捉时要么不逮，要么拿回去喂鸡。

善于飞翔的特儿棱棱，其实就是飞蝗的一种——大号飞蝗。因为翅膀发达，特别能飞，起飞时还带着“特儿棱——特儿棱”的响声，所以，早先时我们都知道它是“特儿棱棱”而不知道它的雅号叫“飞蝗”。这虫的体型比蹬倒山要小两圈，通体褐绿色，双翅修长显眼。它与其他野蚂蚱同环境混生，一般空着手很难逮到，需要借助上衣、筛子等物先扣住，再手拿。到了后秋，特儿棱棱的飞跳能力开始下降，而大片的玉米也砍倒了，有的还翻耕后亮出了新土，在这样的开阔地上捕捉特儿棱棱就容易了，有时一边干活掰棒子或抱棒子秸，一边逮特儿棱棱，用草禾缠上捆好了，放在背筐里。等队长一说歇畔儿，我们这些男孩女孩们，就开始撒欢儿，把特儿棱棱的两条大腿掐下来以后，用力往天上扔，“特儿棱——特儿棱”，振翅高飞，可飞出两三百米，由于没了大腿落地后就好逮了，追着过去拿起来再扔再飞，开心无比！后来，播种小麦时总是用农药拌种，这特儿棱棱的数量开始下降，爱吃特儿棱棱的鹞子也跟着中毒，种群数量也跟着下降。那时，除了自己放特儿棱棱玩儿，还看鹞子在高空盘旋、定位、俯冲，它飞下来就是奔着特儿棱棱去的，这是它的美食，看鹞子捕食蚂蚱的场景可以说很是刺激、赏心悦目。

不堪一击的大蚱蜢后来慢慢地感觉这名字起得恰如其分。老家这里蚱蜢的数量还是很多的，母蚱蜢的体型比公蚱蜢要大七八倍甚至更多，它的身长比大飞蝗还长一些，但体型比大飞蝗要细上一圈。它的胸腹属于薄皮大馅，所以怀卵量很大，也是好吃的蚂蚱之一。蹬倒山、大驴驹、大蚱蜢，另加油葫芦（一种蟋蟀），是老家燎烤味道最好吃的蚂蚱，排名前四。大蚱蜢体大腿细，逃跑能力差、打斗能力低，比它体型小的刀螂、蝈蝈儿等，它都不是对手，只能被捕捉啃食。遇到鸟类、青蛙等天敌，更是自认倒霉。两三岁的小孩子上手捕捉也不是什么难事儿，蹦跶两三下就不行了，乖乖束手就擒。小孩子们逮了它，在它腰上拴了细绳儿，后面连上火柴盒，放在院子里拉大马车玩儿，一只可玩上小半天。我也用纸盒做过小马车，捉了蚱蜢、天牛等昆虫当“马”用，一群小孩子一边凑热闹一边大声吆喝：“嘚儿，驾！吁——喔——”，童趣、妙趣。由于大蚱蜢的自保能力弱，所以产卵量就大，种群数量也大一些。

我在妙峰山上见过一种个头儿很大的蚂蚱墩儿，就像一个小小的粽子，当时就吓了我一跳，灰不溜丢的开始以为是一个土坷垃，它一动活儿仔细一看才知道是蚂蚱，也是第一次看见这么大个儿的，简直不敢想象。据当地人说，这是多年生的，也不很常见。真的颠覆了我对蚂蚱的认知，蚂蚱不都是当年生当年死吗？这或许应是一个个例，此后我多次想再找到它，都是无功而返。

现在，老家撂荒地也多了，蚂蚱们高兴了，没人更多地打扰它们，它们更自在了。

每年，我都到山间小路的草丛边走上几遭，观观山景、看看蝴蝶、蹚蹚蚂蚱，找找感觉，很不错的。

八、捕食威猛的大刀螂

大刀螂是昆虫世界的统治者，它是肉食性昆虫，获取食物靠的是凶猛凶残而又高超的捕食本领。童少时期围观大刀螂捕食、打斗，捕捉、放养大刀螂，乐趣多多。

大刀螳螂的食物种类特别多，它不仅是多种昆虫的宿敌，就是一些带毒的蜘蛛、带蜇刺的马蜂、带毒针的蝎子、齿腭坚硬的蜥蜴等，也时常成为它的食物，甚至是小鸟、毒蛇也被它杀死毙命。这些出人意料的表现，经常颠覆人的认知。

在我们老家，只要有野蚂蚱及其他昆虫的地方，就有它的伴生，那些活蹦乱跳的蚂蚱和虫子们随时都有可能成为它的美食。

从体色上看，我们这里的刀螂主要有绿色、灰色、半灰半绿的几种，长相大致相同，印象里没有见过异型种类。记忆最深的就是体型最大、全身浅绿的大刀螂。

这大刀螂的学名是中华大刀螳螂，并且是国际上引用和使用的名字，听起来名声可不小。它的脑袋呈三角形，胸背瘦长，宽长的大肚子呈半圆弧形，最显著的标志性特征就是两条粗壮发达的前腿——就像两把大刀，上面还排列着坚硬的锯齿，这是它的利器。雌性大刀螳螂体长十来厘米甚至更长，雄性的体型比雌性的就小了很多。

大刀螂主要生活在杂草、庄稼和灌木上，长大以后就会转移到树上，常常在清早和晚上捕食。

五六岁的时候对大刀螂就很熟悉了，最先见到的是大刀螂捕食蚂蚱，比它体型没小多少的蚂蚱被它的双刀夹住之后，竟然毫无反抗之力，只能被一点一点地啃食掉。像这样体型大一些的猎物，这大刀螂一般要啃食几十分钟，而苍蝇、飞蛾、蝴蝶等小猎物，一小会儿就被啃食干净。最有趣的是大刀螂捕食知了，一刀上去，身体滚圆肥大的知了愣是毫无脾气，只能是吱吱吱地叫唤，扑棱抖动几下，最后被蚕食。大刀螂捕到猎物以后，依靠后面的四条细腿支撑拉拽起整个身躯，知了等大型猎物拼命挣扎终是不能摆脱，有时候看着也挺悬乎的。我没看到过“螳螂捕蝉，黄雀在后”的场景，却是看到过“螳螂捕蝉，黎鸡在后”的瞬间：在我家小院的国槐树上，一只大刀螂刚刚捕到一只知了，也就是三五秒钟，一只黑黎鸡飞掠而过，这大刀螂立马就成了别人的猎物，这真是老太太吃豆腐，一物降一物。

这之后，我对大刀螂的观察似乎有些身不由己了，经常在草丛和树间寻找大刀螂，刚出生的、半大不小的、还在脱皮的、正在交配的、互相掐架的、做卵鞘下卵的、捕食厮杀的，都看过不少。其中不乏惊心动魄的场面：比如大刀螂与蝈蝈儿的生死对决，最开始时，我以为这大刀螂已经是无敌的了，没想到，蝈蝈儿也不是善茬儿，它们之间的争斗激烈凶狠，胜负难料，大刀螂的大剪刀只要夹不住蝈蝈儿的要害，必被反杀，因为蝈蝈儿的大嘴坚牙更加厉害，如果大刀螂的脑袋和脖子被咬上了，不是被啃断就是被几口吃掉。后来，我还发现了被大刀螂夹住的蹬倒山，转动强有力的后腿，瞬间能把大刀螂一蹬两截。真没想到蝈蝈儿、蹬倒山也有如此强大的战斗力。于是，我又增加了对蝈蝈儿、蹬倒山的观察。再次颠覆我认知的是，一次在蝎子山打草时，巧遇一只大刀螂正在与一只四脚蛇（蜥蜴）对峙，四脚蛇的脑袋微微扭动窥视，而大刀螂四腿支撑的全身微微颤动，双方都在“评估”对手。我马上感觉到，今天这四脚蛇非把大刀螂给吃了不可，因为四脚蛇看着就害怕，它捕食吃食时都是狼吞虎咽的，平时我们是见过的。相持没几秒钟，还没看清楚呢，那大刀螂的双刀已经夹住了四脚蛇的脑袋和脖子，并开始啃食，而四脚蛇虽在奋力挣扎，但是被死死夹住无法动弹，最后鲜血直流，被猎杀而亡。这绝对是我没能想到的。后来，高中时学了刀螂捕杀毒蛇的古文，再一次强化了我对大刀螂的认知。真是强中自有强中手。

那时，自己到地里干活玩耍时，背筐里都有一个原来盛放药片、碱面儿的空纸筒或者用铁丝网筛做的小笼子，用来逮存大刀螂，当然也装逮到的蝈蝈儿、蛐蛐儿什么的。有时还能把大刀螂用细草捆上直接放在背筐里。回到家，放在黄瓜架、白薯花花丛或树上，让它吃虫子，也方便我观察。有时候也圈起来养，逮来虫子投喂，有时就放进能够互相打斗的同类或者蝈蝈儿、蜘蛛、蝎子什么的。不光我们小孩子，其实大人们也很贪图热闹，经常和我们一起围观，看到兴起时，也大声呐喊。有时还打赌：有几个大我五六岁的侄子辈儿的孩子，就爱凑热闹，由于他们平时没有多少观察经验，所以打赌时经常输给我，我能赢到杏儿、桃儿、黄瓜什么的，一边吃、一边乐、一边给他们讲解。

关于这大刀螂，还有有趣的事。那时，我们这一带十二三岁的小男孩儿，有不少尿炕的，变着法儿地吃药或吃偏方。我的中医大伯说可以把大刀螂的卵包（卵鞘）烧了吃，这就好办了，地里的树枝上、草梗上，还是很容易找到的。我们这里管大刀螂的卵包都叫 lǎoguónéng（当地发音），于是人们就到地里去找，拿回来烧着吃。这大刀螂的卵包就像家里做针线活儿的顶针儿，只是给压歪了似的。卵包的外面是一层包裹着的黄褐色膜状物，里面就是一颗颗卵粒儿，烧熟了可以整个吃掉，也可以不吃外包皮。当时，我也嘴馋，虽然不尿炕，但也烧着吃，挺好吃的，跟烧蚂蚱一个味儿。外包皮没有卵粒好吃，但也能下口。后来，我知道，这卵包层是蛋白质，卵粒多是核黄素，很有营养的。

在地里找卵包时，我还想到要拿到家里，插在树上等第二年出小刀螂。在等待中，好像是第二年的5月，有几个卵包还真的爬出小刀螂来了，我兴奋得蹦起来了。此后，每年我都往家里的树上插一些大刀螂的卵包，我们院子的树上、菜架上、花丛里都能见到刀螂，生物防治是肯定的，但那时没这个概念，只觉得好玩有趣。

有人说，你就知道玩儿，多干点活儿比什么不强啊？其实，我什么也没耽误，该干的活儿没有落下，功课也没耽误，倒是给写作文添了作料，我只要一写这方面的作文，就受老师表扬。

大刀螂体内有一种寄生虫——铁线虫，我们这里都叫线长虫。黑灰色的，细长细长的，粗度约有一毫米，但却有十几厘米到二十厘米长，把肚子大的刀螂扔在水里边，铁线虫就会从它的肚子里爬出来，一般是两条，在水里和地上都能蠕动，看着很瘆人的。铁线虫遇水就会产卵，通过食物链进入刀螂体内，开始寄生生活。这铁线虫性成熟后可以引导刀螂到有水的地方，顶破刀螂的肚子爬到水里产卵。刀螂体内要是有了铁线虫就失去自我，成为名副其实的傀儡，也很悲惨。

最后，我用一次有趣的观察，作为本篇的结语。有一次，我花盆里一棵指甲草花儿的顶端，卧着一只刚刚孵化的小刀螂，还不到一厘米长，我找了一个比它还肥胖的潮虫子放到旁边，这小家伙立即精神起来，看到这庞然大物有些胆怯，浑身颤抖，但还是发动了进攻，两把大刀，一个锁头、一个夹尾，迅速控制了局面，开始享用美餐。

不愧是流动着战斗昆虫的血脉，刚一出生就成了小小的战神！

九、屁股发光的萤火虫

童少时期的“虫趣”无限多，荒野中、大树上的任意一种昆虫都可能招来兴趣，真的就像鲁迅先生所说的那样——“单是周围短短的泥墙根儿一带就有无限的乐趣……”白天可玩耍的虫子肯定占多数，但夜里可玩儿的虫子像蛾子、蛛蛛、金龟子等其实也不少，只因人到了夜间要睡觉，才没引起注意而被忽略。

夜间最具魅力与魔力的“虫儿——宠儿”，就是那屁股头儿上会闪闪发光的萤火虫。在民间它还有“流萤”“飞萤”等叫法，杜牧曾有“银烛秋光冷画屏，轻罗小扇扑流萤”的诗句，这是少数能让古人产生诗意和美感的昆虫之一。

这小虫在老家就叫“火虫儿”，绝对是当年孩童们“玩虫”中的“宠儿”，它陪伴了我们童少时期的成长。印象中我们常玩的“火虫儿”有两种。当然说的是成虫，一大一小，大的身长两三厘米，小的不足一厘米，体色灰褐、胸部棕红。公的有壳有翅会飞，外形看上去有点像磕头虫儿，只是甲壳显得稍软一些；母的无壳无翅不会飞，有点像瓢虫的幼虫，只是看着没有细毛。从外观上看，公虫和母虫就是普通的小甲虫或小爬虫，没什么特殊的地方，但是，把它们翻个个儿之后再看，就会看见它们的尾部都有两个绿白色类似荧光片的小小条带（块），这是“火虫儿”的物种特征——发光器，在夜间会一闪一闪地发出绿白色的光亮，足以满足它们传信、捕食、交配、玩耍的“光照”需求。而在人的视觉中，夜间飞行或爬行的“火虫儿”就像一颗颗会移动的小星星，还有人赞誉它是“屁股上挂灯笼”。

“火虫儿”能够发光发亮，引起了人的兴趣，也招来了被捕捉把玩的风险。我推断：早先时，好奇的人们就是要抓住它一看究竟，而迷信又害怕的先民们，也可能会冒一下风险，毕竟这是个很小很小的东西。当发现它对人没危害、没威胁的时候，人们就开始了把玩。最初始，肯定是捉了玩，玩够了就放，想玩时再接着捉，而在手上或胳膊上边爬行、边发光、忽而飞逃，一准也很过瘾。因为早期很难有透光或透亮的容器盛放以便于长时间地把玩。

其实，那时我们很多暂时没有容器的人也是这么玩的！只不过有了透明的玻璃容器或透光的金属网制作的容器之后，才能捉了“火虫儿”放进去，玩的时间更长一些，并滋生出不少的新玩法。那时候，无色透明的小玻璃瓶，比较特别，不是价格贵，而是很稀缺，它是盛放“火虫儿”最好的容器。这种小瓶子的来源，就是大队的诊所，它是用来存放链霉素注射药剂的，一般药剂用完以后没用了，跟诊所的人要过来，弄去金属封皮，再把瓶口儿的橡胶塞用锥子扎出透气孔，洗干净了，就能用了。

不是谁都有这玻璃瓶儿的，谁手里有谁就是几个小孩儿的头头，我也当过头头的。天一黑下来，几个人开始捉虫，放进瓶子里，一般选上三四个体型更大的就行了。挥舞着瓶子满院子、满大街跑，早先时大街是没有路灯的，如果几拨人拿着小瓶子来回晃，这亮光留下的痕迹还是挺有意思的。玩够了以后，这小瓶子由小伙伴轮换着保管，拿回家去放在枕头边上还玩呢。后来发现，这虫子如果圈的时间太长了发出的光就变弱了，于是，我们当天捉、当天圈、当天放，其实这是一个最好的办法，也伤害不到虫子。

捉虫时，我们发现，一般各家院子里菜架上的“火虫儿”没有村边生产队大菜园一带的长得大，身长差了有一倍，亮度差得更多了，听大人们说发育期食物多长得就大，因为大菜园子的菜多，吃菜叶的蜗牛也就多，爱吃蜗牛的“火虫儿”也自然会多，吃饱了喝足了就长大个儿。于是，我们都到生产队菜园子边上去捉大的。回来的路上，正好有一条小河，我们就把各自手里的小瓶子全都扔到水里，半浮半沉地往下漂，那段小河立即就成了闪闪发光的河，有大人说，你瞧这孩子们，多会玩儿呀！该回家睡觉了，更精彩的来了，在大街上选一处凉热的人多的地方，我们要把十几个小瓶子和铁丝笼里的“火虫儿”一起放飞，一大群闪闪发光的“火虫儿”，一齐飞逃，方向不一，高低不一，满街飞舞，说它是一颗颗小小流星，很是贴切，一点不假。在众人的呐喊声和赞美声中，我们欢笑着回家。哎，说好喽，明天，咱们接着玩。

不论是公的还是母的，这“火虫儿”一发光就会引来其他公虫。因为，小瓶里只要放进去第一只，就会有别的“火虫儿”寻光飞过来，这小瓶子自然也就成了诱饵，我们专拣大个的挑。

小时候，玩儿“火虫儿”是纯粹的玩，童趣的玩。没想到，还真有带着文化味道的玩儿法。我在区里规划局上班时，有机会与台湾一个来访的乡村自治组织交流，令我耳目一新的是，它们的文化活动丰富多彩，“亲自然”的活动居然还有“萤火虫协会”，而且有两名会员随团同行。我兴趣陡生，与他们攀谈起来，他们也没想到，在海峡的这端也有人能跟他们滔滔不绝地笑谈“萤火虫”的共同话语，彼此兴奋不已。

他们协会的这“玩”法，是回归乡野、崇尚自然，是高品质的生活追求：他们有萤火虫放飞活动，跟“七夕节”还联系在了一起，更富浪漫与神秘色彩；他们还组织环境监测活动和生态环境保护公益活动；还组织乡村植物、动物知识科普活动；等等。

那次交流，丰富了我“乡村”概念的内涵，也进一步增强了我的“自然”观。那一次，我意识到，小时候的“童玩”可以说是穷欢乐，上升到文化层面有些牵强，但还是积淀了一定的文化元素，接下来应该继续做下去的就是把原来这些东西进行文化输出。

其实，我国的“萤火虫”文化源远流长，先秦时就有“町畽鹿场，熠耀宵行”的诗句；在民俗文化中还与中元节、七夕节渊源很深；更有晋人车胤“囊萤夜读”的典故；隋炀帝时还建有“放萤苑”，到了清代还有了捉萤交易。民间也有不少关于“火虫儿”的歇后语，“萤火虫打架——明着干”，“萤火虫的屁股——没多大亮儿”，“萤火虫爬秤杆——真把自己当颗星儿”，“萤火虫上天——假惺惺”等。

古人还有“腐草化萤”的说法，我玩“火虫儿”时，姥姥是不让我玩儿的，她说“火虫儿不干净，是长尾巴蛆变的”，还说“火虫儿钻耳朵眼儿”等，晚上屋里要是发现了“火虫儿”定叫我们给弄出去。姥姥当时有“腐草化萤”的概念，其实，“火虫儿”与长尾巴蛆这两种虫子完全是两码事，但确实是一个干净一个不干净。

现在人们的生活条件不断改善，对精神生活的追求更加多样。

我们同样可以在大自然中找到新的文化支点，找到适合乡村特色的自然与文化融合的契合点。

“火虫儿”——“萤火虫”，有它的启发性和引导性。希望它的微弱“星光”能够引发群星灿烂。

十、优雅飘逸的花蝴蝶

花蝴蝶，在我们老家犹如繁星般的昆虫里，是最漂亮的，没有之一。不信的话，您给我说说还有别的吗？

“蝴蝶”在我们老家意思是：“会飞的花朵”，是对它最好的赞美！它的美是多方面的，极为丰富的，我还真的细想过，如果根据它的形态特征，直接用轻盈、飘逸、绚丽、柔美、悠然、梦幻、稚巧、飞花等诸多的词语来描写，似乎还算贴切，也有一些曼妙的味道，但总觉得不能完全映射它的样貌和特质。如果间接地用赏心悦目、叹为观止、拍案称绝、多姿多彩、风情万种、惊艳可人来形容，虽然模糊了直接描写的不足，但在指向性上还是留有缺憾。似乎把直接的描写与间接的形容两个方面结合起来，那花蝴蝶的美才能跃然纸上，古今一些赞美花蝴蝶的佳作，好像就是这样的。

老家的昆虫中，要说唯美级别的其实也不少，但与花蝴蝶相比，还是稍显逊色。蜻蜓——“蚂螂”有体态修长、色彩艳丽、飞行灵敏的美，而稍显直挺且种类样态大多相近；蜂鸟鹰蛾——“老寒”是天蛾中的“四不像”，身具蜜蜂、蝴蝶、蜂鸟、蛾子的体态特征，令人惊叹，但略显丰腴粗壮，而且独行鲜见；斑衣蜡蝉——“红媳妇”的服饰独一无二，前翅斑纹点缀、后翅鲜红娇艳，堪称夏日风景，却总爱躲藏起来，显得羞答答一些；蜉蝣——“三尾虫”有着半透明的精小身段和标志性的三条修长尾巴，加上黄昏时成群结队在水边戏耍，宛若河面上的小小仙子，然蜕皮后几个小时的曼舞竟是生命的绝唱……

还是说说我们美丽的花蝴蝶。这里所说的花蝴蝶，是蝴蝶的泛指，因为林林总总的蝴蝶家族有两万多种，其中我国已经记录到了两千多种，在我的印记里我们老家也有二三十种。不同的种类体型、体色、飞行姿态、分布范围乃至生活习性，多姿多彩、千差万别，所以我就给蝴蝶冠以了“花”的总称，因为它就是“飞花”嘛！

为便于表述和种类区分，从下面开始，改用蝴蝶表述。

蝴蝶是追花昆虫，而且绝大多数在白天活动，所以哪里鲜花盛开，哪里就有蝴蝶的俏丽身姿。大片的花朵往往有多种蝴蝶眷顾，堪称曼舞盛会，就是一株小小独放的野花，也可能同时引来两种蝴蝶盘旋光顾，瞬间出现“同花不同蝶，却在同框中”的画面。

千姿百态的蝴蝶群舞时往往令人眼花缭乱，所以人们往往用体型的大、中、小和体色的黄、白、褐、花等加以区分。老家这里的蝴蝶，种类还是挺全乎的，只是不同的种类生活在不同的环境里，一次很难见到更多的种类。童少时期整天看蝶、扑蝶、弄蝶，总的感觉是，老家的蝴蝶真是绝了，那么个小东西就能让人着魔。也曾异想天开地想过把它们聚在一起群蝶乱舞，后来也觉得有点儿不着边儿了。

走出家门以后，又陷入了眼花缭乱，知道了、见过了云南、台湾等地的一些名贵珍稀蝴蝶以及如此繁多惊人的种类以后，惊讶、感叹，后来当知道我国蝴蝶种类也只是世界总数的十分之一时，又一次震惊。老家的那些蝴蝶真是小巫见大巫了，心里还生出了些许的自卑呢。好像哲学里说到过学习是循环往复、渐进提升的过程。后来，学看蝴蝶的机会、次数多了，心绪也渐渐平复下来了。如果说云南、台湾的蝴蝶确实多而美，那么老家的蝴蝶就是少而美，可谓是各美其美、美美与共。

老家最小的蝴蝶是一种灰蝶，通体亮灰色，翅展不足3厘米，双翅闭合后也就有指甲盖儿一般大，比云南翅展仅有13毫米的小灰蝶还是大了不少。这种蝴蝶，村民们给它的爱称是小山蝶和小醉蝶，因为它就生活在矮山上，由于体型过小，稍有山风，飞起来就会摇摇摆摆的，一副可爱的醉态。夏秋天，每到山上时，你会与它不期而遇，它会伴着你在弯弯曲曲的小道上，大概高于你脚面的位置，忽左忽右、时高时低地飞上好一段时间，因为小道的两侧都是一两尺高的山草，只有踩出的小道空间还算宽畅。那时，传唱着一首童谣：我家有个胖娃娃，其中的唱词有“小辫立天追，嘴把口琴吹；红鞋白绫袜，脚面蝴蝶飞”，就是这个意境，这当是富家女孩，够幸福的。这小山蝶遇见野花时还要吸食花蜜，你要有情趣可以等着它，看它再次起飞。有时，它会遇到同类，立即会纠缠在一起，扇动着翅膀交流一番，有的就成了“恋人”，组建了家庭。即使眼里无蝶的人，有这小醉蝶陪伴，脸上也会泛起笑容。

老家数量最多的蝴蝶是白蝴蝶。它的翅膀绿白色，翅展5厘米上下，其实就是菜粉蝶，也就是菜青虫，是蔬菜的害虫，在菜地里经常成群结队地活动。因为生产队时期，13 个生产小队都有三两处的菜园，每家也有小菜园，所以这白蝴蝶在菜园周边、大街小巷也就随处可见，也自然成了孩子们扑逮最多的蝴蝶，而且还能空手抓到。朱淑真“多情是蜂蝶，飞过粉墙西”诗句中的蝶应该就是菜粉蝶。

体型最大的就是花椒凤蝶，在南方叫柑橘凤蝶，属于中等体型，翅展大约 9 厘米。翅膀底色黑褐色，翅脉黑色，翅脉间有黄白色斑和长短不一的黄色线纹，后翅还有一对儿红色圆斑。最突出的特征是后翅下方有一对细长的飘带，生物学上叫尾突。这花椒凤蝶的整体形态、斑纹排列、飞行姿态堪称完美，虽然它属于中等体型蝴蝶，比翅展可达 31 厘米的世界最大的亚历山大蝴蝶小很多，但在我们老家一带却是体型最大的，所以深受人们喜爱。每每看到它的身姿，都会脱口而出“妈哟嘿，这个老大花蝴蝶”，自然也成了人们争着捕捉的对象。捉到蝴蝶晒干了可以摆在有带玻璃门的座钟里或透明摆件内，还可以夹在书里当书签。可惜的是保存的时间都不会太长，还容易破损，因为这根本不是什么“标本”制作，好歹可以再捉再做。

花椒凤蝶从名字上就可以看出它与花椒有渊源，确实是这样的，它的寄主就是花椒等芸香科的植物，那时生产队里和老家一家一户差不多都有花椒树，所以花椒凤蝶的数量也还不算少。后来，有人还栽种盆栽橘子树、佛手儿什么的，这花椒凤蝶又多了寄主。如果树太过幼小，它那小小的幼虫能把树叶吃秃了。谁家小院有花椒树，谁就有可能看到花椒凤蝶的蛹虫在拂晓前孵化蝴蝶的过程，太值得一看了，比看昙花一现毫不逊色。篇幅有限，不做具体描述，你可以找机会欣赏。有一次，我在十渡河边，一下子看见了十多只花椒凤蝶在一个小水坑里吸食盐分，翩翩起舞，场面壮观，惊呼过瘾。那是我第一次看到花椒凤蝶集群采食，没有打斗，盘卷的喙管全部打开伸直，贪婪地吸吮，可惜当时的傻瓜照相机不太灵光，唯美灵动的画面拍得一片模糊，但脑子里却定格了那段儿画面，我也记住了那个地方，都多少年了也没顾得上重访。要抓紧再去，我判断那里的环境如果没有特别大的变化，应该有机会再饱眼福。

老家颜色最亮丽的蝴蝶是单色的黄蝴蝶和褐红蝴蝶，个体属于中小型，飞行速度快，多是独来独往。这两种蝴蝶虽为单色，但是它们的色彩却非常醒目、耀眼，看起来生机勃勃、活力四射，特别是在忽明忽暗的天气下，体色也会随之变浅变深。它们有时也会飞进菜园，在众多白蝴蝶的队伍中，更为显眼，俨然就是蝶后。这只红褐色蝴蝶休息时，双翅还在有节奏地缓慢扇动，这在老家的蝴蝶中也是很少见到的。

在老家的昆虫中，萤火虫是移动的星星，花蝴蝶是会飞的花朵，它们一个昼伏夜出，一个夜伏昼出，都是我童年与少年时期的玩伴，故事多多、乐趣多多。

花开花时节，月落月圆缺，原来我就是那一只酒醉的蝴蝶……

第四节 老家的鸟

一、屋檐做窝的小家燕

家燕是老家人最最喜爱的小鸟，忆写老家的鸟，自然要把它排在第一位。

这是一种有灵性的鸟、普通百姓的鸟，娇小玲珑的流线型身段，前褐后黑的小平头、镰刀一般的“长”翅膀、标志性的剪刀尾，婉转清脆的鸣叫声，敏捷轻盈的飞行技巧，都是它的特质。“小燕子”的昵称是人们喜爱它最为贴切、最富情感的表达。

在众多的鸟类中，家燕的生活家园与人类靠的最近，它的家是人类大家里的小家，或者说是家中家。在乡村，人们住房内的大柁侧面、屋外大柁头儿上、房檐下的椽头间隔、屋顶墙体拐角处等地方，都是它们搭窝筑巢的地方，它们很亲人，善于与人相处。燕子的飞出飞进、人的进进出出有时都要蹭到一起了，但燕子并不恐惧，人们也很乐见。与善良友好的人们共有家园、同室居住，家燕有安全感、非陌生感，而人则有祥瑞感、舒心感。

家燕属于夏候鸟，在我们老家一带，每年大约 3 月下旬就已从遥远的南方迁徙归来，它们是夏候鸟类群里返程最早的。“小燕子，穿花衣，年年春天来这里……”的儿歌，唱的就是“回燕兼程返故居”，唱的也是人们对小燕子的牵念与喜爱。

几千里甚至万里之外的家燕，能够准确地重返家园，令人佩服，小时候绝对有这种感觉，觉得这小家伙就是小机灵、了不起。那时，村里村外的环境，老百姓的土石木质房屋，很适合家燕生活居住。差不多三五家内就有一窝两窝甚至更多的家燕，一个村子能有上百窝。大多数的人认为家燕能给家庭带来吉运，是吉祥鸟，更希望自家的屋檐下有小燕子来往。

小家燕的回归，也是春天的回归，所以，人们都说归燕是春天来临的标志，是春天的小使者。小燕们回归以后的第一件事是查看上一年居住的环境，在周边来回飞舞，落在电线上、晒条上和树枝上，叽叽喳喳欢快地啼叫。如果没有明显的变化，一对儿一对儿的小燕子很快就会开始筑巢。大部分是在原来旧窝的位置重新搭建或进行加固修复。原有的巢穴有时被麻雀或其他燕子占据，总要争斗一段时间。那霸巢的麻雀总是展开双翅堵在巢口，喳喳喳不停地狂叫，一副死占到底的架势，而小燕子也就是来回飞舞鸣叫，但相互间极少发生打斗，如果不是有人用木杆子把麻雀轰跑，那小燕子就得改地方做窝了。霸巢的如果是同类的燕子，很快就会发生打斗，往往是老一点的燕子稍占上风，赢得筑巢权。

每年的筑巢期是小燕子的第一个繁忙期，它们的巢穴大体上有两类，稍微端详一下就会看出区别。其实两类燕窝分属家燕两个不同的种类。记得小时候，听大人们说小家燕分巧燕和拙燕两种，搭出的窝也是有区别的。它们搭窝的材料是一样的，主要是泥土、羽毛、细草棍、绳子头儿等，在水坑边用嘴整成小泥球叼来，再用唾液一点一点地黏合在一起。一个成型的窝，需要几百个甚至上千个小泥球，每日早出晚归、不停劳作，一两个星期才能完工。巧燕比拙燕体型稍小，其实就是金腰燕，腰间有一道明显的栗褐色横带，它们搭出的窝更精细一些，用的泥土也多，它特别爱在屋檐椽子间隔处、屋顶墙体拐角处搭窝，窝的外形像半边套袖，整体属于封闭型，出入口呈圆形平开，这种窝很结实，一般来年加固一下就能继续使用，可连续使用几年。拙燕其实才是真正意义上的家燕，它们搭出的窝粗糙一些，喜欢在屋子的大柁上或有底托的木头橛子、电线夹板、电灯基座等地方搭窝，搭成的窝像半个饭碗，顶部不闭合，出入口朝上。两种家燕的内窝都铺有细软的羽毛、棉毛等，是养育下一代的温床。

每年养育第一窝小鸟是小燕子的第二繁忙期，巢穴搭好后，马上就会进入繁育期，大约是在四五月间，产蛋后雌雄燕子轮流孵化，保持巢内总有一只燕子抱窝，另外一只抓紧捕食填饱肚子。大约半个月的时间，小鸟就会出壳，这时就更忙活了，不停地捕食不停地投喂，最开始时幼燕的叫声十分微弱，随着一天天地长大，叫声也渐渐增大，再后来能挤在窝口张开小嘴儿喳喳喳地争食了，20 天左右，初飞离窝，一般第一窝能孵出四五只小燕儿。一个多月的忙活，一对儿大燕子已很疲惫，消耗极大，为了生儿育女这夫妻俩也是拼了。小燕子出窝五六天就能独立生活，大燕子的恢复调养期就跟着来了。

每年养育第二窝是小燕子的第三繁忙期，到了六七月间，体力得到充分恢复后，就开始了第二窝孵化。一般情况下，绝大多数的家燕一年多是孵化两窝，少数只孵化一窝。这意味着第三个繁忙期的到来。第二窝孵化的时间、出窝的时间，好像都要稍短一些，可能是这个时段的温湿度更好、食物种类更多，但孵出的幼燕多是两三只。同样又忙活了一个多月，需要尽快地休养，并带着幼燕们强身健体，到了 10 月它们就会集群南迁了。

小燕子每年的繁育期，作为房子的主人，是最为牵挂和关注的，他们似乎把小燕子当成了宠物，家务活动、日常生活最大限度地不去打扰小燕子，还要提供方便，门窗的开合、农具的摆放、物件儿的悬挂等，都不妨碍小燕子的进出。更细心的主人，都能知道每只幼燕的破壳时间，也能看出它们的身体状况。燕子们每日的轻飞曼舞，落在房檐与房主的眼神交流，老燕子清脆婉转的鸣唱、幼燕子叽叽喳喳的争叫，每年差不多能给房主带来 7 个多月的欢快。

燕子们的活动范围自然是以居住地为核心，村子周边的河道水塘、农田山林和村内大街小巷上空，经常见到它们的身影。捕食的时候，哪里飞虫多就到哪里去，它们飞行捕食的本领堪称一流，有时人们坐在河边钓鱼，鱼漂周围总有蜻蜓绕飞，忽地一道黑影，小燕子快速掠过，刺啦！耳朵里传来的是吞咽时蜻蜓翅膀的卷折声。哪里燕子成群徘徊飞舞，哪里密集的飞虫就要被团灭。天气晴朗多云的天气，燕子们喜欢高飞玩耍，见到老鹰、鹞子等猛禽会发出尖叫，并成群围攻，尖叫声还会引来黑卷尾（黎鸡儿）参战，这黑卷尾攻击能力很强，老鹰、鹞子会很快逃离，这是对村里小鸡小鸭的最好保护。

燕子以飞行捕食而生存，对天气的变化很敏感，大雨将要来临时群燕们就会选择低飞而稀少高飞，这样便于躲避风雨，也不影响捕食，因为阴天气压低时，昆虫们也不会高飞。“燕子高飞晴天到，低飞雨天报”，这是村民们长期观察小燕子习性后，总结的谚语，很灵验的，不过这是多只燕子的群体行为，而不是个体行为。

家燕每年深秋才会飞离繁殖地，前往越冬地。飞离前，连续几天要聚群，村外的10千伏或380伏的电线上一串一串的家燕，挤得满满的，像是等待号令。不确定哪一天，再看到电线上空空如也时，这小燕子是真走了，他们迁徙最远的一支先往西北方向飞，到达蒙古一带后，按蒙古—新疆—西亚—中东—最后飞抵非洲南部，迁徙稍近的一支直接飞向南亚或澳大利亚。万里迁徙，路途漫漫，危机四伏。

近些年，老家乡村民房改造、老房老树明显减少，村外的水面湿地、庄稼种植面积也在减少，小燕子跟着也就少了，而城镇地区的混凝土建筑上，筑巢的小燕子倒是多了起来，城里人也有小燕子相伴了，好事一件呀！

古诗名句“旧时王谢堂前燕，飞入寻常百姓家”，借小燕子返途回归，述说历史兴衰。而小燕子原本就是寻常百姓的亲鸟，说真的，小燕子在贫民百姓的茅屋草舍筑巢的时候，还不知道楼台殿宇是个啥样子呢！现在城镇建筑下安居的小燕子当是与时俱进吧！

乡村村民、城镇市民，共同拥有群燕共舞的时节，确是幸事和喜事。

二、叫更护村的黑黎鸡

黑黎鸡是老家个性最突出的鸟儿，不是说它的长相，而是说它的性格或习性。

这是一种夏候鸟，它的两颗泛红的眼睛炯炯有神，尾巴稍长尾角分叉外卷，通体发黑并带有宝石蓝色的光亮，身形偏瘦舒展俊朗。黑黎鸡的生物学名称叫卷尾，名字就源于它向外反卷的尾角。老家人都管黑黎鸡叫黑黎鸡儿或黎鸡儿，两个名字中都带着“儿”音。

在下面的忆写中，我统一使用“黎鸡儿”这个俗名儿。

在当地众多的留鸟和候鸟中，几乎找不到与黎鸡儿体型大小相当的其他鸟类，加上它自身特有的长相，所以这种鸟特别容易识别。对比其他鸟类黎鸡儿的个性尤为突出，在我们这里有一个响亮的美名“更夫”，还有一个“鸟中斗士”的绰号，它的美名和绰号是这里的人给封的，绝对名副其实。

先了解一下美名“更夫”的由来：黎鸡儿最突出的特点是每天五更时，不同巢穴间的亲鸟就像约定的一样，发出一阵阵此起彼伏的鸣叫声，“嘎——啦——嘎——嘎——啦——嘎”，像是“起床了、起床了”，开始拂晓前的叫早。早先时面朝黄土背朝天的人们，大约就是在这个时候起床，稍作收整，就该下地干活了。所以，慢慢地这鸟就有了“黎鸡儿”的名字——类似于黎明前打鸣的公鸡，还有了“更夫”的美名。由于黎鸡儿在10多米高的树上鸣叫，就有“居高声自远”的意境，显得比公鸡打鸣的声音大而悠远，几乎可以传到相隔不太远的邻村。更有意思的是，到了麦收时节，人们为了趁凉快割麦子，每天起来更早一些，这黎鸡儿的叫声也跟着早一些。麦收这段时间，黎鸡儿鸣叫以后，大队部的大喇叭才开始广播：“喂，喂，喂，各队，赶紧打点（钟），该下地了。”说起来有点怪，这前后脚儿的两种声音，村民的反应是不一样的，它们不厌烦黎鸡儿叫更，却不待见大喇叭叫早儿。特别是在好几个高音喇叭跟前的人家，总有人睡眼惺忪地说：真烦人，用你没完没了地瞎咧咧吗！人们还没走到地边时，那大喇叭里又响起了马玉涛那“小河儿的水清悠悠”的甜美歌曲，那些喊烦的人也跟着哼唱起来……

再了解一下“鸟中斗士”绰号的由来：黎鸡儿是一种脾气暴躁的鸟，它可不像小燕子那样温雅。黎鸡儿的领地意识非常强，离它巢穴还有几十米时，如有其他鸟类进入，它会感觉巢穴、幼鸟要受到威胁，一对亲鸟就会高声鸣叫，立即发起进攻，冲撞、嘴啄、翅膀扇，直至赶走入侵者，就是比它体型大很多的喜鹊、鹞子、老鹰等猛禽，在它面前也吃败仗，其他的鸟类大多是一听到叫声就赶紧飞离。有时，周边其他巢穴的黎鸡儿也来助阵，厮杀的场面看着特别过瘾。人要是离得过近，同样也会遭到攻击，曾有掏鸟窝的人，脸蛋儿、小手都被抓出血道子。黎鸡儿善斗的特性源于它保护巢穴和幼鸟的本能，所以，村子里只要有黎鸡儿定居，一大片的林子就被它防护起来了，大屎鹰、鹞子、杜鹃、喜鹊等看起来很凶猛的鸟刚刚飞临树冠上空还没来得及落在树梢时，黎鸡儿们就会发出一阵一阵的尖叫声，群起而攻之。这时飞得更高的小燕子也会在一旁啼叫助阵甚至参战。地面的孩子们此时也不会闲着，嘴里不停地高喊“黎鸡儿黎鸡儿打鹞鹰、黎鸡儿黎鸡儿打鹞鹰……”就这阵势，那些不速之客就会掉头逃跑。但是黎鸡儿却不攻击那些看起来很温驯的鸟类。自然而然，黎鸡儿的行为也保护了其他弱小鸟类的安全，更保护了树下一家一户散养的小鸡小鸭的安全，这“鸟中斗士”也成了“护林卫士”“护村卫士”，真有“好汉护三村，好狗护三邻”的味道。

每年春夏之交黎鸡儿从南方越冬地飞回北方繁殖地，跟小燕子一样，它一般都要回到前一年的营巢地，而且回迁时间基本固定。据我多年的观察，我们这里每年立夏那天，上一年居住过黎鸡儿的树上就会见到黎鸡儿的身影，只是飞回来的前两天不鸣叫。三四天之后，没有了回迁的疲惫，它们就开始鸣叫、追逐，并很快选好巢穴位置开始搭窝。它们喜欢在榆树、国槐、楸树、枣树上搭窝，巢穴的位置在接近树梢前段有两三个分杈的地方。巢穴搭得很精细，都是细草细棍儿，还有蜘蛛丝。黎鸡儿还有自我拆窝的习惯，每年南迁时有些黎鸡儿就会把自己的窝拆掉，来年回迁后再重新筑巢。没有拆掉的窝，一般在冬春时节就会被麻衣鹊给拆了。

黎鸡儿一般在 5 月产蛋孵化，半个多月小鸟出壳，二十来天后就可离巢，我们这里叫“初飞儿”。小黎鸡儿出壳五六天时的叫声就很清晰了，喳、喳、喳。早先我家是一棵洋槐树，后来是一棵榆树上，年年都有黎鸡儿住，后院邻居的楸树上和榆树上也各有一窝，在孵化期非常热闹，我经常仰着脖子长时间观察。需要搞清楚的一个现象，就是黎鸡儿的“初飞儿”跟好多鸟儿还是有区别的，有的鸟类的“初飞儿”是直接振翅离巢，而黎鸡儿却不是，它的幼鸟有一个串枝儿的过程，就是幼鸟离巢先串到巢边的树枝上，大约一两天后才会“初飞儿”，从串枝儿开始，这小黎鸡儿的叫声已经由“喳、喳、喳”变成了“得劲儿、得劲儿”，声音清晰悦耳。

刮风下雨时，这小黎鸡儿有的就会掉到地上，因为黎鸡儿的窝搭得过于接近树梢，容易晃动。掉到地上的小鸟，有的肉肉的、有的一身绒毛，有的都已全身黑羽，是不可能送到窝里去了。受伤不严重的，可以人工“辅养”，养大了放飞。这小黎鸡儿特别好养，一两天后它就不生分主动讨食吃了。我们这里的蚂蚱、蛾子、蚂螂等昆虫太多了，尤其是茼麻的每片打了卷儿的叶子里，都有一个不大不小的肉虫子，薅一把回来插在水瓶里能喂两天。喂食的时候，把卷叶剥开拿出虫子投喂就行了，这小黎鸡儿特别能吃，喂得多、长得快，很快就能振翅，特别是“得劲儿、得劲儿”金属般的叫声，让人待见。能飞以后，“主人”会非常不舍地让它们去找父母，失去孩子的大黎鸡儿很快就会接受它们。那时，我们不少“辅养”小黎鸡儿的孩子们，都知道必须放飞，到了秋天小黎鸡儿要随父母南迁。而放飞的小黎鸡儿，只要“辅养”它的小主人手里拿着吃的一招呼，它就会从树上飞下来落在手上、胳膊上，张开大嘴抢食，没有丝毫的恐惧感，真的没白“辅养”。“辅养”一词是我造的——辅助大黎鸡儿喂养的意思。

黎鸡儿是黑亮的鸟、叫更的鸟、善战护村的鸟，更是村民喜爱的鸟。现在，村里的老树因这些年村民几轮翻盖房屋已经所剩无几，二三层小楼的高度基本就是原来黎鸡窝的高度，因而黎鸡儿也自然少了很多，几乎听不到它“嘎啦嘎”叫更的声音了——“恁们都不种麦子了，我们还叫什么更呀”。

黎鸡儿跟小燕子一样，追人而居，但要有足够的林木，而且是它喜欢做窝定居的那些树种。看来，要想黎鸡儿多起来，还要有目的地多栽树呀！

三、专会骂人的黄鹂鸟

“吃我桑葚儿黑屁股”，听起来是一句调侃人的话，但不是人说的，而是一种鸟儿拟音发出的，那时在我们老家，对这句“鸟儿语”可以说是老少皆知。

这种鸟儿就是黄鹂鸟，是老家同时兼具长相俊俏与叫声可人的十几种鸟类中绝对的佼佼者。它的知名度和辨识度很高，人们对它喜爱有加，更有不少“逗乐儿”的故事因它而起。

我们这里人说的黄鹂儿就是黄鹂鸟，而且是黑枕黄鹂。它是一种夏候鸟，每年往返于南方和北方，秋去夏来，从不间断。

黄鹂鸟是很有名气的观赏鸟。它的体型中等偏小，身长与腰围的比例非常协调，对比与它大小相近的斑鸠，斑鸠显得粗肥了一些，对比与它长短相近的黎鸡儿，黎鸡儿显得瘦细了一些，哪个更顺眼一比就知道。黄鹂鸟的体色搭配更是没的说，虽然主要只是黄黑两色，但相间互衬，艳而不妖，亮而不耀，而鲜明的黄色体毛更显金贵之气。它的标志性特征是眼枕部位有一道围绕头顶的黑色带纹，也因此有了黑枕黄鹂的大号。它的飞行姿态潇洒优美，双翅端点似有两个小小风车转动助飞，飞行弧线忽起忽伏、赏心悦目。

黄鹂鸟是与生俱来的歌唱家。它的鸣叫声清脆悠扬，美妙奇幻，细听起来，有时像是西洋乐器黑管，有时像是民族乐器箫笛。兴奋时叫声绵长渐缓，像是一股清泉远去；激愤时叫声短促有力，像是群鸟争吵不休。更为拿手的是能够模仿黎鸡儿、虎不拉等鸟雀的叫声，让人叫绝的是还能根据人的发音鸣叫成调，抑扬顿挫，现学现卖。“两个黄鹂鸣翠柳，一行白鹭上青天”是古人对黄鹂美妙叫声的至高赞誉。

老家人闲暇时常常观看黄鹂鸟在树间跳跃、喂食小鸟，只是它的窝都搭在最高最大的树上，离地面远了一些。要想看得清楚过瘾，就得躲在屋里，等到它落到菜架上时从窗户口偷着看。更多的人还是喜欢听它唱歌，因为躺在炕上就能听见。黄鹂鸟很多时候都在臭椿树上休息或鸣唱，所以它身上总有一股子臭椿树的怪味儿。我曾经逮到过一只成年黄鹂鸟，确实觉得味道不好，这鸟儿很难调养，后来父亲说养不住的，赶紧放了吧。于是，我双手捧着它往空中一扔，画着优美的弧线它就飞走了，说来神奇，飞出去几十米以后，这鸟儿就调整了方向，朝着离它巢穴还有200多米远的那棵家槐树飞去……

黄鹂鸟的巢穴，一般都在高大的榆树、国槐树上，差不多有20多米高，而且多在树梢端，比黑黎鸡儿的窝更靠近树冠顶层，因此，就是有人爬到树上也掏不着鸟窝，除非用长棍子捅或钩子钩，但摸不到鸟儿蛋和小鸟儿，没辙了也就善罢甘休，这鸟窝搭在这地方就是一种自我保护。很是善于爬树的家猫也望而却步，因为这小家猫爬树的高度也就顶多一房高。

听老人们说，黄鹂鸟可以把产下的蛋用一根马尾巴丝拴上吊起来，所以我们这里有“黄鹂儿窝 —— 吊蛋”的说法，并用来嘲讽刺儿头、吊歪的人 —— 这人怎么“黄鹂窝呀 —— 真吊蛋”。我曾上树近距离观察过不少的鸟儿窝，但由于黄鹂鸟的窝数量少，树的主人也算是鸟的主人也不让爬，那鸟窝究竟什么样子、有没有吊蛋，也就无从知晓了，算是个小遗憾吧。

关于这黄鹂鸟，最令人难忘的是它那“逗乐儿”的鸣叫和老家人添油加醋的“人性化”编排：

黄鹂鸟以捕食昆虫为主，偶尔也吃一些野果儿，特别是在育雏期，还给小鸟儿喂食一些，真是荤素搭配。我们这里的桑葚儿它就喜欢吃，有时，它来吃桑葚儿时，看到有人在采摘，又不敢近前，只能落在其他树上，不停地在树间跳跃，不耐烦地反复鸣叫：“嘟噜——嘟噜——嘟噜——嘟”“嘟噜——嘟噜——嘟噜——嘟”。慢慢地，有人破解了鸣叫的含义——“吃我桑葚儿黑屁股”，“啊，这个臭东西，它在骂我们”。太有意思了，以后，有人吃桑葚儿时，就有了“吃我桑葚儿黑屁股”的调侃。

这个故事还有下文：一次，一只黄鹂鸟正好落在一户人家窗户前面的树上。大热天的，屋里老两口儿正光着膀子、裸着腿儿地躺在炕上聊天：“这黄鹂儿够可恨的，把咱家的桑葚儿都给吃光了，赶明儿个下个网，逮着它，给炖着吃喽”。啊，这黄鹂鸟儿吓了一跳，今天要不是偷听到了，明天就没命了。气不打一处来，“嘟噜嘟噜嘟、嘟噜嘟噜嘟……”地一大串“鸟语”脱口而出。老头儿老太太似乎还听出什么意思来了，大概是说：“精嘚儿精，光嘚儿光，吃不上我的肉，喝不上我的汤！”“好你个小王八蛋，还敢骂我们”，拿起笤帚疙瘩就扔出窗外，那黄鹂鸟一边飞逃，一边继续“嘚啵”，老头儿老太太愣是没辙。正可谓“打起黄莺儿，休得枝上骂……”。

近些年，村上减少最多的夏候鸟就是黄鹂鸟儿，主要因为高大树木的减少，想听“吃我桑葚儿黑屁股”的鸣叫难了。

期盼新一轮绿化美化林木森森，再次引来黄鹂鸟。

四、迅猛残暴的胡巴拉

“丘大傻掏胡巴拉（lá），掏了仨给了我俩”，这是老家村上小孩子经常挂在嘴边上的顺口溜，大人与小孩儿开玩笑时偶尔也会用这话逗上两句。

句子中的“胡巴拉”是一种小鸟儿，在农村长大的人大都知道的。这是一种体型较小的夏候鸟，体色灰白或灰褐色，体型比麻雀大一些，尾巴也更长一些。那时找不到与它大小长相特别接近的鸟，只能拿麻雀相比较。近些年，老家又多了一种幼年时没曾见过的鸟——白头翁（白头鹎），与胡巴拉的大小很接近，也就有了比较对象。胡巴拉的幼鸟很容易饲养，也容易获取，所以老家喜欢养鸟的人几乎都有喂养这种小鸟儿的经历。

这种鸟儿的学名叫伯劳，别名虎伯劳、屠夫鸟、虎不拉，还有叫胡巴拉的。知道它的学名是伯劳、别名是屠夫鸟时，相距幼年第一次认识这种鸟儿的时间一下子就过去了 40 年，那是在北京一个公园里鸟类图片展板上发现的。当时很是意外和惊喜，因为老家常见鸟类的学名差不多都知道了，只有胡巴拉一直没有查到叫什么。我觉得日久天长，虎伯劳的名字叫俗了最后就成了胡巴拉。

胡巴拉和黎鸡儿一样，每年立夏时从南方越冬地长途迁徙返回北方繁殖地，开启新一年的育雏周期。村民院子里和村边的洋槐树、臭椿树、小叶杨、加拿大杨的树胡子上，是胡巴拉最爱搭窝的地方。搭窝的材料以细草、细棍、羽毛和棉絮为主，多数离地面不过十米，又在主干枝的胡子枝上，所以抗风抗雨，极少见到幼鸟因风雨过大而掉到地上。但有一个明显的缺陷，离地面太近，而且在树的主干上，所以方便了掏鸟人。像黄鹂鸟、黎鸡儿的窝是很难直接掏到的，因为它们的窝都在大树顶端三四级枝条的末梢端。

本文开头儿那句顺口溜，嘲讽的是性情愚钝、呆傻的人，而鸟雀则选择了胡巴拉，应是人们看到这种鸟儿的窝被掏的时候最多。有意思的是，顺口溜里说的这人确有其人，鸟也确有其鸟，但那人只是智力差一些却从来没有掏过鸟儿窝，白白冤枉了他。我觉得最初编出这顺口溜的人肯定是掏鸟人，也一定有过鸟友们“分鸟”之争的经历。

大多数掏鸟人不会净窝，掏一半留一半，而且要选好时机——幼鸟身体将要长毛时最为合适，掏早了幼鸟太小不易养活，掏晚了，也能养活，但记不住主人。只有掏得不早不晚，这幼鸟才既好养也记人，能跟掏它养它的“鸟爸爸”建立互认关系。胡巴拉的窝要是给掏光了，还有可能再育一窝，而黎鸡儿、黄鹂儿的窝要被掏光，绝无可能再育第二窝，来年也不会再回到那里。极端情况也有，这黎鸡儿脾气暴躁，能气疯了。六队菜园子一棵枣树上的一个黎鸡儿窝被掏后，小黎鸡儿的爸爸就疯掉了，只要有人和动物从附近走过，一定会疯叫着发起攻击，看着十分悲凉。也有不少人被它的铁翅膀扇得红一块紫一块的。

胡巴拉的幼鸟以吃虫子为主，繁育期老家这里的虫子又很多，人工喂养时，只要与它建立起互认的关系就好养了。小鸟能立起身来或爬动或走动了，是最有意思的时候。大胡巴拉的叫声多是

“吱——吱——啦、吱——吱——啦”，变成人的话声就成了“怎——么——啦、怎——么——啦”。那时，人们躺在自家的炕上，就能听到它那不怎么好听的叫声。主人喂鸟时，嘴里“怎——么——啦、怎——么——啦”地喊着，手指捏着虫子左右晃着，那小鸟们则仰着头、伸长脖子、张开大嘴，“喳、喳、喳”边叫边晃动，一唱一和的。小鸟会飞了又是一个有意思的阶段，在屋里试飞，练熟了，绕圈、找主人，都没问题了，可以到院子里玩儿。完成了这个过程要尽快地解放这小鸟，让它适应环境，学会自我捕食生存，有些能被大胡不拉认可，就更好了，秋天它们会启程南迁的。

从资料上看，胡巴拉也就是伯劳鸟，生性凶猛，善于打斗，是中小型鸟类中的小猛禽，有鸟中“屠夫”的说法，能捕食青蛙、蜥蜴、老鼠、小鸟、小蛇等，并扎在树刺上慢慢食用或储存。但在我的记忆里，老家这里的胡巴拉并没那么凶猛，看到的几乎都是它捕食蚂蚱等昆虫的场面，而论打架斗殴它不是黑黎鸡儿的对手，有人掏它窝时，也只是转着圈地叫唤，很少攻击人，根本不像黑黎鸡儿那样扇人、抓人。我真的有些费解，是种类上的差异吗，还是我们这里的食物太丰富了？据说圣莲山一带的中低山上有一种胡巴拉鸟儿，有人见过它凶猛捕食的场面，逮着机会我一定去看看。

现在到了盛夏，老家这里胡巴拉的身影稀少了，也听不到它的叫声了。它比黑黎鸡儿、黄鹂鸟儿对环境的要求似乎更高。近些年，生态环境正在逐年改善，人们还能躺在炕上听见它那“怎——么——啦、怎——么——啦”的叫声吗？！

五、借巢下蛋的杜鹃鸟

杜鹃鸟几乎是尽人皆知的鸟，幼童似刚懂事时，听过它“倍儿——倍儿——倍儿——谷”的叫声后，就已留下了记忆。老家人给它起的名字就是它不停鸣叫的那四个音节，响亮、好记、还亲切。这串叫声清脆悦耳富有磁性，更具人格化，在我们这里还有好几个直白的释义：“快快播谷”“割麦割谷”“光棍儿好苦”。

杜鹃鸟是带给人们快乐的鸟，每年春末夏初从遥远的南方回迁以后，它那熟悉的叫声，就会使人情不自禁地兴奋起来，很多人脸上都会浮出笑容。如果说小家燕是报春的信使，那么杜鹃鸟就是迎夏的使者。它的到来标志着四季时节由春转夏。

听到了天空或树间的杜鹃鸟鸣叫，人们见面打招呼时就用“倍儿——倍儿——倍儿——谷”，回礼时也是“倍儿——倍儿——倍儿——谷”。挺神奇的，鸟语居然成了人的问候语。我是听着杜鹃的叫声长大的，受人们的感染，加之这叫声真的好听，所以也极爱杜鹃鸟。

杜鹃鸟在不同的地区有不同的名字，如杜宇、子规、布谷等，这些名字都很好听，关键是还承载着厚重的历史典故。最古老、最初始的就是杜宇让出蜀王帝位于鳖灵，死后化为子规鸟，啼血催民播种的神话故事，由此，也使杜鹃鸟成为历史典故最多的鸟类，杜鹃鸟也就有了许多别名，也有了啼血杜鹃的传说，有了情思怀念的象征，还有“杨花落尽子规啼，闻道龙标过五溪”“枝头杜宇啼成血，陌头杨柳吹成雪”等诸多名句。

其实，杜鹃鸟不止一种，当然这是晚些时候才知道的。叫声“倍儿——倍儿——倍儿——谷”的这种杜鹃鸟，学名“四声杜鹃”——啼血杜鹃，也是根据它的叫声而得名的。我们就先说说它的故事。

四声杜鹃是一种体型偏大的候鸟，通体灰褐色，双翅较短、尾巴宽长。长相、大小、体色、飞行姿态特别像鹞子，如果不叫唤，很多人认不准它到底是杜鹃鸟还是鹞子。就连见了鹞子就驱赶追打的黑黎鸡儿，有时也认错了，看见杜鹃鸟飞进村子，就高声鸣叫着冲上去驱赶，到了近前一看认错了，就会折返而归。

每年春末夏初杜鹃鸟回到北方的时间，跟黑黎鸡回迁的时间大体相当。这种鸟喜欢潮湿温暖林密的环境，所以，大多数都在拒马河或其他小河两岸三五百米范围的杨柳树上栖息，并且多在村庄外围或村边。注意是栖息而不是定居，因为它从来就不筑巢的。当然，杜鹃鸟平时活动觅食的范围还是很大的，离河流很远的山根山脚处也能见到它的身影。到了六七月的繁殖期，四声杜鹃就会不分昼夜“倍儿——倍儿——倍儿——谷”地鸣叫，在树上叫，飞着也叫，有时特别烦人。

这种鸟最突出也最为可气的是，借巢下蛋、借鸟育雏，投奸取巧。自己不筑巢，自己不孵化，自己不育雏，照样繁衍后代，这在鸟类学上叫作“卵寄生”。河边林地和平原林地里体型更小的雀形目的鸟巢，就是它偷偷下蛋的对象，一个鸟巢偷下一枚蛋，一个繁殖季可选几个鸟窝偷下好几枚。偷偷下了蛋，任务就算完成，以后能不能孵化而出并长为成鸟，就不是它的事儿了，但多下几个蛋延续后代就更加保险。

更为叫绝的是杜鹃鸟的幼鸟，它的孵化期总是早于寄主幼鸟一两天，率先被喂养，等寄主的小鸟孵化以后，杜鹃的幼鸟就会用屁股把它们一个一个拱出巢外，也包括还没出壳儿的鸟蛋。最后由一对体型仅如麻雀一般大小的雀形目夫妇把杜鹃鸟幼鸟喂大。小杜鹃初飞儿时的体型要大过它养父母的十来倍，这真是鸟界奇闻。

我和我的鸟伴儿们是在十一二岁时发现的这一现象，因为拒马河沿岸的杨柳树上、草丛里，有好多类似麻雀一般大小的鸟儿，而且鸟窝也很多。因为鸟蛋太小，小鸟也不好养，所以那时我们除了偶尔掏几个鸟窝外，更多的是观察它们。后来发现有的鸟窝里的小鸟，有块头儿更大的，靠近观看时，嘴巴张得也大大的，里面全是血红色，可谓小鸟里的“血盆大口”。观察几日后，眼见着一个劲地蹿长，速度非常快，没几天身形比小斑鸠都要大了。我的脑袋也大了，怎么也想不明白。没辙了，回家去问二伯，二伯可是老养鸟了。二伯乐着说“不软气呀，还能看出点儿门道来，那就是倍儿——倍儿——倍儿——谷，是它妈在人家窝里下的蛋”，我好像听明白了，又没完全听懂。二伯又说“河沿儿每年都有好些个小鸟窝被偷着下了蛋，不这样，你就听不见倍儿——倍儿——倍儿——谷叫唤了，那些小鸟们多的是，影响不大，就是这臭招儿太缺德了”。

说到杜鹃鸟，我们这里还有一种体型更大的，叫声是两个音节一组，浑厚有力，传播更远，在寂静偏远的地方叫起来还有些瘆人。“布谷、布谷”，是它标志性的叫声，我们这里的人管它叫嗽呼（音似），大名儿叫布谷鸟，是催人播谷的鸟。20 世纪 80 年代初我还学唱了《布谷鸟》那首好听的歌。所以，在我和许多老家人的概念里，这布谷鸟与杜鹃鸟没什么关系。到了80年代后期，这个概念被颠覆了，原来，这布谷鸟就是大杜鹃鸟。虽说它与四声杜鹃都是杜鹃，但两者区别还是不小的。这大杜鹃鸟喜欢在浅山丘陵一带活动，很少接近人们密集活动的区域，由于离村远，所以平时很少听到它的叫声。

四声杜鹃“倍儿——倍儿——倍儿——谷”，大杜鹃鸟“布谷、布谷”，一种在河道沿线生活，一种在山坡嶚岗生活，各有各的领地，各有各的圈子。它们虽然都懒懒的不会孵化幼鸟，但却勤勤地不忘催耕催种，农民们还是待见它们的。

这些年，老家的山更绿了，大杜鹃鸟没见减少；河水变少了，四声杜鹃却渐少了。

期待着这两种杜鹃鸟在温暖的夏日里，在诗情画意的山水间遥相对唱。

六、报喜送吉的花喜鹊

喜鹊是人们再熟悉不过的鸟了，旧时民间传说它能报喜，故有喜鹊之名，又因体色黑白相间，所以还有花喜鹊的名字。

老家人对喜鹊报喜送吉深信不疑，听到喜鹊鸣叫，与喜鹊不期而遇，有喜鹊飞到自家树上或屋顶上叫声连连，当然是乐见的事儿了。有吉祥征兆、喜事来临，立马就来了精神头儿。

喜鹊是我们这里妇孺皆知的报喜鸟。穷苦时期，整日劳累的人们，有喜鹊为伴，在精神上有很大的慰藉。因为喜鹊是留鸟，多生活在有人活动的区域内，所以一年四季里，进进出出的人们经常与喜鹊碰面，见到这带着喜兴的鸟，就是有些小小的不痛快，也会被冲淡。即便在家里也时有喜鹊登门，它们跳跃着在屋顶或小院里寻找可吃的食物，并沙沙沙（shà）地鸣叫；下地干活儿时，也有喜鹊跟随，因为人们劳作间时而会有喜鹊喜欢的食物出现。日久天长，人们对喜鹊就有了感情，喜鹊似乎对人也有了依赖，如果有喜事得到应验，就会更为娇宠，找点粮食、剩饭什么的，投喂给喜鹊。这活儿我是非常乐意干的，而且还成了瘾，后来什么鸟儿都想投喂，增添了不少乐趣，也真的长了不少“鸟”知识。

在我们这一带，喜鹊已经是体型较大的鸟了，体长接近半米，黑白相间的羽毛反差明显、醒目亮眼。在光线明亮时，那黑色的羽毛从头部到尾羽能呈现深紫色、绿蓝色和墨绿色等光泽，显得高贵漂亮。

据我观察，在鸟类中，喜鹊搭建的安乐窝工程浩大、牢固舒适，连续使用五六年也没问题。它应该是鸟类营巢技术的佼佼者。喜鹊搭窝及有关习性，我在《老家的林》速生树种杨柳树一篇中做过描述，如有兴趣可翻看一下。

喜鹊一年养育一窝小鸟。多数是冬季开始搭窝，一直持续到5月，窝的外表看起来就是一团乱树枝，其实内部相当讲究，有精心制作的泥碗，碗里有柔软的细草、羽毛、绒毛等，堪称养育幼鸟的安乐窝。喜鹊窝个体大的外圈超过一米，还有上下两三个连在一起的，这是在弃窝边上又搭的窝。一个完整的窝得有一大背筐的树枝，足够烧柴做饭用几次的。但是老家这边的人是从来不上树去拆喜鹊窝的，缺柴火烧宁可到河边去慢慢地找。记不清是哪一年了，我们村南房易公路改造时，放倒了好多高大的加拿大杨树，成百个喜鹊窝也跟着遭了殃，人们去拆喜鹊窝当柴烧，竟发现了还有相当数量的铁丝，下手早的弄了一两百斤，卖到收购站换了一笔小钱。那次，我知道了铁丝居然也是喜鹊搭窝的材料，早先上树看喜鹊窝、掏喜鹊窝时还真没见过有铁丝。

五六七月是喜鹊的繁殖期，产蛋后大概半个来月小喜鹊就会出壳，再经过十七八天非常忙碌的喂食，三五只小喜鹊就能出窝串枝了，再经一两天就能振翅飞行。看着它们一家子整日沙沙沙、喳喳喳地欢叫和来回飞舞追逐嬉闹，人们的心里也是高兴的。谁家的树上要是住了喜鹊，会更高兴的，时不时地就会显摆一通儿、白话一通儿。

喜鹊幼鸟是最容易人工饲养的野鸟之一。它通人性、不娇贵，几乎是给什么吃什么，成长迅速，自然是村里那些喜爱养鸟人的选择对象。不分大人小孩，只要一开养，那就很难罢手。开养时，先放在纸箱子或破筐里就可以，只要跑不丢或不被猫儿、黄鼠狼、耗子等叼走，没几天就熟了。能满地跑时，跟家里的小鸡放在一起都行，能半跳半飞时，就显霸气了。如果养熟了，不像黄雀儿、百灵、嗞嗞黑儿那样还用笼养，也不像老鹰、鹞子、嗽呼一样还用绳养，可以自由放养，不用担心远走高飞，即便它跟大喜鹊一起玩耍，只要主人打招呼，它就会飞回来，落在主人的手上、胳膊上，甚至头上，黏人得很。

我有两次养小喜鹊的经历，第一次是十来岁时，几个小伙伴上树掏的，弄了两只留在窝里三只，小肉球球毛茸茸的，我们几个人合着养，看着小家伙一天天长大，特别高兴。第二次就是有人出树（伐树）用木料时，那树上喜鹊窝里的小喜鹊无家可归了，一下子就是三只，而且都长黑毛了，看着心疼。有人说个头有点儿大，都已经怕人了，恐怕养不好。搁在背筐里拿回去试试吧。自己有一点经验，在找二伯问问，最初的担心慢慢地就消除了，还真养熟了，这三只小喜鹊就有了新的主人。可还是犯愁，这几个小家伙太能吃了，倒是什么都吃，但家里喂鸡的粮食是有限的，逮虫子要耗费不少时间。于是，找了几个小伙伴，谁拿来鸟食谁就可以托在手上喂。这招儿真行，小喜鹊们不但没断粮，还有了富余。每次谁要喂，我还要看看喂什么，不能让小家伙吃坏了。能在地上跑，长得更快了，就跟鸡鸭一起玩。再大一些能飞起来了，开始是小推车上、水缸上，后来是房上、树上，再后来就飞得更远了，慢慢地心就野了，甚至不想回来。走就走吧，其实我们没有一个不伤心的，真舍不得呀。都过去多少年了，一次看电视时，知道了野生动物、鸟类“救助”的说法，觉得要是这样的话，那时村里人曾“救助”了多少只鸟儿啊！刮风下雨、砍树伐树中没了爹妈的小鸟，从窝里被挤出来掉在地上的小鸟，只要被人发现，都会拿回去喂养，然后放生，喜鹊、黎鸡儿、斑鸠、虎不拉，还有叫不上名字的小鸟儿。

花喜鹊育雏的夏季，都是夫妻单独行动。春秋冬三季，时常聚群活动，最多时有一两百只，它们特别喜欢在拒马河河道周边活动，一来那里有多种昆虫，食物丰富，还有河道支流时常有人被坝断水弄鱼，小鱼小虾小蝌蚪都是喜鹊的美食，它们会成群结队地落在断水的河道上贪婪地取食。所以，精明的人都在晚上被坝弄鱼，这样就没有喜鹊来争抢。二来河床河谷一带空间大，足够喜鹊玩耍，累了趴到沙滩上抖搂抖搂翅膀洗洗沙浴，渴了跳到河边上就喝它几口水，再有小喜鹊还要跟前辈学习捕食技能，那里天然就是喜鹊乐园。

在老家，还有一种喜鹊是灰喜鹊，老家人都叫它麻衣鹊，长相与花喜鹊基本一样，但个头要小一圈儿。体色浅灰，头顶和翅膀等处羽色深蓝并有金属光泽，尾巴长于体长，体色协调、身形漂亮。喜成群集结，善于鸣叫，是林木、庄稼害虫的强敌，尤其喜欢吃松毛虫。

现在，老家这一带，花喜鹊、灰喜鹊的种群数量有所减少，可能是人们生产生活环境的变化所引起，比如高大林木减少、河流水量减少等。不过，城镇地区的花喜鹊、灰喜鹊种群的数量倒有增加，人们几乎每天都能在河边、绿地、公园，甚至城内道路两旁的大树上，见到它们的身影。这是城市环境整体向好的标志，也是城里人的福分。

喜鹊被誉为报喜鸟，有着深厚的文化渊源。喜鹊文化的起源可追溯到原始社会，青海乐都区出土的“柳湾文化”彩陶罐上的喜鹊图案是最好的实证。从古代起，华夏民族与喜鹊的关系就超越了一般性相处与观赏的层次，升跃到文化境界。延续至今，已经深入我们生活的多个方面，形成了一套完整的文化体系。一段“牛郎织女七夕天河鹊桥会”的神话故事近乎是家喻户晓，一幅《喜鹊登梅》图更是盛行于华夏大地。

“喜鹊登枝窗外鸣，似邀我赴野山行！”

我还等什么？！

七、当当阵响的锛打木

“锛打木上槐树，小红袄儿绿棉裤……”，这又是一段老家赞美野鸟儿的顺口溜，说的是“树木医生”啄木鸟——并且是那种体色红绿相间的啄木鸟。其实，在我们老家至少有三种体型不一、体色各异的啄木鸟。

这种鸟在树上捉虫或打洞筑巢时，要用它那尖硬如凿的利嘴敲打树木，并发出“嗒嗒嗒、当当当”的阵阵声响，可传一二百米远，于是，就有了“锛打木”的俗称——当当阵响的“锛打木”，这名字既形象又逼真，还挺亲切。

锛打木——啄木鸟是一种肉食性鸟类，主要啄食躲藏在树木皮下和木质部里的昆虫，它能根据虫子留下的味道、咬痕、孔洞、粪便等，很快找到它们的藏身之地，并用它那特有的强大利器——口喙锛开树皮或硬木层，找到虫子，直接吃掉或叼走去喂幼鸟。

锛打木单单具有坚硬的口喙还是不够的，它的双爪前后各有两趾，可以牢牢地抓住树皮，使它的身体可以竖在树干上；同时，短而宽阔的尾巴可以起到支撑和平衡作用；据说，它的大脑里有防震层，可以避免每天大力度多次敲击树木剧烈震动而引起的脑震荡。锛打木这种特殊的身体结构与习性，可以说是自然界中物种多样性和物种进化的杰作。

童少时期的记忆里，老家大概有三种锛打木。第一种就是开文时顺口溜说的那种。体型稍稍小于胡巴拉（伯劳）鸟儿，尾巴当然就更短了，身具红绿黑三色亮丽羽毛，胸背部多红色，尾部多绿色，全身散布白色斑点，看上去非常漂亮。立趴在树干上，有点儿像一个超级大号的昆虫——斑衣蜡蝉（俗名红媳妇）。飞行时忽高忽低，弧线优美，无声无息。在三种锛打木中最多最常见，村里村外的树木上都有它的身影。那个时候，村里年轻的少妇在穿衣上虽然经济条件不太好，但也有一些讲究的，干活儿时外面的上衣和裤子都很素净，可以挡土挡尘防止柴火棍子剐着蹭着的，而里面的衣服则鲜活一些。有时，外衣弄脏了，就脱下来抖搂抖搂，这时里面又红又绿又花的衣服就露出来了，于是，就有人开喊："锛打木上槐树，小红袄儿绿棉裤"，还有人跟着喊："那边儿有一棵洋槐树，赶快爬上去吃虫子吧"，还有人说"红媳妇变锛打木（啄木鸟）了"，这话说得更有意思，这少妇一下子就变成虫子和鸟儿了。你要是多夸两句衣服好看合身什么的，这少妇们虽然有些不好意思，但心里总是高兴的，但是说她们是红媳妇和锛打木肯定不爱听，多是回敬几句或是拿根柴火棍子追着抡巴几下，气喘吁吁、汗流涔涔，追不上，了事。

第二种浑身的毛色、花纹跟第一种差不多，只是黑色羽毛更多一些，体型更小，大概跟肥实一点的麻雀差不多。这种锛打木就爱在村子里的树上活动，而且多在靠近树木枝干很低的地方觅食，这样可以躲避大体型鸟类的侵扰。我在家里后院坐着板凳看书时，它落在加拿大杨树上找虫子，离我也就是三四米远，你要总是看着它，它就绕到树的另一边，你不再盯着它，它又会转回来。那时，这小家伙经常陪着我读书，越来越不怕我，有它陪着，学习效率还不低的。高中时，偶有几个同学一起学习，有男有女，时不时就扯闲篇儿，学习效率就打了折扣，剩下一个人时还得加时补上。

第三种是体型最大的锛打木，大小跟斑鸠差不多，浑身土绿色，看着身体有些发扁，应是长期趴树的结果，多在村外地阶成行的树上活动，特别是老柿子树上，叫声很大，“吱儿，吱儿，吱儿吱儿吱儿，吱儿——”，听到这种声音，就知道是这种锛打木在叫，不可能是别的鸟。由于这种锛打木的体型大，所以在树上锛出的巢穴孔洞也就大一些，一般小孩子的手能勉强伸进去，可掏到幼鸟养起来。前两种锛打木的巢穴孔洞太细，手伸不进去的。锛打木幼鸟只吃虫子，最好是肉虫子，所以不好养，只有村里的养鸟高手才养得好。

锛打木巢穴的位置一般也得高于十米，多在大青杨、小叶杨、狗杨子、柳树主干的背风一面锛打做窝。如果没有外界干扰，可以住上几年，那时，我们经常仰着脖子，一看就是个把小时。锛打木的巢穴弃掉以后，酸枣鸡、麻雀就会占据，它们住的时间更长。

大概是2007年，我出游甘肃，坐在兰州水车公园的长条椅子上等人，旁边一棵柳树上，一只锛打木正在敲打木头，就是老家锛打木的第一种。它不像是捉虫子，应该是在做窝，我观察了有半个小时，它已经把树皮和木质部分凿出了一个圆口儿的深窝窝，它的口喙在挖洞时，有点像木匠用凿子打眼儿，由浅入深、由一头凿到另一头，并顺着树丝方向，效率很高的，实在是惊叹它的能力。在老家时我也没看过锛打木刚刚开始做窝时的情形，没想到千里之外开了眼。

锛打木这种鸟，有留鸟，也有候鸟，好像老家体型最大的那种就是候鸟。不论是留鸟，还是候鸟，都是人类的朋友。近些年，虽然老家锛打木的数量有所减少，但总还是有的，而且看起来更加亲切了。

希望老家日益良好的生态环境和人们护鸟意识的强化，能吸引更多鸟儿的到来，成为这里确确实实的“留鸟”，哪怕是季节性的。

八、软弱胆小的花斑鸠

花斑鸠生性就是软弱胆小的鸟儿，这在老家一带近百种的鸟类中应是数一数二的。按说它中等的体型也不算小了，但无论是比它体型大的，或接近的，或是小很多的鸟，一旦发生纠缠，它都会甘拜下风，几乎没有还击之力。就是一只小小的麻雀也能用坚硬的小嘴薅下它的羽毛，打的它仓皇飞逃。

不可思议的是，古人还造出了一个“鸠占鹊巢”的成语，这花斑鸠真是千古奇冤啊！

花斑鸠是我们这里对斑鸠的通称，因为常见的四种斑鸠都是体色发灰发褐并多多少少带有白色斑点或花纹。由于它胆小，所以行踪飘忽不定，飞行悄无声息，有些人就觉得它很神秘。

花斑鸠是老家人很是喜爱的野鸟。它的幼鸟很容易饲养，养大以后很像鸽子，温驯喜人，而且比鸽子还显小巧灵动。它也是人们捕食的重要飞禽，鲜美的味道可谓山珍级别，原始人的捕猎食谱中肯定少不了斑鸠。在“糠菜半年粮”的年代，弄一两只花斑鸠炖了吃，既解馋又充饥还能滋补身体。花斑鸠的蛋也是美味级的，每窝一次可产两三枚，大小跟鹌鹑蛋相近，在鸟蛋中属于中等偏大了，这对人同样有诱惑力，一般一窝斑鸠掏摸两次不会影响它的繁殖，因为斑鸠的产蛋能力还是很强的，而且一年可以繁殖两三窝，跟长相相近的家鸽类似。

小时候是先跟着大人们，然后是小伙伴们自己，在掏斑鸠窝、养小斑鸠、吃斑鸠肉的数次经历以后，逐渐对斑鸠熟悉起来的。在我的记忆中，老家常见的斑鸠有四种，体型大小各异，毛色差异明显，各有各的样貌。要是没有见到成鸟，单凭鸣叫声也可做出区分。

火斑鸠：底色发灰的羽毛外层红褐色并有光亮，名字就是这么来的。火斑鸠体型最小最瘦，成鸟体重也就是三两左右，在四种斑鸠中是唯一的夏候鸟，每年入夏回到北方繁殖地，大多一年一窝，一窝一次产蛋三四枚，孵化出的幼鸟多为三只少见两只。

珠颈斑鸠：羽色土灰，最突出的标志是后颈部的一块黑底羽毛上密布着多半圈白色斑点，故称珠颈斑鸠。体型中等，成鸟体重五六两，为地域性留鸟，每年夏季繁殖一窝到两窝，一般每窝孵化幼鸟两只。在三种斑鸠中数量最多，也最常见，五冬六夏都能听到它的叫声。常在村内村边活动，现已扩散到城区。

灰斑鸠：羽毛底色土灰稍稍发白，也是其名字的由来。识别特征为后颈部有黑色细纹一条，尾部有灰白色羽毛一圈。体型大小与珠颈斑鸠相当，但更细长一些，常见于村庄外围，喜欢在村边电线杆的电线上落脚，探头探脑、东张西望。

大菜斑鸠：也叫大山斑鸠。羽色土褐，背上翅毛有棕红色斑纹，酷似鱼鳞，体型最大，体重接近一斤，更大一些的比家鸽还要大，看着肥实笨重，所以叫菜斑鸠，多在山脚处活动，所以又叫山斑鸠。也是留鸟，一年繁殖一窝至两窝，冬季很少听到它的叫声。因为体型大，自然成为人们捕食对象的首选，是人们布网粘、弹弓子打最多的鸟儿，几只在一起时，干脆就用火枪打，杀伤力很强。

这四种斑鸠只要一看体型体色，就容易区分出是哪一种。而凭借它们的叫声，也能准确区分。火斑鸠的叫声是：咕——咕咕——咕咕，咕——咕咕——咕咕，偶有咕——咕——咕，声音尖脆且急催；珠颈斑鸠的叫声是：咕咕咕——咕，咕咕咕——咕，声音稍粗，不紧不慢；灰斑鸠的叫声是：咕咕——咕，咕咕——咕，几乎与珠颈斑鸠的叫声一样，但粗短一些，少一个音节；菜斑鸠的叫声是：咕——咕——咕——咕，咕——咕——咕——咕，声音低沉，节奏舒缓。这四种斑鸠的叫声都发“咕”音，节奏、音调、音阶、音强有明显区别，仔细辨听几次就能区分了。

听鸟叫，辨鸟种，是童少时期逐年形成的一个习惯，因为整天听着群鸟儿“叫天子”，习以为常了，而稍有留心，就听出门道来了。我这脑袋里也不知留下了多少鸟鸣之音，到了现在也在“收听”，听鸟“唱歌”真的成了生活习惯，而且还小有长进。要不是鸟叫声转换文字在表达上有难度，我一定单独写一篇《天籁之声话鸟鸣》的文章，前面有些描述鸟叫的文字，感觉已经显得别扭了，还是不写为好。

现在网络上说鸟的话题很多很多，说花斑鸠的也大有人在，有时我就简单地浏览一下，发现同一个话题同一个内容可能会持续发酵，出现偏差、不准确的内容真的也不少。借着这次写斑鸠，就两个特别热点的话题，就我个人的认知做个交流。

有人说：农村那么多的野斑鸠，为什么见不到斑鸠窝——因为“鸠占鹊巢”。

一下子想起了鲁迅先生的《华德焚书异同论》：“德国的希特拉先生们一烧书，中国和日本的论者们都比之于秦始皇，然而秦始皇实在是冤枉的很……”其实这“鸠占鹊巢”的论者们着实也大大冤枉了斑鸠，在鸟类世界中，“鸠占鹊巢”词义中的鸟不是斑鸠而是鸥子，如果“鸠占鹊巢”的词义泛化还可以包括杜鹃鸟，我在《“鸠占鹊巢”的野鸥子》一文中将专门细说，现在单说斑鸠。

斑鸠生性胆小，但它绝对会自己筑巢，也不可能抢占其他鸟类的巢。斑鸠的巢穴看上去简单粗糙，但实则结实耐用。它通常在洋槐、国槐、柳树、杨树等树种的树胡子或主枝侧枝分杈点上搭窝，一个成型的窝也就有几十根最多超百根的细木枝，交错码放、外高内低、疏密适当，就是赶上较大的风雨，也不会散开，足以完成两三只幼鸟的孵化养育。这是斑鸠的智慧，因为这巢穴简单、实用、隐秘，还有一个最大的优势——建造速度快。我亲眼见过，有人爬树破坏了斑鸠窝，那一对失去家园的小家伙仅用不到一天的时间就又搭起了一个新窝，当然是在同一棵树上换了个位置，因为母斑鸠急于要产蛋了。我从来没见过搭窝速度如此之快的鸟儿，想来，换作是别的鸟儿这蛋非得下到地上糟蹋了不可，而斑鸠都“临盆”了还有这样的应急能力。其实，要是留心观察，或者持续跟踪斑鸠活动，发现斑鸠窝还是不难的，而且很快就会找到规律。现在城里的一些斑鸠搭窝更省事了，飞到人家阳台、房檐，在花盆、衣服架上都能搭窝，还遮风挡雨，还有人投食，这在观赏性上比看小燕子更近更好，还因为它们体型大，看得更加清楚。我家二楼阴面阳台旁的一棵杉树上有一窝珠颈斑鸠，离我灶台不足两米，我可有眼福了，已经连续观看两年。

有人说：斑鸠是不干净或有毒的，所以它的肉不能吃。

其实，古往今来斑鸠就是人类捕食的重要鸟类，理由很简单：因为它傻笨，容易捕捉，肉又鲜美。古人还驯养斑鸠，可食肉、可食蛋。斑鸠以食用粮食、草果为主，跟鸽子、家禽一样，应该是没有毒性的。早先我们老家山水林田多样化的地形地貌，养育了很多的野鸽子和野斑鸠，自然也是人们捉捕的重要对象。由于捕鸟人数量少，工具手段也很简陋，所以，这野鸽子、野斑鸠等野鸟还算是幸运的，一直保持着稳定的数量。

现在都讲人与自然和谐相处，斑鸠跟人类的关系日渐好起来，斑鸠不太怕人了，人也开始喜欢斑鸠，好事一件。

“斑鸠不能平着飞”，人生也是，飞出优美的弧线才更精彩。

九、“鸠占鹊巢”的野鸥子

从鸟类学的角度看，鸥子才是“鸠占鹊巢”的罪魁，杜鹃鸟勉强也可以算，而被认定为“罪魁”的斑鸠却蒙受了千古之冤，而且还在延续。

正好今天《老家的鸟》已经完稿八篇，该写第九篇野鸥子，那么就根据本人小时候的记忆，说说这个“占窝”的话题。

先从“鸠占鹊巢”的成语说起。“鸠占鹊巢”是一个汉语成语，最早出自《诗经・召南・鹊巢》：“维鹊有巢，维鸠居之”，据此引申出成语“鸠占鹊巢”，也作“鹊巢鸠占”，意思是明明不是自己的住所，却通过巧取豪夺的手段获得了。还有一种释义：斑鸠笨拙不会搭窝，就强占喜鹊窝来住。原指女子出嫁，以夫家为家。此后比喻强占别人的居所或产业。

这个成语有很深的社会学引申，本文仅从鸟类学层面分析。从字面上理解，认为斑鸠占据了喜鹊巢穴的人还是有的，特别是最早的时候，可能有这样认识的人并不占少数。随着时间的演进和人们对鸟类活动的不断观察，对这样的认识就产生了怀疑。理由很简单，斑鸠生性软弱胆小，甚至可欺，而且从来就是自己筑巢育雏，不可能占据其他鸟类的巢穴。

在疑问中，人们又观察到了杜鹃鸟的“巢寄生”的行为，也就是把自己的卵偷偷产到别的鸟类的鸟窝中，让别的鸟帮助孵化、育雏，而这杜鹃鸟产蛋以后，就什么都不管，只有躲在一边观察（有时搞破坏性干预）的份儿。其实，在鸟类大军中，有巢寄生的鸟儿还是不少的，大约有 80 种，约占鸟类总数的 1%，只不过杜鹃鸟的行为被人发现得更多，比如杜鹃鸟中的大杜鹃鸟可以把卵寄生在 125 种其他鸟的巢中。于是，很多人的看法发生了转变，认为“鸠占鹊巢”的罪魁不是斑鸠而是杜鹃鸟。但是，从“鸠占鹊巢”的两种释义和字面上理解，认定杜鹃鸟是占据其他鸟类巢穴的罪魁，还是有些勉强。因为它是巢寄生，不是举家强占。从人类伦理学的角度看，杜鹃鸟的行为是极端恶劣的，极其卑鄙的。但是，这是它繁衍生息的技能和本能，否则，这种鸟早就在地球上消失了。

慢慢地，鹞子的行为与活动在人的视野中，又有了新的发现，原有的认知再次发生变化。当人们不止一次地看见鹞子抢夺抢占喜鹊窝的时候，才恍然知道这野鹞子才是“鸠占鹊巢”的罪魁。

更确切地说，野鹞子家族中的红腿鹞子才是彻头彻尾的“鸠”。其实，我也是见证者中的一员，喜鹊和鹞子一个为了护窝一个为了抢窝而激烈厮杀的场面，早已留在了童年时期的记忆当中。

六七岁时，就开始慢慢认识老家生活的鸟类，当时，喜鹊和鹞子属于体型较大的鸟儿，而且数量也不少，所以认识得就更早。后来，听大人说，大喜鹊和红腿鹞子是死对头，经常为了抢窝互相打斗，看着很过瘾。于是，开始留心观察，还真的亲眼见到了。

第一次是在村东我家自留地水沟边上的一棵大青杨上。当时，树上有一个很大的喜鹊窝，每次路过时，就会听到喜鹊的叫声，看到一对喜鹊在窝边进进出出。这天路过时，这鸟儿的叫声变成了鹞子，窝的主人也变成了鹞子。在地边儿干活儿的人说“打了两天仗，‘红腿儿’（鹞子）干败了喜鹊，以后那窝就是它的了”。我问，那对儿喜鹊呢？跑了呗，上别处搭窝去了。没看到打斗场面，我感到有点遗憾。

看得最清楚、最刺激的一次是十来岁的时候，记得当时快割麦子了。这天早晨我去地里打稞稞，走到村边老许家时，老远就听见了“嘚儿——嘚儿嘚儿——嘚儿嘚儿嘚儿”的叫声，这肯定是红腿儿鹞子，抬头看时，一对鹞子正在往下俯冲，而那棵高高的大青杨上，一对喜鹊一个在窝里、一个在树尖上，也在“沙沙沙——沙沙沙”地高叫着。机会来了，这回我要瞧瞧鹞子占窝了。转眼间就开始打斗，喜鹊站在树上不动窝儿，鹞子则是来回俯冲，双方短暂接触冲撞、撕咬、蹬踹后快速分开，接着再来，不时有羽毛掉落。“嘚儿——嘚儿嘚儿——嘚儿嘚儿嘚儿”的叫声和“沙沙沙——沙沙沙”的叫声相互交织，激战好长时间也没分出胜负。有人说，打两天，喜鹊要是守住了，就没事儿了。还说，看这个架势这对老喜鹊稍占上风。这鹞子打累了就飞走了。有人说肯定还会来。也不能老在这里等着，还得干活，我不情愿地走了。第二天清早，赶紧又来看，打得依然激烈，难分胜负。有人说，这回这鹞子要吃败仗了，因为附近喜鹊的食物多，还有人撒食儿，喜鹊吃了体力恢复得快，而那鹞子需要到远处捕食恢复体力。两天以后，一对喜鹊还守着自己的窝，那对鹞子却不见影儿了。此战，喜鹊获胜。

此后，我还看到过村东扬水站边大杨树上一对年轻喜鹊与鹞子的争斗场面，不足两个小时，喜鹊就败退了，悲惨地失去了家园，自己的爱巢成了别人的安乐窝。

在以后，数次看到过喜鹊与鹞子的争斗，多是鹞子得胜，因为毕竟鹞子的鹰钩嘴和利爪还是比喜鹊厉害，并且多是抢占“年轻”喜鹊的窝。谁家旁边要有鹞子窝，会挺烦人的，因为大小鹞子叫声不断，一高一低、一粗一尖，听起来特腻烦。

那时，不知道有什么“鸠占鹊巢”的成语，都二三十岁了才知道，同时还看过一些斑鸠、杜鹃等鸟的相关说法，在思考和回忆中，也就找到了真正的“元凶”。

红腿鹞子是我们老家常见的夏候鸟，属于中等体型的猛禽。老家的浅山林地、农田林网、河谷湿地等很适合它的生存。这红腿鹞子一般都在村外活动，很少飞进村里，因为村里有刁蛮的黎鸡儿，它们见到鹞子飞入，就会一通儿围追堵截，用“铁翅膀”把鹞子扇走，“黎鸡儿黎鸡儿打鹞鹰”可不是白给的。

红腿鹞子有极好的飞行技巧，能通过调整翅膀角度，在空中做短暂的悬浮停留，观看下面的情况，如发现目标，会以近 300 公里的时速俯冲而下，或扑倒猎物，或落在同类旁边。我们村边老于家北上房里养了刚出壳没几天的小鸡，被鹞子盯上了，一个俯冲，破窗而入，哗啦一声，玻璃破碎。在炕沿上纳鞋底子的女主人吓了一大跳，急急忙忙跑到街上，高声大喝“这是谁他妈扔石头呢？把家里的玻璃都砸碎了”！街上空无一人，悻悻地回家，低头一看，屋里地上躺着一只半死不活的红腿鹞子，这才明白是它所为。那时的民房正门两侧的窗户，下半边一般都是两块玻璃，上半边是窗户纸，鹞子从斜对面飞过，刚好能够看到屋里的情况，但是这玻璃害了它的小命儿。

20世纪七八十年代以后，鹞子数量明显减少，主要原因是农田打药和小麦拌种，鹞子吃了中毒的老鼠、蚂蚱也被毒害。这些年，不再用农药了，鹞子数量正在增加，就连城里的楼房上也有了鹞子居住。

现在回老家，开车在高速路上，就能看到红腿鹞子矫健的身影，在村口的电线杆或干树杈上也能看到它们驻足，好像正欢迎我回家。

看着这红腿鹞子，似乎比童年时期记忆里的显得更帅更美了。

十、种群最大的小麻雀

毫无疑问，老家最多的鸟儿就是小麻雀，随处可见、每日可见，树上的、飞着的、地面蹦跳的……离人最近，不太怕人。

没想到的是，这一早期的认知，竟然也适用于全国，还适用于欧洲、非洲、美洲及有人类生存的陆地，有资料显示，在数量上小麻雀是全世界鸟类排位第二的。

到处泛滥的小麻雀以及它的生活习性，也曾给小麻雀带来了自身的灾难，我在后文细说。

小麻雀长相虽然算是可爱，但在黄鹂、戴胜、凤头百灵、啄木鸟、白头翁、小燕子、小翠鸟等诸多漂亮级别的鸟雀面前，也就是个陪衬。它的优势在于数量庞大、伴人居住、四季如常，人们是天天看它飞，日日听它叫。

在我老家，都管小麻雀叫老家儿或老家贼或大老家子——体型越小名字就越大。有意思的是，三个俗名都有“老家”二字，应是从它经年累月住在村民家里的习性而来。老家是老家，老家还是鸟，这鸟的名字似乎就金贵了。

老家这里的老家儿，至少有两种，有老人说有“树”老家儿和“房”老家儿，一看它的窝在哪里就知道了。后来我观察，前一种的头部更黑一些，后者基本就是灰褐色。老家儿的体型不大，在我们这里除了金翅雀（黄雀儿）、大山雀（嗞嗞黑儿）、小树叶儿（驴粪球儿）等几种鸟儿的体型明显小于老家儿之外，这老家儿就是最小的鸟儿了。而且我发现全国各地甚至国外的老家儿，体型基本差不多，只是食物不足时有的显得细瘦一些。我曾在北欧芬兰见过一群老家儿，浑圆浑圆的，看着很慵懒，当时脱口而出“哎呀，这儿的老家贼也太肥实了”！同行的驴友用手直捅我，并指指导游。呀，原来这女导游是一位中国移民，个头不高，胖胖的、圆圆的，我心里说，你小子想哪儿去了，我可没影射她。不过就怕是听者有心，我赶紧变了个话题儿。

在农家院里，小麻雀一般多在房檐、土石墙壁的缝隙、孔洞筑窝居住，小家燕的旧窝、被弃掉的喜鹊窝，或在树上墙上挂一个带窟窿的葫芦、木箱子什么的，它也都可能去居住。生产队的牲口棚子、露天水井、旱井和村边杨柳榆槐的树胡子、树洞中，也是它搭窝居住的地方。那时，在村里或林间走上个百八十步，找到三五个小麻雀的小窝窝不是什么难事儿。

这么多的麻雀窝，下手又方便，有时蹬个凳子就够着了，所以那掏窝的人也就多了。掏它的窝一是奔着大老家儿或小鸟儿蛋去的，都可以弄着吃，去毛之后的小麻雀也就是核桃一般大小，但烤着吃、烧着吃，味道独特，比现在的羊肉串、鸡肉串要香得多，在荤腥不足的年代颇受人们喜爱。另一个是去掏刚刚出壳儿的幼鸟儿，小小的、肉肉的，通体发红，一般是受人之托，掏到后捣碎了加白糖蒸熟了吃，一连几次，治疗小孩儿支气管炎。那时得支气管炎的儿童还是挺普遍的，这个偏方很有效。上小学时，我也得过气管炎，也吃过这玩意儿，虽说很甜，但吃着不舒服，硬往下咽，后来这病还真好了。

逮老家儿最好的办法是晚上到生产队的牲口棚，拿手电一照檩条或椽子或秫秸的缝隙，就会看见过夜的老家儿，这老家儿被强光一照会原地不动缩在那里，拿根棍子一戳脑袋，就掉下来，一次能弄个二三十只，甚至更多，也值得炖一次吃了。有一次，我村一个放牛的一下子捡到了一背筐头子老家儿，那是因为那天突来狂风暴雨，在十几棵杨树上躲避的老家儿大部分被吹打到地上，不费吹灰之力就弄到手了。我还是第一次见到这么多的死去的老家儿，足有四五百只。那牛倌儿说，他们好几个人，弄得都不少，这牛倌儿捣鼓了多半宿才收拾干净，开炖，满街筒子都是香味儿，馋人。

老家儿的繁殖力很强，一般一窝能孵出 4 只到 6 只，一年两三窝，是别的鸟儿根本没法比的。第一窝一般在每年麦收前出窝，有麦粒儿吃、有虫儿吃。这段儿时间在麦地边的大枣树上，肯定会看到趴着满满的刚出飞的小老家儿，喳儿——喳儿——喳儿，不停地叫着。在大老家的喂养下，小老家三五天就能自己觅食独立生活了。

这老家儿还有聚群活动的习性。离我家 100 多米的老邱家有两棵大杨槐树，到了黍子快要成熟时，这老家儿们每天早晨就会在这两棵树上叽叽喳喳地聚齐儿，得有上千只。大约停留二十来分钟，就会突然起飞，黑麻麻的一片，向着黍子地飞去。当然，这地里是有人看着的，地埂上插了假人，还有彩条儿，看鸟人手里还有铜锣，当、当、当地敲打，这阵仗儿开始时还管事儿，但两三天以后，那假人、彩条儿就不起作用了，而敲锣的在左边儿，这老家儿就飞去右边，而人去了右边它就又去左边，来回跟你转影壁，游击战的干活。每年，13 个生产队种的黍子都要被老家儿给“弹”吃很多。黍子是麻雀们最爱吃的粮食，不是之一，如此的美味，不可能不吃呀！我们这里有句话“丰收不怕鸟儿弹”，但这黍子种得少，亩产量又低，所以每年“鸟口保粮”“鸟口夺粮”是不可避免的。

这老家儿还有更大聚群的地方：村南小福湾北岸有两三行百十来棵三十来米高的加拿大杨树，每棵树从树干 3 米多高的地方往上全是茂密的树胡子，几乎挤长在了一起，整体就是一道高大的绿墙，而且这里的地势低洼还背风，夏末秋初的晚间，成群的老家儿就会在此聚群过夜，那喧闹嘈杂的声音根本听不出个儿来。我大致算过一下，大概有 1 万只，是周边最大的一群。可想而知，那时村里的老家儿总数怎么也有两三万只。有时单只的老家儿正在树间盘旋寻找“落爪儿”之地时，忽有红腿鹞子高速掠过，瞬间就成猎物。这里的老家儿养活了附近的好几只红腿鹞子，它们来回在树间穿越，逮着机会就“下爪子”。这老家儿对鹞子怕得要死，鹞子一露面，急急忙忙往树丛里钻，有的僵在原地动弹不得，只能等死。

当时，对这么一大群老家儿，我是十分震撼的，附近地区这么大的鸟群好像没有，而我见过的乌鸦和老鹰混飞群，最多也就三四百只。工作以后，继续关注鸟类，曾在一个资料上看到，川西高原聚群的麻雀遮天蔽日，竟然有 1 亿只，惊得我目瞪口呆。后来，我又推算国内、国外老家儿的数量，太庞大了，按我的算法，国内应有 8 亿只，按当时 8 亿人口每人一只应有富余。国外权威机构的数字是全世界有 15 亿只，我一直不太相信这个数字，是不是有点儿小了。

老家儿庞大的种群数量和对粮食生产的危害，给自己带来了麻烦，曾有多个国家下了“除害”令，最早从德国开始，扩大到欧洲，亚洲、非洲、美洲、大洋洲，全球的老家儿哀鸿一片。我国从 1955 年到 1960 年，也把老家儿列入了“苍蝇、蚊子、老鼠、麻雀”的四害名单，全民共除之。当人们认识到剿灭老家儿带来的巨大负面影响时，也就罢手了。我开始记事儿时，应该是老家儿遭劫后的恢复期。后来，老家儿再度眼见地减少，应是高浓度、高残留农药的大规模使用，粮食种植面积后来又大幅度减少，农村不间断地几轮新房建设使老家儿失去筑巢地等因素造成的。

现在，环保优先，毒害减少，乡村的老家儿虽然比以前少得多，但种群数量也算稳定，而在城里，楼房阳台缝隙、空调孔洞等倒是给老家儿提供了搭窝空间，使城里的老家儿数量稍有增加，这是老家儿们的福音。

无论是乡村还是城里的老家儿，能保持现有的种群数量已经实属不易了，希望它们顽强地生存下去。